KB160247

서양 유토피아의 흐름 3

메르시에에서 마르크스까지

(프랑스 혁명 전후-19세기 중엽)

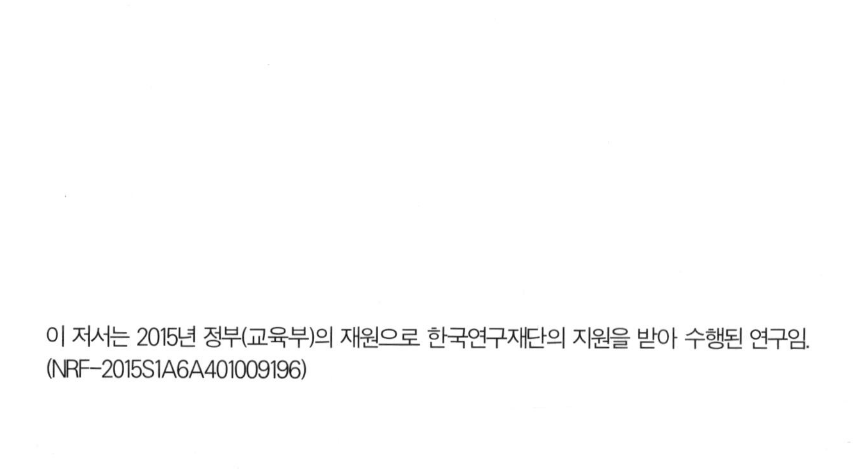

이 저서는 2015년 정부(교육부)의 재원으로 한국연구재단의 지원을 받아 수행된 연구임.
(NRF-2015S1A6A401009196)

서양 유토피아의 흐름 3

메르시에에서 마르크스까지:
프랑스 혁명 전후-19세기 중엽

필자 박설호

울력

서양 유토피아의 흐름 3

메르시에에서 마르크스까지(프랑스 혁명 전후-19세기 중엽)

지은이 | 박설호
펴낸이 | 강동호
펴낸곳 | 도서출판 울력
1판 1쇄 | 2021년 1월 30일
등록번호 | 제25100-2002-000004호(2002. 12. 03)
주소 | 서울시 구로구 개봉로23가길 111, 108-402 (개봉동)
전화 | 02-2614-4054
팩스 | 0502-500-4055
E-mail | ulyuck@hanmail.net
정가 | 18,000원

ISBN | 979-11-85136-60-8 94800
979-11-85136-52-3 (세트)

차례

서문

"유토피아는 위기의 상태에서 점화된다"(Nipperdey)
"산업혁명은 암울한 사탄의 방앗간이다"(Blake)
"현대 서양인의 유토피아는 여러 유형의 폭력, 화폐의 무한대의 증식 욕구 그리고 이기주의 등을 배격한다. 이에 대한 대안은 한 사상, 예컨대 두레 공동체의 사랑, 협동성 그리고 대아의 정신에서 발견될 수 있다." (필자)

동서고금을 막론하고 세상사는 언제나 위기와 기회의 연속적 변화 과정으로 점철되었습니다. 유토피아의 사고는 항상 위기 상태에서 점화됩니다. 왜냐하면 힘들고 어려운 처지에 처한 사람은 자신의 난관을 극복하려는 가능성을 생각해 내기 때문입니다. 이에 비해 "기회(Καιρός)"는 의외로 어떤 끔찍한 위험을 수반합니다. 어쩌면 불행과 위기가 때로는 행복과 기회보다 더 나을 수 있습니다. 예컨대 불행한 사고는 대부분의 경우 내리막길에서 발생합니다. 주의력과 집중력을 상실하게 하는 것은 편안함, 자만 그리고 나태함일 수 있습니다. 이 점을 고려하면, 안온한 삶, 나태한 삶이 오히려 우리의 영혼을 망치게 하는 계기일지 모릅니다. 등 따뜻하고 배가 부른 사람은 잠이라는 망각의 늪으로 빠져들곤 합니다.

그래, 잠은 꿈을 망치게 합니다. 우리가 잠자는 동안에 위정자들은 교활하게 행동합니다(Günter Eich: Fünfzehn Hörspiele, Frankfurt a. Main, S. 88). 힘 있는 자와 돈 있는 자는 "현재 상태(Status quo)"가 변하는 것을 좋아하지 않습니다. 세상의 변화를 애타게 바라는 자들은 역사적으로 고찰할 때 항상 힘없고 가난한 자들이었습니다. 사제 계급과 상인 계급을 비교해 보세요. 지금까지 대부분의 사제 계급은 권력과 금력에 가까이 빌붙어서 사회의 변화를 차단시켜 왔습니다. 이에 비하면 상인 계급은 대체로 세상의 변화에 발 빠르게 대응하곤 합니다. 물론 상인 계급이 적극적으로 나서서 변화를 주도하지는 않지만, 전환의 시기에 신속히 움직이는 사람들은 대체로 상인들입니다. 주어진 세계가 급속히 변화할수록 재화의 유동은 격렬하기 때문입니다. 어떻든 간에 우리는 한 시대의 격랑 속에서 어디론가 항해하는 여행객입니다.

필자는 이미 간행된 제1권과 제2권에서 고대와 르네상스 시대의 유토피아의 사고를 천착하였습니다. 제3권인 본서는 18세기 말에서 19세기 중엽까지 이르는 시기의 유토피아의 문헌들을 다룹니다. 공간으로서의 유토피아는 그 기능에 있어서 시간 유토피아, 즉 "우크로니아(Uchronia)"로의 패러다임 변화를 이루게 됩니다. 18세기 중엽부터 사람들은 "나중의 저기"가 아니라 "미래의 여기"에서 어떤 더 나은 사회를 건립할 수 있다고 확신하게 된 것입니다. 이로써 유토피아의 정태적 시스템으로서의 성격은 서서히 약화되고, 현실 변화를 역동적으로 이룩하리라는 사람들의 의향은 더욱더 강하게 부각되고 있습니다. 이에 영향을 끼친 것은 무엇보다도 계몽주의 사상이었습니다. 가령 루소의 사회계약설은 국가와 인민 사이의 동등한 계약관계가 성립될 수 있음을 설파했습니다,

18세기 말에서 19세기 중엽에 이르는 시기의 유토피아는 국가주의, 혹은 비국가주의 유토피아로 나누어집니다. 전자는 생시몽과 카베의 유토피아와 같은 대규모의 국가 중심적 사회구조의 틀을 갖추고 있다면, 후자는 오언과 푸리에의 경우처럼 비국가 중심의 소규모 공동체를 하나의

틀로 설정하고 있습니다. 생시몽과 카베는 중앙집권적인 거대한 공동체의 체제를 구상하면서 정치적으로 평화롭고 경제적으로 풍요로운 국가의 가능성을 타진한 데 비하면, 오언과 푸리에는 지방분권적인 소규모의 공동체의 삶을 통해서 자생적이고 자치적인 삶을 실천하려고 하였습니다. 이 와중에도 국가의 권력 체제를 처음부터 부정하는 무정부주의의 이상을 추구하려는 일련의 노력이 출현하였습니다. 가령 우리는 이러한 면모를 푸리에와 데자크의 공동체 구상에서 발견할 수 있습니다. 후자의 경우는 나중에 윌리엄 모리스의 유토피아에서 다시 한 번 비국가주의 공동체의 특성으로 발전되었습니다. 여기서 한 가지 빠뜨리지 말아야 할 것이 있습니다. 즉, 19세기의 대부분의 유토피아들은 르네상스 시대에 하나의 미덕으로 간주되던 근검절약이라는 생활 방식을 거의 파기하고 있다는 사실입니다. 가령 생시몽과 카베의 경우, 과학기술의 도입으로 생산력 증가를 극대화시켜서, 중앙집권적 공동체 국가의 주민들로 하여금 심지어 어느 정도의 사치를 용인하고 풍요로운 행복을 만끽할 수 있도록 설계하고 있습니다.

1. 루소와 볼테르 그리고 시간 유토피아: 맨 처음 다루는 문학 유토피아는 루소의 서간체 소설 『쥘리, 혹은 새로운 엘로이즈』(1761)와 볼테르의 『캉디드』(1759)입니다. 전자는 클라랑 공동체의 자율적인 생활 방식을 강조하는 반면에, 후자는 라이프니츠의 낙관적 이상주의를 희화화하고 있습니다. "우크로니아(Uchronia)"는 "시간 유토피아"라는 의미를 담은 용어인데, 유토피아의 역사 연구에서 중요한 의미를 지닙니다. 그것은 시민 주체의 사회계약에 근거한 공동체 건설의 의향을 반영하면서 현실 개혁의 능동적 의지를 명징하게 부각시키고 있습니다. 이로써 완전성의 개념은 시민 주체들의 역동적 의지를 추구해 나갔습니다.

2. 메르시에의 시간 유토피아, 『서기 2440년』(1771): 이 문헌은 우크로니

아의 면모, 다시 말해 "미래 그리고 여기," 즉 서기 2440년의 파리의 모습을 설계하고 있습니다. 이로써 메르시에의 작품은 장소 유토피아에서 시간 유토피아에로의 패러다임 전환에 대한 확고한 증거로 채택될 수 있습니다. 이 장은 메르시에의 유토피아와 계몽주의 사상의 연관성을 천착하고, 뒤이어 미래의 파리에 관한 메르시에의 유토피아의 구상을 서술합니다. 여기서 우리는 작품의 취약점(과학기술의 소극적 도입, 예술의 국가적 통제 등)을 역사적이고 비판적인 차원에서 지적할 수 있습니다.

3. 홍산 문화 그리고 빌란트의 『황금의 지침서』(1772/1774): 서양인들의 오리엔탈리즘의 사고 속에는 엄청난 오류들이 속출하고 있습니다. 동북아시아의 고대 문화의 토대는 중국인이 아니라 한민족에 의해서 다져진 것입니다. 이는 홍산 문화에 관한 최근의 고고학적 발굴로 인해 드러난 학문적 결실입니다. 동양 유토피아에 관한 후속 연구 역시 바로 이 점을 고려해야 할 것입니다. 뒤이어 빌란트의 작품 분석이 이어집니다. 바람직한 군주라면, 어떻게 나라를 다스려야 하는지를 동방의 신비적인 세시안 왕국을 예로 들어서 언급하고 있습니다. 빌란트는 세시안 왕국의 삶과 왕국의 구조적 틀 등을 동시에 묘파하였습니다.

4. 레티프의 『남쪽 지역의 발견』(1781): 니콜라 에듬 레티프 드 라 브르톤(Nicolas Edme Restif de la Bretonne)의 소설은 두 가지 유토피아 모델을 보여 줍니다. 그 하나는 "고결한 야생"이라는 자연 친화적 요소를 가리킨다면, 다른 하나는 고전적 유토피아에서 나타나는 기하학적 요소를 지칭합니다. 전자가 인위적 요소를 배격하는 비-국가주의 체제라면, 후자는 바람직한 국가 구도를 처음부터 인정하는 체제를 강조하고 있습니다. 말하자면, 레티프는 고대의 아르카디아의 상과 모어 이후에 계승된 바람직한 이상 국가의 상을 동시에 서술하였습니다. 이러한 상들은 도피네 섬, 크리스틴 섬 그리고 "메가파타곤"이라는 세 가지 모델 속에 묘사되고 있습니다.

5. 피히테의 「폐쇄적인 상업 국가」(1800): 이 문헌은 마치 제임스 해링턴(James Harrington)의 『오세아나 공화국』처럼 소논문 형식으로 집필된 짤막한 글입니다. 피히테는 이성이 다스리는 고귀한 국가로서 폐쇄적인 상업 국가를 서술합니다. 여기에는 시장과 무역이 철저하게 배제되어 있습니다. 물론 피히테의 상업 국가가 19세기 초에 만개한 사회주의 사상의 편린을 선취한다고 하더라도, 우리는 두 가지 취약점을 지적하지 않을 수 없습니다. 그 하나는 주어진 현실과의 괴리감을 가리키고, 다른 하나는 경제적 교환 행위, 실물경제의 구체적 체계 등의 결여를 지칭합니다.

6. 오언의 연방주의 유토피아(1816): 오언은 초기 자본주의 시기에 노동자의 문제를 해결하려고 노력하였습니다. 그것은 어떻게 하면 노동자의 힘든 삶을 해결하고 그들로 하여금 노동과 삶의 조화를 실천하게 할 수 있는가 하는 물음과 관계됩니다. 오언은 푸리에와 함께 초기 자본주의 시대에 노동자들의 고통스러운 삶을 인지하고, 이를 소규모의 노동 공동체를 통해서 극복하려고 시도하였습니다. 이 장은 오언의 노동 문제를 해결할 수 있는 근본적 토대에 관한 이론을 천착하고, 뉴 라나크 공동체의 실천적 실험과 그 결과 등을 다루고 있습니다.

7. 횔덜린의 문학 속의 유토피아: 서양 사상사의 흐름에 하나의 획을 그을 수 있는 시점은 19세기 초의 산업혁명 이후가 될 것입니다. 왜냐하면 그것은 고대와 중세 시대에 인정받던 자연에 대한 정성적 관점이 추상적이고 수학적인 정량적 관점으로 변화되는 시기이기 때문입니다. 횔덜린은 자본주의 초기에 "계산 법칙" 내지 "도구적으로 기능하는 이성"이 승리를 구가하는 전환점을 극명하게 인지하면서, 자신의 놀라운 미적 프로그램을 개진하였습니다. 바로 포에지인데, 이것은 자연과학과 합리성(Ratio)이 활개를 치는 현대사회의 소외, 냉혹함 그리고 망각의 신드롬을 치유할 수 있는 무엇이라고 합니다.

8. 메리 셸리의 『프랑켄슈타인』(1818): 이 작품은 유토피아의 역사 서술에서 나타나는 문학 유토피아와 직접적으로 관련되지는 않지만, 그렇다고 생략할 수 없는 명작입니다. 작품은 20세기 이후의 사이언스 픽션에 가미된 페미니즘을 거의 예언적으로 도출해 내고 있습니다. 이와 관련하여 작품의 주제는 세 가지로 요약됩니다. (1) 인조인간, 즉 사이보그의 사회적 동화의 문제를 다루고 있습니다. (2) 작품은 법과 정의 그리고 조화로운 사회적 삶의 덕목 등을 등한시한 과학기술의 일방통행적인 연구를 구명합니다. (3) 『프랑켄슈타인』은 인간의 상호부조와 인간 삶과 과학기술 사이의 평화 공존에 관한 문제를 암시해 줍니다.

9. 생시몽의 중앙집권적 유토피아 사상(1821): 생시몽은 자본가와 무산계급 사이의 갈등을 면밀하게 고찰하지 않고, 그저 국가 내지 상류층의 시각에서 하나의 바람직한 사회를 거시적으로 광활하게 설계하였습니다. 그렇기에 세부적 사항에서 여러 가지 하자를 드러내는 것은 필연적인 귀결일 것입니다. 이 장은 생시몽의 중앙집권적 시스템의 특성과 산업의 발달을 위한 국가의 중앙집권적 설계 등을 구명하고 있습니다. 생시몽의 취약점으로 우리는 노동자와 자본가의 추상적 관계 설정, 엘리트 관료주의의 횡포 및 자본주의의 폐해에 대한 통찰력 부족, 여성 문제에 대한 외면 등을 지적할 수 있습니다.

10. 푸리에의 공동체, 팔랑스테르(1829): 푸리에의 팔랑스테르는 비국가주의의 모델로서, 총 1,620명의 인원으로 구성되어 있습니다. 그것은 노동과 향유를 극대화하기 위한 자생의 공동체를 가리킵니다. 푸리에는 상인 계급을 혐오하였으며, 시민사회의 일부일처제의 체제 또한 부자유와 착취의 온상이라고 주장하였습니다. 이 장은 노동과 향유의 접목 가능성 그리고 일부일처제의 장단점과 가족 파기로 인한 갈등 등에 관한 문제를 추적합니다. 특히 푸리에는 노동과 향유의 일원화 그리고 성 해방을 실천한다는 점에서 새로운 사랑의 삶의 가능성을 피력하고 있습니다.

11. 카베의 유토피아, 『이카리아 여행』(1840): 카베의 유토피아는 생시몽의 그것과 함께 중앙집권적 사회 유토피아에 편입될 수 있습니다. 놀라운 것은 카베에 이르러 르네상스 시대의 유토피아에서 공통적으로 출현한 근검과 절제의 미덕이 어느 정도 사라지고, 고도의 생산력을 통한 높은 수준의 삶이 바람직한 삶의 목표로 출현한다는 사실입니다. 이 장은 보다 발전된 과학기술을 통한 향유의 삶, 가부장제, 사회주의 계획경제 등에 관한 이카리아의 특성을 개관하고, 국가의 과도한 통제, 우상숭배 그리고 분서갱유 정책 등과 같은 취약점을 구명하고 있습니다.

12. 바이틀링의 기독교 공산주의(1843): 바이틀링은 기독교 공산주의를 표방했는데, 그의 사고는 마르크스, 엥겔스의 사회주의 이론이 태동할 시기에 동시적으로 출현한 것입니다. 바이틀링은 생시몽의 전체주의의 구도 하에서 사회주의 조합 공동체를 추구합니다. 그렇지만 여기서 비국가주의의 자율성이 배제되고 남녀평등이 용인되지 않는 점은 하자로 지적될 수 있습니다. 이 장에서 중요한 것은 바이틀링의 혁명 운동이 실패한 원인을 구명하는 일입니다. 이는 외적으로는 생시몽주의를 수용하고, 내적으로는 푸리에의 이론을 도입한 데에서 발견될 수 있습니다.

13. 데자크의 급진적 아나키즘 유토피아(1858): 데자크가 설계하는 비국가주의 유토피아는 한마디로 자치, 자활, 자생을 추구하는 소규모 공동체로 설계되고 있습니다. 푸리에의 팔랑스테르와는 달리, 데자크는 위마니스페르(L'Humanisphère) 공동체를 통하여 체제의 규모, 일감 그리고 노동시간 등에 대한 어떠한 규정을 처음부터 인위적으로 설정하지 않았습니다. 그렇기에 데자크의 공동체는 푸리에의 그것에 비해 더 많은 자율성과 공동체 실현 가능성을 지니고 있었습니다. 그렇지만 문제는 그러한 소규모 공동체가 자본주의가 확장되어 나가는 주위 여건과 마찰을 빚게 되었다는 사실입니다.

14. 마르크스의 자유의 나라에 관한 유토피아(1867): 마르크스의 자유의

나라에 관한 분석과 마르크스 사상의 긍정적 유토피아에 관한 연구는 아직도 완결되어 있지 않습니다. 여기서 언급되는 유토피아 개념은 마르크스 사상에 수용된 바 있는 19세기 초기 자본주의 시대에 일회적으로 나타난 추상적 사고가 아니라, 진보와 발전을 도모하려는 사회적 의향을 담은 역사철학적 갈망을 가리킵니다. 따라서 그것은 마르크스 사상이 추구하는 긍정적 의향 내지 전망을 지칭하는 것입니다. 마르크스 사상은 가까운 목표와 먼 목표를 동시에 지향하는데, 우리는 이 두 가지 사항을 긍정적 의미의 구체적 유토피아로 이해하려 합니다.

15. 아나키즘과 비국가주의 유토피아(1880년 이후): 이 장은 한편으로는 아나키즘의 사상적 맥락을 약술하며, 이에 근거하여 국가주의와 비-국가주의의 유토피아 모델을 해명하려고 합니다. 이러한 두 가지 과업은 한편으로는 정치적 토대를 구명하는 세계관에 관한 연구를 통해서, 다른 한편으로는 유토피아 모델에 관한 학문적인 물음을 통해서 밝혀질 수 있을 것입니다. 아나키즘 운동은 체제로서의 국가가 개인에게 자행하는 횡포에 대한 저항 의식에서 출발합니다. 그런데 "국가주의" 모델과 "비-국가주의" 모델은 아나키즘의 사상적 단초와는 다른 차원에서 해석될 수 있습니다.

1789년의 프랑스 혁명은 유럽 전역에서 사회적, 경제적 측면의 변모를 추동하였습니다. 초기 자본주의의 생산양식은 유럽 사람들의 의식을 변화시켜 나갔습니다. 고대에 널리 퍼졌던 질적 가치로서의 자연, 영혼적인 것 그리고 여성적인 것은 퇴보를 거듭하고, 그 대신에 합리적 오성(Ratio)과 수학의 중요성이 부각되었습니다. 자본주의는 고대적 가치를 포함시키지 못하고 철저히 배제했던 것입니다. 시장이 작동되었지만, 경제적 상승에 대한 기대감은 자본주의라는 거대한 전환에 의해 전혀 바람직하지 않은 의미로 변화됩니다. 다시 말해서, 시장은 물물교환을 활성화시켜 주는 본연의 기능을 상실하고 대지주와 자본가의 이익 추구를 위해 작동하기 시작했던 것입니다. 다시 말해, 시장은 더 이상 자기 치유의 능력을 지닌, 사용 윤리를 실천하는 토대가 아니라, 마치 "암울한 악마의 방앗간(dark Satanic mills)"과 다름이 없습니다. 시장은 인간과 환경을 지속적으로 파괴하기 때문에, 개개인의 자유는 모조리 박살나기 시작합니다(Karl Polanyi: The Great Transformation, Boston 1944, 33). 여기서 말하는 "악마의 방앗간"이라는 표현은 윌리엄 블레이크의 시구에서 유래하는 것입니다. 블레이크는 「예루살렘」이라는 시에서 산업혁명을 "암울한 사탄의 방앗간"으로 표현하였습니다. 칼 폴라니는 블레이크의 시구를 인용하면서, 시장의 자유방임주의가 개별 인간의 경제적 삶에 얼마나 커다란 악영향을 끼치는가를 지적하였습니다. 국가와 정부 그리고 발전된 과학기술은 이러한 전환을 작동시키는 주도적인 역할을 담당하게 됩니다. 상기한 변화 과정은 서양 유토피아의 흐름을 고찰할 때 자본주의의 가장 끔찍한 영향으로 각인될 수 있습니다.

유토피아에 관한 서양인들의 사고는 궁극적으로 세 가지 모티프에서 태동하였습니다. 돈의 무한대의 증식과 이로 인한 폐해, 갈등과 전쟁이라는 여러 유형의 폭력 그리고 이기주의적 생활관 등에 대한 비판이 그것들입니다. 이와 관련하여 서양의 유토피아는 — 국가주의든, 혹은 비-국가주의든 간에 — 어떤 새로운 인간형을 추구합니다. 그것은 다름 아니라, 사랑, 협동성 그리고 대아의 정신을 추구하는 인간으로 요약될 수 있습니다. 실제로 서양인의 삶은 고금을 막론하고 개인주의(이기주의?)의 틀에서 벗어나지 못했습니다. 바로 이러한 까닭에 개인을 넘어서는, "우리"의 안녕을 도모하는 두레 공동체의 생활 방식은 서양인에게 결여된 무엇을 부분적으로 채워 줄 수 있을 것입니다. 다시 말해, 큰 자아를 도모하는 한국인들의 이타주의적 생활 방식은 구분과 차단이라는 서양의 사고에서 파생되는 제반 유형의 갈등, 미움, 질투 등을 극복할 수 있는 동인으로 작용할 수 있습니다. 이와 관련하여 오늘날 생태 공동체의 실천이야말로 미래 사회의 대안이 될 수 있을 것입니다. 이에 관해서는 『서양 유토피아의 흐름』 제4권과 제5권에서 심도 있게 다룰 것입니다. 울력의 강동호 사장님에게 다시 한 번 깊이 감사드리며….

안산의 우거에서

필자 박설호

1. 루소와 볼테르 그리고 시간 유토피아

1. 루소와 볼테르의 비국가주의 문학 유토피아: 프랑스 혁명 이전의 시기에 출현한 비국가주의 문학 유토피아 가운데 세인의 관심을 끌지 못한 두 작품이 있습니다. 그 하나는 장 자크 루소의 『쥘리, 혹은 새로운 엘로이즈(Julie ou la Nouvelle Héloïse)』(1761)이며, 다른 하나는 볼테르의 『캉디드, 혹은 낙관주의(Candide ou L'optimisme)』(1759)를 가리킵니다. 이 장에서 필자는 루소와 볼테르의 두 작품에 반영된 유토피아의 특징을 약술한 다음에, 18세기에 출현한 시간 유토피아의 특성과 그 기능을 천착하려고 합니다. 루소는 일차적으로 서로 사랑하는 청춘 남녀의 결합을 용인하지 않는 사회적 질곡을 신랄하게 비판하였습니다. 토머스 모어가 어떤 가능한 국가 체제를 설계함으로써 사회적 갈등과 정체를 간접적으로 비판했다면, 루소는 문학작품을 통하여 국가주의의 차원에 근거하는 사회 시스템이 개인적 측면에서 얼마나 파괴적이고 부정적인 결과를 초래하는가 하는 사항을 분명하게 구명하였습니다. 국가주의의 사회 설계는 루소에 의하면 결국 개개인의 충동을 억압하고, 처음부터 개개인의 행복을 망치게 한다는 것입니다. 여기서 중요한 것은 루소의 혁명적 체제 비판입니다.

2. "정념은 신의 섭리의 도구이다": 루소는 서간체 소설, 『쥘리, 혹은 새로운 엘로이즈』에서 불행한 남녀의 사랑을 다룸으로써, 부자유의 대가가 얼마나 끔찍한지 역으로 가르쳐 줍니다. 마치 중세에 아벨라르가 엘로이즈와의 사랑을 실현하지 못하고 이별의 아픔을 겪었듯이, 18세기 스위스의 두 연인은 서로를 그리워하면서 편지만 교환하다가 결국 죽음과 이별의 불행을 겪습니다. 주어진 사회는 귀족의 딸, 쥘리와 평민 출신의 가정교사, 생 프뢰(St. Preux)의 사랑을 허용하지 않습니다. 문제는 신분 차이의 결혼을 허용하지 않는 사회적 풍습에 있습니다. 루소는 작품을 통해서 다음과 같이 항의했습니다. 중세 사람들조차도 한 여인을 사랑한 아벨라르가 참혹하게 거세당한 사실을 끔찍하게 여겼는데, 18세기의 사회에서 신분 차이가 사랑하는 두 남녀의 결혼을 가로막아야 하는가 하는 게 루소의 항변이었습니다. 문제는 국가주의의 구상 자체에 있습니다. 국가주의 유토피아 시스템은 전체의 이익을 중시하다 보니, 개개인의 이익을 차단시킨다는 점에서 어떤 하자를 드러냅니다. 이로써 억압되는 것은 개개인의 사적 욕망입니다(Winter: 99). 다시 말해, 국가를 우선시하고 전체적 틀을 강조하는 유토피아는 마치 뼈대는 있으나, 피 한 방울 없이 이루어진 인간의 신체처럼 더 이상 생명력을 이어 나갈 수 없다는 게 루소의 지론이었습니다. 루소는 인간 삶이 어떤 인위적 제도에 의해서 부자유의 질곡에 갇혀 있는 것을 강렬하게 비난하면서, 쥘리와 생 프뢰의 내면에 도사린 정념이 결코 억압될 수 없음을 강조하였습니다. "정념은 신의 섭리의 도구이다"(서익원: 40). 그런데 로마가톨릭교회는 1806년에 루소의 소설을 금서로 규정하며 판매 금지 처분을 내렸습니다.

3. 줄거리: 작품은 142통의 편지로 구성되어 있습니다. 스위스의 브베(Vevey)에 살고 있는 아름다운 귀족 처녀 쥘리는 평민 출신의 가정교사

생 프뢰를 사랑합니다. 그러나 주위의 가족들은 신분 차이로 인하여 두 사람의 결혼을 반대합니다. 절망에 사로잡힌 쥘리는 의도적으로 임신을 선택하여 부모님으로부터 결혼 승낙을 얻어 내려고 합니다. 우여곡절 끝에 생 프뢰의 아이를 임신하게 되었지만, 어처구니없는 낙상 사고로 인하여 태아를 잃고 맙니다. 쥘리의 아버지는 이 사실을 접하고 격분하여, 딸이 "건방지고 음탕한" 가정교사를 더 이상 만나지 못하도록 조처합니다. 생 프뢰는 어쩔 수 없이 파리로 돌아갑니다. 두 사람은 편지를 통해서 서로의 애틋한 마음을 주고받습니다. 어느 날 쥘리의 어머니는 우연한 기회에 생 프뢰의 편지를 발견하고 딸의 연정을 알게 됩니다. 이때 쥘리의 어머니는 딸에 대한 배신감으로 그 자리에 쓰러져 사망합니다. 쥘리는 어머니의 죽음을 애통해하면서, 어머니가 자기 때문에 목숨을 잃었다고 생각하며 자학합니다. 그 후에 쥘리는 어떤 죄책감 때문에 다른 남자와 원치 않는 결혼식을 올립니다. 오래 전부터 자신의 가족들을 물심양면으로 도와준 볼마르라는 귀족과 결혼식을 거행했던 것입니다. 다른 한편, 생 프뢰는 어느 장군과 범선을 타고 세계를 항해한 다음에 몇 년 후 다시 스위스의 소도시를 방문합니다. 이때 그는 사랑하는 임이 다른 남자와 결혼하여 자식들을 거느린 유부녀가 되었다는 사실을 접하게 되었습니다. 생 프뢰는 가슴이 찢어지는 고통을 느꼈으나, 모든 것을 감내할 수밖에 없습니다. 그렇지만 생 프뢰의 마음속에 꺼지지 않은 사랑의 불씨는 소도시의 사회적 질서를 위협하는 것이었습니다. 어느 날 쥘리의 아이 한 명이 물에 빠지는 사고가 발생합니다. 그미는 황급히 물속으로 뛰어들어 아이를 구출해 냅니다. 오랫동안 물속에서 허우적거리던 쥘리는 구조되었으나, 저체온 증세로 인한 열병을 앓다가 유명을 달리합니다. 바로 이 무렵 우편배달부는 쥘리가 보낸 마지막 편지를 생 프뢰에게 전해 줍니다.

4. 루소의 작은 공동체, 클라랑: 순진무구한 사랑과 정념은 루소에 의하면 하나의 자생적인 공동체 속에서 실천될 수 있습니다. 우리가 기억해야 할 것은 루소의 서간체 소설에 마치 야생의 삶처럼 보이는 과원(果園), "클라랑(Clarens)" 공동체가 생동감 넘치게 묘사되고 있다는 사실입니다. 클라랑 공동체 속에는 세 그룹이 제각기 맡은 바의 기능을 수행합니다. 첫 번째 그룹은 밭에서 포도를 가꾸는 사람 내지 일당 노동자들을 가리킵니다. 두 번째 그룹은 감독관을 지칭합니다. 감독관이라고 해서 모두 노동을 감시하는 역할만을 행하지는 않습니다. 이들은 생산과 소비를 관장할 뿐 아니라 수공업을 관장합니다. 루소의 클라랑 공동체에서 감독관은 수공업자, 즉 "브리콜뢰르(bricoleur)"로서, 브리콜라주, 다시 말해서 주어진 도구를 바탕으로 모든 것을 짜 맞추는 일을 담당합니다. 세 번째 그룹은 공동체의 대표에 해당하는 볼마르의 가족과 그의 친구들을 가리킵니다. 과원, 클라랑 공동체는 일견 라블레의 "텔렘 사원"을 연상시키지만, 만인이 완전한 자유를 구가하지는 않습니다. 이곳의 구성원들은 개별적으로 생활할 수 있지만, 매일 일정 시간 동안 노동해야 합니다. 이들은 공동체의 조화로움을 위해서 나름대로의 법적인 규정을 하나의 내규로 마련하고 있습니다. 가령 누가 누구와 함께 살고 결혼식을 올리는지 암묵적으로 정해져 있습니다. 아무도 결혼 제도에 얽매여 생활하지는 않습니다. 비록 엄격한 법체계라든가 처벌 규정은 없지만, 그렇다고 해서 어떤 은폐된 강요가 완전히 사라진 것은 아닙니다.

5. 비국가주의의 특성을 지닌 클라랑 공동체: 유토피아 연구가, 미하엘 빈터는 클라랑 공동체 내에서 행해지는 감독 작업, 결혼에 대한 규약 그리고 폐쇄성 등을 이유로 루소의 작품이 부분적으로 "국가주의의(archistisch)" 특성을 지닌다고 주장했지만(Winter 96), 클라랑 공동체는 전체적으로 고찰할 때 비국가주의의 특성을 지닌 자생적 공동체라고 명

명할 수 있습니다. 루소는 자신의 서간체 소설 속에서 클라랑 공동체를 묘파함으로써, 무엇보다도 단체, 사회 그리고 국가 등의 전체주의적 특성에 이의를 제기하려 하였습니다. 루소는 더 나은 사회적 삶을 위한 국가주의 유토피아의 구상을 처음부터 탐탁하게 여기지 않았습니다. 어떤 낯선 미지의 공간을 상상한다는 것 자체를 무의미하다고 여겼던 것입니다. 루소가 살던 시기에는 지구상의 모든 땅이 발견된 이후였습니다. 그렇기에 특정한 공간을 하나의 유토피아로 설정하고 미화시키는 작업은 루소의 눈에는 그야말로 진부한 과업으로 비쳤던 것입니다.

6. 사유재산권에 관한 루소의 입장: 루소는 처음부터 사유재산권에 대해서 중요하게 생각하지 않았습니다. 인간이 순수한 원초적 상태에서 벗어나게 된 근본적인 원인은 사유재산권에 대한 의식이 형성되었기 때문이라고 그는 주장합니다. 사유재산권은 루소에게는 어떤 제어할 수 없는 열정의 원인으로 이해되었습니다(Rousseau 1990: 173). 그렇지만 루소는 공적, 사적 재산이 18세기의 프랑스에서 제대로 분배되지 않았다는 것을 예리하게 통찰하였습니다. 그리하여 그는 땀 흘려 일하는 노동자의 노력을 긍정적으로 평가하였습니다. 예컨대 그는 시민 주체(Citoyen)의 최소한의 권리로서 최소한의 사유재산을 용인해야 한다고 주장하였습니다. 가령 땅을 소유하기 위해서는 루소에 의하면 세 가지 조건이 충족되어야 한다고 합니다. "첫째로 오로지 거주하기 위한 땅은 사적 소유물이 될 수 없다. 둘째로 인간은 삶에 필요한 만큼의 작은 땅만 사적으로 소유할 수 있다. 셋째로 인간은 그 땅에서 노동함으로써 무언가 결실을 얻어내야 한다"(Rousseau 1977: 81). 한마디로 노동을 위한 땅을 사적으로 소유할 수 있는 최소한의 권리야말로 루소에 의하면 시민 주체의 정당한 권리라고 합니다. 실제로 루소는 페늘롱의 『텔레마코스의 모험』을 비판하면서, 더 나은 사회를 위한 공동의 설계를 구태의연한 사고

라고 규정하며 경멸하였습니다. 가령 루소의 『에밀』에는 텔레마코스와 그의 은사가 손에 흙을 묻히지 않는 유한계급이라는 언급이 있습니다(Rousseau 1995: 516). 이처럼 루소는 땀 흘리며 일하는 노동을 중시했습니다.

7. 루소의 입장, 사회계약에 관한 이론: 주지하다시피 루소는 이상적 사회의 유토피아의 틀을 내세우지 않고, 그 대신 사회계약에 관한 이론을 제기했습니다. 그는 다음과 같은 견해를 피력하였습니다. 즉, 시민 주체의 정당한 권리는 사회적으로 "일반의지(volonté générale)"를 형성하는 토대로 작용합니다. 따라서 "전체의지(volonté de tous)"가 제대로 수행되려면, 전체의 삶을 도모하려는 일반의지가 실천되는 것이야말로 가장 중요한 방향이라고 합니다. 루소의 사회계약 이론에 관해서는 많은 자료들이 있으므로, 여기서 재론하지 않으려고 합니다. 다만 우리가 망각해서는 안 될 사항은 루소가 강조한 인간 중심적 자결권의 모델이며, 이러한 사상이야말로 유럽 사회에서 프랑스 혁명의 싹으로 작용했다는 사실입니다. 물론 우리는 루소에게서 여성 차별에 관한 여러 가지 흔적을 발견할 수 있습니다. 예컨대 루소의 시민 주체의 개념에는 여성의 존재는 배제되어 있습니다. 『에밀』의 등장인물, 지적으로 열등한 소피는 오로지 노래하기, 피아노 연주, 뜨개질 그리고 요리 기술을 익힙니다. 이로써 미래의 남편이 그미를 사랑하도록 그를 편안하게 해 주는 게 루소에 의하면 여성 교육의 목표라고 합니다(Saage 2006: 148), 남성 우월주의라는 취약점에도 불구하고 『쥘리, 혹은 새로운 엘로이즈』는 놀라울 정도의 어떤 혁신적인 사고를 제시합니다. 즉, 인간의 열정, 최소한의 사유권을 용인하는 자연 친화적 노동은 궁극적으로 인간의 삶을 윤택하게 하고 향상시켜 준다는 것입니다.

8. 볼테르의 『캉디드, 혹은 낙관주의』: 이번에는 볼테르의 『캉디드』를 살펴보도록 하겠습니다. 작품에 부분적으로 언급되는 찬란한 이상으로서 엘도라도의 상은 절대왕정의 반대급부로 태동한 것입니다. 엘도라도는 찬란한 이상 사회로서 볼테르의 『캉디드, 혹은 낙관주의』에 묘사되고 있습니다(Voltaire: 15). 1759년에 익명으로 발표된 작품은 라이프니츠의 "순진한 낙관주의"를 은근히 비아냥거리고 있습니다. 라이프니츠는 주어진 세계의 낙관적 변화 가능성을 언급하면서, 이를 모든 가능한 세상 가운데 최상의 것이라고 설파한 바 있습니다. 그렇지만 유럽 사회에는 참담한 독재와 폭정 그리고 도덕적 파괴 현상이 속출하고 있었습니다. 지식인으로서 어째서 이를 외면하고 유유자적하게 찬란한 낙관적 미래만을 꿈꿀 수 있는가 하고 볼테르는 완강하게 항변하였습니다. 가령 리스본의 지진이 하나의 좋은 범례가 될 수 있습니다. 지진으로 인하여 땅이 갈라지고, 불과 하루 사이에 6만 명이 사망했습니다. 이를 고려할 때 있는 그대로의 세계가 결코 최상이라고 말할 수 없다는 게 볼테르의 지론이었습니다(Saage 2008: 79).

9. 줄거리 (1), 낙관주의와 끔찍한 세계: 젊은 캉디드는 평민이었지만, 어느 남작의 비밀스러운 조카라는 사실로 인하여 독일의 베스트팔렌에서 평화롭게 귀족의 자제로 생활하고 있었습니다. 어느 날 그는 우연히 독일 제후의 아름다운 딸, 퀴네공드를 만나게 되고, 그미를 연모하게 됩니다. 그미 역시 늠름한 사내의 구애에 설레는 마음을 주체하지 못합니다. 두 사람은 어느 비밀스러운 성에서 사랑을 나누다 발각됩니다. 캉디드는 금지된 장난으로 인하여 마치 천국과 같은 베스트팔렌에서 추방당합니다. 지금까지 그는 편안히 살면서 은사인 팡글로스로부터 낙관주의 세계관을 수학할 수 있었는데, 이제는 더 이상 그럴 수 없게 됩니다. 말하자면 자신의 신분이 평민이라는 사실이 백일하에 드러난 것입니다.

"팡글로스(Pangloss)"는 어원상 "모든 언어를 구사하는 자"라는 뜻을 지니는데, 철학자 라이프니츠를 암시합니다. 그 후에 캉디드는 세계 방방곡곡을 배회하게 되는데, 세상에는 가난, 폭력, 방종 등이 횡행하고 있습니다. 주인공은 온갖 고초를 겪습니다. 심지어 불가리아의 군인들에게 체포되어, 총알받이로 전선에서 죽을 고비를 넘깁니다. 어느 날 캉디드는 놀라운 소식을 접합니다. 그것은 퀴네공드가 노예로 끌려가 온갖 사내들의 노리개로 전락했는데, 지금은 리스본에서 매춘에 종사하고 있다는 것입니다. 사랑하는 임이 창녀가 되었다는 말을 듣는 순간 그의 마음은 찢어지는 것 같았습니다. 캉디드는 퀴네공드를 만나기 위해서 군영을 탈출하여 리스본으로 향합니다. 그러나 리스본에는 끔찍한 지진이 발발하여, 그야말로 아비규환이었습니다.

10. 줄거리 (2), 비관주의와 안온한 시골: 캉디드는 살아남기 위해서 끔찍한 리스본을 떠나야 했습니다. "카캄보"라는 이름을 지닌 친구와 함께 주인공이 향한 곳은 파라과이였습니다. 파라과이에서 캉디드는 예수회 수사로 근무하던 퀴네공드의 오빠를 만나게 되었는데, 그는 캉디드를 죽이려고 덤빕니다. 자신의 여동생을 불행의 나락으로 빠지게 한 장본인이 바로 캉디드라는 것입니다. 결투 와중에 그미의 오빠는 사망하고, 캉디드는 살인범으로 몰려 다시 이국땅을 떠나야 합니다. 그가 찾은 곳은 잉카 문명이 뿌리를 내리고 있는 엘도라도라는 지역이었습니다. 그곳은 험준한 산으로 둘러싸여 있어서 외부인의 잠입이 거의 불가능한 지역이었습니다. 찬란하고 안온한 그 지역에서 한 달 정도 머물다가, 주인공은 카캄보와 함께 엘도라도를 떠나기로 결심합니다. 왜냐하면 캉디드는 자신의 행복이 오로지 퀴네공드를 통해서 얻을 수 있다고 믿었기 때문입니다. 캉디드는 수리남에서 마르탱이라는 사내를 만납니다. 마르탱은 네덜란드 출신의 철학자였는데, 인간의 본성이 탐욕과 사악함으로 이루어

져 있다고 설파합니다. 이때부터 캉디드는 왕년에 은사 팡글로스로부터 받아들인 낙관주의에 대한 맹신을 서서히 저버리게 됩니다. 캉디드, 카캄보 그리고 마르탱은 파리에 잠시 머물다가 콘스탄티노플로 향합니다. 그곳에서 주인공은 백발노인으로 변한 팡글로스와 꿈에 그리던 애인, 퀴네공드를 만납니다. 그미의 몸은 가난과 매춘 등으로 인해 만신창이가 되어 있었습니다. 그럼에도 캉디드는 볼품없이 늙어 버린 퀴네공드와 결혼식을 올립니다. 두 사람은 시골의 어느 영지를 구입하여, 농사지으며 평화롭게 살아갑니다.

11. 소규모의 유토피아 공간으로서 엘도라도: 볼테르가 묘사한 엘도라도는 비록 소규모이지만 만인에게 행복을 가져다주는 이상적인 공간입니다. 엘도라도는 과학기술과 고도의 경제적 수준을 자랑하는 땅입니다. 캉디드가 처음으로 그곳에 발을 들여놓았을 때, 172세의 노인이 주인공을 영접하고 음식을 제공합니다. 주위에는 수많은 금은보화가 즐비합니다. 그러나 사람들은 이를 귀중품으로 간주하지 않습니다. 금과 은은 이곳에서는 기껏해야 아이들의 장난감 내지 여인들의 장신구로 사용될 뿐입니다. 엘도라도의 사람들은 어떤 유일신을 숭배합니다. 놀라운 것은 이곳에 한 명의 수사도 존재하지 않는다는 사실입니다. 왜냐하면 이곳 사람들은 신과 인간의 만남에서 결정적으로 작용하는 것은 수사의 설교가 아니라, 믿음과 이성에 근거한 판단력이라고 믿기 때문입니다. 이곳 사람들은, 자신을 제각기 수사로 간주하며, 아침에 함께 찬가를 부르면서 신을 경배합니다. 물론 엘도라도는 군주제를 도입하고 있지만, 분쟁이나 갈등이 거의 발생하지 않습니다. 그렇기에 입법기관과 재판정이 아예 처음부터 불필요합니다. 이곳에서 중시되는 것은 무엇보다도 학문의 탐구입니다. 학자들의 연구를 위해서 마치 "솔로몬 연구소"와 같은 궁궐 한 채가 마련되어 있습니다. 엘도라도에서는 노동이 하나의 규칙으로 정

해져 있지 않습니다. 마치 고대의 유토피아의 경우처럼 풍요로운 땅에는 과일과 곡식이 풍부하게 자라고 있습니다. 그렇기에 이곳은 (강제) 노동이 필요 없는 천혜의 땅이라고 말할 수 있습니다.

12. 캉디드가 엘도라도에 정착하지 않은 이유: 그러나 주인공은 마지막에 이르러 엘도라도에 정착하지 않고, 끝내 유럽으로 돌아옵니다. 그 이유는 세 가지로 요약할 수 있습니다. 첫째로, 캉디드는 무엇보다도 사랑하는 임인 퀴네공드와 재회하고 싶었습니다. 둘째로, 유럽에 가더라도 부유하게 살 수 있다는 확신이 들었습니다. 금은보화를 담은 12개의 포대기를 양떼에 묶어서 귀국하면, 어느 군주도 부럽지 않을 정도로 경제적으로 풍족하게 지낼 것 같았습니다. 셋째로, 행복을 수동적으로 향유하며 망각 속에서 살아가는 것보다는 부족하나마 고향의 사악한 현실적 풍토를 조금이라도 개선하고 싶었습니다. 세 번째 사항을 실천하기 위해서는 무엇보다도 자신의 여행기를 발표하여 엘도라도의 축복받은 삶을 전하는 게 급선무라고 판단했습니다. 여기서 우리는 볼테르의 사고 속에 내재해 있는 역동적 의향을 감지할 수 있습니다.

13. 볼테르의 창작 의도와 시대 비판: 볼테르의 작품에는 엘도라도의 찬란한 삶이 긍정적으로 묘사되고 있습니다. 그러나 이는 작품 내에서 부분적으로 가볍게 서술되고 있습니다. 그렇기에 『캉디드』를 하나의 문학 유토피아로 규정하기에는 부족한 점이 있습니다. 오히려 볼테르의 작품은 찬란한 삶에 대한 패러디로 규정될 수 있을 것입니다. 이를테면 볼테르는 『캉디드』를 통해서 두 가지 사항을 독자에게 전하고 싶었습니다. 첫째로, 주어진 세상은 인간 삶의 최적의 조건을 갖추고 있지 않습니다. 볼테르는 오만하기 이를 데 없는 귀족들, 편협한 수사들 그리고 무고한 사람들을 노예로 전락시켜 이득을 챙기려고 하는 노예 상인들을 도저히

묵과할 수 없었던 것입니다. 그런데 근본적인 문제는 이러한 부류의 인간들이 사악하게 행동하도록 방조하는 제후의 폭력에 있다는 게 볼테르의 지론이었습니다. 둘째로, 주어진 현실이 절대왕정의 영향으로 지옥처럼 참담한데, 어찌 이를 외면하고, 라이프니츠처럼 안일하게 학문에 몰두하면서 찬란한 미래를 낙관적으로 꿈꿀 수 있는가 하고 작가는 항변하였습니다.

14. 우크로니아, 우데포테, 시간 유토피아: 루소와 볼테르에 관해서는 이 정도로 다루기로 하고, 이번에는 시간 유토피아와 관련되는 논의를 살펴보겠습니다. "우크로니아(Uchronia)"는 "시간 유토피아"라는 의미를 담은 용어인데, 유토피아의 역사 연구에서 중요한 위치를 차지하고 있습니다. 이미 언급했듯이, 토머스 모어의 『유토피아』는 16세기 영국의 비참한 현실을 토대로 하여 상상해 낸 이상적 공간을 설계하고 있습니다. 모어는 주어진 현실로부터 멀리 떨어진 섬을 상정하여, 이를 사회 유토피아로 축조하였습니다. 이로 인하여 뒤이어 나타나는 국가 소설 내지 논문에서는 항상 어떤 미지의 섬 내지 전대미문의 공간이 하나의 유토피아의 영역으로 표상되었습니다. 이는 "장소 유토피아"라는 개념으로 표기될 수 있습니다. 이로써 유토피아는 "없는 장소(no place)," 다시 말해서 "최상의 곳이지만, 지상에서 발견될 수 없는 곳"이라는 의미로 정착되었습니다. 그런데 16세기 중엽, 마젤란의 세계일주 이후로 유럽인들은 지구상에는 더 이상 새롭게 발견될 실제의 공간이 없음을 확인하게 됩니다. 그리하여 유토피아에 대한 사람들의 시각은 이곳의 미래로 향하게 됩니다. 이를 고려할 때 "황금시대"가 "우데포테(ουδέποτε)," 다시 말해서 "결코 …한 적이 없는"이라는 의미와 관련된다면, 최상의 사회는 미래의 어떤 시점에 실현될 수 있을지 모릅니다. 우크로니아는 우데포테에 대한 반대급부의 사고라고 말할 수 있습니다. 요약하건대 시간 유토피아는

인간이 갈구하는 최상의 현실은 바로 미래의 이곳에서 이룩될 수 있다는 사고에서 출발합니다. 이러한 사고의 배후에는 계몽주의 사고의 관점이 크게 작용하였습니다.

15. (지상에서는) 더 이상 발견할 새로운 땅은 없다(Non plus ultra), 혹은 절대왕정: 그렇다면 어째서 우크로니아, 즉 시간 유토피아가 하필이면 17세기 중엽부터 18세기에 이르는 시점에 출현하게 된 것일까요? 우리는 시간 유토피아를 형성하게 된 계기로서 "지구상에는 새롭게 발견할 땅이 더 이상 존재하지 않게 되었다"를 들 수 있습니다. 그 밖에 다른 요인도 있습니다. 우리는 절대주의라는 폭정의 시대를 시간 유토피아가 형성된 중요한 계기로 이해할 수 있습니다. 절대주의의 폭정은 작가들로 하여금 현실에 대한 직접적인 비판을 자제하고 다른 수단을 강구하게 합니다. 가령 18세기 작가들이 우주 내지 달나라에 위치하고 있는 이상 사회를 묘사하거나, "먼 미래의 바로 이곳"을 작품의 배경으로 설정한 것은 결코 우연이 아닙니다. 자고로 주어진 현실의 부자유의 질곡이 강하면 강할수록, 작가들은 주어진 현실적 구조로부터 가급적이면 멀리 동떨어진 현실을 가상적으로 설계하는 법입니다. 요약하건대, 시간 유토피아가 형성된 계기는 유럽의 절대왕정 체제와 신대륙 발견 내지 마젤란의 세계 일주와 같은 시대적 사건의 배경 하에서 이해될 수 있습니다.

16. 계몽주의의 영향: 시간 유토피아는 계몽주의 사고의 영향을 받았습니다. 계몽주의는 루소의 사상에서 분명히 드러나듯이, 태초의 시기에 존재했다고 하는 황금시대에 관한 사고에서 시작됩니다. 계몽주의자들은 지배가 없고 강제 노동이 없는 찬란한 황금시대가 지금 이곳에서 실현될 수 있다고 믿기 시작합니다. 이로써 사람들은 다음의 사항을 확신하게 되었습니다. 찬란한 황금시대에 관한 기억은 어떤 계기에 의해

서 미래에 최상의 삶을 위한 시대가 출현할 수 있다는 기대감으로 바뀌게 됩니다. 다시 말해, 미래의 어느 시점에 이르면 인간은 주어진 공간에서 어떤 찬란한 이상적 사회를 축조할 수 있다고 확신하였습니다. 이러한 확신은 미래의 이곳에서 어떤 이상적 삶이 전개되리라는 꿈으로 이어졌습니다. 이것이 바로 시간 유토피아의 특성입니다. 멀리 떨어져 있는 공간으로서의 유토피아가 아니라, 미래의 바로 이곳에서 전개될 지상의 낙원이 바로 우크로니아, 즉 시간 유토피아의 상이라는 것입니다. 요약하건대, "장소 유토피아에서 시간 유토피아로의 패러다임 전환"은 유토피아의 역사에서 "코페르니쿠스의 전환"으로 비유될 정도로 획기적인 사항인데, 이는 무엇보다도 계몽주의의 영향으로 만개한 사상적 특징인 셈입니다(Koselleck 10). 이를테면 장소 유토피아에서 시간 유토피아로의 패러다임 전환은 루소의 사상과도 연결됩니다. 장 자크 루소는 고대의 찬란한 황금시대를 미래에 구현하려는 의지를 자신의 자연법사상에 담았는데, 이는 시간 유토피아가 출현하게 된 계기로 작용하였습니다. 나아가 이에 대한 또 다른 계기를 제공한 것은 — 다음의 장에서 언급하겠지만 — 루이-세바스티앵 메르시에(Louis-Sébastien Mercier, 1740–1814)의 소설, 『서기 2440년』(1771)이었습니다.

17. 인간의 인식에 의해서 규정될 수 있는 역사의 발전: 한 가지 빠뜨릴 수 없는 사항이 있습니다. 그것은 다름 아니라 더 나은 삶에 관한 꿈이 신앙, 다시 말해 천년왕국에 대한 믿음에서 나타난 게 아니라, 인간 이성의 힘을 중시하는 어떤 연역적 사고에서 출발했다는 사실입니다. 여기서 말하는 연역적 사고로부터 발전될 수 있는 것은 바로 역사에 관한 자발적이며 일차원적인 시각입니다. 가령 임마누엘 칸트는 『순수이성비판(Kritik der reinen Vernunft)』을 통해서 신에 관한 물음을 궁극적으로 인간 이성에 관한 물음으로 되돌려 놓으려고 하였습니다. 이로써 그는 역

사가 신의 뜻에 의해서 숙명적으로 진척되는 게 아니라 얼마든지 인간의 이성의 힘에 의해서 진척될 수 있는 가능성을 찾게 되었습니다. 역사적 대상은 무엇보다도 인간의 인식에 따라서 규정되고 추적될 수 있다는 것이었습니다. 메르시에는 인간의 이상적 삶의 가능성을 미래의 시간으로 이전시킴으로써 이러한 가능성을 개방하였습니다. 『서기 2440년』이 칸트의 『순수이성비판』이 발표되기 10년 전에 간행되었다는 점을 고려한다면, 상기한 가능성은 충분히 이해될 수 있을 것입니다.

18. 시간 유토피아의 네 가지 특성: 메르시에의 작품에 나타난 시간 유토피아의 네 가지 특성을 미리 요약해 볼 필요가 있습니다. 첫째로, 메르시에가 설계한 가상적 공동체는 주체, 다시 말해서 개인주의의 관점에 의해서 설정될 수 있습니다. 이는 현대의 자연법적 사고에 근거한 특징으로서 루소의 사회계약론의 출발점이 되기도 합니다. 자연의 순리에 의하면, 어떠한 인간도 타인에게 굴복되어서는 안 됩니다. 자연법은 어느 누구도 노예로 태어나지 않았듯이, 왕 또한 한 사람의 인간으로 태어났음을 가르쳐 줍니다. 이로써 메르시에의 작품은 인간 주체가 지니는 자유와 평등의 권리가 얼마나 중요한가 하는 점을 처음으로 명징하게 깨닫게 해 줍니다. 바로 여기서 근대의 민주주의를 정착시키게 하는 시민 주체의 개념, 다시 말해 "이성의 횃불"이 새롭게 태동하고 있습니다(Mercier: 96). 둘째로, 메르시에의 시간 유토피아는 어떤 현실 도피적이며 초시대적인 특성으로부터 벗어나 있습니다. 장소 유토피아가 여행기를 통한 가상적 섬에 관한 묘사로 이루어진다면, 시간 유토피아는 미래의 바로 이곳의 현실을 직접적으로 거론합니다. 바로 이곳의 이야기는 독자들에게 가상적 이야기보다 더 설득력과 긴장감을 가져다줍니다. 그렇기에 그것은 주어진 시대를 더욱더 진솔하게 비판하는 방법 내지 이를 위한 적극적인 수단으로 활용될 수 있습니다. 이로써 시간 유토피아

는 장소 유토피아에서 구현된 가상적 판타지의 상을 어느 정도 약화시킬 수 있었습니다.

셋째로, 시간 유토피아는 이미 존재하는 수동적 현실을 다루는 게 아니라, 사회의 변화된 구체적 사항을 선취하고 있습니다. 시간 유토피아에서는 지나간 역사적 과정뿐 아니라, 동시대인이 갈구하는 미래의 더 나은 상이 분명하게 반영될 수 있습니다. 독자는 장소가 변화되지 않은 채 그대로 남아 있고, 시점만이 차이를 지닐 뿐이라는 사실을 분명히 인지합니다. 이 사실은 독자의 마음속에 차제에 주어진 현실의 역동적 변화를 촉구하는 모티프로 작용합니다. 장소 유토피아가 정적인 구도 속에서 막연히 축조된 사회 시스템의 추상적 상이라면, 시간 유토피아는 미래의 시점에 얼마든지 출현할 수 있는 사회 시스템의 구체적인 상일 수 있습니다. 그렇기에 작가는 현재의 문제점을 미래에 설정하여 문학적으로 선취된 해결책을 묘사할 수 있습니다. 예컨대 메르시에가 "현재는 미래를 임신하고 있다. 미래는 과거 속에서 읽힐 수 있다(Le présent est gros de L'avenir: le futur se pourrait lire dans le passé)"라는 라이프니츠의 발언을 모토로 내세운 것은 결코 우연이 아닙니다(Hecht: 51). 넷째로 시간 유토피아는 정태적인 상을 서술하지 않고, 역동적인 변화 내지 혁명 내지 개혁 운동의 가능성을 제시합니다. 이를테면 2440년의 파리의 학교에서는 역사 과목이 일부 폐지되어 있습니다. 이는 과거의 갈망이 거의 성취되었으므로, 과거의 갈망을 담고 있는 역사 과목이 더 이상 필요하지 않다는 것을 뜻합니다. 미래의 어느 시점에 살아가는 사람들이 더 이상 과거사의 변화 내지 역동성을 신뢰하지 않는 까닭은 그동안 사회가 충분할 정도로 변화를 거듭했기 때문입니다. 그렇다고 해서 2440년의 파리가 완전한 목표의 상이라고 단언할 수는 없습니다. 미래의 어떤 사회적 시스템의 상은 그 자체 하나의 범례로 다가올 뿐 아니라, 주어진 현재 현실의 구도와 비교 가능성을 제시하고 있습니다.

19. 메르시에의 파리 설계는 시간적으로 이전된 장소 유토피아인가: 혹자는 메르시에의 유토피아 설계를 시간 유토피아로 규정할 수 없다고 주장합니다. 왜냐하면 그것은 엄밀하게 고찰할 때 "하나의 장소 유토피아를 다만 방법론적으로 미래의 시간으로 이전시켜 놓은 것에 불과하다"고 합니다(Fohrmann: 122). 그 이유는 메르시에의 유토피아가 미래의 사회 시스템의 구조만을 보여 줄 뿐, 어떤 과정을 거쳐 변화해 왔으며, 앞으로 어떻게 변화될 것인가 하는 물음에 충분히 답하지 못하기 때문이라는 것입니다. 그렇다면 『서기 2440년』에는 문학 유토피아로서의 역동성과 개방성이 결핍되어 있을까요? 작품은 최소한 역동성과 개방성을 발전시키기 위한 어떤 놀라운 단초를 제공하고 있습니다. 메르시에는 작품 내에서 2440년에 이르러서도 인간이 추구하는 삶의 목표가 완전히 실현되지 않았다고 말합니다. 그렇기에 2440년의 파리의 사회 시스템을 하나의 틀로 확정짓는다는 것은 분명히 어폐가 있습니다. 요약하건대, 메르시에의 작품은 미래를 반영한 최초의 유토피아 소설입니다. 물론 미래를 선취하여 이를 문학작품에 담은 작가는 메르시에가 처음이 아니었습니다. 예컨대 무명의 희극작가로 활동한 알렉시스 피론(Alexis Piron, 1683-1773)은 1747년에 『고리짝 보호자(La Malle-Bosse)』이라는 작품을 발표했는데, 여기서 "1801년 판 모렐리 백과사전"에 관해 거론하고 있습니다. 그렇지만 피론이 작품 내에서 미래의 현실을 부분적으로 간략하게 처리했다는 점을 고려한다면, 소설의 전체적 배경을 미래로 설정한 최초의 작가는 메르시에일 것입니다.

20. 시대 비판을 담은 유토피아: 파리 전체를 미래의 도시로 설정함으로써 작가는 동시대의 도시와 대조되는 어떤 가상적인 도시의 문학적 상을 설계할 수 있었습니다. 바로 이러한 이유로 인하여 『서기 2440년』은 대대적인 성공을 거두었는지 모릅니다. 지금까지 모어와 캄파넬라 등은

이상 사회를 알려지지 않은 섬으로 이전시켰으며, 몇몇 작가들은 그것을 우주 공간 속으로 옮겨 놓았습니다. 후자의 경우, 우리는 프랜시스 고드윈(Francis Godwin)의 『달 속의 남자(The Man in the Moone)』(1638), 시라노 드 베르주라크(Cyrano de Bergerac)의 『달 여행(L'autre)』(1657), 조너선 스위프트의 『걸리버 여행기』(1721/1726), 볼테르의 「미크로메가스(Micromégas)」(1752) 등을 들 수 있습니다. 그러나 이들의 작품은 메르시에의 경우처럼 주어진 시대 비판을 고려하면서 이상 사회를 설계하지는 않았습니다. 그렇기에 그것들은 현실에 대한 아이러니를 담은 풍자문학으로서 문학사에 기술될 뿐, 서양 유토피아의 흐름에서 상세하게 거론될 성질의 것들은 아니라고 판단됩니다.

21. 유토피아의 공간이 미래로 설정된 이유들: 어째서 유토피아의 공간이 하필이면 18세기의 시점에서 미래의 시간 속에 설정될 수 있었던 것일까요? 재론하건대 우리는 다음과 같은 두 가지 이유를 내세울 수 있습니다. 첫째로 인간의 사고는 18세기까지 오로지 과거와 현재에 국한되어 있었습니다. 당시에 사람들은 미래의 사항에 관해서 미처 지대한 관심을 기울이지는 못했던 것입니다. 그러나 계몽주의에 이르러 사람들은 황금시대를 동경하게 되었고, 과거의 찬란한 삶에 관한 기억은 어쩌면 미래에 실현될 수 있으리라고 굳게 믿게 되었습니다. 물론 신앙의 경우는 예외로 작용합니다. 18세기 말까지 유럽 사람들은 미래, 그것도 먼 미래를 종말론 내지 종교적인 구원의 기대감 속에서 고찰해 왔습니다. 그렇지만 사회 정치적 관점에서 누릴 수 있는 미래의 찬란한 삶은 무엇보다도 계몽주의의 사고에 의해서 비로소 명확해집니다. 이와 병행하여 진보의 개념이 폭넓은 계층의 사람들의 의식 속에 투영되기 시작했습니다. 이러한 역동적인 자세 내지 시각은 프랑스 혁명의 성공적 구현을 통해서 사람들에게 더욱더 강한 확신을 심어 주게 됩니다.

22. 사회적 변화를 통한 세계의 발전: 메르시에는 다음과 같이 말합니다. "우리는 모든 영혼이 본질상 동일하지만, 개별 특성상 다르다고 믿는다. 인간의 영혼과 동물의 영혼은 동일한 방식으로 작동되는 물질과는 차원이 다르다. 그러나 인간은 동물에 비해서 완전성을 향해 수십 걸음 더 나아갔다. 이것이야말로 현재 상황을 분명히 규정해 주는 척도가 될 수 있다. 그래, 인간은 주어진 현실을 얼마든지 변화시킬 수 있는 것이다"(Mercier: 76). 아니나 다를까, 사람들은 드디어 자연을 이용하여 문명을 발전시키고, 주어진 현실을 정치적으로, 사회적으로 변화시킴으로써 세계를 향상시킬 수 있으리라고 생각했습니다. 이러한 사고는 계몽주의 이후에 적극적으로 의식되었습니다. 다시 말해서, 끝없는 완전성에 대한 믿음은 더 이상 마지막 이상이라든가 경직된 형태로서의 정태적 상이 아니라, 역동적 성격을 지니면서 역사적 경험으로 뿌리내리게 된 것입니다.

23. 완전성 개념의 의미 변화: 상기한 사항에는 프랑스의 계몽주의자 튀르고(Turgot)와 콩도르세(Condorcet) 등의 사고가 중요한 역할을 담당하고 있습니다. 특히 콩도르세는 지식 함양의 중요성을 역설하면서 사회 변혁의 필연성으로서의 진보를 강조하였습니다. 그는 인간의 두 가지 근본적인 능력에 커다란 기대감을 표명하였습니다. 그 하나는 모든 것을 추리할 수 있는 이성의 능력이라면, 다른 하나는 무언가를 미리 간파하는 예측의 능력이라는 것입니다. 이러한 두 가지 능력은 인류로 하여금 더 많은 지식을 함양하게 하고, 도덕을 강화시키게 하며, 궁극적으로 인류를 행복으로 안내한다고 합니다. 그렇게 되면 인류의 역사는 세 가지 궁극적인 목표에 도달하게 된다고 합니다. 1. 평등한 삶, 2. 동등하게 주어지는 진보의 삶, 3. 합리적인 제도 개선의 마련 등이 바로 그것들입니다(Condorcet: 32). 인류는 콩도르세에 의하면 만인의 평등을 실천

하고, 함께 발전해 나가며, 합리적 제도를 구현하게 된다는 것입니다. 이러한 세 가지 목표야말로 콩도르세에 의하면 완전성의 실현으로 요약될 수 있습니다.

24. 완전성의 실천으로서 프랑스 혁명: 상기한 내용을 전제로 할 때, 우리는 완전성의 기능 역시 변화하게 되었음을 간파할 수 있습니다. 완전성이란 르네상스 시대만 하더라도 마치 어떤 천국의 상처럼 처음부터 주어진 정태적인 상으로서 투영되었습니다. 그렇기에 그것은 "(정태적) 완전성(perfectio)"이었습니다. 그렇지만 계몽주의 시대에 이르게 되면 완전성의 개념은 역동적 개방성을 담은 사고로서 의미 변화를 이룹니다. 다시 말해서, 계몽주의 이후에는 "(역동적) 완전성(perfectibilité)"이 정착되기 시작합니다. 메르시에의 시간 유토피아가 지니고 있는 역사적 가치는 바로 여기서 분명히 드러납니다. 역동적 의미로서의 완전성은 18세기 마지막에 이르러 프랑스 혁명의 불꽃으로 솟아올랐습니다. 말하자면, 계몽주의의 찬란한 빛은 그 자체 자연적 충동으로서 동지애를 지향하는 것이었습니다(화이트: 190). 자유, 평등 그리고 동지애의 정신은 결국 인위적으로 주어진 삼부회라는 수직적 신분 구도를 타파하고 승리를 구가하게 됩니다. 이는 바스티유 감옥을 폭파하는 구제의 드라마로 솟구쳤지만, 아직 인간 삶의 토대인 경제적 생산양식을 전격적으로 변모시키기에는 역부족인 일시적 운동으로 그치고 맙니다. 로베스피에르가 활동하던, 혁명의 두 번째 변혁기가 끔찍하게 찾아왔기 때문입니다.

참고 문헌

볼테르(2014): 캉디드, 혹은 낙관주의, 이병애 역, 문학동네.

서익원(2008): 자연 개념의 형성 및 자아 찾기, 실린 곳: 루소, 장 자크, 신 엘로이즈, 서익원 역, 한길사, 11-41.

화이트, 헤이든(2010): 메타 역사. 19세기 유럽의 역사적 상상력, 천형균 역, 지만지.

Condorcet, Marqui de(1971): Esquisse d'un tableau historique des progrès de L'esprit humain, Editions Sociales Paris. (한국어판) 마르키 드 콩도르세(2002): 인간 정신의 진보에 관한 역사적 개요, 장세룡 역, 책세상.

Fohrmann Jürgen(1983): Utopie und Untergang. L.-S. Merciers L'An 2440, in: Klaus L. Berghahn, Hans U. Seeber(Hrsg.): Literarische Utopien von Morus bis zur Gegenwart, Königstein/Ts., 105-124.

Hecht, Hartmut(1998): Hecht, Hartmut(hrsg.), G. W. Leibniz, Monadologie, Französisch/Deutsch, Reclam: Stuttgart.

Kant, Immanuel(1968): Kritik der reinen Vernunft, in: Kant, Werke Bd. 3, Darmstadt.

Koselleck, Reinhart(1982): Die Verzeitlichung der Utopie, in: (hrsg.) Voßkamp, W., Utopieforschung, Dritter Bd., Suttgart, 1-14.

Mercier, Louis Sebastian(1982): Das Jahr 2440. Ein Traum aller Träume. Deutsch von Christian Felix Weiße. Frankfurt am Main.

Rousseau, Jean J(1977): Du contrat social, in: ders., Politische Schrifte Bd. 1. Paderborn.

Rousseau, Jean J(1990): Diskurs über die Ungleichheit, Paderborn.

Rousseau, Jean J(1995): Émile (hrsg.) Ludwig Schmidts, Paderborn.

Saage, Richart(2006): Utopisches Denken im historischen Prozess. Materialien zur Utopieforschung, Lit: Münster.

Saage, Richard(2008): Utopieforschung, Bd. II An der Schwelle des 21. Jahrhunderts, Lit: Münster.

Voltaire(1998): Candid oder Die Beste der Welten, Stuttgart.

Winter, Michael(1985): Don Quijote und Frankenstein. Utopie als Utopiekritik: Zur Genese der negativen Utopie, in: Utopieforschung,(hrsg.) Wilhelm Voßkamp, Bd. III, Frankfurt a. M,. 86-112.

2. 메르시에의 시간 유토피아, 『서기 2440년』

(1771)

1. 시간 유토피아의 대표적 작품: 메르시에의 『서기 2440년』은 미래의 시점을 소설의 내용으로 설정하였다는 점에서 유토피아의 역사에서 획기적 선을 긋는 작품입니다. 이로써 르네상스로부터 이어 온 장소 유토피아의 패러다임은 일거에 시간 유토피아로 의미 변환을 이루게 됩니다 (Trousson: 21). 작가는 이를 위해서 (지금까지 장소 유토피아에서 활용된) 여행자의 서술 방식 대신에, 미래에 관한 꿈의 체험이라는 방식을 도입하였습니다. 익명의 주인공은 1768년 친구와 토론한 뒤에 잠이 들었는데, 2440년에 노인의 몰골로 잠에서 깨어납니다. 그는 672년 동안 깊은 잠을 잔 다음에 미래의 파리에서 깨어나게 된 것입니다. 이로써 중시되는 것은 꿈의 기능입니다. 꿈은 비록 문학작품이기는 하지만 이성의 영향 속에서 작용하는 모티프로 활용되고 있으며, 이로 인하여 "나는 생각한다, 고로 나는 존재한다"라는 데카르트의 사유를 뛰어넘는 수단이 됩니다. 왜냐하면 데카르트의 명제는 오로지 자아의 깨어 있는 의식을 전제로 하기 때문입니다.

2. 소설 『서기 2440년』의 영향: 작품이 발표되자마자, 『서기 2440년』은

출간 금지 조처를 당했습니다. 이 작품이 국가의 권위 및 가톨릭의 교리를 비아냥거린다는 게 하나의 논거였습니다. 1778년에 에스파냐의 어느 종교 재판관은 『서기 2440년』이 무신론적이고 신을 모독하는 끔찍한 작품이라고 논평하였습니다. 같은 해에 에스파냐의 왕은 메르시에의 작품을 금서로 규정하면서, 국가 전역에 팔린 판본을 수거하여 불태우도록 명령하였습니다. 만약 판매된 메르시에의 작품이 적발될 경우, 당국은 당사자를 벌금형과 함께 6년 징역형을 내리겠다고 발표하였습니다. 실제로 『서기 2440년』은 절대 국가의 봉건 권력, 귀족과 고위 성직자들의 부패 그리고 가렴주구를 적나라하게 묘사하고 있습니다. 금서 조처에도 불구하고 『서기 2440년』은 나중에 놀라운 문학적 성공을 거두었습니다. 당시의 특권층만이 이 작품을 접할 수 있었지만, 이후의 시대에는 일반 사람들 또한 메르시에의 작품을 열광적으로 탐독하였습니다. 작품은 1771년 암스테르담에서 처음 간행된 이후, 유럽 전역에서 여러 언어로 소개되었습니다. 그런데 유토피아 연구가들은 20세기 초에 이르기까지 이 작품을 국가 소설의 범주에서 벗어나는 예외 작품으로 간주하였습니다. 이 작품은 국가 소설의 모델이라기보다는 오히려 예언을 집약하고 있다는 것이었습니다(Freyer: 123). 작품은 19세기에 이미 실현된 사항을 예리하게 선취하고 있는데, 그럼에도 미래 사회의 모든 것을 포괄적으로 담지 못하고 있다는 것이었습니다(Kleinwächter: 16f).

3. 다작의 작가, 메르시에: 메르시에는 1789년 이후로 언제나 혼자 살았고, 혁명 이후 언제나 진보적 자세를 취하면서 집필에 몰두했습니다. 가난과 대중의 몰이해에도 불구하고 그는 수십 년간 정진에 정진을 거듭하였습니다. 그가 세상에 남긴 문헌은 엄청난 양으로 이루어져 있습니다. 전기 내지는 문학, 철학, 역사학의 내용을 담은 장편소설 74편, 26권의 시집, 51편의 극작품, 3권의 사상 서적, 12권의 번역서들입니다. 죽

고 난 다음에 알려진 미발표 유작의 원고는 도합 만 페이지가 넘었다고 합니다. 그렇지만 이에 대한 동시대인들의 평가는 냉담한 것이었습니다. 몇몇 사람들은 그의 문헌을 혹평하고 그를 악랄하게 비난하였습니다. 메르시에의 거침없는 묘사, 독창적 표현과 완강한 어조 등은 지속적으로 물의를 일으켰습니다. 이로써 기득권은 온건한 문학계에 온갖 풍파를 일으키는 그를 난잡한 기사(騎士)로 단죄하였습니다. 가령 "루소를 모방하는 원숭이," "혼란스러운 인간," "빈민굴의 루소," "디드로를 빼박은 인물" 등이 그에게 붙어 있던 닉네임이었습니다.

4. 메르시에의 삶: 메르시에는 1740년 6월 6일 파리에서 상인의 아들로 태어났습니다. 당시에는 루이 15세가 통치하고 있었습니다. 선왕은 루이 14세로서 "짐이 국가다"라고 외치며, 절대왕정의 무소불위의 권력을 휘두른 바 있습니다. 젊은 시절에 메르시에는 라틴어 학교에 다니며 인문학을 공부하였는데, 그의 마음을 사로잡은 것은 루소의 문헌들이었습니다. 그가 이른 시기에 문학적 재능을 드러낼 수 있었던 것은 젊은 시절에 쌓은 인문학적 소양 때문이었습니다. 1763년에 메르시에는 프랑스 보르도에 있는 마들렌 학교에서 교사로 일했습니다. 그가 담당한 과목은 주로 변론술이었습니다. 1765년에 교사직을 그만두고 파리로 돌아옵니다. 왜냐하면 작가로서 집필 활동에 몰두하는 게 낫다고 판단했기 때문입니다. 그는 대단한 열정을 지닌 채 엄청난 작품을 집필합니다. 1781년에 메르시에는 12권 분량의 놀라운 르포 소설 『파리의 정경(Tableau Paris)』의 집필을 착수합니다. 이 작품은 프랑스 왕정 체제를 열광적으로 비판하는 문헌으로 문학사에 기록되어 있습니다. 그러나 검열로 인하여 더 이상의 작품 발표가 어렵게 되었고, 작가에 대한 탄압이 거셀 무렵, 그는 신변의 위험을 느끼고 프랑스 남부 지역인 뇌샤텔로 도주해야 했습니다.

1771년에 『서기 2440년』을 발표한 다음, 메르시에는 프랑스 계몽주의자 가운데 가장 급진적인 분파에 속한다는 평판을 듣게 됩니다. 프랑스 혁명 시기에 그는 정기 간행물, 『18세기의 정치, 시민, 문학 연감(Annales politiques, civiles et littéraires du dix-huitième ciècle)』의 편집자로 일하고 있었습니다. 사실 『서기 2440년』은 프랑스 내의 거대한 혁명을 예견하고 있습니다. 시대적 변화의 소용돌이는 그를 마냥 집필에 몰두하게 하지는 않았습니다. 1792년 10월에 메르시에는 "국민공회(Convention nationale)"의 의원이 되었으며, 이듬해에 지롱드파에 연루되었다는 이유로 감옥에 수감되었습니다. 사실 메르시에는 지롱드 당원이었지만, 1792년에 뒤늦게 자코뱅 당원이 됩니다. 그렇지만 그는 당리당략에 근거하는 극단적 처형 정책에 수미일관 반대합니다. 이로 인하여 그 역시 감방에 갇히게 됩니다. 1794년 단두대에서 처형될 위기에 처했으나, 그해 12월 로베스피에르가 처형된 다음에 메르시에는 다행히 출옥할 수 있었습니다. 감옥에서 그가 아내에게 보낸 88통의 편지를 읽으면, 우리는 그가 1년 동안 처형에 대해 얼마나 끔찍한 두려움을 느꼈는지를 접할 수 있습니다(주명철: 143).

이후의 왕정 시대에도 그는 공화주의의 지조를 고수했습니다. 나폴레옹의 권력 찬탈을 결코 용납할 수 없었던 메르시에는 이를 신랄하게 비판하였던 것입니다. 1802년에 메르시에는 경찰국으로 소환당하게 됩니다. 그러나 나폴레옹에 대한 그의 비난은 세인의 조롱거리가 되었습니다. 대부분의 사람들은 혜성 같이 등장한 작은 거인, 보나파르트 나폴레옹에게 찬사를 보내고 있었습니다. 독자의 외면 속에서 그가 할 수 있는 것은 오로지 집필밖에 없었습니다. 메르시에는 파리의 단칸방에서 혼자 살면서 집필에만 몰두하였습니다. 가난과 고독과 싸우기 위해서는 집필 외에는 다른 방도를 찾지 못했던 것입니다. 이를테면 『새로운 파리(Le Nouveau Paris)』(1799)라는 제목의 회고록은 자신이 겪었던 프랑스 혁명의 과정을 생생하게 증언하고 있습니다. 메르시에는 1814년 4월 25일에 파리에서 사망했는데, 당대에 그를 기억하는 사람은 거의 없었습니다.

5. 당대에는 빛을 발하지 못한 위대한 작가: 자고로 위대한 작가는 두 가지 부류로 나누어집니다. 그 하나는 살아서 온갖 명성을 누리고 죽은 뒤 세인의 관심사에서 멀어지는 작가들입니다. 다른 하나는 살아 있을 때 어떠한 인정도 받지 못했지만, 죽은 뒤에 지속적으로 명성을 떨치는 경우입니다. 메르시에는 후자에 속했습니다. 당대의 사람들은 메르시에를 "혼란스런 사고를 지닌 삼류 작가"라고 조롱하고 경멸하였습니다. 메르시에의 진면목을 알아차린 자들은 후세의 작가들과 평론가들이었습니다. 19세기의 프랑스 작가, 샤토브리앙, 위고, 발자크 그리고 보들레르 등은 메르시에로부터 많은 문학적 영감을 얻었다고 술회한 바 있으며, 독일의 작가, 렌츠(Lenz), 클링거(Klinger), 장 파울(Jean Paul), 빌란트 그리고 심지어 고전주의 작가 괴테와 실러도 메르시에의 작품에 탄복을 터뜨리기도 하였습니다. 메르시에는 상류층의 사치스러운 삶을 비아냥거리고, 노동자의 가난한 삶과 고통을 생생하게 묘사했으며, 특히 재화의 불균등한 분배 현상에 대해 항상 비판적 자세를 견지하였습니다.

6. 찬란한 미래의 파리: 이제 작품 『서기 2440년, 모든 꿈 가운데 가장 대담한 꿈(L'an deux mille quatre cent quarante: Rêve s'il en fût jamais)』을 살펴보려고 합니다. 작품은 유토피아 소설로서 1771년에 발표되었습니다. 나중에는 무려 25판이나 간행될 정도로 대중의 인기를 독차지했습니다. 1785년에 이르러 작품은 두 권으로 출간되었으며, 1786년에는 런던에서 세 권으로 간행되기도 하였습니다. 메르시에는 당시 파리의 귀족들의 불륜, 종교인들의 타락 그리고 권력자들의 착취 행각에 대해 비통한 마음으로 개탄하였으며, 당시에 서서히 끓어오르던 사회적인 불안 등

을 피부로 직감하고 있었습니다. 그렇지만 작가는 이 모든 것을 노골적으로 묘사하는 대신에, 미래의 파리를 가상적으로 설계하였습니다. 바로 이러한 까닭에 메르시에가 작품에 묘사한 미래의 파리의 상은 근본적으로 18세기 프랑스 파리의 현실에 대한 반대급부의 상이라고 말할 수 있습니다. 메르시에의 작품이 시간 유토피아의 전형으로 이해되는 것은 유토피아 연구에서 드러나듯이 주어진 시대에 대한 작가의 비판이라는 전제 하에서 가상적 공간이 설계되어 있기 때문입니다.

7. 미래 사회의 외부적 특징: 메르시에는 2440년에 파리에 사는 어느 시민의 체험을 묘사하였습니다. 그는 1768년 깊은 잠에 빠졌다가 깨어나는데, 자신의 몰골이 백발노인이라는 것을 확인합니다. 말하자면 주인공은 672년 동안 잠을 잔 다음에 2440년에 잠에서 깨어난 것입니다. 그의 시각은 볼테르의 「미크로메가스(Micromégas)」(1752)에 등장하는 현자와 비슷합니다. 볼테르의 작품에서 현자는 형이상학의 여러 오류와 인간이 우주의 중심이라고 간주하는 세인들의 오만한 아집을 잘 알고 있습니다(볼테르: 21). 메르시에가 서술한 미래의 파리는 마치 토머스 모어의 『유토피아』의 항구도시, 아마우로툼과 유사합니다. 거리에서는 썩어가는 악취와 더러운 공기를 맡을 수 없습니다. 당시 유럽의 건물에는 화장실이 없어서, 대부분의 사람들이 요강을 사용했습니다. 17세기 파리의 골목에는 아침이면 사람들이 창문 밖으로 버린 똥오줌으로 인하여 코를 찌르는 냄새가 풍기곤 하였습니다. 하이힐이 발명된 것도 바로 이 시점이었습니다. 코르셋을 착용하고 둥글고 긴 치마를 입은 여성은 두 가지 이유에서 높은 구두를 신지 않으면 안 되었습니다. 그 하나는 거리의 오물로 발과 치마를 더럽히지 않기 위함이며, 다른 하나는 엉덩이를 보다 탄탄하게 만들기 위함이었다고 합니다(Fuchs 2: 197). 그렇지만 2440년의 시점에는 파리의 도로는 확장되고 깨끗합니다. 오물은 사라지고 모

든 것은 위생적으로 배치되어 있습니다. 교통 혼잡이 없어서, 보행자는 편안하게 활보할 수 있습니다. 느긋하게 달리는 마차도 간간이 눈에 띕니다. 과거에 마차를 타던 사람들은 특권층들로서 행인이 다치든 말든 아랑곳하지 않고 거칠게 마차를 몰았습니다만, 이제는 노인과 병자들만 마차를 타고 다닙니다. 마차는 행인들에게 길을 양보해 주기도 합니다. 왕년에 흉측하게 보이던 끔찍한 성, 바스티유 감옥은 철거되었고, 장벽만이 옛날의 흔적을 을씨년스럽게 보여 주고 있습니다.

8. 학문과 교육: 미래의 파리에서는 계몽주의의 이상이 거의 실현된 것처럼 느껴집니다. 2440년 파리에서는 이성과 관용이 세상을 지배하고 있습니다. 과거에 그토록 막강한 위세를 떨치던 신학과 법학의 영향력은 약화되어 있습니다. 사람들은 자연과학과 응용과학에 커다란 비중을 두고 있습니다. 따라서 사람들은 더 이상 논쟁과 주먹질도 하지 않으며, 국가와 국가 사이에도 더 이상 무력을 행사하는 전쟁을 치르지도 않습니다. 교육의 영역에서도 획기적인 변화가 나타났습니다. 도서관에는 볼테르의 책이 절반으로 줄어들었고, 그 대신에 백과전서파의 책들은 빽빽하게 소장되어 있습니다(Mercier 1971: 252). 학생들은 대학에서 마음대로 인간의 몸을 해부하고 실험할 수 있게 되었습니다. 오장육부에 대한 해부학 실험은 신성한 신의 선물인 육체를 훼손할 수 없다는 이유로 르네상스 시대에 이를 때까지 금기시되어 왔습니다. 그러나 종교와 과학은 서로의 영역을 침범하지 않게 되었습니다. 천문학의 발달로 인한 범선 여행은 프랑스의 무역을 촉진시켰습니다. 이집트와 그리스의 상당 부분의 땅은 프랑스 소유로 되어 있습니다. 미국에서는 노예제도가 금지되어 있으며, 자연법이 어느새 승리를 구가하고 있습니다.

9. 교과 과목과 종교: 미성년자들은 가부장주의 가정에서 루소의 교육

관에 따라 교육을 받습니다. 교육목표는 이성과 자연의 법칙에 의해 정해져 있는데, 아이들의 정서적 능력을 함양시키는 데 역점을 두고 있습니다. 이러한 능력은 육체적 능력과 병행하여 계발되어야 한다고 합니다. 아이들은 더 이상 그리스어, 라틴어와 같은 고대어를 배우지 않고, 이탈리아어, 영어, 독어 그리고 에스파냐어를 외국어로 습득합니다. 가령 고대의 형이상학과 딱딱한 삼단논법 등은 모조리 사라지고, 그 대신에 윤리라는 과목이 생겨났습니다. 백과사전의 내용은 학교의 필수 과목으로 책정되어 있습니다. 역사와 형이상학은 현대의 자연과학에 밀려서 거의 배제되어 있습니다. 물리학은 인간의 존재에 해답을 내리고 있으며, 신은 우주, 혹은 인간의 이성과 동일하게 취급되고 있습니다. 그렇기에 우주는 신의 존재를 증명해 내는 수단으로 활용되고 있습니다. 또한 메르시에는 체제 내지 기관으로서의 종교 단체를 철저히 거부합니다. 따라서 메르시에의 이상 국가에서는 사원이 완전히 철폐되어 있으며, 사제의 서품식, 면죄부의 판매 등은 더 이상 존재하지 않습니다. 다만 소수의 수사들만이 여전히 남아 있는데, 이들은 공동체 내에서 가장 천하고 더러운 노동을 기꺼이 수행합니다.

10. 미래 사회에서 살아가는 사람들: 미래의 파리에서는 수사, 신부, 매춘부, 춤꾼, 군인 계층이 더 이상 존재하지 않습니다. 여기서 우리는 작가가 무엇을 증오하는지를 잘 알 수 있습니다. 말하자면, 메르시에는 교회의 권한을 축소하고, 매매춘 행위를 근절시키고 싶었습니다. 한편으로 춤과 유희는 사람들을 유흥에 사로잡히게 만들기 때문에 거부의 대상이 되고, 군인은 전쟁이 거의 사라졌으므로 필요 없는 존재로 전락해 있습니다. 노예제도, 임의로운 체포 구금 행위 등은 사라진 지 오래 되고, 사람들은 더 이상 세금을 납부하지 않습니다. 또한 커피, 차 그리고 담배 등은 유한계급을 존속시킨다는 이유로 더 이상 파리로 수입되지 않습니

다. 천문학자들은 망원경을 통하여 행성과 항성을 관찰하면서, 창조주의 위대성을 재확인하곤 합니다. 문학작품은 무엇보다도 "자연과학과 정치학에 대한 우리의 인식을 향상시켜 주며, 도덕적인 문제를 해결하는 데 기여하고" 있습니다. 한마디로 문명은 2440년 파리의 삶에서 아주 긍정적으로 발전되어 있습니다.

11. 가부장 중심의 가족제도: 메르시에는 루소의 『사회계약론(Contrat social)』(1762)에 근거하여 정치적 이상을 실현하는 틀을 설정하였습니다. 이러한 틀은 전체주의적이고 전인적인 특성을 드러냅니다. 메르시에는 다른 자연법 사상가들과 마찬가지로 제1신분(귀족 및 지배계급), 제2신분(사제 계급) 그리고 제3신분 모두에게 자유로운 권한을 부여합니다. 다만 제3신분의 경우 가정의 가장만이 정치적 권한을 지니고 있습니다. 가족은 가부장 중심의 최소 단위입니다. 사람들은 적재적소에서 자신에게 부여된 노동의 의무를 실천합니다. 결혼식은 자유롭게 치러집니다. 결혼 전에 여자는 마음에 들지 않을 경우 혼인을 거부할 수 있습니다. 그러나 결혼 후에 여성은 반드시 수동적으로 가정에 충실해야 합니다. 새로운 미래 국가에서는 이혼도 가능하지만, 이혼하려는 사람은 그리 많지 않습니다. 메르시에의 유토피아에서는 여성의 권한이 현격하게 축소되어 있습니다. 이는 루소의 『에밀』(1762)에 반영된 남존여비의 관점을 그대로 수용했기 때문입니다.

메르시에는 루소의 다음과 같은 말을 작품에 직접 인용하고 있습니다. "여성은 남성에게 순종하기 위해서 태어난 사람들이다. 설령 자신이 옳다고 하더라도 여성은 남자의 말을 무조건 따라야 한다"(Gnüg: 124). 따라서 집안의 가장은 여성일 수 없으며, 집안의 가장으로서의 가부장이 국가와 사회의 모든 역할을 담당해야 한다는 것입니다. 이러한 전근대적인 시각에도 불구하고 메르시에는 여성의 지위를 경미한 범위에서 향상시켜 놓았습니다. 가령 모든 처녀들은 배우자를 능동적으로 선택할 기회를 얻습니다. 그 대신 남편이 자신의 양육자이기 때문에, 여성들은 이에 대한 자부심과 남편에 대한 정조를 지켜야 합니다. 나아가 메르시에는 일부 여성들에게 특권을 부여하였습니다. 이를테면 여성들도 지적인 교육을 받을 수 있는데, 이는 오로지 자식을 더욱더 세심하고 영리하게 키우기 위함이라는 것입니다.

12. 매매춘의 금지: 메르시에의 작품에서는 매매춘이 금지되어 있습니다. 이는 토머스 모어의 영향으로 이해됩니다. 매매춘은 처음부터 가족제도를 파괴하고 가부장의 부도덕한 습관을 방조하게 한다는 것입니다. 문제는 메르시에의 사고에 남존여비의 시각이 여전히 남아 있다는 사실입니다. 18세기의 프랑스 현실이 이조 말기와 동시대였음을 감안한다면, 우리는 메르시에가 여성에 대해 비교적 진취적인 태도를 취했음을 짐작할 수 있습니다. 17세기 프랑스에서 여성들의 지위는 현저하게 낮았습니다. 남정네들은 신분 고하를 막론하고 여성을 사악한 존재라고 여겼습니다. 여성들의 영혼은 음탕함, 혼란스러운 열정, 교태, 향락의 욕구 등을 내재하고 있다는 것입니다. 중세 후기부터 근대에 이르기까지 이어진 마녀사냥 역시 여성에 대한 부정적 시각의 영향으로 여겨집니다. 만약 특정 여성들이 영특함을 드러낼 경우, 로마가톨릭교회는 이들을 마녀로 규정하고 처형하기를 서슴지 않았던 것입니다. 이러한 여성관은 놀랍게도 프랑스 혁명 이후에 미약하나마 조금 변화하게 됩니다. 그 까닭은 파리 시장에서 일하던 여성들이 바스티유 감옥을 폭파하는 등 이후의 혁명에 직접적으로 영향을 끼쳤기 때문입니다.

13. 삼권분립의 이상과 군주제와 민주제의 혼합: 메르시에는 국가 형태로서 공화국을, 정부 형태로서 입헌군주제를 선택하였습니다. 놀라운 것

은 프랑스의 미래 국가에서 삼권분립이 강화되어 있다는 사실입니다. 이는 몽테스키외의 권력분립 이론을 따른 것입니다. 권력은 왕과 의회로 분리되어야 하고, 어떠한 경우에도 왕이 독자적으로 정책을 강행할 수 없습니다. 절대주의 체제로 회귀하지 않기 위해서 군주는 반드시 감시관에 의해 감독 받아야 합니다. 그렇게 해야만 왕을 배후에서 조종하여 권력을 극대화시키려는 책사들을 물리칠 수 있다고 합니다. 봉건주의의 사악한 잔재는 메르시에의 유토피아에서는 더 이상 남아 있지 않지만, 작가는 바람직한 정치 질서로서 군주제와 민주제를 혼합하고 있습니다. 1787년만 하더라도 메르시에는 군주제를 가장 이상적인 정부 형태라고 단언하였습니다. 그런데 프랑스 혁명의 경험은 그로 하여금 군주제와 민주제의 혼합을 선택하게 한 것 같습니다. 국가에서 가장 중요한 정책은 국민의 뜻을 반영하는 국민공회와 국가 엘리트의 원로원을 거쳐서 최종적으로 왕에 의해서 결정됩니다. 그런데 정부 형태는 중앙집권적 체제를 지양하고, 부분적으로 지방자치제도가 도입되고 있습니다. 바스티유 감옥은 전제주의의 상징으로 오래 전에 허물어졌고, 고문이 철폐되었으며, 모든 법정은 체사레 베카리아(Cesare Beccaria)의 자연법의 원칙에 따라서 개혁되어 있습니다. 그렇다고 해서 사형 제도가 완전히 철폐된 것은 아닙니다.

14. 왕위 계승자와 관리: 관리는 엄격하게 선발됩니다. 인품과 학식을 겸비한 40세 이상의 남자만이 관리가 될 수 있습니다. 왕위 계승자는 태어나자마자 자신이 누군지 모른 채 평범한 시민의 가정에서 자라게 됩니다. 그는 모든 종류의 농사, 수공업 기술 등을 익혀야 하며, 다양한 분야의 지식을 습득해 나갑니다. 20세가 되면 왕위 계승자는 궁궐로 돌아와서 2년 동안 군주 수업을 받습니다. 이때 그는 자신의 존재가 백성들보다 높지 않다는 것을 가슴 깊이 새겨야 합니다. 왕위 계승자는 외국

인 여자와 결혼할 수 없고, 24세가 되면 시민의 딸을 왕비로 맞아야 합니다. 나아가 사회는 세 가지 신분으로 구분됩니다. 그렇지만 신분 차이로 인한 억압이라든가 노예의 고통이 전혀 존재하지 않는다는 점에서 메르시에의 유토피아는 플라톤의 그것과 본질적으로 다릅니다. 세 가지 신분은 왕, 의회 그리고 일반 사람들로 나누어집니다. 왕을 보좌하는 자는 수상(옥새상서)인데, 입법과 행정의 과정을 감독하고 감시하는 역할을 맡습니다. 의회는 법을 제정하고, 법을 실행하는 기관입니다. 왕과 의회는 2년에 한 번씩 전체 인민 회의를 소집하여, 도시 · 국가의 모든 문제를 세밀하게 논의합니다.

15. 군주들의 전쟁 지향적 정책 비판: 메르시에는 작품 내에서 볼테르와 마찬가지로 군주들의 전쟁 추구 정책을 신랄하게 비판합니다. 나라를 부흥시킨다는 미명 하에 군주들은 더 많은 부와 영토를 얻으려는 데 혈안이 되어 있습니다. 사회의 상류층들은 이에 합세하여 전쟁 발발의 명분을 만들어 내고, 일반 백성들을 전쟁터로 몰아가곤 하였습니다. 사실 절대왕정 체제 하에서 전쟁은 그야말로 비일비재하게 발생했습니다. 메르시에는 작품 내에서 마치 피를 토하듯이 다음과 같이 외칩니다. "겁많은 왕들은 가난한 젊은이들을 죽음으로 몰아가고, 허리를 굽히는 '개'들은 천연덕스럽게 어떤 유일한 개의 비호 하에서 온갖 학살을 자행하였다"(Mercier 1983: 304). 국가는 교육 프로그램을 개발하여 왕족의 자제들로 하여금 "청각을 이용하는 기계"를 쓰고 무언가를 듣도록 조처했습니다. 그것은 전쟁의 끔찍한 포성과 죽음 직전에 절규하는 군인들의 비명으로 이루어져 있습니다. 이로써 젊은이들은 전쟁의 끔찍함과 무의미함을 마음에 깊이 새길 수 있었습니다(임정택: 182). 감옥은 사라지고, 고문은 철폐되어 있습니다. 모든 법정은 체사레 베카리아의 인권 옹호의 원칙에 의해서 새롭게 개혁되어 있습니다(블로흐: 371).

16. 사유재산제도와 화폐의 인정: 메르시에의 작품에서는 경제적 시스템이 일목요연하게 드러나지 않습니다. 그렇지만 우리는 『서기 2440년』에서 어떤 특징적 요소를 발견할 수 있습니다. 즉, 메르시에의 미래의 국가에서는 사유재산제도가 존재하며, 화폐 역시 교환 수단으로 통용되고 있습니다. 이로써 우리는 메르시에가 빈부 차이를 어느 정도의 범위에서 용인한다는 사실을 알 수 있습니다. 이러한 특성은 모어, 캄파넬라, 안드레에 그리고 윈스탠리의 유토피아와는 완전히 다른데, 프랜시스 베이컨의 유토피아에서 차용한 것 같습니다. 그렇다고 해서 사유재산제도와 병행하는 이윤 추구의 끝없는 욕망은 미래 국가에서는 발견되지 않습니다. 메르시에의 미래 국가는 무엇보다도 부자들의 사회적 의무 내지는 도덕적 책임을 강조합니다. 부자들은 학문 연구와 과학의 탐구 그리고 예술의 발전을 위해서 자신의 재산을 과감히 희사합니다. 그리고 사회복지를 위한 건물을 짓는 데 드는 비용도 기꺼이 쾌척합니다. 여기서 우리는 메르시에가 사유재산보다도 개개인의 사회적 의무를 더욱 중시한다는 것을 알 수 있습니다. 만약 노동자들이 사회적으로 훌륭한 일을 행했을 경우, 부자들은 그들과 함께 공동으로 식사하곤 합니다.

17. 개개인들의 욕망을 충족시키는 경제활동: 메르시에의 유토피아가 공산주의와는 거리감이 있다 하더라도, 경제생활은 무작정 자본주의의 방식대로 영위되지는 않습니다. 모든 가장은 당국으로부터 일정의 토지를 공급받습니다. 그렇기에 사람들이 토지와 농경지를 공동으로 소유하는 경우는 없습니다. 대신에 임금을 받고 일하는 농부는 존재합니다. 메르시에가 임금노동을 용인한다는 점에서 그의 사고는 루소의 그것과 차이점을 보여 줍니다. 사람들은 농사를 짓거나 가축을 기르기 위해서 토지를 자신의 사유재로 활용할 수 있습니다. 농업 중심의 경제체제를 갖추고 있는 미래 국가는 사회적 필요에 의해서 물품을 생산합니다. 메르

시에의 유토피아에서 중요한 것은 이윤 추구가 아니라, 개개인의 욕망의 충족이라고 합니다. 이와 관련하여 메르시에는 미래 국가의 사람들로 하여금 이윤 추구보다도 노동에 대한 애착을 강조합니다. 그것은 노동자들이 아름다운 자연 속에서 여유 만만하게 일하는 장 자크 루소의 이상을 그대로 답습하고 있습니다. 전원 속에서 즐겁게 자발적으로 행하는 노동이야말로 『서기 2440년』의 이상으로 간주되고 있습니다. 상업은 원칙적으로 국내에서만 용인됩니다. 특히 농산물과 식료품의 경우 물물교환이 가능합니다. 물물교환을 원활하게 하기 위해서 사람들은 강과 강 사이에 운하를 설치해 두었습니다. 이를테면 "농산품은 암스테르담에서 낭트, 루를 거쳐서 마르세유까지" 운하를 통해 운반됩니다(Mercier 1982: 91). 그 밖의 제품 수입은 철저하게 통제되고 있습니다. 그렇지만 국가 역시 경제적 부분에서 특정한 임무를 담당합니다. 이를테면 국가는 빵 값과 식료품의 가격이 동일한 수준을 유지하도록 관리합니다. 국가는 외국과의 무역에도 관여하며, 초콜릿, 담배, 술, 녹차 그리고 커피 등의 기호품의 수입을 철저하게 금지합니다.

18. 경제활동의 주체로서 국가: 재화의 생산과 분배를 자율적으로 규정하는 시장은 존재하지 않습니다. 그래서 국가는 이에 대해 개입할 수밖에 없습니다. 이를테면 국가는 농업 생산자와 소비자의 욕구를 가급적이면 균등하게 맞추려고 노력합니다(Mercier 1971: 90f). 국가의 경제 부처는 생산과 소비의 양, 식료품과 공산품의 가격 등을 책정합니다. 구리 제품의 경우 얼마든지 다른 나라와의 교역이 가능합니다. 따라서 모든 것은 국가의 계획 하에 이행되는데, 특히 외국과의 교역에 있어서 국가가 모든 결정권을 지니고 있습니다. 물론 메르시에의 유토피아에서는 농업 분야가 전체 경제에서 가장 중요한 영역을 차지하는 것은 사실입니다. 그렇지만 메르시에는 민간인의 국내 무역과 국제무역 등을 처음부터 금

하며, 시장을 통한 가격 결정 역시 철저히 금하고 있습니다. 모든 경제행위는 국가의 계획된 경제정책에 의해서 이행되고 있습니다.

19. 사치품의 외상 구매의 금지: 메르시에는 국가가 생산과 소비를 중재하고, 과잉생산과 노동 욕구의 급격한 약화 등을 해결하기 위해서 몇 가지 조정안을 제시합니다. 그 가운데 하나로서 국가는 사치품의 신용 구입을 사전에 차단시켰습니다. 메르시에의 미래 사람들은 어떠한 경우에도 비싼 물품을 외상으로 구매할 수 없습니다. 금과 은 그리고 비싼 도자기는 더 이상 거래의 대상이 되지 말아야 합니다. 사람들은 자신에게 필요한 물품만을 골라서 현금으로 구입할 수 있습니다. 메르시에는 신대륙에서 유입된 금과 은 그리고 보석 등을 사악함을 부추기는 물건으로 여겼습니다. 사실 16세기 이후로 금과 은 등과 같은 귀금속은 무역을 위한 교환 물품으로 사용되었지만, 상당히 많은 부작용을 낳았습니다. 메르시에는 "사악한 다이아몬드, 위험한 진주 그리고 수많은 보석 등은 인간의 마음을 경직하게 만드는 물건이므로 모조리 바다에 처넣어야 한다"고 설파하고 있습니다(Mercier 1982: 261).

20. 미미하게 반영된 과학기술: 당시에는 이미 증기기관이 발명되었습니다. 그러나 메르시에는 현대 산업사회의 과학기술을 과감하게 선취하지는 못했습니다. 그렇지만 과학기술을 발전시키면, 인간의 힘든 육체노동은 경감될 수 있으며, 사회적 부가 더욱더 증폭되리라고 믿었습니다. 기계야말로 인간의 힘든 노동을 경감시키고, 사회적 풍요로움을 이룩하게 하는 도구라는 것입니다. 그러나 이는 작품 내에서 하나의 흐릿한 희망 사항으로 언급되고 있을 뿐입니다. 가령 25세기 파리의 곳곳에는 급수장이 설치되어 있는데, 모든 시민들이 깨끗한 물을 마실 수 있습니다. 이는 18세기 수학자인 앙투안 데파슈(Antoine Deparcieux, 1703-1768)의

발명 기술을 도입한 것입니다. 앙투안 데파슈는 1751년 수차를 이용해서 50미터 떨어진 강에서 물을 끌어와 활용하게 했습니다(정해수: 368). 그렇지만 급수장 설치는 중세의 라이문두스 룰루스(Raimundus Lullus)의 단순한 논리 기계의 작동, 이를테면 도르래의 활용과 같은 메커니즘의 수준을 벗어나지 못하고 있습니다. 바로 이러한 까닭에 메르시에의 유토피아는 과학기술의 측면에서는 프랜시스 베이컨의 "발명의 기술(ars inveniendi)"을 뛰어넘지 못하고 있습니다. 놀라운 것은 메르시에의 작품에서 과학기술이 차제에 얼마나 커다란 위험을 안겨 주게 될까 하는 점이 암시되어 있다는 사실입니다. 모든 생산은 오로지 기술에 의존할 게 아니라, 무엇보다도 노동자의 일과 땀에 의해 이룩되어야 한다고 메르시에는 주장합니다. 따라서 우리는 메르시에가 과학기술에 관한 과도한 기대감을 품지 않았다고 말할 수 있습니다. 이와 관련하여 메르시에의 미래 국가가 마치 "꿀벌 공화국"을 방불케 하는 것은 당연한 귀결입니다(Mercier 1982: 95). 모든 재화는 인간의 노동의 결실로 이해되기 때문입니다. 여성들은 집안일 외에는 어떠한 다른 노동도 행하지 않습니다.

21. 사치의 금지와 노동의 의무: 사람들은 선(善)에 입각한 세밀한 법을 제정하였는데, 이로 인하여 돈 많은 사람들은 더 이상 흥청망청 사치스럽게 살아갈 수 없습니다. 사람들은 오로지 가장 필요한 부분만을 고려하여 집을 장만해 두었습니다. 대신에 집의 지붕은 화원으로, 꽃으로 치장할 수 있습니다. 진보의 혜택을 누리기 위해서는 만인이 정기적으로 일해야 합니다. 이러한 조처로 인하여 극빈층과 최상류층은 해체되었습니다. 그래서 미래의 파리의 거리에서는 거지가 동냥하는 경우는 거의 사라졌습니다. 그렇지만 가난한 사람들이 완전히 근절된 것은 아닙니다. 메르시에는 만인의 노동을 다음과 같이 피력합니다. "모두가 하루도 빠짐없이 일해야 한다. 일하지 않으면 조국은 직접적으로 손실을 입는다.

노동 없는 생활은 한마디로 죽음의 부드러운 표현이다. 기도하는 시간은 분명히 정해져 있다. 신을 공경하고 사랑하는 마음만 지니면 족하다" (Mercier 1982: 96). 과거에 교회가 정했던 종교적 휴일은 철폐되어 있습니다. 자유 시간은 오로지 노동력을 보충하든가, 지속적으로 교양을 쌓는 시간으로 활용됩니다. 전체적으로 고찰할 때, 이러한 이상 국가의 시민들은 자신의 개인적 자유를 상당 부분 포기해야 합니다. 대신에 그들은 완전성의 척도에 가장 근접하게 도달한 사회에서 살고 있다는 자부심을 지니고 있습니다.

22. 작품 속에 반영된 모어의 영향: 메르시에는 작품 속에 토머스 모어의 『유토피아』의 내용을 부분적으로 차용하였습니다. 이를테면 미래의 파리 사람들에게 모든 도박이 금지되어 있습니다. 심지어 주사위 놀이도 법으로 엄격하게 금지되어 있습니다. 그 까닭은 게임이나 유희가 인간의 필연적 노동을 음으로 양으로 방해하기 때문이라고 합니다. 이를테면 숲에서 야생동물을 사냥하는 행위는 저열한 유희로 간주되고 있습니다. 나아가 짐승의 도살과 정육 업종에 종사하는 자는 대부분 외국에서 데리고 온 하층민들로 구성되어 있습니다. 앞에서도 언급했듯이, 매매춘은 법으로 철저하게 다스립니다. 그리고 부정 축재 역시 사악한 행위로 취급 받습니다. 귀중품에 대한 경고 내지 폄하의 발언 등은 모어의 『유토피아』에 이미 등장하는 내용입니다.

23. 메르시에의 처절한 시대 비판: 메르시에의 유토피아는 무엇보다도 당대의 귀족과 교회 세력이 지니고 있던 사치, 특권 그리고 허영심을 비판하기 위함이었습니다. 자고로 18세기의 절대주의 왕정의 독재 체제는 두 계급에 의해서 지탱되었다고 해도 과언이 아닙니다. 그 하나는 귀족계급이며, 다른 하나는 가톨릭교회의 고위 사제 계급입니다. 두 계급은

노동을 통해서 재화를 창출하지 않으면서도 권력에 빌붙어서 인민의 피를 빨고 있었습니다. 이들에 대한 비판은 서문에서 노골적으로 드러나고 있습니다. 메르시에는 등장인물 한 사람의 입을 빌려서, 두 계급에 대해 엄청난 저주를 퍼붓습니다. "너희가 살고 있는 시대를 생각해 보라. 하수도 아래로 흘러가는 온갖 오물도 그들(귀족과 교회 세력)의 영혼보다는 더럽지 않을 것이다. 그들의 손에는 금덩어리가 쥐어져 있고, 그들의 심장에는 온갖 간계가 가득 차 있구나. 사악한 자들은 가난한 사람들을 더욱더 커다란 고통 속으로 빠트리려고 온갖 음모를 저질러 왔다"(Mercier 1982: 128). 여기서 우리는 메르시에가 사회의 유한계급에 해당하는 귀족과 교회의 고위 사제들을 얼마나 증오했는가 하는 점을 과히 짐작할 수 있습니다.

24. 메르시에의 계몽주의 사상: 메르시에는 과학기술 발전을 통한 더 나은 사회적 삶을 도모하려는 인간의 개선 의지에 무한한 신뢰를 보냅니다(정해수: 369). "어떠한 인간도 자연의 법칙에 따라 다른 사람에게 무릎을 꿇지 않는다. 어느 누구도 노예로 태어나지 않았다. 설령 왕이라고 하더라도 머리에 왕이라는 글자를 박은 채 태어나지 않고, 오로지 인간으로 태어날 뿐이다. (…) 자연의 법은 단순하고 순수하다. 그것은 단순한 언어로 모든 민족에게 공표되어 있다. 모든 이성적 인간은 자연의 법이 우주적으로 유효하다는 사실을 알고 있다. 이러한 법칙은 결코 비밀스러운 그림자에 의해 둘러싸여 있지 않다. 그것은 생동하는 규정이며, 결코 지워지지 않는 어떤 부호로 기술되어 있다"(Mercier 1982: 245). 자연의 법칙에 의하면, 빈부 차이는 어디에서도 존재할 수 없습니다. 그러나 그것은 실제 현실에서 도시뿐 아니라 시골에서도 온존하고 있었습니다. 시골의 소작농들은 마치 황소처럼 뼈 빠지게 농사를 지은 뒤에 일 년 치의 수확물 가운데 대부분을 대지주에게 지대와 세금으로 납부해야 했

습니다. 그들과는 달리 상류층 사람들은 사치와 방탕으로 삶을 즐기고 있었습니다. 이를테면 귀족의 성에 전시되어 있는 도자기는 고양이 한 마리가 발을 잘못 디뎌서 박살낼 수 있는 귀중품이지만, 이 손실은 동방의 20개 부족을 경제적으로 몰살시키기에 충분할 정도라고 합니다. 부자들은 불과 12명의 손님을 접대하기 위해서 300명의 하인들로 하여금 힘들게 일하게 했으며, 귀부인은 농민 10가구가 일 년 동안 먹고살 수 있는 가치의 귀걸이를 귀에 치렁치렁 걸고 있었다고 합니다(Mercier 1982: 186).

25. 메르시에의 유토피아의 문제점 (1): 그렇지만 메르시에가 설계한 파리의 미래 사회는 몇 가지 문제점을 노출하고 있습니다. 첫째로, 『서기 2440년』에는 과학기술에 관한 획기적인 사항이 빠져 있습니다. 파리는 농업경제의 수준을 벗어나지 못하고 있으며, 사람들은 에너지원으로서 오로지 물을 활용할 뿐입니다. 작가는 심지어 증기기관을 활용하는 방안조차 창안해 내지 못했습니다. 그럼에도 근대적 에너지 자원으로 그렇게 많은 사람들이 수준 높은 삶을 영위한다면, 여기에는 문학적 리얼리티가 결여되어 있습니다. 메르시에에 비하면 자동차와 기차 그리고 선박에 관한 푸리에의 상상력은 얼마나 놀랍습니까? 생물학 연구에 관한 제반 사항도 프랜시스 베이컨의 『새로운 아틀란티스』에 언급된 것 이상을 도출해 내지 못하고 있습니다. 둘째로, 그곳 사람들은 성생활에 있어서 어떤 곤란한 문제와 조우할 수 있습니다. 이곳의 남녀들은 철저한 일부일처제를 준수하면서 살아갑니다. 그렇지만 매매춘이 철저하게 금지되어 있으므로, 성생활은 혼인 내에서 합법화되고 있습니다. 따라서 사이가 좋지 않은 부부와 사랑의 삶에서 불행한 남녀의 경우 어떠한 해결책도 남아 있지 않습니다. 메르시에의 유토피아에서 지적받아야 할 사항은 작가가 처음부터 여성의 예속을 정당화하고 있다는 사실입니다.

26. 대포의 사용: 셋째로, 이곳 사람들은 서로 싸우지 않고 전쟁을 혐오하면서 살아갑니다. 그렇지만 미지의 적은 미래의 어느 순간에도 얼마든지 돌출할 수 있습니다. 적은 불시에 나타나서 미래의 파리를 공격하여 시가지를 순식간에 초토화시킬 수 있습니다. 그래서 파리 사람들은 각개전투를 위한 소총보다는 가급적이면 화력이 센 대포를 사용할 것을 권하고 있습니다. 왜냐하면 대포는 적의 핵심부를 집중적으로 공격하여 섬멸할 수 있다는 것입니다. 적에 대한 대응의 문제 내지 전쟁의 문제는 모든 문학 유토피아가 안고 있는 근본적인 취약점입니다. 그렇다고 해서 메르시에가 대포의 개발과 생산을 무조건 찬양하지는 않았습니다. 대포의 생산은 메르시에에 의하면 과학기술의 잘못된 적용의 결과라고 합니다. 소수의 부자들이 대포를 지니게 되면, 재화를 무제한적으로 축적할 수 있으며, 사회적 평화를 망칠 수 있다고 합니다.

27. 메르시에의 유토피아의 문제점 (2): 넷째로 메르시에의 이상 사회는 합리적으로 축조되어 있지만, 모든 것을 엄격하게 통제하는 특성을 지니고 있습니다. 그렇기에 검열이 존재하고, 예술이 국가에 의해서 통제당하고 있습니다. 놀라운 것은 — 장 자크 루소와 같은 일부 작가는 예외이지만 — 사람들이 금서로 지목된 서적들을 공개적으로 불태운다는 사실입니다. 이는 근대의 분서갱유와 다를 바 없습니다. 문학작품도 교훈적인 것만 선별적으로 채택됩니다. 이를테면 사포(Sappho), 아나크레온(Anakreon), 아리스토파네스 그리고 루크레티우스 등의 문학작품들은 사람들의 마음속에 방종의 유희를 부추긴다는 이유로 모조리 분서갱유의 대상이 됩니다. 이를테면 메르시에는 루크레티우스의 문헌이 사라져야 하는 이유를 다음과 같이 설명합니다. 즉, 그의 물리학은 잘못된 것이고, 그의 윤리는 부적절하기 때문이라고 합니다. 실제로 중세의 모든 에로틱한 향유를 담은 문학작품은 분서갱유의 대상이 되었습니다. 화가와

조각가 역시 미덕을 지닌 인간 영혼과 무관한 작품을 전시해서는 안 된다고 합니다(Mercier 1971: 155). 상기한 내용을 고려할 때, 우리는 다음과 같이 요약할 수 있습니다. 즉, 메르시에는 이상 국가의 상을 상상하면서 캄파넬라의 『태양의 나라』와 베이컨의 『새로운 아틀란티스』 등에 나타난 사회 유토피아의 상을 넘어서지는 못했다고 말입니다. 왜냐하면 메르시에가 설계한 가상적인 현실은 시스템으로서 완벽한 체제를 갖추고 있지 못하며, 부분적으로 납득할 수 없는 내용을 표방하고 있기 때문입니다.

28. 요약: 유토피아는 계몽주의 시대에 공간 유토피아로부터 시간 유토피아, 다시 말해서 "우크로니아"로 의미 변화를 이룹니다. 이로써 서양 유토피아의 흐름은 계몽주의 시기에 이르러 패러다임의 전환을 체험하게 됩니다. 우리는 앞에서 이미 어떠한 이유에서 "(정태적) 완전성"의 개념이 계몽주의에 이르러 "(역동적) 완전성" 내지 완전성으로 향하는 운동의 개념으로 뒤바뀌게 되는가 하는 점을 살펴보았습니다. 또 한 가지 중요한 사항은 메르시에의 미래 소설이 나타난 시점입니다. 18세기 중엽부터 사람들은 이 세상에 더 이상 새로운 땅이 발견될 수 없다는 점을 자각하게 되었습니다(Fohrmann: 108). "새로운 가능성을 찾는 일은 이제 공간 구도 속에서는 가능하지 않다. 따라서 미래 속에는 인간이 행할 수 있는 무제한적인 활동 영역이 얼마든지 존재할 수 있다"고 사람들은 생각하게 되었습니다. 아니나 다를까 몇 년 후에 미래를 소재로 한 소설들이 마구 쏟아지기 시작했습니다. 현대에 이르러 쥘 베른, 웰스 등의 소설은 현대의 사이언스 픽션을 태동시키는 데 결정적으로 기여하였는데, 이러한 미래 소설의 모티프는 메르시에의 작품으로 거슬러 올라갑니다.

참고 문헌

루소, 장 자크(2008): 에밀, 이환 역, 돋을새김.

볼테르(2010): 미크로메가스. 캉디드 혹은 낙관주의, 이병애 역, 문학동네.

임정택(2011): 상상. 한계를 뛰어넘는 발칙한 도전, 21세기북스, 178-184.

정해수/장연욱(2011): 루이 세바스티앵 메르시에의 Uchronie 『서기 2440년』과 유토피아 사상, 실린 곳: 프랑스 문화 연구, 제23집, 361-390.

주명철(2015): 루이 세바스티앵 메르시에가 겪은 혁명, 실린 곳: 서양사론, 125권, 124-151.

Fohrmann Jürgen(1983): Utopie und Untergang. L.-S. Merciers L'An 2440, in: Klaus L. Berghahn, Hans U. Seeber(Hrsg.): Literarische Utopien von Morus bis zur Gegenwart, Königstein/Ts., 105-124.

Freyer, Hans(1936): Die politische Insel. Eine Geschichte der Utopien von Platon bis zur Gegenwart, Leipzig.

Fuchs, Eduard(2015): Illustrierte Sittengeschichte vom Mittelalter bis zur Gegenwart in 3 Bänden, Salzwasser: Paderborn.

Gnüg, Hiltrud(1999): Utopie und utopischer Roman, Stuttgart.

Kleinwächter, Friedrich(1891): Die Staatsromane. Ein Beitrag zur Lehre des Communismus und Socialismus, Wien.

Koselleck, Reinhart(1985): Die Verzeitlichung der Utopie, in: Utopieforschung, (hrsg.) Wilhelm Voßkamp, Interdisziplinäre Studien zur neuzeitlichen Utopie, 3. Bd. Stuttgart, 1-14.

Mercier, Louis-Sebastian(1971): L'an Deux Mille Cent Quarante, Rêve s'il en fut jamais, Introduction et Notes par Raymont Trousson, Bordeaux.

Mercier, Louis Sebastian(1982): Das Jahr 2440. Ein Traum aller Träume. Deutsch von Christian Felix Weiße. Frankfurt am Main.

Montesquieu, Charles de Secondat(1994): De L'esprit des loit, Vom Geist der Gesetze, Stuttgart.

Trousson Raymond(1985): Utopie, Geschichte, Fortschritt, in: Voßkamp, Wilhelm (hrsg.), Utopieforschung, Bd. 3. Interdisziplinäre Studien zur neuzeitlichen Utopie, frankfurtt a. M., 15-23.

3. 홍산 문화 그리고 빌란트의 『황금의 지침서』

(1772/1774)

1. 서양 사람들의 동양 문화에 관한 오류: 동양 문화에 관한 서양인들의 오류 내지 동북아시아 지역의 고대 문화에 대한 서양인들의 오리엔탈리즘의 편견 등은 참으로 심각합니다. 독일 철학자들은 라이프니츠 이래로 거의 대부분 동양 문화가 중국의 사상으로 이루어져 있다고 착각해 왔습니다. 그러나 고대 동북아 지역의 문화는 오직 중국의 황허 문명에 국한될 수는 없습니다. 아니, 그것은 엄밀히 따지면 중화주의적 사고와는 본질적으로 다릅니다. 왜냐하면 고대의 동양 문화는 황허강 유역의 용산 문화가 아니라, 송화강 유역의 홍산 문화에 의해 그 토대가 다져졌기 때문입니다. 홍산 문화는 환국(桓國) 시대의 한민족의 문화에 해당하는 것입니다. 이는 20세기 후반에 고고학적 발굴로 확인된 사실입니다. 동양의 고대 사상은 중국인들이 아니라, 한, 맥 그리고 예라는 세 개 부족에 의해서 완성된 것이라고 해도 과언이 아닙니다. 따라서 고대 동북아의 문명을 중국의 황허 문명이라고 단정하는 것은 오늘날의 거대 중국의 중화주의라는 관점에서 조작된 역사 왜곡에 해당합니다.

2. 문명은 기원전 500년의 차축 시대 이전에 이미 완성되어 있었다: 카

를 야스퍼스는 『역사의 근원과 목표에 관하여(Vom Ursprung und Ziel der Geschichte)』(1949)에서 다음과 같이 단언하였습니다. 세계사는 서양, 인도 그리고 중국이라는 3대 축으로 분할되는데, 기원전 500년 전후의 차축 시대에 이르러 동서양의 모든 사상적 체계가 확립되었다고 합니다(Jaspers: 40). 다시 말해서, 차축 시대에 이르러 그리스에서는 플라톤, 아리스토텔레스 등이, 중국에서는 노자, 공자, 묵자 등이 그들의 고유한 사상 체계를 완성했다는 것입니다. 그러나 이러한 주장은 사실이 아닙니다. 1940년대 말에는 고고학적 발굴이 제대로 이루어지지 않아 야스퍼스는 다음과 같은 두 가지 사항을 정확히 파악할 수 없었습니다. 그 하나는 만주 지역의 송화강 유역에 자리한 홍산 문화가 고대 중국의 황허강 유역의 문화보다 천여 년 이상 앞선다는 놀라운 사실이며, 다른 하나는 바빌로니아 지역에는 이집트 문명보다도 더 오래된 수메르 문명이 만개했다는 사실입니다. 여기서 중요한 것은 기원전 3000년 이후로 동북아 지역의 거대 영역을 장악했던 나라는 고조선이며, 이곳의 문화가 인접한 고대 중국의 초라한 문화에 지대한 영향을 끼쳤다는 사실입니다. 이 점을 고려할 때 한국 문화가 중국 문화의 아류라고 주장하는 토인비의 『역사의 연구(A Study of History)』(1934-1954)는 수정을 요합니다.

3. 동이족의 특성: 특히 고대의 동북아에서 홍산 문화를 주도한 자들은 동이(東夷) 사람들이었습니다. 동이족은 기원전 3세기에 출현했다고 하는 『예기』의 왕제(王制) 편에 다음과 같이 기술되어 있습니다. "동이: 이는 어질어서 만물을 살리기 좋아한다. 서융: 융은 흉해서 사람과 생물을 죽임에 공정하지 못하다. 남만: 만은 교만해서 임금과 신하가 같은 냇물에서 목욕하고 서로를 업신여긴다. 북적: 적은 편벽해서 부자와 수숙이 한 굴에서 살고, 그 행실이 도리에서 어긋난다"(禮記, 十二, 王制). 동이(東夷)는 자구적으로 "동쪽의 오랑캐"라고 해석되지만, 다른 관점에서는

"활을 잘 쏘는, 순박하고 어진 동쪽 사람들"을 가리킵니다. 물론 동이족 가운데에는 흉노, 동호, 오한, 선비, 거란, 몽골, 숙신, 읍루, 말갈, 여진 그리고 만주족이 있습니다. 이들은 같은 민족이며, 중국의 민족과는 현격하게 구분됩니다(김종서: 81). 물론 동이족이 한민족이라고 단언할 수는 없지만, 상당 부분은 한민족으로 이해될 수 있습니다. 중국의 지리서 『산해경(山海經)』에는 다음과 같이 기록되어 있습니다. "군자의 나라에서는 옷과 모자를 쓰고 칼을 차고 있었으나 서로 싸우지 않는다." 여기서 동이족은 유순하고 소박한 인성을 지닌 자라는 사실이 문헌으로 증명되고 있습니다. 따라서 우리는 두 가지 사실을 재확인할 수 있습니다. 그 하나는 가장 훌륭한 인간형으로서 동이계의 순왕이 유교의 사표(師表)가 되었다는 사실이며, 다른 하나는 단군 이래로 동북아에서 정치적으로 그리고 문화적으로 가장 커다란 영향을 끼친 나라가 고조선이라는 사실입니다. 가령 산동반도에 환국과 고조선의 분국이 존재했다는 것만으로도 고조선이 얼마나 광대했는가 하는 것을 증명해 줍니다(신용하: 58).

4. 만주의 홍산 문화가 중국에 끼친 다섯 가지 범례: 동북아 지역의 홍산 문화는 고조선 이전과 고조선 시대의 문화로 이해될 수 있습니다. 홍산 문화가 중국에 끼친 범례는 다섯 가지로 요약될 수 있습니다. 첫째로, 기원전 2000여 년경에는 고조선이 중국 지역에 정치적으로, 문화적으로 지대한 영향을 끼쳤습니다. 가령 단군 2세 부루는 기원전 2240년에 임금이 되었는데, 가장 현명한 성군으로 알려져 있고, 중국의 우왕이 부루에게 찾아와서 물 다스리는 법을 배워 갔는데, 이로써 황허를 장악하는 데 성공을 거두었다고 합니다(김상일 A: 309). 이 점을 고려할 때 중국의 삼황오제에 관한 이야기가 한국의 삼신오제설을 모방한 신화임을 확인할 수 있습니다. 중국의 최고신 반고는 환국(桓國) 말기에 삼위산의

납목 동굴에 이르러 임금이 된 신시의 군주, 제현반고가한의 모습을 그대로 반영한 것입니다(박제상: 293). 둘째로, 고대 중국 "하"나라가 건설되기 전에 활동했던 왕, 순(舜)은 동이족 사람이었습니다. 『부도지』에 의하면, 도읍을 요에게 빼앗긴 단군은 돈예(豚芮)를 정벌하고 그곳에 유호씨를 보내어 요를 깨우치게 했습니다. 요는 유호씨의 아들 순, 다시 말해 제준(帝俊)에게 두 딸을 아내로 바치면서 왕위를 계승하게 했습니다. 셋째로, 신석기 시대에 53,525개의 중국 글자를 만들어 낸 태호 복희는 중국의 전설적 황제로 알려져 있으나, 이는 사실이 아닙니다. 그는 동이족 사람이었습니다. 태호 복희가 자란 곳은 기주(冀州)인데, 이곳은 옛 동이의 땅이었습니다. 그가 채택한 한자의 발음부호인 반음절들은 우리말의 기준으로 구성되어 있습니다. 태호 복희는 한문자의 원형이 되는 팔괘(八卦)를 그렸고, 각목으로 한문자인 서계(書契)를 만들었습니다(유승국: 23). 동양 철학의 정수라고 알려져 있는 역(易)을 만들어 내고 음양 상대성과 태극 화합론을 찾아낸 사람은 중국인이 아니라 동이계 사람이었던 것입니다.

넷째로, 유교는 중국에서 생겨나서 만주와 한반도로 전래되었다고 통상적으로 알려져 있지만, 사실인즉 유교 사상의 토대를 마련한 자들은 동이족입니다. 가령 공자는 때로는 동이족을 비방했지만, 오래 전에 만주 지역을 호령했던 나라를 동방예의지국이라고 명명한 바 있습니다. 말하자면 이(夷)가 인(仁)으로 통한다는 것이었습니다. 사실 유교는 공자 자신이 말했듯이 요와 순의 사상을 계승하고 발전시킨 것입니다. 공자는 옛날의 가르침을 새로이 했음을 분명히 하고, 이를 온고이지신으로 표현하였습니다. 맹자는 다음과 같이 말했습니다. "공자의 도는 맥도인데, 맥은 북방에 있는 이적의 나라이름이다(子之道 貊道也 註貊北方夷狄之國名也.)"(『孟子』 62권, 告者章句下 16장). 여기서 맥은 예와 함께 동이족의 다른 이름입니다. 다섯째로, 도교 사상 역시 동이족의 생활 방식에 토대를 두고 있습니다. 도교 사상은 기원전 3세기에 출현하여 기원후 400년까지 만주와 중국 본토에 퍼져 나갔습니다. 소박함과 평화를 추구하는 생활 방식은 노자의 『도덕경』 14장에 다음과 같이 표현되어 있습니다. "도는 보려고 해도 보이지 않는 것이고, 그래서 이(夷)라고 한다(視之不見名曰夷)"(Laotse: 60). 여기서도 동이족의 "이(夷)"가 다시 한 번 언급되고 있습니다. 중요한 것은 다음과 같은 사항이 여기서도 문헌으로 증명된다는 사실입니다. 즉, 기원전 3000년 이래로 고조선의 선교(仙敎)가 존재했는데, 기원전 6세기 이래로 노장사상에 영향을 끼쳤으며, 이후의 시기에 다시 만주와 한반도로 역수입된 것입니다.

5. 단군 이래로 서서히 자취를 감춘 선교(仙敎): 요동과 만주 지역에 퍼진 홍산 문화는 시간이 흐름에 따라 고조선의 부권주의의 정치적 제도에 의해 그리고 외부에서 수입된 이질적 사상과 종교에 의해 서서히 약화되었습니다. 마치 청동기 문화가 철기 문화에 의해 잠식되었듯이, 고조선이라는 광활한 지역에 살던 한인들의 인성과 사고방식은 시간이 흐름에 따라 중국, 몽고 등의 문화에 포함(包含)되고 말았던 것입니다. 그렇지만 그 명맥은 한반도에서 "유불선 삼교 속에 혼재된 현묘한 풍류도"로 전해 내려왔습니다. 이는 최치원의 「난랑비서(鸞郎碑序)」에도 분명히 기록되어 있습니다. 최치원의 글에 의하면 삼국시대에는 도교와 불교가 전파되기 이전에 무속 신앙 속에 이미 풍류도라는 현묘한 도가 이미 존재했다는 것입니다. 이러한 현묘지도(玄妙之道)는 단군 이전과 이후의 시대에 요동과 만주 지역에 살던 한인들의 삶에 용해되어 있던 "한 사상"을 가리킵니다(김상일 B: 115). 한 사상은 단군 이래로 전승된, 무속과 뒤섞인 선도(仙道), 낭도(郎道), 신도(神道)를 지칭합니다. 실제로 단재 신채호는 「동국고대선교고」라는 논문에서 한국의 고유한 "포함삼교(包含三敎)"가 시기적으로 유교와 불교를 앞선다고 주장한 바 있습니다(대한매일신

보 1910년 3월 11일자). 따라서 다음과 같은 결론이 도출될 수 있습니다. 즉, 고대 동양의 문화는 근원적으로 중화주의에 의한 게 아니라, 단군 이후의 고조선 사람들의 고신도(古神道)에 의해서 축조된 것이라고 말입니다. 이러한 현묘지도는 삼국시대에 이르러 고구려의 조의, 백제의 대선 그리고 신라의 화랑 등과 같은 "한 사상"으로 전승되어 왔는데, 이는 먼 훗날 동학사상, 증산 강일순의 사고 그리고 대종교의 강령 속에서 제각기 새로운 민족적 사상으로 발돋움하게 됩니다. 요약하건대 고대의 동양 문화의 토대는 중국인이 아니라, 한, 맥 그리고 예라는 한민족에 의해서 다져진 것입니다.

6. 이상적인 군주에 대한 기대감: 동이와 홍산 문화에 관해서는 이 정도로 언급하기로 하고, 빌란트의 유토피아 소설, 『황금의 지침서』를 살펴보기로 하겠습니다. 본서의 제1권에서 언급한 바 있듯이, 서양의 국가소설은 크세노폰의 『키로스 왕의 교육(Kyropädie)』에서 출발하여, 르네상스 시기에 만개하였습니다. 크세노폰의 작품에는 한마디로 세 가지 사항이 강조되고 있습니다. 제후의 교육, 전쟁과 정복, 국가를 바로 세우는 과업이 바로 그 세 가지 사항입니다(Fohrmann 25). 17세기와 18세기에 이르면, 국가 소설은 기술과 학문에 바탕을 둔 유토피아 미래 소설로부터 벗어나서 군주의 교육을 강조하기 시작했습니다. 교육 서적은 "군주감(君主鑑)," 다시 말해 "참된 군주를 가르치는 일"을 목표로 삼고 있습니다. 군주의 교육 서적은 어떤 물음을 심도 있게 다루고 있습니다. 그것은 어떤 이상적인 군주가 자신의 국가를 다스릴 때 어떠한 권리를 지니며, 어떠한 의무 사항을 준수해야 하는가 하는 물음입니다. 그렇기에 그것은 절대주의에 대한 간접적인 비판을 은근히 드러낼 수밖에 없습니다. 교육소설에 해당하는 "제후의 지침서(Fürstenspiegel)"가 거의 유형적으로 17세기와 18세기에 출현한 것도 이러한 의향과 관련됩니다. 하나의

제도가 국가의 기반을 다지는 틀로 작용한다면, 지배자의 선량한 인간성이야말로 정의로운 사회를 실천하는 데 중요한 역할을 담당한다는 것이 계몽주의 작가들의 한결같은 입장이었습니다.

7. 이상 국가는 실제 현실에서 발견될 수 있는가?: 제후의 규범을 다룬 작가로서 우리는 스위스 베른 출신의 알브레히트 폰 할러(Albrecht von Haller, 1708–1777)를 예로 들 수 있습니다. 그는 작가 외에도 의사, 식물학자, 정치가 등으로 활동하였습니다. 그의 대표작은 『우종(Usong)』(1771), 『알프레트』(1773), 『파비우스와 카토』(1774) 등으로 요약됩니다. 할러는 가령 『우종』에서 아시아의 선하고 현명한 엘리트의 모습을 문학적으로 형상화함으로써 계몽된 전제주의 체제를 공개적으로 찬양한 바 있는데, 이는 나중에 빌란트를 몹시 당혹하게 했습니다. 할러는 자신의 친구 샤를 보네(Charles Bonnet)에게 보낸 편지에서 스위스 사회에서 반드시 필요한 것은 무엇보다도 관료주의 국가라고 열변을 토하였습니다. 국가를 올바르게 다스릴 수 있는 사람은 “무식하고 이기적인” 일반 백성이 아니라 영리하고 선한 엘리트라는 것입니다. 실제로 할러는 작품 『파비우스와 카토』에서 장 자크 루소가 주장하는 “일반의지(volonté générale)”와 “전체의지”의 개념이 현실에서 하나의 모순으로 등장하므로, 결코 정당화될 수 없다고 주장한 바 있습니다(Siegrist: 50).

8. 이상 국가는 계몽주의의 갈망의 상이다: 할러는 엘리트 중심의 관료주의에 근거한 국가를 칭송하였습니다. 그만큼 그의 시각은 일방적이며, 스위스의 아름다운 도시, 베른을 하나의 독자적인 이상 국가로 건설하려는 국수주의의 갈망에서 비롯한 것입니다. 그런데 빌란트는 할러와는 달리 주어진 현실에서 어떤 이상 국가의 면모를 구체적으로 직시할 수 없었습니다. 이상 국가 속에서 살아가는 인민의 축복받은 삶은 빌란

트에게 그저 가상적인 문학예술을 통해서 선취해야 하는 이상적 상으로 다가왔을 뿐입니다. 빌란트는 어떤 이상 국가에 관한 모델을 설계하는 과업 자체를 처음부터 거부하였습니다. 가령 빌란트의 후기 작품 『아리스티포스와 동시대인들』(1800/1801) 제4장에서는 플라톤의 『국가』가 비판적으로 언급되고 있습니다. 빌란트는 소크라테스 대신에 향락적 견유학자, 아리스티포스(Aristipp)를 내세움으로써, 국가의 구조를 설계하는 일보다는 인간적 위대함과 지조를 부각시키려 했습니다. 작품에 등장하는 아리스티포스는 혈연, 지연의 단일성을 파기하고, 세계시민의 지조를 견지한 인물입니다(조우호: 172). 빌란트는 탁월한 인간성에 대한 기대감을 표명하였습니다. 탁월한 인품을 지닌 인간은 빌란트에 의하면 자유롭고 평등한 계몽주의의 이상을 실현하려는 자라는 것입니다.

9. 작품의 배경으로 선택된 고대 아시아의 세시안 왕국: 빌란트의 『황금의 지침서』는 동방의 이상적 공간을 배경으로 하고 있는데, 그의 사고 속에도 고대 중국에 대한 서양인들의 편견이 자리하고 있습니다. 그 밖에 『황금의 지침서』는 당시 유럽 사람들의 정치적, 예술적 갈망을 반영하고 있습니다. 그 밖에 1759년에 발표된 빌란트의 서사시, 「키루스(Cyrus)」에서는 크세노폰의 『키로스 왕의 교육』의 영향이 강하게 작용한 것으로 보입니다. 빌란트는 『황금의 지침서』에서 아시아의 왕국을 작품의 배경으로 설정하였습니다. 주지하다시피 요(堯)와 순(舜)이 고대 동북아 지역을 다스린 적이 있었습니다. 이들 가운데 동이계의 순(舜)왕은 어떠한 인위적인 법을 내세우지 않고, 자연에 합당하게 모든 정사를 순리대로 처리하였습니다. 나중에 이른바 군웅이 할거하는 춘추전국시대가 출현하게 됩니다. 계몽주의 철학자, 라이프니츠와 볼프(Wolff) 등은 자신들의 계몽주의 사상을 피력하면서 고대 중국의 문화에 대한 호감을 은근히 드러낸 바 있습니다. 그러나 그들은 안타깝게도 고대 아시아의

문화적 토대가 단군의 고조선과 동이(東夷) 사람들에 의해서 다져졌다는 사실을 알지 못했습니다.

10. 작품을 집필하게 된 계기: 빌란트는 『황금의 지침서』를 통해서 인민을 자신의 친자식처럼 애틋하게 생각하는 제후의 덕목을 계도하려 하였습니다. 실제로 1773년에 안나 아말리아 폰 작센-바이마르 공작부인은 빌란트에게 자신의 아들, 카를 아우구스트의 은사가 되어 달라고 부탁하였습니다. 이러한 제안을 받아들인 빌란트는 황태자를 직접 가르치기 시작했습니다. 그렇지만 교육 과정에서 그는 자신의 영향이 지극히 제한되어 있음을 깨닫고 실망감을 금치 못했습니다. 자신의 존재가 말만 "사부(師父)"이지, 실제로는 사회적으로 저열한 지식인 계층에 속하는 "가정교사(Hofmeister)" 한 사람에 불과하다는 것을 처절하게 체험했던 것입니다. 빌란트는 1775년에 자신의 경험을 바탕으로 『황금의 지침서』에 대한 첨부 자료로서 『현자 다니시멘드와 세 개의 연감 이야기(Geschichte des Weisen Danischmend und der drei Kalender)』를 집필하였습니다.

11. 천일야화를 방불케 하는 소설의 틀: 소설은 세시안 왕국에 관한 신비로운 동화의 이야기로 이루어져 있습니다. 소설의 틀로서 작품의 첫 부분에 세 사람이 등장합니다. 술탄, 사흐-게발, 그의 애첩인 누르마할과 왕궁의 책사인 다니시멘드가 바로 그들입니다. 다니시멘드는 궁궐에 들어오기 전에 철학자로 활동하였습니다. 술탄은 하루 종일 국책 사업 등 국가의 중요한 정무에 몰두한 다음에 자신의 침실로 돌아와서 휴식을 취하려고 합니다. 이때 다니시멘드는 술탄과 그의 애첩을 위해서 재미있는 이야기를 하나씩 들려줍니다. 이것이 바로 세시안 왕국에 관한 이야기입니다. 이는 『천일야화』의 계기와는 정반대됩니다. 『천일야화』

에서는 여주인공 세헤라자데가 동침 후에 처형당하게 되는 극한적 상황 속에서 재미있는 이야기를 들려주는 데 반해서, 『황금의 지침서』에서 책사는 술탄이 편히 잠들 수 있도록 안온한 내용의 이야기를 들려줍니다. 이러한 패러디는 놀랍게도 독자를 몹시 미소 짓게 만듭니다. 다니시멘드가 선한 군주에 관한 이야기를 열정적으로 들려줄수록 술탄은 편안히 잠들 수 있습니다. 세 사람의 대화는 세시안 왕국 이야기를 위한 하나의 틀로 작용하고 있습니다.

12. 세시안 왕국: 원래 세시안의 광활한 지역은 수많은 작은 공국으로 분할되어 있었습니다. 그렇기에 변방의 제후들은 자신의 세력을 확장하기 위해서 끊임없이 소규모의 전쟁을 치러야 했습니다. 나중에 타타르의 칸, 오굴이 세시안의 전 지역을 정복하였습니다. 오굴은 막강한 권력을 행사할 수 있었음에도 불구하고 넓고 광활한 나라를 공명정대하고 이성적으로 다스리기 시작하였습니다. 놀라운 것은 지금까지 기득권을 누리던 사제들의 권한이 대폭 축소되었다는 사실입니다. 권력에 기생하던 사제 계급, "야-포우스(Ya-Faous)"는 그때까지 사회의 상류층으로 대접받으면서 기득권을 누려 왔습니다. 세시안 사람들은 머리를 수그리면서 사제들을 경배했는데, 이제 더 이상 그렇게 할 필요가 없습니다. 오굴은 혼자 있기를 좋아하여, 릴리만이 신하들 앞에 모습을 드러내곤 하였습니다. 릴리의 남편이라고 알려진 오굴은 세시안 왕국을 점차 부강하게 만들었으며, 풍요로운 문화를 이룩하도록 배후에서 보조자의 역할을 수행하였습니다. 이로 인하여 수공업과 예술이 발전하며, 세시안 사람들은 겸허한 마음으로 선하게 생활할 수 있게 되었습니다.

13. 에미르의 이야기: 이 대목에서 다니시멘드의 이야기는 일시적으로 차단됩니다. 다니시멘드는 왕국의 개괄적 이야기를 더 이상 들려주지

않고, 개별 인간들에게 집중합니다. 세시안 왕국에서는 — 마치 루소가 『쥘리, 혹은 새로운 엘로이즈』에서 서술한 바 있듯이 — 더 이상 자연과 인간 사이의 갈등과 대립이 온존하지 않습니다. 인간은 자연에 순응하며 살아가고, 자연 역시 사람들에게 물자를 제공하고 휴식과 안락함을 부여합니다. 다니시멘드는 처음에 에미르라는 이름의 남자에 관해서 언급합니다. 에미르는 매우 부유하게 살았는데, 강도의 급습으로 인하여 하루아침에 거지가 되었습니다. 그 후 그는 잃어버린 재산을 되찾기 위해서 백방으로 노력합니다. 그러다가 자신의 노력이 부질없음을 깨달은 에미르는 마음을 비우고, 조용한 마을을 찾아서 목자와 농부로 살아갑니다. 그가 찾은 곳은 고적한 고원지대였습니다. 그곳은 문명의 흔적을 거의 찾을 수 없었으며, 돈과 계급이 아무런 영향을 끼치지 못하는 오지였습니다. 에미르의 노력 끝에 고원지대는 서서히 옥토로 변모하였습니다. 가난한 사람들은 그의 소문을 듣고 서서히 모여들기 시작하였습니다. 그들은 에미르를 따라 농사를 짓거나 가축을 키우기 시작합니다.

14. 아르카디아의 모델 + 인위적 사회 모델: 처음에 빌란트는 고대 아르카디아의 모델을 작품에 반영하였습니다. 아르카디아는 베르길리우스의 전원시에서 언급된 이래로, 루소를 거쳐 페늘롱의 베타케 유토피아로 이어집니다(Voßkamp: 213). 사회의 토대가 아르카디아 모델로 설정되어 있으나, 그 위에 축조되는 것은 인위적인 인간 문화의 체제입니다. 이는 먼 훗날 세시안 왕국에 필요한 인위적인 정책에 의해 이룩되는 체제입니다. 빌란트는 제후들의 규범으로 활용될 수 있는 문헌에서 자연에 근거한 무위의 정책을 추진하는 선하고 겸허한 왕을 묘사하고 있습니다. 작품에는 마치 고대 동북아 지역의 전설적인 두 명의 왕, 요(堯)와 순(舜)을 연상시키는 티판(Tifan)이라는 왕이 등장합니다. 높은 산맥으로 이루어진 인도의 북부 지역에는 약 500개의 씨족들이 옹기종기 모여서 하나의

국가를 이루고 있습니다. 사람들은 이전과는 달리 완전히 평등하게 살아갑니다. 그들은 나름대로의 규칙을 정해서 사랑을 실천하고, 노인들을 공경하며 생활합니다. 모든 질서는 그야말로 자연스러우므로 정치적 불안은 존재할 리 만무합니다(Wieland: 63). 모든 사람들은 스스로를 가족 구성원으로 간주합니다. 물론 사람들 사이에 다툼이 출현하기도 합니다. 그러나 이러한 갈등은 형제자매들 사이에 일시적으로 나타나는 현상일 뿐입니다.

15. 자연에 순응하는 생활 방식: 문제는 고원 지역에 이러한 마을들이 우후죽순 격으로 생겨나기 시작했다는 사실입니다. 어느 날 프자미스라는 이름의 노인이 그를 찾아옵니다. 프자미스는 주위에서 현자로 칭송받는 사람이었습니다. 그는 에미르에게 하나의 "자연 교육"에 근거하는 단순한 사회적 강령을 전해 줍니다. 강령은 고원 지역의 인간이 어떻게 일하고, 삶을 즐기며, 여가를 누리며 살아갈 수 있는가 하는 사항을 일목요연하게 정리한 것이었습니다. 그것은 마을 사람들로 하여금 자발적으로 일하고 균등하게 재화를 나누어 가질 수 있게 하는 법 규정과 다를 바 없었습니다. 물론 외부 세계로부터 고립된 삶이 행복을 즐길 수 있는 최소한의 생존 조건인 것은 사실입니다. 그렇지만 이 지역을 행복의 낙원으로 보존하기 위해서는 사람들이 힘들게 노력하지 않으면 안 됩니다. 가령 젊은이들 가운데에는 자신의 놀라운 능력을 발휘하여 사회적으로 커다란 명성을 얻으려고 애쓰는 자들도 있고, 단순히 광활한 세계를 유랑하고 싶어 하는 자들이 있습니다. 공동체는 이들이 일시적으로 고향을 떠나도록 조처합니다(Meyer 1981: 134).

16. 이스판디아르, 자신의 아버지 아초르로부터 권력을 물려받다: 다니시멘드는 세시안 왕국의 과거의 역사를 들려줍니다. 오굴은 아들, 아초르

에게 자신의 권력을 이양합니다. 아초르는 아버지와는 달리 아름다움을 추구하고, 의외로 향락과 쾌락에 열광하는 왕이었습니다. 왕국의 정치를 자신의 책사에게 맡기고, 자신은 왕궁의 뒤뜰에서 풍류를 즐기곤 하였습니다. 아초르가 이렇게 행동하게 된 계기는 애첩 알라반다의 영향이 컸습니다. 알라반다는 지속적으로 국고를 낭비하게 하였습니다. 호화로운 왕궁을 증축하고, 맛깔스러운 음식과 세련된 의복을 충당하는 데 많은 경비가 소요되었습니다. 이로 인하여 백성들은 과도한 세금 납부로 인하여 서서히 궁핍함을 감수해야 하는 형국에 이릅니다. 세월이 흘러 아초르가 노인이 되었을 때, 권력은 그의 아들, 이스판디아르에게 이양됩니다. 문제는 이스판디아르의 등극으로 백성들이 이전보다 더욱더 기근과 폭압에 시달리게 되었다는 사실입니다. 그의 책사, 에볼리스는 마치 마키아벨리와 같이 교활한 술수를 자행하는 간악하기 이를 데 없는 모사꾼이었습니다. 에볼리스의 영향으로 인하여 이스판디아르는 사악한 폭군 내지는 피도 눈물도 없는 참주라는 오명을 듣게 됩니다. 실제로 이스판디아르 주위에는 간신들이 득세하였습니다. 이들은 혹세무민으로 일관하면서, 지금까지 이어지던 좋은 전통적 관습과 도덕 그리고 법을 무너뜨리고 맙니다. 폭정과 불법은 결국 사람들의 무력 폭동으로 이어지고, 이스판디아르는 그 와중에 비참하게 살해당하고 맙니다.

17. 계몽된 왕의 군주정치에 대한 갈망: 뒤이어 세시안 왕국의 왕으로 추대된 사람은 아초르의 조카, 티판이었습니다. 그는 인도 북부의 어느 고립된 지역에서 현자로 알려진 쳉기스로부터 오랫동안 교육을 받았습니다. 티판과 책사로 임명된 쳉기스는 일단 가렴주구로 인하여 피폐해진 백성들의 생활수준을 향상시키기 위하여 전력투구하였습니다. 몇 년 후에 세시안 왕국의 백성들은 경제적으로 윤택함을 누리게 됩니다. 작품의 제1부에서 묘사된 목가적 삶과는 달리 티판은 법과 제도를 바로 세우기

시작합니다. 그의 올바른 정책은 하나의 이상 국가를 실현하는 데 토대가 됩니다. 말하자면 이상 국가는 자연과 사회의 조화에서 그 토대를 마련하게 된 것입니다(Voßkamp: 217). 물론 티판이 제정한 기본법은 현대인의 시각으로 고찰할 때 엉성한 여백으로 가득 차 있습니다. 그것은 어떤 구성적 체제를 갖추지도 못하였으며, 통치 형태 역시 계몽된 군주제에서 벗어나지 못하였습니다. 빌란트는 18세기 유럽에서 살았던 작가로서 민주주의가 무엇인지 정확히 꿰뚫지 못했습니다. 그렇기에 빌란트는 입법과 행정에 대한 일반 사람들의 정치적 참여의 가능성을 의식하지 못했던 것입니다. 빌란트에 의하면, 군주는 신의 뜻을 세상에 전하고 실행에 옮기는 권한을 지닌 자, 그 이상도 그 이하도 아니라고 합니다.

18. 자연성과 인간 문화를 통합시킨 세시안 왕국: 중요한 것은 세시안 왕국의 삶이 무작정 자연의 법칙에 해당하는 무위에 의해 영위되지는 않는다는 사실입니다. 거대한 왕국의 질서를 위해서는 인위적인 정책 내지 법적 체계가 부분적으로 도입될 필요가 있습니다. 가령 계몽주의자, 페늘롱은 이상 국가가 오로지 고대의 아르카디아의 경우처럼 모든 인위성을 배격하는 자연 상태로 유지될 수 없음을 잘 알고 있었습니다. 왜냐하면 페늘롱이 처한 현실은 아르카디아와는 다른 정치, 경제, 사회 그리고 문화적 조건을 전제로 하기 때문입니다. 바로 이러한 까닭에 그는 『텔레마코스의 모험』에서 두 개의 유토피아 모델을 절충적으로 설정한 바 있습니다. 빌란트는 처음부터 이 점을 숙지하고 있었습니다. 그렇지만 그는 페늘롱의 경우처럼 국가 체제를 이원화시키지 않고, 하나의 국가 속에 자연적 특성과 인간 문화의 특성 모두를 통합시키려 하였습니다. 가령 세시안 왕국에서 살아가는 사람들은 전체적으로 무위의 삶을 추구하되, 특별한 사안을 해결하기 위해서는 어느 정도의 범위에서 법과 규정을 준수해야 한다는 것입니다.

19. 계급(직업)의 전환은 처음부터 철저하게 금지된다: 티판의 기본법에 의하면 인민은 엄격한 관습에 의해서 일곱 가지 부류의 계급으로 나누어집니다. 1. 귀족, 2. 학자 내지는 교사, 3. 예술가, 4. 상인, 5. 수공업자, 6. 농사를 짓는 시골 사람들, 7. 일당 노동자. 일곱 등급의 계급은 천부적인 것이라서, 어느 누구도 다른 직업을 선택할 수 없습니다. 다시 말해서 개인의 계급적 상승 내지 하락은 — 플라톤의 『국가』의 경우처럼 — 처음부터 불가능합니다(Jens 17: 643). 그렇지만 여기서 말하는 계급이란 서구 유럽에서 나타난 상하 구도의 계급에 근거하는 수직 구도로 이루어진 것은 아닙니다. 사람들은 거의 동등하게 재화를 활용하며, 직업으로 인한 불이익을 받는 경우가 없습니다. 다시 말해, 노동자든 학자든 귀족이든 상인이든 간에 사회적 차별은 존재하지 않으며, 신분의 상승 내지 하락이라는 표현은 그 자체 어폐가 있습니다. 아이들은 자신의 계급에 상응하는 방식으로 교육을 받습니다. 귀족계급의 경우, 국가를 다스리고 전쟁을 치를 수 있는 최상의 권한을 지니고 있습니다. 그렇기 때문에 귀족의 자제들은 오히려 시골 사람들과 비교할 때 더욱 힘든 교육을 감당해야 합니다. 티판은 국민들에게 보다 이성적인 신을 경배하고 자연신앙을 숭상할 것을 강조하였습니다. 이로써 그는 사제들의 과도한 권한을 약화시키고, 백성들을 가르치고 계도하라고 그들에게 종용하였습니다.

20. 티판의 다섯 가지 정책과 이상 국가의 몰락: 그 밖에 티판은 국익을 위해서 다음과 같은 다섯 가지 정책을 실천했습니다. 1. "백성들은 더 이상 과도한 세금을 납부하지 않는다." 티판은 세금의 액수를 대폭 낮추어, 관리들이 폭리를 취하지 않도록 조처했습니다. 2. "모든 성인들은 반드시 결혼하여 아이를 낳아야 한다." 이는 강제 조항으로서 어느 정도의 범위에서 인구 증가를 추구하는 정책에서 유래한 것입니다. 3. "국가

의 경제를 안정시키기 위해서 가격 폭등을 철저히 금한다." 티판은 말하자면 유연한 통화정책으로 화폐가치를 안정시키려고 애를 씁니다. 이 경우, 화폐는 오로지 교환 수단으로 활용될 뿐입니다. 4. "가급적이면 자급자족의 경제체제를 유지한다." 티판은 곡물과 농기구 등을 외부로 수출하는 것을 처음부터 철저히 제한하였습니다. 여기서 우리는 세시안 왕국이 상행위를 통한 과도한 이윤 추구를 절대로 용인하지 않으며, 이른바 피히테 방식의 경제적 고립주의를 추구한다는 사실을 간파할 수 있습니다. 5. "군인들의 규모는 약 20만 명 정도로 적정선을 유지한다." 티판은 행여나 발생할지 모르는 크고 작은 전쟁을 대비하여 군인들로 하여금 정기적으로 군사 훈련에 매진하게 했으며, 평화기에는 주로 대민 봉사를 담당하게 했습니다.

21. 농업과 교육: 세시안 왕국의 사람들의 주업은 농업입니다. 사람들은 농사를 짓고, 가축을 기르며, 정원을 가꿉니다. 모든 것을 자급자족하는 편이지만, 스스로 생산할 수 없는 물품들은 왕국 내의 인근 지역과의 물물교환으로 조달하고 있습니다. 인근에는 베두인 사람들이 살고 있는데, 제각기 필요한 물품들을 서로 교환합니다. 그러나 이러한 물물교환이 그렇게 활발하게 행해지지는 않습니다. 공동체의 청년들은 목자로 생활하면서 여러 동물을 한꺼번에 돌보지만, 대부분의 젊은 처녀들은 주로 양들을 사육합니다. 그런데 결혼한 사람들은 노동과 목축에 많은 시간을 보내지 않습니다. 그 이유는 "어른들은 남편(혹은 아내)을 열광적으로 사랑하는" 데 시간을 할애해야 하기 때문입니다(Wieland: 63). 젊은이들의 교육 내용은 별도로 규정되어 있지는 않습니다. 그들에게 모든 것을 가르쳐 주는 주체는 오로지 자연이라고 합니다. 이곳의 사회는 모든 작위적인 의무 규정에 이의를 제기합니다. 그렇기에 그들은 자연스럽게 향락을 누리면서 살아갑니다. 그렇지만 사치는 혐오스러운 것으로

간주됩니다.

22. 세시안 왕국의 정책: 왕국에서 부분적으로 적용되는 인위적 정책은 네 가지로 요약할 수 있습니다. 첫째로 왕은 어떻게 해서든 적정 규모의 인구가 존속되도록 출산을 권장해야 합니다. 왜냐하면 주위의 자연 조건은 주로 산으로 이루어져 있지만, 외부로부터의 전쟁을 무시할 수 없기 때문입니다. 아무리 자연 친화적 삶이라고 해도 모든 사람들이 전근대적인 유목 생활을 영위하는 것은 아닙니다. 많은 사람들은 농사를 지으면서 곡물을 생산합니다. 둘째로 세시안 왕국에서 가장 중요한 것은 어떤 계몽된 전제주의를 실천에 옮기는 일입니다. 사람들은 왕에게 모든 권한을 부여하지만, 왕과 신하들은 어떠한 경우에도 전제주의의 압제 정책을 실행하지 않습니다. 설령 고위 관리라고 하더라도 결코 규정에서 벗어난 권한을 행사할 수는 없습니다. 셋째로 사람들은 특정 지역이 과도하게 비대해지거나 재화가 한쪽으로 편중되는 것을 사전에 차단하려고 합니다. 이로 인하여 지방이 중앙에 비해 낙후되거나 가난에 허덕이지 않습니다. 조세를 통해서 주민들을 경제적으로 억압하고 약탈하는 경우도 없습니다. 넷째로 국가는 모든 사람들이 사치와 방종에 빠지지 않도록 여러 가지 조처를 취합니다. 가령 티판은 사치스러운 삶이 모든 국가의 튼실한 경제구조를 병들게 한다는 것을 숙지하고 있었습니다. 그래서 무위도식이라든가 재화의 과도한 낭비를 원천적으로 차단시켰습니다. 그래서 그는 사회적으로 꼭 필요한 사람들이 타락하지 않도록 조처하는 일을 시급하게 생각했습니다(Wieland: 271).

23. 법의 실천과 부정부패 근절을 위한 노력: 도시가 황폐화되고, 그 지역에 더 이상 주민들이 거주하지 않게 되면, 어떤 혁신적 조처가 하달됩니다. 이 경우 도시의 일부만 수정되는 게 아니라, 도시 전체가 어떤 다

른 새로운 계획에 의해서 건립됩니다. 도시는 자치적으로 계몽된 제후를 선출하는데, 제후들은 봉사 정신을 발휘하여, 새롭게 건립된 공동체의 하인으로 일하게 됩니다(Wieland: 251). 그렇게 되면 세시안 왕국에서는 왕과 제후들이 법을 집행하는 게 아니라, 왕과 제후들로 하여금 모든 규정을 집행하게 요구하는 것은 바로 법입니다. 다시 말해, 정책을 추진하는 제후들은 반드시 주어진 법 규정을 따라야 합니다. 대신에 모든 지역을 총괄하는 왕, 티판에게는 막강한 권력이 부여되어 있습니다. 그는 입법자, 재판관으로서 활동하고, 국가 경제를 관장하며, 어떻게 해서든 국가가 존립될 수 있도록 최선의 노력을 다합니다. 또한 티판은 국내의 모든 신앙생활을 총괄하고, 도덕을 관장하며, 학자들로 하여금 학문과 예술에 심혈을 기울이도록 애씁니다. 나아가 모든 젊은이들을 돌보는, 이른바 국가의 보편적인 아버지의 역할을 수행합니다. 물론 작가 빌란트의 상상력은 페늘롱의 그것을 뛰어넘지는 못합니다. 왜냐하면 세시안 왕국에서는 계층적 신분 구도가 온존하고 있으며, 사유재산제도에 근거하는 체제가 버티고 있기 때문입니다. 티판은 다음과 같이 말합니다. 즉, 왕은 자신의 신하들의 재산에 관한 최소한의 개입 권한조차 가지고 있지 않다고 합니다. 말하자면 왕은 신하들의 재산을 보호해 줄 의무를 지니지만, 신하들이 지니고 있는 물건들, 그게 바늘 하나라 하더라도 착복하고 횡령할 권한을 지닐 수 없습니다(Wieland 265).

24. 세시안 왕국의 몰락: 티판이 권좌에서 물러나게 되자 왕국은 안타깝게도 몰락의 길로 향합니다. 권좌는 테모르, 투르칸 그리고 아크바르로 이양되었는데, 이상 국가의 제반 규정들은 서서히 효력을 상실하게 됩니다. 세시안 왕국이 붕괴하게 된 까닭은 무엇보다도 두 가지 사항에 기인합니다. 첫 번째 사항은 권력의 누수였습니다. 권력자와 책사가 한마음 한뜻으로 협력하지 못하게 되자, 귀족과 사제들이 과거의 기득권을

되찾으려고 모든 수단과 방법을 강구했던 것입니다. 이로 인하여 그들은 마침내 정책 결정에 과도한 권한을 행사하게 되었습니다. 이는 국력의 분열을 불러일으키고, 급기야는 이웃 나라와의 전쟁을 촉발시키게 됩니다. 두 번째 사항은 너무나 훌륭한 법체계 때문으로 설명될 수 있습니다. 가령 바이마르의 법이 그러하듯이, 법 규정이 너무 올바르고, 훌륭하며, 이성적이면, 역설적으로 법 규정을 융통성 있게 적용하는 일은 난관에 부딪치는 법입니다. 백성들 가운데에는 어디서든 간에 사악하고 짐승 같은 존재들이 있기 마련이며, 이들에게 훌륭한 법체계는 개개인의 고유한 자유를 차단시키는 악재로 작용할 수 있습니다. 결론적으로 말해서, 세시안 왕국의 법 규정은 일부 사람들의 사치와 방종의 욕구를 차단시키지 못합니다. 마지막에 이르러 세시안 왕국의 모든 재화와 사람은 안타깝게도 이웃 나라의 지배자의 전리품으로 전락하고 맙니다.

25. 사제 계급에 대한 비판: 『황금의 지침서』에 반영된 빌란트의 정치적 입장은 새로운 것도 아니고, 그렇다고 해서 급진적 특성을 지니지도 않습니다. 실제로 빌란트는 황제 요제프 2세에 대한 충성심을 노골적으로 표명하기도 했습니다(Wilson: 482). 요제프 2세는 마리아 테레사 여왕의 아들로서 어머니와 함께 합스부르크 군주국을 다스렸는데, 1773년 마리아 테레사는 예수회 교단이 자신의 아들에게 일방적으로 막강한 영향을 끼치는 것을 고깝게 여기고, 예수회 교단을 불법 단체로 규정하면서 해체 명령을 내렸습니다. 요제프 2세는 유년 시절부터 예수회 수도사로부터 교육을 받았는데, 나중에 어머니가 사망한 1780년부터 각종 개혁에 박차를 가한 바 있습니다. 사실 빌란트 역시 예수회가 어린 황태자에게 과도한 영향을 끼치는 것에 대해 우려를 표명했습니다. 그는 사제 계급이 교육에 관여할 수는 있으나 정치에 직접적인 영향을 끼쳐서는 안 된다고 확신하고 있었습니다. 세시안 왕국에서 사제 계급이 모든 정치적

일선에서 물러나 있는 것도 이러한 맥락에서 이해됩니다.

26. 빌란트의 소설에 나타난 이상 국가의 역동성과 일원성: 요약하건대 『황금의 지침서』의 등장인물 티판은 현명한 왕으로서 순왕, 혹은 고조선의 부루 왕을 연상시킵니다. 빌란트는 이와는 달리 군주가 누구인가에 따라 사회는 얼마든지 역동적으로 변화된다는 사실을 설파하였습니다. 실제로 세시안 왕국은 지배자의 정치에 따라 찬란한 이상 국가, 혹은 끔찍한 독재 국가로 완전히 돌변할 수 있음을 여실히 보여 줍니다. 또 한 가지 특징으로서 우리는 빌란트의 이상 국가의 일원성을 지적할 수 있습니다. 가령 페늘롱이 바람직한 국가를 "베타케"와 "살렌타인"이라는 두 개의 국가 형태로 이원론적으로 설계했다면, 빌란트는 자연과 인간 문화의 인위적 설계를 합치시키고 있습니다. 다시 말해서, 『황금의 지침서』에는 자연에 의거한 아르카디아의 삶과 인위적이고 제도적인 사회의 삶이 합치되어 하나의 일원적 특성을 표방하고 있습니다. 실제로 티판은 무위를 강조하는 계곡 유토피아의 토대 위에 인위적 제도와 정책을 가미하려 하였습니다(임정택: 202). 이러한 맥락에서 우리는 작가가 생각해 낸 자연법칙의 개념을 이해할 수 있습니다. 그것은 루소가 생각한 자연법칙의 개념과는 엄연히 다릅니다. 자연법칙은 빌란트에 의하면, 장 자크 루소가 말하는 인위성이라고는 전혀 발견되지 않는 근원적 상태에서 발견되는 무위의 법칙이 아니라, 역사적으로 그리고 문화적으로 중개된 무엇입니다. 그것은 근본적으로 자연의 특성에 근거하고 있지만, 빌란트에 의하면 인간에 의해서 수정되고 보완될 때 비로소 본연의 역할을 수행할 수 있다고 합니다.

27. 군주정치에 대한 기괴한 타협주의?: 나중에 빌란트는 비교적 자유로운 바이마르 공국에서 살았지만, 이전에 오랫동안 절대왕정의 문제점

을 절감하고 있었습니다. 그렇다고 해서 왕정 체제를 노골적으로 비판할 수도 없었습니다. 빌란트는 정치적 문제를 명시적으로 부각시키지 않는 대신에, 오히려 우아하고 아름다운 인간형을 문학적으로 형상화하려고 시도했습니다. 이는 빌란트의 인간적 기질과 관련되는 특성입니다. 그렇기에 빌란트의 작품 속에 "군주정치에 대한 기괴한 타협주의"가 노골적으로 드러나는 것은 어쩔 수 없는 귀결입니다(Jens 17: 643). 작품은 서술 방식에 있어서 놀라울 정도로 유연하고 예술적인 방식을 채택하고 있습니다. 작품의 전반부에는 서술자 한 사람이 등장합니다. 그는 작품에 언급되는 낯선 지방의 이야기가 인도어, 중국어, 라틴어를 거쳐서 독일어로 중역된 것을 강조합니다. 그렇게 함으로써 작가는 동방에서 전해 내려오는 전설적 이야기를 부각시키면서 자신의 정치적 촉수를 의도적으로 무디게 만들었습니다.

28. 복합적 성찰: 창작 방식에 있어서도 빌란트는 놀라울 정도로 탁월하게 변조하였습니다. 번역서에 첨가된 논평 역시도 과감하게 뒤바뀌어 있습니다. 말하자면, 작품 내용의 서술과 이에 대한 논평이 병렬적으로 전개되는 게 빌란트의 창작 기법의 특성으로 드러나고 있습니다. 이러한 서술 방법은 프랑스 작가 프로스페르 졸리오 크레비용(Prosper Jolyot Crébillon)에게서 차용한 것입니다(Meyer 1967: 94). 크레비용은 주로 극작품을 발표하였는데, 무대 위의 스토리 전개 사이에 병렬적으로 논평의 장면을 삽입하였습니다. 이로써 작품은 일직선적인 줄거리를 넘어서, 해설이 추가되고 해설에 대한 해설이 이어지는데, 이것은 소설 기법의 측면에서 고찰할 때 "복합적 성찰(Meta-Reflexion)"로 명명될 수 있습니다(Fohrmann: 26). 이를테면 다니시멘드는 주인공 티판을 놀라운 영웅으로 등극시켰습니다. 티판을 도와서 개혁에 박차를 가하는 쳉기스 역시 자신의 사고를 과감하게 행동으로 실천하는 지식인입니다. 이러한 특성은 당

시의 정치소설에서 거의 출현하지 않는 것입니다. 칭기스는 정치적 야망이라든가 사심이 없는 자입니다. 그는 처음에는 국가의 첫 번째 장관으로 등극하지만, 제후들의 국정 관여를 뿌리 뽑은 다음에 자신의 관직을 자진해서 반납합니다.

29. 작품의 문제점: 작품 속에는 사회 개혁이라든가, 국가의 제도를 민주적으로 변화시키려는 의도가 명시적으로 드러나지 않습니다. 기껏해야 동이계의 순왕과 같은, 선하고 현명한 왕의 지배를 갈망하는 의향만이 강하게 표출될 뿐입니다. 작품 속에는 정치적 개혁이나 진취적 의식이 결여되어 있다는 점에서, 봉건주의의 타성에서 벗어나지 못하고 있습니다. 나아가 작품은 현대적 관점으로 고찰할 때 사회적 신분을 천부적으로 이해함으로써, 고대의 신분적 사고에서 한 걸음도 벗어나지 못했습니다. 왜냐하면 인간은 신분 사이의 차이 내지 차별이 없다고 하더라도, 신분이 존재하는 한, 특권과 특권 의식으로부터 결코 자유로울 수 없기 때문입니다. 이러한 하자들은 빌란트가 살았던 당시의 시대 상황과 밀접하게 관련됩니다. 계몽주의 철학자, 요한네스 알투시우스(Johannes Althusius)는 폭압적인 군주에게 형벌을 가하는 것이 인간성에 위배되지 않는다고 주장했습니다. 그렇지만 그가 인민 폭동 내지 폭군에 대한 개별적 처형을 강하게 주장하지는 않았습니다. 무력 투쟁은 무질서의 사회로 이어지기 때문에, 인간에게 필요한 것은 알투시우스에 의하면 보다 온건하고 구조적인 저항이라는 것입니다(Witte: 187).

30. "동양 유토피아의 흐름" 역시 중요한 연구 분야이다: 마지막으로 한 가지 사항을 부연 설명 하려고 합니다. 태초에 동북아 문화의 근원적 토대를 닦은 사람들은 중국인들이 아니라, 만주와 요동 지역에 살던 한인들이었습니다. 동북아의 문화적 토대는 한인(韓人)들에 의해서 다져진

것입니다(안호상: 107). 이는 국수주의적 시각으로 비칠지 모르지만, 여러 학자들에 의해 사실로 확인된 것입니다. 구석기와 청동기 시대의 문명은 오랜 시간에 걸쳐 이어졌지만, 문헌이 아니라, 기껏해야 발굴된 유물로 추정할 수밖에 없었습니다. 그런데 문헌이 없다고 해서 밝혀지지 않은 진리가 무작정 은폐되거나 허구로 매도될 수는 없습니다. 가령 동북아 지역의 홍산 문화는 신석기 시대에서 청동기 시대까지 이어졌으며, 모계 사회의 특성을 지니고 있습니다. 놀라운 것은 현재 이라크 지역에서 태고 시대의 수메르 문화 유품들이 발굴되었는데, 설형문자, 모계사회, 고산 숭배 사상 그리고 검은 머리칼, 상투, 평평한 후두부 등과 같은 특성은 동이족과 많은 부분에서 유사하다는 사실입니다. 여기서 우리는 동일한 인종이 파미르 고원에서 동과 남으로 분산되었다는 사실을 추정할 수 있습니다. 수메르 문화는 이집트 문명보다도 앞선 것으로서 차제에 심도 있는 고고학적 연구를 필요로 할 것입니다. 이와 관련하여 유토피아 연구에서 황금시대의 특성을 논할 때 우리는 수메르 문명뿐 아니라, 홍산 문화와 고조선 그리고 여기서 유래한 한 사상 등에 대한 탐구를 결코 생략할 수 없을 것입니다. 상기한 사항을 고려하면, 동북공정(東北工程)에서 드러나는 중국 역사가들의 역사 왜곡 그리고 한반도 남부 지방을 "임나(任那)"라는 일본 땅으로 간주하는 일본인들의 역사 왜곡은 차제에 반드시 수정되어야 합니다. 나아가 서양 유토피아의 흐름도 차제에 동양 유토피아의 흐름과의 관련성 하에서 새롭게 개진되어야 마땅할 것입니다.

참고 문헌

김상일 A(2014): 한 사상, 한류의 뿌리를 내리는 한 사상에로의 초대, 상생 출판.

김상일 B(2014), 오래된 미래의 흔 철학, 개정판, 상생 출판.

김종서(2004): 신시, 단군 조선사 연구, 한국학 연구원.

신용하(2008): 고조선의 통치체제, 실린 곳: 고조선 연구, 제1호, 고조선 학회, 지식산업사, 7-79.

유승국(1977): 한국은 한자 문화권의 주인공이다. 실린 곳: 자유, 18-38.

안호상(1979): 배달 동이는 동이 겨레와 동아 문화의 발상지, 백악문화사.

임정택(1995): Ch. M. Wieland에 나타난 유토피아 성찰, 실린 곳: 괴테 연구, 제7권, 192–204.

조우호(2001): 빌란트 소설의 문화 지형도와 문화론, 실린 곳: 독일어문화권 연구, 제10권, 서울대학교 독일어문화권 연구소, 163–187.

Fohrmann, Jürgen(1982): Utopie, Reflexion, Erzählung, Wielands Goldner Spiegel, in: Utopieforschung,(hrsg.) Wilhelm Voßkamp, Bd. 3, Stuttgart, 24-49.

Jaspers, Karl(1955): Vom Ursprung und Ziel der Geschichte, Frankfurt a. M.

Jens(2001): Jens, Walter(hrsg.), Kindlers neues Literaturlexikon, 22. Bde. München.

Laotse(1995): Tao Te King, Nach den Seidentexten von Mawangdui, Frankfurt a. M.

Marmontel, Jean François(2010): Belisar 1769, Kessinger Publishing: Whitefish.

Meyer, Hermann(1967): Das Zitat in der Erzählkunst Zur Geschichte und Poetik des europäischen Romans, 2 Aufl., Stuttgart.

Meyer, Hermann(1981): Der goldene Spiegel und die Geschichte des weisen Danischmend, in: Christoph Martin Wieland(hrsg.), Hansjörg Schelle, Darmstadt, 128-151.

Siegrist, Christoph(1967): Albrecht von Haller, Metzler: Stuttgart.

Schtscherbatow, Michail(1779): Russische Geschichte von den ältesten Zeiten an, Flörke: Danzig.

Voßkamp, Wilhelm(2015): Transzendentalpoetik: Wielands Goldener Spiegel, in: ders., Emblematik der Zukunft, De Gruyter: Berlin.

Wieland, Christoph Martin(2013): Der goldene Spiegel. Taschenbuch, Create Space Independent Publishing Platform: München.

Wilson, W. Daniel(1984): Intellekt und Herrschaft. Wielands "Goldner Spiegel," Joseph II und das Ideal eines kritischen Mäzenats im aufgeklärten Absolutismus, in: MLN, 99, 1984, 479-502.

Witte, John Jr(2015): Reformation der Rechte: Recht, Religion und Menschenrechte im frühen Calvinismus, Vandenhoeck & Ruprecht: Göttingen.

4. 레티프의『남쪽 지역의 발견』

(1781)

1. 레티프의 유토피아: 니콜라-에듬 레티프 드 라 브르톤(Nicolas-Edme Restif de la Bretonne, 1734-1806)의 유토피아 모델은 "고결한 야생"이라는 자연 친화성 그리고 고전적 유토피아에서 나타나는 기하학적 요소를 동시에 지니고 있습니다. 전자는 제도적인 틀 내지 국가의 시스템 자체를 부정하는, 무위를 지향하는 비-국가주의의 체제라면, 후자는 바람직한 국가 구도를 처음부터 인정하는 체제로서, 모어 이후에 계승된 바람직한 이상 국가의 상입니다. 레티프의 유토피아는 거시적 측면에서 두 개의 서로 다른 특성을 혼합시킨 모델로 이해될 필요가 있습니다. 그것은 — 나중에 언급되겠지만 — 크리스틴 섬과 "메가파타곤"이라는 두 가지 모델로서 레티프의 작품 속에 등장합니다. 중요한 것은 레티프의 유토피아가 새로운 사랑의 삶을 방해하는 제반 장애물을 과감하게 철거함으로써 부분적으로 남녀평등의 삶을 지향하고 있다는 사실입니다. 물론 18세기의 현실을 고려할 때, 어느 정도 가부장주의의 흔적이 남아 있는 게 사실입니다. 그렇지만 아내가 지아비를 섬긴다는 사실을 제외한다면, 남자와 여자는 모든 경제적, 사회적 권한을 공동으로 소유하고 있습니다.

2. 자유분방한 다작의 작가: 레티프가 1806년 2월 3일 파리에서 쓸쓸하게 사망한 지 5일 후에 파리의 어느 잡지는 일요일판 특집에서 그의 죽음을 애도하였습니다. 레티프는 평생 가난하고 고독하게 살았는데, 그의 삶 자체가 마치 하나의 파란만장한 슬픈 이야기라는 것이었습니다. 실제로 동시대인들은 그를 처음부터 끝까지 외면하였습니다. 그렇지만 위대하고도 끈덕진 작가는 죽는 순간까지 펜을 놓지 않았습니다. 그의 엄청난 집필 욕구와 성욕은 자신의 엄청난 갈망과 냉담한 현실 사이의 간극에서 마치 용암처럼 끝없이 분출했는지 모릅니다. 레티프는 자신의 경험을 바탕으로 대도시 파리의 주위 환경을 주도면밀하게 "관찰"했습니다. 이러한 서술 방식은 레티프 특유의 "관음증(voyeurisme)"으로 규정될 수 있습니다(이영목: 163). 그는 39년 동안 약 57,000페이지에 달하는 글을 썼습니다. 113권으로 이루어진 그의 전집이 간행된 시점은 1987년과 1988년, 그러니까 사후 180여 년 만이었습니다. 냉정하게 고찰할 때, 엄청난 다작 행위는 그의 문학에 오히려 악재로 작용하였습니다. 게다가 그의 고삐 풀린 성생활은 죽은 뒤에도 세인에게 회자되었습니다. 혹자는 그를 "음탕하고 더러운 돼지"라고 악랄하게 폄훼하였고, 혹자는 그의 문학을 "근대 유럽의 어둡고 추악한 측면을 재현한 유일한 작가"라고 호평하였습니다. 그런데 문제는 국가의 근엄한 수직 구도의 질서를 파기하고, "돼지가 묘사한 홍등가의 생활 방식"을 과연 국가의 질서로 설정하여 시행한다는 게 가당키나 한 일인가 하는 물음입니다(Brunetère: 26).

3. 레티프는 심리적 질병을 지니고 있었는가?: 여기서 한 가지 의문이 발생합니다. 즉, 레티프의 문란한 성생활이 그의 문학적 가치를 하락시키는 논거로 작용한 게 아닐까 하는 의문 말입니다. 그는 사회적 금기에 개의치 않고 성적 욕구를 충족시키면서 살았습니다. 그의 유품에 해당하는 메모장을 살펴보면, 레티프는 평생 300명 이상의 여인과 정을 통했다

고 기록되어 있습니다. 주위의 거의 모든 여성들이 그의 정인이었습니다. 심지어 그가 자신의 딸, 에네(Aînée)와의 근친상간도 서슴지 않았다는 사실은 상식적으로 도저히 납득할 수 없는 패륜을 드러냅니다. 그의 엽색 행각은 제어할 수 없는 것이었으므로, 문학 연구자들은 레티프의 내면에 여러 가지 정신병리학의 병적 요인이 잠재되어 있다고 주장하기도 했습니다. 가령 레티프는 여성의 신체 가운데 유독 하복부와 다리에 집착하였고, 여성들의 신발을 수집하며 마치 신처럼 숭배하였다고 합니다. 레티프의 페티시즘의 병적 성향은 이를테면 "과도한 성욕," "거짓에 대한 욕구" 그리고 "과도한 자신감으로 인한 광기" 등으로 요약될 수 있습니다(Saage: 200).

4. 레티프, SM(사디즘, 마조히즘)의 성행위에 구역질을 느끼다: 레티프는 정치적으로 그리고 도덕적으로 장 자크 루소에 열광한 인물이었습니다. 그는 루소와 마찬가지로 여성과의 밀회를 통하여 자신의 심장 속에 도사린 영혼의 열정이 사랑으로 활활 불타기를 갈구하였습니다. 물론 레티프의 사랑은 지고의 청순함과는 거리가 멀었습니다. 그렇지만 사랑의 열정을 느끼기 위해서 자신의 정념에 따라 충직하게 행동하는 것이야말로 사랑을 위한 최상의 기쁨을 만끽하는 것이라고 확신하였습니다. 대신에 레티프는 난잡한 성적 방종이라든가, 고통을 강요하는 변태적 가학 내지 변태적 피학 행위를 끔찍할 정도로 혐오했습니다. 그는 자신과 같은 시대에 살았던 작가 마르키 드 사드(Marquis de Sade)를 신랄하게 비난했습니다. 마르키 드 사드는 소설 『쥐스틴』(1798)에서 음습한 변태성욕을 까발렸습니다. 우리는 주인공 쥐스틴의 편력보다는, 그미의 여동생 쥘리에트의 이야기에서 폭력과 변태의 기이한 사랑을 접하게 됩니다(박설호: 193). 말하자면 사드가 서술하는 엽색꾼의 영혼은 끔찍한 독에 중독되어 있으며, 사드의 문학은 독자에게 악덕을 강권한다는 것이었습니

다. 실제로 사드는 작품 속에 고문 기계를 등장시켰는데, 이러한 기계는 남성의 엽기적인 욕구를 충족시키고 여성들을 고통으로 몰아가는 잔인한 도구였습니다.

5. 시골 사람들의 꾸밈없는 사랑과 자연적 삶의 이상: 사드에 비해 레티프는 폭력과 인위성이 없는 성의 향연을 노골적으로 묘사하였습니다. 실제로 그의 문학작품은 남녀가 수치심 없이 즐기는 섹스의 축제를 찬양하고 있습니다. 놀라운 것은 작가가 도시든 시골이든 간에 평민 내지 하층민의 꾸밈없는 성욕을 문학적으로 발산시켰다는 사실입니다. 『몰락한 농부(Le Paysan)』(1775), 『파리의 밤(夜)(Les Nuits de Paris)』(1788/1794) 등의 작품은 겉으로는 진득한 육체적 사랑을 다루지만, 작품의 저변에는 어떤 묘한 정치적 의미가 착색되어 있습니다. 레티프는 언젠가 다음과 같이 언급하였습니다. 즉, 18세기 후반부의 파리에 거주하는 독자들은 신대륙의 이로케스 인디언들의 관습과 성생활에 관해서는 누구보다도 잘 알고 있지만, 프랑스 시골 사람들의 성에 관해서는 무지하다고 말입니다. 레티프의 작품은 신분제 사회에 대한 급진적 비판과 성 도락을 동시에 다룬다는 점에서 사드 백작의 문학을 앞서기에 충분합니다(Jens 13: 28). 레티프는 자신의 사회적이며 민속학적인 지식을 바탕으로 독자들에게 앙시앵레짐 하의 사회적 현실을 전해 줌으로써 사회적 변화를 간접적으로 유도하였습니다. 도시의 문명은 작가의 눈에는 부패하고 몰락한 것으로 비친 반면에, 농업 중심의 조합의 경제체제에 바탕을 둔 시골의 삶이 어떤 건강한 이상으로 투영되었습니다.

6. 작품 『남쪽 지역의 발견』의 반응: 레티프의 소설, 『비행하는 남자, 혹은 프랑스의 새로운 다이달로스에 의한 남쪽 지역의 발견(La découverte australe par un homme volant, ou le Dédale français)』(1781) 역시 부패한

도시의 정치적 술수를 비판적으로 언급하면서 동시에 시골의 꾸밈없는 자연의 삶을 찬양하고 있습니다. 유럽의 독자들은 처음에는 이 작품을 거부했습니다. 서술 자체가 전혀 진지하지 못하며, 소설의 화자는 대수롭지 않은 장광설을 늘어놓는다는 것이었습니다. 그러나 몇몇 소수의 독자들은 레티프의 작품에서 어떤 장점 내지 독창성을 발견하기도 하였습니다. 작품 속에는 놀랍게도 어떤 농촌 사회주의의 분위기가 드러난다는 것이었습니다. 이 점에 있어서 레티프의 작품은 르네상스 시대의 문호, 라블레의 문학을 수용한 미하일 바흐친의 농촌의 카니발 문화와 얼마든지 접목될 수 있습니다(바흐친: 331). 실제로 오늘날의 관점에서 고찰하면 레티프는 계몽주의의 마지막 세대의 희망을 담고 있으며, 『남쪽 지역의 발견』은 혼자 힘으로 모든 지식을 쌓았던 작가의 기발한 꿈과 상상을 진솔하게 반영하고 있습니다. 그렇다면 과연 무엇이 작가로 하여금 급진적 자세로 주어진 사회를 비판하고 인간의 공동적 삶에 관한 이상적 모델을 설계하게 하였을까요?

7. 레티프의 삶: 레티프 드 라 브르톤은 1734년 10월 23일 부르고뉴의 오세르 근처에 있는 사시에서 14명의 남매 가운데 여덟 번째 아이로 태어났습니다. (26세 때인 1760년에 뒤늦게 세례를 받았는데, 이때 그는 자신의 이름을 레티프 드 라 브르톤으로 기록하였습니다.) 그의 아버지는 주위에서 평판이 좋은 농부였는데, 1740년에 영지, 드 라 브르톤을 구매하였습니다. 그래서 레티프는 1746년까지 그곳에서 행복한 유년 시절을 보냈습니다. 부모님은 영특하지 못한 그가 종교인으로 살아가기를 원했습니다. 그의 형, 토마는 어느새 비세트르에 있는 예수회 수도회의 신부로 활약하고 있었습니다. 토마는 동생인 니콜라에게 라틴어를 가르쳐 주었는데, 이 시기에 장세니스트들은 종교적 탄압으로 인해 다른 곳으로 추방되고 말았습니다. (장세니슴은 스콜라 철학 대신에 아우구스티누스의 사상을

가톨릭 전통으로 부흥시키려는 종교 사상입니다.) 레티프는 어쩔 수 없이 코르지에 있는 신학교에 다녀야 했습니다. 문제는 그가 어느 날 밤에 신학교의 어느 여선생과 부적절한 성관계를 맺었다는 사실입니다. 여선생과의 염문은 학교 전체로 퍼져서, 결국 학업을 중도 포기하고 고향인 사시로 돌아와야 했습니다. 레티프는 오세르에서 인쇄술을 배우고, 출판업자가 되기 위해서 파리로 떠납니다. 간간이 시골에 머문 적을 제외하면, 그는 죽을 때까지 "저주스럽고도 애틋한 도시" 파리를 떠나지 않았습니다.

인쇄업에 종사하던 레티프는 1760년도 중반에 작가가 되기로 결심합니다. 그는 아그네스 레버진이라는 여성과 결혼합니다. 그의 아내는 남편의 바람기에 심리적 고통을 느끼다가, 1785년에 남편으로부터 등을 돌리고 시골에서 의상실을 경영하며 살아갑니다. 레티프는 수많은 여성들을 유혹하여 하룻밤의 정사를 즐깁니다. 때로는 한 여성과의 사랑이 몇 달 동안 지속되기도 하였습니다. 여성들과의 수많은 경험은 자신의 소설 속에 문학적으로 형상화되었습니다. 시골 출신의 글쟁이가 대도시에서 살려면 최소한의 생활비가 필요했는데, 그가 신경을 쓴 것은 빵 몇 조각, 집필 행위 그리고 여성과의 짜릿한 랑데부밖에 없었습니다. 그렇기에 레티프는 물질적으로 궁핍함에서 벗어날 수 없었으며, 이따금 주어진 처지를 불만스러워하였습니다. 루소와 같은 명망 있는 철학자들에게 경탄을 터뜨렸지만, 그들을 시샘하기도 하였습니다. 레티프는 마치 자신이 루소라도 되는 듯이 수미일관 계몽주의 운동에 동조하였고, 인간의 자발적인 삶을 구속하고 모든 것을 제도화하는 권력 단체에 대항하였습니다.

1775년에 소설, 『몰락한 농부』는 단숨에 문학적 성공을 거둡니다. 이로 인하여 오랫동안 그를 괴롭혔던 가난은 일거에 사라집니다. 놀라운 것은 그가 문학적 성공으로 유명 살롱의 상류층과 교우하게 되었다는 사실입니다. 1784년에 레티프는 그리모 들라 레니에를 중심으로 모인 상류층의 퇴폐적인 서클에 가담합니다. 1789년 프랑스 혁명이 발발했을 때, 그는 혁명가들에게 합류하여 일련의 정치적 선언문을 발표합니다. 「온도 기록계(Le Thermographe)」(1789)를 읽어 보면, 우리는 파리의 평민들이 생계 문제로 민주주의에 관심을 기울일 겨를이 없었음을 간파할 수 있습니다. 혁명의 시기에 레티프의 삶은 성공과 파산으로 이어집니다. 1790년 그는 작은 인쇄소를 인수했으나, 혁명의 와중에 그의 재산은 모조리 압수됩니다. 동료 작가이자 친구인 메르시에가 그를 도와주었으나, 파리에서 새로운 문화를 주도할 수 있는 가능성은 완전히 사라집니다. 결국 레티프는 알거지가 되어 힘들게 생을 이어갑니다. 1806년 다시 앙시앵레짐이 고개를 들기 시작할 무렵 비참한 환경 속에서 파란만장한 삶을 마감합니다. 레티프는 주어진 사회에서 인정받지 못한 지식인이었습니다. 그는 올바른 사회적 질서에 대한 갈망을 오로지 문학작품 속에 담았습니다. 이를테면 우주선, 핵에너지, 전체주의, 유럽의 통합 국가, 사회보장제도 그리고 공산주의를 예견한 사람이 바로 레티프였습니다.

8. 이상적 공동체의 어떤 구조적 원칙: 레티프의 소설 『남쪽 지역의 발견』은 사랑 이야기에다 비행선 하나를 발명하는 에피소드를 첨가하고 있습니다. 주인공 빅토린은 자신의 기술을 활용하여 비행선을 만들어 냅니다. 이러한 이야기는 루키아노스, 시라노 드 베르주라크, 프랜시스 고드윈 등이 언급한 비행 물체를 연상시키기에 충분합니다(Swoboda 265). 어쩌면 레티프는 작가들의 이러한 기괴한 상상을 모방하려 했는지 모릅니다. 그러나 유토피아의 사고를 구체적으로 세밀하게 비행선에 결부시킨 사람은 바로 레티프였습니다. 빅토린은 해와 달로 여행하는 내용을 담은 시라노의 일련의 문학작품에서 무언가를 착안해 냅니다. 그는 아침 이슬을 가득 담아 자신의 초능력을 발휘하여 비행을 시도합니다. 태양이 병 속의 물을 데워서 기화시키면, 비행이 시작되는 것입니다. 그런데 레

티프의 경우 과학기술의 활용은 주어진 사회 현실로부터 도피할 수 있는 하나의 전제 조건과 같습니다. 실제로 작품에서 중요한 것은 과학기술에 관한 사항뿐 아니라, 어떤 이상적 공동체의 구조적 원칙을 분명하게 규정하는 일이었습니다.

9. 작품에 반영된 두 가지 유토피아의 상: 레티프의 작품은 세 개의 기이한 섬을 배경으로 하는 이상 사회를 설계하고 있습니다. "도피네 섬," "메가파타곤(Megapatagon)"과 크리스틴 섬이 바로 그것들입니다. 첫 번째 사회는 루소의 『쥘리, 혹은 새로운 엘로이즈』(1761)에서 묘사된 바 있는 찬란한 자연을 배경으로 설계되고 있습니다. 소설의 주인공, 빅토린은 귀족 출신의 처녀, 크리스틴을 유혹하려고 합니다. 말하자면 비행선을 이용하여 아무도 근접할 수 없는 "도피네 섬"으로 데리고 가는 게 그의 계획이었습니다. 레티프는 자신의 상상력을 동원하여 바로 이곳에서 찬란한 이상 사회를 묘사하였습니다. 그것은 부정이 판치고 썩어 가는 프랑스 문명과는 다른, 어떤 성취된 삶의 구체적 형상을 가리킵니다. 둘째로 빅토린은 처음부터 인구가 증가하기를 기대하였으며, 자신의 발명으로 세계적 명성을 얻고 싶었습니다. 이는 결국 남태평양의 어떤 거대한 영토를 꿈꾸게 합니다. 레티프는 당시에 널리 회자되던 여러 가지 여행기를 숙지하고 있었는데, 여기에 착안하여 가상적인 섬을 떠올립니다. 빅토린과 그의 큰아들은 "메가파타곤"이라는 이상적 공동체를 창건합니다. 이것이 두 번째 유토피아 사회의 설계를 가리킵니다. 세 번째 유토피아는 도피네 섬 근처에 있는 크리스틴 섬에서 발견됩니다. 첫 번째의 도피네 섬은 험준한 암벽으로 이루어진 섬이라는 점에서 유토피아 사회 설계와는 무관한 공간입니다. 그렇기에 우리는 메가파타곤과 크리스틴 섬을 예의 주시해야 할 것입니다.

10. 계몽주의 사조와 변화된 현실: 레티프는 『남쪽 지역의 발견』을 통하여 자신이 처한 시대에 관해서 명징한 진단을 내립니다. 프랑스의 왕권 체제는 신분제 사회의 토대를 마련하였으며, 억압과 폭정 그리고 귀족과 수사 계급의 패륜을 방조해 왔습니다. 시대의 예술적 조류 역시 계몽주의 말기의 현상을 반영하고, 계몽주의가 추구하던 합리성과 도덕 등이 변화된 현실적 정황을 더 이상 대변하지 못한다고 레티프는 지적합니다. 작품에는 작품 편찬자가 등장하는데, 그는 다음과 같이 기술합니다. 현재의 시점은 계몽주의의 사고가 그 정점에 도달하여, 계몽사상이 갈망하던 바는 프랑스의 애덤 스미스라고 명명되는 튀르고(Turgot)라든가, 루이 16세의 재정장관을 지냈던 자크 네케르(Jacques Necker)의 개혁주의 정치에 의해서 성취되기 직전입니다. 지금까지 성공가도를 달리던 계몽주의 합리성은 급변하는 현실 속에서 더 이상 주어진 문제점을 포괄할 수 없게 되었습니다. 경직된 합리주의는 레티프에 의하면 인간의 유연한 몽상과 꿈에 의해서 보완될 필요가 있습니다. 바로 이러한 까닭에 오늘날 작가에게 필요한 것은 인간의 욕구라든가 감각적 본능을 통한 현실 묘사라고 합니다.

11. 레티프의 시대 비판 (1). 빈부 차이를 조장하는 신분제 사회 비판: 레티프는 프랑스 신분 사회의 잘못된 면과 봉건적 사회구조를 예리하게 비판합니다. 프랑스 사회는 신분으로 분화되고, 사유재산은 불평등하게 분배되어 있습니다. 세 번째 비약의 장, 「유인원들에게 보내는 어느 원숭이의 편지(Lettre d'un singe aux êtres de son espè)」는 1781년 단행본으로 간행된 바 있는데, 여기서 작가는 "재화의 소유에 관한 현행 법칙"을 "인간 삶을 궁핍하게 만든 근원"이라고 규정합니다(Lichtenberger: 215). 현재의 유럽에서 소수는 놀고먹으면서 편안하게 살아가는 반면에, 다수는 사회적으로 필요한 노동을 행하면서도 가난을 떨치지 못하고 있습니

다. 여기에는 정의는 없고, 평등은 존재하지 않으며, 오로지 신분적 갈등만이 자리합니다. 법적 시스템은 빈부 차이라는 사회적 불평등을 합법으로 인정하고 있으며, 사회의 어느 누구도 만족시키지 못하고 있습니다. 유럽인들은 재화를 차지하려고 혈안이 되어 있으며, 개개인이 서로 물어뜯고 찢어 죽이는 등 사악한 늑대처럼 생활하고 있습니다. 다른 한편, 사회의 불평등은 모든 사람들로 하여금 계속 불행하게 살아가게 합니다. 노동자들은 자신에게 부여된 부역의 의무로 인하여 심신이 쇠약해 가는 반면에, 부유하고 편안하게 살아가는 자들은 바보 같은 열정에 사로잡혀 자신의 오성을 잠재우고 있습니다. 왜냐하면 이들은 사치와 유흥만을 일삼으며 살아가기 때문입니다(Réstif 1988: 497).

12. 레티프의 시대 비판 (2). 제3세계 수탈과 착취에 대한 비판: 레티프의 사회 비판은 또 다른 중요한 의미를 지닙니다. 그것은 제3세계를 착취하려는 유럽인들의 오만을 가리킵니다. 지금까지 유럽 사회는 불평등한 구조 속에서 노동 계층을 억압함으로써 신분 차이를 공고히 해 왔습니다. 이러한 억압과 착취는 비단 국내에서만 이루어지는 것은 아닙니다. 더 많은 재화를 차지하려는 유럽인들의 욕구는 결국 타 민족에 대한 억압과 살육을 어떻게 해서든 정당화시키려고 합니다. 예컨대 유럽인들은 세계의 모든 사람들에게 유럽의 질서와 규정을 따르라고 강권합니다. 그렇게 함으로써 그들은 비유럽권의 문화와 비-유럽인들의 삶의 토대를 완전히 파괴합니다. 레티프는 아메리카 신대륙에서 페루를 정복한 프란체스코 피차로와 에르난 코르테스를 잔인한 정복자로 규정합니다. 만약 그들의 만행이 없었더라면, 버림받은 아메리카 대륙은 지금도 많은 원주민들이 생존했을 것이라고 합니다. 만약 정복자들이 빅토린이 거주하게 될 남쪽 섬들을 미리 발견했더라면, 이 섬들 역시 황폐하게 되었으리라고 합니다. 자신의 민족에게 도덕과 정의를 가르치려는 사람은 절대로

유럽인처럼 살아서는 안 된다는 것입니다. 유럽 사람들은 자신에게 굴복한 사람들에게 위협을 가하고, 자신보다 더 뛰어난 인종들에게서 재화를 강탈하려고 기를 씁니다.

13. 이상 사회의 조건으로서 만인의 평등: 그렇다면 레티프는 어떠한 규범적 토대를 통해서 기존의 썩은 유럽 사회와 정반대되는, 어떤 완전한 사회질서를 설계했을까요? 레티프의 사고는 18세기 후반에 살던 사람들의 갈망을 적극적으로 반영하였습니다. 그는 사회의 특성을 판단하는 중요한 기준으로서 자연을 언급합니다. 이러한 사고는 루소의 그것과 매우 유사합니다. 자연은 인간의 문명에 의해서 더럽혀지지 않은, 무위의 영역으로서 완전성의 척도에 가장 근친한 공간입니다. 자연은 원래의 순수함의 성스러운 도피처이며, "근원적 선함"의 총체적 개념과 같습니다. 처녀지로서의 자연 속에서 인간은 자신의 고유성을 찾을 수 있으며, 외부의 모든 강요 내지 규범을 벗어던질 수 있습니다. 인간은 최소한 다음과 같이 질문할 수 있습니다. 즉, 사회 속에서 살아가는 개개인들의 인간관계를 보다 완전하게 형성하기 위해서, 자연 속에서 과연 어떠한 규범적 척도를 발견할 수 있는가 하고 말입니다. 자연의 핵심 속에 도사리고 있는 것은 사회적 측면에서 고찰할 때 만인의 평등입니다. 레티프는 "사회의 모든 악덕을 근절하는 것은 평등이다." 하고 반복해서 말합니다(Réstif 1988: 513). 만인의 평등은 강도, 살인자, 좀도둑 등에게 어떠한 범행의 기회를 제공하지 않습니다. 완전한 평등 없이는 미덕도 없고, 행복도 없습니다. 완전한 평등이 없으면, 만인이 편안하고 행복하게 지내는 사회의 근본 목표는 달성될 수 없다고 합니다.

14. 자연을 이상으로 삼는 두 개의 공동체, 크리스틴 섬과 메가파타곤: 완전한 이상적 공동체는 "고결한 야생"이라는 자연의 특성을 지닌 틀뿐

만 아니라, 유토피아의 공간으로서 어떤 엄격한 기하학적 모델을 필요로 합니다. 레티프의 경우, 이상적 삶의 세계는 한편으로는 18세기의 가장 현대적인 기술과 발전된 수공업적인 능력에 바탕을 두고 있습니다. 예컨대 바람직한 문명의 표시는 크리스틴 섬에서는 주민들이 동일한 의복을 착용함으로써 분명하게 드러나지만, 또 다른 이상 사회인 "메가파타곤"에서는 철저한 질서에 근거한 하루 일과 속에서 명징하게 표현되고 있습니다. 레티프의 이상 사회는 다른 한편으로는 시골의 전원에 합당하게 묘사되어 있습니다. 예컨대 빅토린과 크리스틴은 섬에 도착한 직후에 아무도 등정할 수 없는 화산의 안락한 동굴 속에서 거주합니다. 나중에 그들은 코린트식의 왕궁을 건축하는데, 이것은 고전적 풍모를 지닌 시골의 멋진 집으로 거듭나게 됩니다. 크리스틴 섬에는 편안한 집을 축조함으로써 이곳에서도 사람이 살고 있음을 알려 줍니다. "메가파타곤" 역시 자연에 합당한 건축물을 축조하였습니다. 새로운 이상 사회로서의 메가파타곤은 사각형 내지 원형으로 구성된 도시형의 건축물을 지양하고, 시골의 면모를 그대로 도입하고 있습니다. 이곳에서는 약 100가구의 가족이 거주하는데, 네 개의 구역마다 25가구의 가족이 공동으로 살아가고 있습니다.

15. 사유재산의 철폐: 크리스틴 섬에서 사유재산은 완전히 철폐되어 있습니다. 모든 재산은 공동으로 활용됩니다. 이 조항은 공동체의 핵심적인 기본 법칙과 같습니다. 크리스틴 섬의 주민들 역시 재물을 전적으로 공평하게 나눔으로써 그들의 행복을 찾습니다. 기본법 제4조에 의하면 재화를 공동으로 소유하는 것이 평등의 토대입니다. 제7조는 공동체 내에서 채무라든가 사유권이 철폐되어 있다고 규정합니다. 그럼에도 각자 한 채의 집을 공급받게 됩니다. 이는 공동으로 노동에 임하지만, 각자 개별적으로 처자를 데리고 살아갈 수 있도록 한 조처입니다. 메가파타곤에

서도 공동 소유의 원칙이 통용됩니다. 만인은 공동체 전체의 보편적 안녕을 위하여 노동에 임하고, 수확물 내지 생산품을 공평하게 얻습니다. 메가파타곤에서 살아가는 사람들은 물건을 혼자서만 차지할 수 없습니다. 왜냐하면 사적 소유물은 만인에게 허용되지 않기 때문입니다.

16. 화폐의 사용과 시장의 철폐: 빅토린은 화폐를 폐지하지는 않습니다. 그렇지만 시장을 모조리 파기함으로써 자본의 교환 행위를 처음부터 원천 봉쇄하고 있습니다. 화폐란 그저 욕망 충족을 위한 최소한의 도구인 "교환하는 쿠폰"으로 사용될 뿐입니다. 이를테면 크리스틴 섬에서는 다음과 같은 원칙이 통용되고 있습니다. 즉, 개인들이 필요로 하는 모든 물건들은 공동의 경비로 지출된다는 원칙 말입니다. 금액은 노동의 가치가 아니라, 노동자와 수공업자의 필요성에 따라 책정됩니다. 이를테면 여섯 아이를 지닌 노동자는 세 아이를 데리고 사는 노동자보다 두 배의 물품을 공급받을 수 있습니다. 이는 자식이 많은 가정을 돕기 위한 배려입니다. 물론 우리는 크리스틴 섬에서의 돈의 유통 내지 유통 구조에 관해서 명확하게 파악할 수는 없습니다. 그렇지만 공동체 내에서 물품 분배를 관장하는 기관은 어떠한 경우에도 이윤을 남겨서는 안 되며, 오로지 사람들의 개별적 욕망의 충족을 위해서 노력해야 합니다. 빅토린은 자신의 아들, 알렉산더에게 이러한 정책을 물려주었으며, 알렉산더는 자신의 아들, 헤르만틴에게 부친의 입장을 전승하도록 조처하고 있습니다.

17. 크리스틴 섬에서 나타나는 농업과 수공업 위주의 경제: 레티프가 살았던 시대에는 길드 조합이 아직 결성되지 않았습니다. 그런데도 레티프는 작품에서 조합의 특성을 조심스럽게 거론합니다. 이는 유럽 길드 조직의 가능성에 관한 선취의 상으로 이해될 수 있습니다. 혹자는 다음과 같이 비판합니다. 즉, 작가는 18세기 후반에 도달한 산업과 기술의 발전

을 적극적으로 수용하지 못하고, 기껏해야 농촌의 마을 공동체와 농업 분야만 중점적으로 다루고 있다는 것입니다. 그렇지만 18세기 후반의 어떠한 유토피아에서도 현대의 산업사회를 선취하는 상이 담겨 있지는 않습니다. 실제로 레티프의 크리스틴 섬과 메가파타곤에서는 농업과 수공업 분야에서의 생산이 경제적 생산의 전부를 차지하고 있습니다. 가령 크리스틴 섬에서는 가축 사육뿐 아니라, 정원과 농경지를 가꾸는 일이 언급되고 있습니다. 그 밖에 포도주 재배, 물고기를 포획할 수 있는 어망 기술이 언급되고 있습니다(Réstif 1979: 72). 여기서는 18세기 후반부에 출현한 모든 수공업 제품들이 소개되고 있습니다.

18. 메가파타곤에서의 재화의 생산 조직: 재화의 생산 조직과 과정에 관해서 작가는 메가파타곤에서 아주 구체적으로 서술합니다. 조합은 150세의 노인이 모든 것을 관리하고 있는데, 노인은 하루에 수확하거나 생산된 재화의 4분의 1을 모든 공동체 회원들에게 분배합니다. 이때 노동자의 노동력이 충분히 고려됩니다. 조합 내에서 노동의 일감이 어떻게 나누어지는가 하는 문제는 알려지지 않습니다. 노동의 지루함을 떨치기 위해서 조합에 속한 노동자들은 가급적이면 자주 일감을 바꿉니다. 사람들은 아무런 간섭 없이, 작업량에 대한 부담감 없이 자발적으로 일합니다. 하루의 노동시간은 네 시간으로 정해집니다. 그래서 사람들은 주로 오전에 일한 다음에 공동으로 식사하고, 오후에는 주로 가정에서 휴식을 취합니다. 구두를 제작하는 사람을 제외하면, 바늘로 수작업을 행하는 사람들은 모두 여자입니다. 여자들이 비교적 가벼운 일을 맡는 반면에, 남자들은 금속, 나무 그리고 암석 등과 관련된 일을 합니다. 메가파타곤의 땅에서는 국가주의의 계획경제가 추진되지는 않지만, 마치 근대 공산주의의 생산조합의 경우처럼, 공동체의 모든 임원들은 그들의 욕구를 충족시킬 뿐 아니라, 쓰고 남을 정도의 물품을 생산하기도 합니

다. 이 경우, 남는 재화는 외국과의 교역을 통해서 물물교환 됩니다. 가령 크리스틴 섬에서 많이 생산되는 제품들은 다양한 종류의 농사 도구입니다.

19. 풍요로운 삶, 그러나 사치는 없다: 메가파타곤 공동체는 조합을 토대로 이루어진 경제 형태를 고수하고, 이윤 추구의 욕망을 완전히 떨치기 위해서 시장 제도를 철폐하고 있습니다. 그런데 과연 어떻게 이러한 구도 속에서 경제적 풍요로움이 가능할 수 있을까요? 레티프는 다음과 같이 대답합니다. 노동량을 처음부터 엄격하게 설정함으로써 공동체는 노동 자원을 거의 완전하게 활용할 수 있다고 합니다. 공동체의 사람들은 다음과 같이 보고합니다. 젊은 사람이라면 누구나 유익한 삶을 위해서 자발적으로 열심히 일해야 한다고 말입니다. 모든 사람은 형제자매와 다를 바 없습니다. 형이 열심히 일하는데, 동생이 그냥 게으름을 피우며 빈둥거릴 수는 없다는 것입니다. 고전적 유토피아의 경우와 마찬가지로 레티프의 유토피아에서도 사치품의 생산과 소비는 엄격하게 금지되고 있습니다. 그런데 메가파타곤 사람들이 유일하게 즐길 수 있는 것은 음악과 춤입니다. 음악과 춤은 이곳에서는 하나의 미덕으로 간주되고 있습니다. 크리스틴 섬에서도 사치는 금지됩니다. 제7조항에 의하면, 어느 누구도 다른 사람보다 더 잘 먹고 더 잘 입어서는 안 된다고 규정되어 있습니다.

20. 수공업 기술의 장려: 빅토린은 유럽에서 통용되던 신분 차이의 관습을 모조리 없애 버렸습니다. 농업 중심의 경제 토대를 고수하면서, 그는 18세기 후반부에 유럽 문명이 이룩한 과학기술의 장치를 최대한 활용하였습니다(Réstif 1979: 200f). 이곳 사람들은 자력으로 선박을 제조해 유럽으로 보내어 크리스틴 섬에서 구할 수 없는 물품들을 조달하였

습니다. 사람들은 수공업자라든가 특정 물품 전문가를 유럽에서 이곳으로 이주해 오도록 조처했습니다. 크리스틴 섬은 남반구의 태평양에 위치하고 있습니다. 빅토린은 이곳 사람들로 하여금 농사 외에도 수공업과 결부된 기술을 익히게 하였습니다. 어떤 새로운 제품을 발명하거나 원래 제품의 기능을 향상시킨 수공업자에 한해서는 노동의 의무를 면제해 주는 등의 방식으로 수공업 생산을 장려했습니다. 빅토린 자신이 비행 기술을 개발하여 이곳 섬으로 비행한 사람인 것을 감안한다면, 수공업 기술의 개발 장려는 어쩌면 당연한 정책이었는지 모릅니다.

21. 메가파타곤의 가족제도, 2년마다 거행되는 일부일처제의 결혼: 레티프는 최상의 공동체를 실현하기 위한 수단으로서 두 가지 가족제도를 동시에 용인합니다. 그 하나는 가부장적 가족제도이며, 다른 하나는 약간 변형된 형태로서의 여성 공동체를 가리킵니다. 여기서 가족제도는 메가파타곤과 크리스틴 섬에서 제각기 다른 양상으로 드러나고 있습니다. 첫째로, 메가파타곤의 사람들은 원래 여성 공동체를 추종합니다. 남녀들은 서로 합의 하에 육체적 사랑을 나눌 수 있으며, 아이들이 자신의 아버지처럼 받들어 모셔야 하는 대상은 국가입니다. 그래도 남자들이 최소한의 부권을 행사하도록 레티프는 여성 공동체를 다음과 같이 변화시켰습니다. 즉, 일부일처제의 결혼은 2년마다 갱신될 수 있습니다. 결혼식은 매년 공동으로 치러지는데, 모든 공화국의 사람들은 혼인의 축성식 행사에 참여해야 합니다. 마치 토머스 모어의 『유토피아』에서 그러하듯이, 신랑과 신부는 혼인하기 전에 상대방의 알몸을 보게 됩니다. 특별한 예외 사항이 없는 한 파트너는 2년마다 교체됩니다. 이러한 제도를 도입하면, 이혼 내지 간통의 문제를 해결할 수 있다고 사람들은 확신합니다. 요약하건대, 메가파타곤 사람들은 유럽에서 통상적으로 수용되는 일부일처제와는 무관하게 생활하고 있습니다.

22. 크리스틴 섬의 가족제도, 일부일처제의 고수: 둘째로, "도피네 섬"에 거주하는 사람들은 일부일처제를 고수하면서 살아갑니다. 부부 사이에 갈등이 벌어지면, 공화국의 수장은 이를 중재하면서 화해를 권유합니다. 그래도 효력이 없으면, 부부는 이혼합니다. 이혼한 남녀는 1년 내에 다시 새로운 연인을 만나 함께 살든가, 아니면 재혼할 수 있습니다(Réstif 1979: 165). 셋째로, 크리스틴 섬에서는 두 가지 제도가 혼합되어 있습니다. 엘리트, 즉 공동체를 건립한 빅토린과 그의 자손은 반드시 일부일처제의 결혼 생활을 유지해야 하는 반면, 크리스틴 섬에 거주하는 일반 남자들은 여러 명의 여자를 거느릴 수 있습니다. 이러한 경우는 플라톤의 『국가』의 경우와는 정반대되는 규칙입니다. 플라톤의 『국가』에서 평민들은 일부일처제를 고수하는 반면에, 사회의 엘리트 계층 사람들은 여러 아내를 거느릴 수 있습니다. 크리스틴 섬에서 살아가는 모든 가장은 두 명의 여성과 합법적으로 결혼할 수 있습니다. 그런데 이는 가장들이 원주민의 여성들과 사랑을 나눌 경우에는 적용되지 않는 조항입니다. 크리스틴 섬의 남자들은 원주민 여자들을 수시로 사랑의 파트너로 맞아들일 수 있습니다. 일부다처 내지 다부일처의 규칙은 섬 내부의 국익과 결부되는 것입니다. 크리스틴 섬사람들은 어떻게 해서든 신속하게 인구를 증가시켜야 그들의 안전을 보장받을 수 있다고 확신합니다(Réstif 1979: 338).

23. 가부장적 가족제도의 확립: 레티프는 가족제도와 관련하여 가부장주의라는 틀을 기본적으로 고수하고 있습니다. 모든 사회적 강요로부터 면제된, 남녀의 사랑의 공동체를 실천하는 일이야말로 작가의 견해에 의하면 가정적 이상의 핵심이라고 합니다. 그렇지만 작가는 "여성은 언제나 남편에게 순종적으로 처신해야 한다"는 점을 강조합니다. 이 점을 염두에 둘 때, 결혼 체제 속에는 신분 사회의 사회적 등급에 해당하는 미묘

한 메커니즘이 도사리고 있습니다. 유토피아 공동체가 사회적으로 조화롭게 영위되려면, 인간관계에서 갈등을 빚는 여러 요소가 처음부터 배제되어야 하는데, 이를 위해서 필요한 조처는 최소한 가부장의 권위가 중시되어야 한다는 것입니다. 국가의 강령을 전달하기 위한 수단으로 가장에게 모든 권한을 일임하는 게 아니라, 사랑의 삶에 있어서의 질투 등의 문제를 해결하기 위해서 가장에게 하나의 권한을 주자는 것입니다.

24. 남자들의 정치 참여: 행정 시스템과 관련하여 우리는 두 가지 서로 다른 사항을 언급할 수 있습니다. 그것은 다름 아니라 이상적 특성을 지닌 공동체 시스템과 개인주의에 입각한 사회계약에 관한 사고를 가리킵니다. 레티프가 다룬 두 개의 유토피아(메가파타곤과 크리스틴 섬)에는 일견 사회계약의 내용이 도사리고 있지 않습니다. 그렇지만 사회의 내외적 사안에 있어서 공동의 합의를 도출하기 위해서 크리스틴 섬의 규정 속에는 사회계약의 특성이 은밀하게 혼재되어 있습니다. 물론 레티프는 사회계약에 관한 루소의 견해를 대폭 수용하여, 명시적으로 국가기관에다 커다란 힘을 실어 주지는 않았습니다. 사법기관이라든가 강제적 공권력은 레티프의 유토피아에서는 처음부터 존재하지 않습니다. 공화국 체제는 가급적이면 사람들에게 어떠한 명령도 내리지 않으며, 강제 규정도 공표하지 않습니다. 그렇지만 40세 이상의 남자들은 공화국의 행정기관 등에서 맡은 바 임무를 행합니다. 여성들은 이러한 기회를 처음부터 얻지 못합니다(Réstif 1979: 554). 비록 권위적 권력을 지닌 국가는 존재하지 않지만, 사람들은 공동체 전체의 이익을 생각하며 이에 협조하기를 마다하지 않습니다.

25. 새로운 인간은 어떻게 출현할 수 있는가?: 또 한 가지 언급해야 할 사항은 새로운 인간에 관한 작가의 구상입니다. 가령 우리는 메가파타

곤의 예를 들 수 있습니다. 이곳의 공동체에서 살아가는 새로운 인간은 멋진 육체를 가꾸어야 하고, 평균 이상의 지능을 유지하며, 인간과 인간 사이의 협동적 태도 등을 견지해야 합니다. 그렇게 하면 인간은 150살까지 생명을 유지할 수 있다고 합니다. 이를 위해서 레티프는 하나의 우생학적인 예를 제시하며, 특히 혼혈을 중요하게 생각합니다. 이상적인 공동체를 건설한 사람들은 일차적으로 인접한 섬에서 살아가는 원주민들과 육체적으로 결합하여 혼혈인을 낳아야 한다고 합니다. 이와는 반대로 이곳에 정착한 유럽인들이 우월한 두뇌를 지니고 이성적으로 행동하는 원주민들과 결합하여 자식을 낳으면, 그 자식들은 더욱 훌륭해지고, 더 나은 삶을 살 수 있는 육체적, 심리적 형질을 지니게 된다고 합니다.

26. 진보를 가능하게 하는 메커니즘, 혼혈의 중요성: 자고로 사회는 레티프에 의하면 주어진 환경의 영향 그리고 법과 도덕적 교육에 의해서 진척되는 게 아니라, 우생학적으로 조건화된 유전적 요인에 의해서 발전되어 나간다고 합니다. 이러한 견해는 메르시에 이외의 계몽주의자들의 그것과는 전혀 다른 것입니다. 레티프는 자신의 작품의 서문에서 조르주-루이 르클레르 드 뷔퐁(George-Louis Leclere de Buffon, 1707-1788)의 생물학 이론을 언급하면서 자신의 고유한 인상학적 관점을 피력하였습니다. 르클레르 드 뷔퐁에 의하면, 개인의 지위는 동물의 지위와 비교할 때 별 차이가 없습니다. 왜냐하면 우생학적 관점에서 고찰할 때 인간 역시 동물에게서 보이는 여러 가지 특징 내지 현상을 드러내기 때문이라고 합니다. 레티프는 한 걸음 더 나아가 합리적으로 사고하고 영성을 지니고 있는 인간의 능력과 소질에 대해서 더 나은 권한을 부여하지 않습니다. 이로써 정신과 물질을 구분하는 데카르트 식의 인간학은 레티프에게는 무용지물이 되고 맙니다. 인간이 자연에 대해서 우월하다고 생각하는 것은 레티프에 의하면 하나의 가설에 불과합니다. 자연은 인간이 태

어나기 전에도 수천 번 수만 번의 변화를 시도하였습니다. 이를 고려한다면 인간의 변화는 이미 자연의 변화 과정 속에 포함될 수밖에 없습니다(Sieß: 103). 인간 역시 여러 유형의 원숭이들처럼 다양한 형체로 변화되고 발전될 수 있다는 것입니다. 백인은 레티프에 의하면 생물학적 진화 과정의 완성 내지 목표가 아니며, 혼혈의 인간이야말로 차제에 우수한 인간으로 거듭나게 되리라고 합니다.

27. 진정한 평등은 무엇인가?: 레티프는 남북 아메리카에서의 원주민 학살에 관해서 숙지하고 있었습니다. 콜럼버스가 신대륙을 발견한 이후 유럽 출신의 정복자들은 중남미에서 평화롭게 살고 있던 아메리카 원주민 1,500만 명을 학살하였습니다. 이는 수십 년에 걸쳐 총과 칼로 자행된 끔찍한 범죄였습니다. 레티프는 이에 대해서 유럽인으로서 부끄러워했습니다. 사실 아메리카 원주민들은 오랫동안 자신들의 고유한 혈통을 보존해 왔습니다. 아메리카 원주민들의 95퍼센트가 18세기까지 "RH+ O" 혈액형을 지니고 있었다는 사실은 많은 것을 시사하고 있습니다(크로스비: 74). 레티프가 혼혈을 강조한 것도 이러한 맥락에서 이해되어야 할 것입니다. 다양한 문화는 교류되어야 하며, 인간 역시 인종적으로 혼합되어야 한다는 것입니다. 때로는 그들과 혼인하여 혼혈의 후손을 만드는 게 우생학적으로 바람직하다는 것이었습니다. 이와 관련하여 레티프는 다음과 같이 말합니다. "모든 피조물은 평등하다. 형체, 머리카락, 피부 그리고 육체적 행동에 있어서 이질적이지만, 인간은 마치 신의 광채와 같은 이성의 빛을 얻으며 살아가며, 또한 그래야 한다"(Réstif 1979: 222).

28. 단순히 장소 유토피아는 아니다. 유럽과 동떨어진 섬 공동체: 레티프가 묘사한 세 개의 섬은 남반구에 위치하고 있습니다. 그렇기에 유럽의 정복자들은 이곳으로 쉽사리 접근하기 어렵습니다. 이로써 섬은 유럽의

여러 가지 나쁜 영향으로부터 보호받을 수 있습니다. 외부인이 이곳에 한 번 발을 들여놓으면, 더 이상 자신의 고향으로 되돌아갈 수 없습니다. 예컨대 크리스틴 섬에서 살아가는 사람들은 유럽 국가와 어떠한 물품도 교역하지 않습니다. 또한 배를 타고 섬 근처에서 어업에 종사할 수는 있지만, 멀리 항해하는 것을 금기로 규정하고 있습니다. 이는 얼핏 보면 토머스 모어 이래로 출현한 장소 유토피아의 상과 유사한 것 같습니다. 그러나 레티프의 유토피아는 다른 특성을 지닙니다. 그것은 바로 능동적 개혁의 특성을 가리킵니다. 모어의 『유토피아』의 경우, 유럽 사람 히틀로데우스는 미지의 섬의 항구도시, 아마우토룸 공동체를 처음으로 관찰하였습니다. 이때 이상적 사회 시스템은 처음부터 완전한 모습으로 완성되어 있었습니다. 그렇기에 히틀로데우스로서는 이상 사회의 규범, 물질적 · 제도적 전제 조건들을 고향 사람들에게 전하면 그것으로 족했습니다. 그러나 레티프의 유토피아의 경우, 빅토린은 자신의 부하들과 함께 끊임없이 노력하여 하나의 이상 사회를 독자적으로 축조해 나갑니다.

29. 완전성을 일구어 내는 능동적 자세: 우리는 본서의 제2권에서 슈나벨의 『펠젠부르크 섬』을 고찰한 바 있습니다. 독일 출신의 선량한 사내가 어떤 미지의 섬을 발견하여 능동적으로 활약하면서 하나의 이상 공동체를 창건해 냅니다. 다시 말해서, 모어의 『유토피아』에서 드러난 관조라는 수동적 자세는 18세기에 이르러 능동적으로 완전한 무엇을 일구어 내는 인간의 자세로 변화하게 된 것입니다. 가령 크리스틴 섬에서의 이상 국가의 건설은 섬이 발견된 이후에 어떤 합리적 기준에 의해서 처음부터 계획된 것입니다(Réstif 1979: 177). 실제로 작가는 작품에서 개별 가옥과 도로의 건설, 노동 기구의 운반, 수공업자와 농부들의 노력의 과정 등을 세밀하게 묘사하고 있습니다. 따라서 여기서 중요한 것은 사회 유토피아에 대한 수동적 관조가 아니라, 이주해 온 사람들의 능동적인

역할과 노력입니다.

30. 점진적인 개혁을 위한 전망과 시간 유토피아의 특성: 레티프는 사회 유토피아가 지엽적 문제로 좌시하던 사항을 거론합니다. 즉, 인간관계와 사회적 삶이 바로 그것입니다. 이를테면 메가파타곤을 창건한 빅토린은 완전한 건축을 단기간에 축조할 수 없다고 생각하였습니다. 왜냐하면 지금까지 백인들은 새로운 국가의 기본적 철칙과는 무관하게 생활해 왔기 때문입니다. 그래서 빅토린은 자신의 수하들에게 개혁을 위한 전망을 다음과 같이 권고합니다. 즉, 오래된 법칙들을 단기간이 아니라, 점진적으로 바꾸어 나가라는 게 바로 그 권고 사항이었습니다. 여기서 중요한 것은 점진적 개혁이며, 과정의 역동성입니다. 이는 하나의 느긋한 자세로서 완전한 사회적 삶이 언젠가는 미래의 시점에 도달하게 되리라는 확신이 있었기에 가능한 것이었습니다. 이 대목에서 우리는 메르시에의 유토피아에서 드러나는 시간 유토피아의 특성을 재확인할 수 있습니다.

31. 요약: 레티프는『남쪽 지역의 발견』에서 두 가지 유형의 유토피아를 설계하고 있습니다. 크리스틴 섬과 "메가파타곤"이 이러한 유형의 바람직한 국가의 상을 보여 줍니다. 크리스틴 섬과 메가파타곤이라는 두 가지 유형의 유토피아는 국가주의의 모델에 해당하지만, 국가의 권위와 힘이 현격하게 약화된 특성을 제시하고 있습니다. 그것들은 프랑스 혁명 직전의 문학 유토피아로서, 사유재산제도와 시장을 철폐했지만, 물품 교환권으로 기능하는 화폐는 온존하고 있습니다. 두 가지 유형의 더 나은 국가의 모델은 정치적 측면에서 고찰할 때, 가부장주의에 근거하고 있지만, 사랑의 삶의 측면에서 제각기 이질적인 특성을 표방하고 있습니다. 일부일처제는 크리스틴 섬에서 부분적으로 드러날 뿐, 나머지 다른 지역에서는 일부다처의 삶의 방식이 보편화되어 있습니다. 특히 메가파타곤

의 가부장들은 2년에 한 번씩 아내를 교체할 수 있습니다. 문제는 자유분방한 사랑의 삶의 결정권이 오로지 가부장에게만 주어져 있다는 사실입니다. 어쨌든 레티프의 더 나은 사회는 가부장주의에 입각한, 인간의 평등을 가장 중시하는 자유로운 삶의 공동체를 추구하고 있습니다. 놀라운 것은 레티프의 공동체가 혼혈의 인간을 바람직한 새로운 인간형으로 설정하였다는 사실입니다. 레티프는 사회적으로 버림받은 아이들이 사회적으로 유익한 일을 행하도록 하는 조처를 자주 언급하였습니다. 작가는 세상을 떠돌아다니는 사생아들을 사회적으로 어떻게 수용하고 교육시킬까에 관하여 깊이 고심하였습니다.

참고 문헌

바흐친, 미하일(2001): 프랑수아 라블레의 작품과 중세 및 르네상스의 민중문화, 이덕형 역, 아카넷.

박설호(2018): 에로스와 서양문학. 호모 아만스를 위한 스토리텔링, 울력.

이영목(2010): 도시와 내면. 레스티프 드 라 브르톤의 『파리의 밤』의 한 독법, 실린 곳: 인문논총 63집, 149-177.

크로스비, 엘프리드(2006): 콜럼버스와 바꾼 세계, 김기윤 역, 지식의 숲.

Brunetière, Ferdinand(1889): Etudes critiques, deuxième, Série, Paris.

Koneffke, Walter(1992): Fiktion und Moral. Die Vermittlung moralischer Normen im Romanwerk des Réstif de la Bretonne am Beispiel des Paysan perverti. Steiner, Stuttgart.

Jens(2001): Jens, Walter(hrsg.), Kindlers neues Literaturlexikon, 22 Bde., München.

Lichtenberger, André(1967): Le Socialsme au XVIIIe Siècle. Etude sur les Idées socialistes dans le Ecrivains français du XVIIIe Siècle avant la Révolution, New York.

Réstif de la Bretonne, Nicolas-Edme(1987/1988): Oeuvres complètes, Bd. 1-113, Genève.

Réstif de la Bretonne, Nicolas-Edme(1979): La Découverte australe par un Homme-volant. Genève.

Saage, Richard(2002): Utopische Profile, Bd. 2, Aufklärung und Absolutismus, Münster.

Schaltenbrand, Heinrich(1837): Bueffons sämtliche Werke sammt den Ergänzungen nach der Klassifikation von G. Cuvier, 8 Bde., Köln.

Sieß, Jürgen(1994): Frauenstimme-Männerschrift. Textrelationen in der Brief- und Romanliteratur des 18. Jahrhunderts. Diderot, Restif, Lespinasse. Igel: Paderborn.

Swoboda, Helmut(1987): Der Traum vom besten Staat. Texte aus Utopien von Platon bis Morris, 3. Aufl., München.

5. 피히테의 「폐쇄적인 상업 국가」

(1800)

1. 작은 것이 위대하다: 독일은 17세기 말에 정치경제적으로 인접 국가에 비해 낙후해 있었습니다. 사람들은 정치와 경제의 측면에서 이상 사회와 진정한 법에 관해서 숙고하기 시작하였습니다. 지식인들의 사고는 시대를 앞서 있었습니다. 이들 가운데 자연법과 사회 유토피아를 기이하게 절충시킨 학자가 있었습니다. 그는 다름 아니라 독일의 관념론 철학자, 요한 고트리프 피히테였습니다. 피히테는 주체의 이념에 관한 관념론에 지대한 관심을 기울였습니다. 자아의 절대적 자유를 중시함으로써 (Fichte 1971: Bd. III, 298), 이른바 "지식학(Wissenschaftslehre)" 내지 사행의 철학(die Philosophie der Tathandlung)이라는 사상적 토대를 닦은 관념 철학자가 바로 피히테였습니다. 그렇지만 그가 사회 유토피아와 자연법사상을 결합시켜 자신의 고유한 정치경제학을 피력했다는 사실은 잘 알려져 있지 않습니다. 피히테의 유토피아는 그의 소논문, 「폐쇄적인 상업 국가(Der geschlossene Handelsstaat)」에 개진되고 있는데, 1800년에 『법 이론』의 부록으로 발표되었습니다. 기실 작은 문헌은 의외로 놀라운 사상적 단초를 드러냅니다. 유토피아의 역사를 고려한다면, 피히테의 대표작이 아니라, 일견 지엽적으로 보이는 소품이 가장 중요하고도 핵심

적인 사항을 고론하고 있습니다.

2. 자연법의 사상에 입각한 피히테의 유토피아: 피히테는 자연법과 사회 유토피아의 혼합 형태로서의 국가를 설계하였습니다. 이 문헌에는 자연법과 사회 유토피아 사이의 방법론적 차이는 약화되어 있습니다. 다시 말해, 피히테는 바람직한 이성 국가에 근거하여 주어진 현실과는 다른, 어떤 더 나은 사회를 추상적으로 설계하였습니다. 이성 국가의 상 속에는 이미 자연법의 정신이 내재해 있으며, 피히테의 사회 유토피아 속에는 상위 계층의 특권이 철저히 배제되어 있습니다. 여기서 우리는 평등 사회를 지향하는 관념 철학자의 의도를 읽을 수 있습니다. 피히테의 글에서는 어떤 더 나은, 바람직한 법의 필요성이 날카롭고도 명확하게 묘사되어 있습니다. 그것은 주어진 사회 어디서든 간에 항상 유효한 것으로 표현되어 있는데, 이에 대한 실천은 오로지 하나의 고립된 섬과 같은 폐쇄적인 국가 속에서만 실현 가능합니다. 이 문헌에는 처음부터 증명이 불가능한 법적인 요구 사항이 언급되고 있는데, 이러한 자연법적 요구 사항은 인간의 품위와 행복을 지향하고 있습니다.

3. 피히테의 삶: 피히테의 역정은 개천에서 용 나는 이야기를 전해 줍니다. 요한 고트리프 피히테는 1765년 5월 19일 라메나우에서 가난한 면직공의 첫째 아들로 태어났습니다. 동생이 일곱 명이나 되는 관계로 그는 어느 귀족의 영지의 하인들이 거주하는 문간방에서 살아야 했습니다. 1774년 영지의 주인, 하우볼트 폰 밀티츠는 바쁜 일 때문에 일요일 예배에 불참하게 되었는데, 설교를 듣지 못한 것을 아쉽게 생각하였습니다. 이때 10세 소년 피히테는 주인 대신에 예배에 참석하여, 목사의 설교를 한 줄도 빠짐없이 정확하게 전해 주었습니다. 주인은 소년의 놀라운 재능에 감복하여, 마이센에 있는 학교에서 공부할 수 있도록 장학금을 제

공헀습니다. 만약 영주의 지원이 없었더라면, 피히테는 아마도 평생 마구간지기로 살다가 세상을 떠났을 것입니다. 피히테는 1780년 학교를 마치고 예나 대학교에서 신학을 공부합니다. 하우볼트 밀티츠는 1774년에 사망했는데, 그의 자식들 역시 6년 동안 피히테를 재정적으로 지원하였습니다. 1780년 피히테는 더 이상 영주로부터 재정적 지원을 받을 수 없게 되었을 때, 라이프치히 대학교로 옮겨서 가정교사 직으로 생활비를 벌었습니다. 1788년에 피히테는 스위스의 취리히로 건너가서, 가정교사 직을 전전하였습니다. 그곳에서 요하나 란이라는 처녀를 알게 되어 약혼합니다. 요하나 란은 상인의 딸로서 북독의 시인, 프리드리히 클롭슈토크(Friedrich Klopstock)의 질녀였습니다.

피히테는 1790년 라이프치히로 되돌아가서, 임마누엘 칸트의 철학을 접하게 됩니다. 칸트의 철학은 피히테가 자아의 개념에 근거한 지식학을 발전시키는 데 커다란 영향을 끼칩니다. 1792년에 피히테는 쾨니히스베르크에서 칸트를 만납니다. 칸트는 피히테가 『모든 계시에 대한 비판의 시도(Versuch einer Critik aller Offenbarung)』(1792)를 집필하는 데 도움을 주었습니다. 물론 이 책은 익명으로 간행되었습니다. 뒤이어 1794년에 피히테는 예나 대학교의 철학과 교수로 부임하게 됩니다. 예나 대학 교수로 지내는 동안, 누군가 피히테가 무신론자라고 비난을 가했습니다. 결국 피히테는 1799년 예나 대학교 교수직을 박탈당하게 됩니다. 당시에 독일은 여전히 수많은 공국으로 분할되어 있었으며, 봉건적 제후체제에서 벗어나지 못하고 있었습니다. 6년의 공백기를 거친 다음 1805년에 피히테는 에어랑겐 대학교의 철학과 교수로 취임합니다. 나중에 피히테는 베를린 대학교 철학과 교수로 부임하였고, 이후 총장직까지 맡게 되는 등 그곳에서 경력을 쌓았습니다.

피히테는 체질적으로 자유의 성향이 강한 철학자였습니다. 아마도 그만큼 도덕적 이념과 자아의 의지에 집착한 철학자는 없을 것입니다. 그렇다 하더라도 피히테에게 현실 감각이 결여된 것은 아니었습니다. 그는 경험적인 연구 방법을 동원하여 주어진 현실을 비판적으로 천착한 것이 아니라, 자유의 도덕적 당위성에 입각하여 어떤 이상적 이념을 추종하였습니다. 예컨대 석공들의 범국가적인 자치 단체인 프리메이슨에 대한 그의 지지는 피히테의 정치적 세계관을 단적으로 보여 줍니다. 이미 취리히에 머물 때부터 그는 요한 볼프강 폰 괴테와 마찬가지로 프리메이슨 단체에 가입하였으며, 1794년 독일의 루돌슈타트에 있는 프리메이슨 단체에 직접 참가한 바 있습니다. 피히테가 "자유, 평등, 동지애, 관용 그리고 인권"을 내세우는 이 단체에 가담한 것은 자신의 철학과 관련시켜 볼 때 어쩌면 당연한 귀결이라고 말할 수 있습니다. 피히테는 탁월한 언변의 소유자였습니다. 1799년 10월 14일에 그는 "프리메이슨의 진정하고도 참된 목적에 관하여"라는 제목으로 강의하였습니다. 나중에는 프리메이슨을 주제로 책을 간행하기도 하였으나, 1800년에 피히테는 프리메이슨 단체에서 탈퇴하였습니다(Lennhof: 495). 피히테는 프랑스 혁명이 발발했을 때 이에 열렬히 동조하였으나, 나중에는 나폴레옹의 권력에 대항하면서 「독일 민족에 고함(Reden an die deutsche Nation)」(1807)이라는 강연을 통해서 열렬한 애국주의를 피력하기도 하였습니다. 그는 1814년 1월 29일에 열병으로 세상을 떠났습니다. 그의 무덤에는 「다니엘」 12장 3절이 새겨져 있습니다. "지혜로운 사람들은 하늘의 밝은 빛처럼 빛날 것이요, 많은 사람들을 옳은 길로 인도한 사람은 별처럼 빛날 것이다."

4. 피히테의 작품은 문학 유토피아가 아니다: 피히테의 작품 「폐쇄적인 상업 국가」는 문학 유토피아의 요건을 갖추고 있지 않습니다. 자고로 문학 유토피아는 처음부터 주어진 현실과는 반대되는 찬란한(혹은 비참한) 상으로 착색되어 있는데, 「폐쇄적인 상업 국가」는 국가 소설이 아니므

로, 이러한 가상적 판타지의 상을 담고 있지 않습니다. 다시 말해, 소논문에는 주어진 유럽의 구체적인 현실 및 동시대인에 관한 비판이 결여되어 있으며, 이를 위한 가상적 문학의 설계 역시 생략되어 있습니다. 게다가 피히테의 논의는 정치적, 경제적 문제에 국한되어 있으므로, 가족제도, 교육, 종교 그리고 과학기술 등과 관련된 새로운 측면은 완전히 빠져 있습니다. 그럼에도 피히테의 「폐쇄적인 상업 국가」가 유토피아의 역사 연구에 있어서 생략될 수 없는 까닭은, 그것이 주어진 사회 현실의 경제체제에 대한 근본적인 개혁 의지를 담고 있기 때문입니다. 미리 말씀드리건대, 피히테는 사유재산제도를 배격하고 폐쇄적 상업 국가로서의 공유제를 집요하게 추구하고 있습니다.

5. 불평등과 사유재산 비판: 피히테가 설계한 국가는 궁극적으로 사회주의의 행복을 추구하고 있습니다. 여기서 피히테가 만인의 행복을 우선적으로 고려한다는 점에서, 우리는 사회주의적 특성을 도출해 낼 수 있습니다. 다른 한편, 사람들이 "행복하게 살아가는 것과 그렇게 내버려두는 것" — 바로 이 점이 일차적 규칙으로 설정된다는 점에서, 피히테는 일견 자유기업가의 자부심을 솔직하게 표현한 것처럼 들립니다. 그러나 여기서 피히테는 경제적 자유방임을 주창한 게 아니라, 만인의 자유를 위한 국가의 방임을 천명했을 뿐입니다. 국가가 만인의 자유를 보장해야 한다는 사실은 자연법의 사고에 기인한 것입니다. 피히테의 자연법적인 사고는 마치 사회 유토피아가 그러하듯이 행복 추구의 이론의 참모습을 보여 줍니다. 여기서 중요한 것은 불평등한 분배에서 유래하는 기존하는 사유재산권을 피히테가 무턱대고 옹호하지 않는다는 사실입니다. 피히테는 사유재산을 일차적으로 거부하며, 모든 소유권은 만인에게 골고루 주어져야 한다고 믿습니다. 국가는 모든 사람들의 소유권을 인정함으로써 만인을 돕고 보호하게 되리라고 합니다. 이와 관련하여 우리

는 다음의 사항을 간파할 수 있습니다. 즉, 피히테는 국가의 기능, 상업 교역의 문제, 재화의 교역과 분배의 문제점 등을 집중적으로 구명했습니다. 그렇지만 그는 사회 유토피아에서 언급되는, 그 밖의 다른 사회적 삶과 가정과 성의 문제에 관해서는 자신의 의견을 개진하지 않았습니다.

6. 연역적으로 도출해 낸 국가의 상: 피히테는 처음부터 기존의 사회적 현실과는 다른, 어떤 국가적 상을 설계했습니다. 그런 다음 자신이 설계한 이상 국가의 면모에다 기존하는 국가를 근접시키려고 하였습니다. 다시 말해, 일차적으로 고려의 대상이 되어야 하는 것은 하나의 바람직한 국가의 연역적 설계였습니다. 피히테는 마치 플라톤처럼 어떤 이성적인 국가에서 나타날 수 있는 문제점을 처음부터 근절하고 싶었습니다. 그런데 이러한 시도는 나중에 혼탁하게 변하고 말았습니다. 비유적으로 말하자면, 루소의 정신에다가 사회주의 국가의 사상을 가미시킨 꼴이라고 할까요? 피히테는 자신의 고유한 사상에다 자연법이라는 다른 색깔을 덧칠했던 것입니다. 그렇지만 피히테는 경험적인 연구 방법을 동원하여 기존의 주어진 제반 사실들을 분석하는 일을 처음부터 달갑게 여기지는 않았습니다. 그럼에도 불구하고 「폐쇄적인 상업 국가」에서는 놀랍게도 지금까지의 이상 사회에 대한 상과 자연법과는 거리가 있는 어떤 경험적인 방식이 채택되고 있습니다. 이를테면 피히테의 글에는 기존하는 사회적 현실 상황에 대한 비판이 첨가되어 있습니다.

7. 주어진 독일 사회 내지 실정법에 대한 비판: 그렇다면 피히테가 순수한 사고 영역의 세계 대신에 과연 어떠한 경험적 사항을 고찰했던 것일까요? 그것은 피히테가 처한 현실적 배경에서 비롯된 것입니다. 당시의 프로이센은 프랑스, 영국에 비해 정치적으로 그리고 경제적으로 매우 낙후해 있었습니다. 자고로 바람직한 세계는 연역적으로 설계되어야 하지

만, 설계자의 배후에는 자신이 처한 주어진 현실의 상이 도사리고 있어야 합니다. 실제로 피히테는 처음부터 자신이 처한 독일을 염두에 두면서 어떤 강한 도덕적 자세를 견지하고 있었습니다. 자신이 생각한 이상적 사고가 주어진 사회 현실에서 조금도 실천될 기미를 보이지 않자, 그는 자신의 도덕적인 입장을 하나의 사회 비판의 도구로 발전시켰던 것입니다. 피히테는 자신이 처한 독일의 미래 현실에서 출현할 수 있는 어떤 바람직한 축복의 나라를 묘사하려 하였습니다. 이로써 자신이 기존하는 독일의 비참상을 은근하고도 "간접적으로" 비판할 수 있으리라고 확신했던 것입니다.

8. 피히테는 이상으로서의 법을 지향하였으나, 자연의 개념에 대해서는 거리감을 취했다: 피히테는 기존하는 비이성적인 법을 명시적으로 비판하였습니다. 그는 기존하는 국가의 헌법 속에 도사리고 있는 비이성적인 사항을 노골적으로 비판함으로써, 바람직한 법적 이상을 바로 세우려고 했습니다. 피히테는 자연법을 완전한 이성의 법으로 동질화시킴으로써, 실정법 속에 도사린 잘못된, 비이성적 사항에 대해 이의를 제기한 셈입니다. 이를 위해서 근원 상태의, 역사 이전의 모든 허구적인 요소들을 이상의 법으로서의 자연법으로부터 철저히 분리시켰습니다. 피히테는 가장 바람직한 이상으로서의 법적 체계를 무엇보다도 중요하게 생각하였지만, "자연법"이라는 개념을 몹시 껄끄럽게 여겼습니다. 말하자면 그는 처음부터 "자연(Natur)"이라는 단어 자체를 혐오하는 사변적 철학자였습니다. 그에게서 "자연 속의 자유 그리고 자연에 의한 자유"란 처음부터 존재하지 않았습니다. 자연은 피히테의 뇌리에는 무시무시한 동물들과 원시인들이 살고 있는 태고의 현실로 인지되었기 때문입니다. 그렇기에 태고 시대의 현실에서의 실존이란 피히테에게는 고대적이고 이상적인 느낌이 아니라, 강요 내지 억압 체제처럼 다가왔습니다. 피히테는 오

직 인위적 질서에 의한 사회적 삶만이 자유를 실천하게 한다고 확신하였으며, 이를 위해서 이상으로서의 법이 필요하다고 굳게 믿었습니다.

9. 인간의 노동에 대한 의미 부여: 이상이라는 목표는 피히테의 경우 아무런 노력 없이 주어지는 것도 아니며, 과거 어딘가에 존재하던 실제 상황으로부터 거리감이 있었습니다. 오히려 그것은 피히테의 급진적 이상을 실천하는 사고와 관련됩니다. 다시 말해서, 무언가 산출할 수 있는 어떤 실천적 사고의 내용을 생각해 보십시오. 이는 조직적인 의미에서, 그러나 부분적으로는 노동 기술적인 의미에서 다음과 같이 설명될 수 있습니다. 외부에 도사리고 있는 자연은 우리의 도움 없이 마치 기적과 같이 지금까지 알려진 고유한 법칙을 파괴시키지는 않습니다. 그렇기에 우리는 자연을 통해서 풍요로움을 획득하지 않고, 오로지 우리 자신의 노력에 의해서 경제적인 부강함을 찾아내야 할 것입니다. 이렇듯 피히테는 노동의 가치를 유토피아 속에 대입하였습니다. 더 나은 사회상은 피히테에 의하면 더 이상 원자재라든가 자연에서 그냥 주어진 재화를 통해서 창출되는 게 아니라, 오로지 인간의 노동을 통해서만 훌륭하게 축조될 수 있다는 것입니다. 그런데 문제는 피히테가 처음부터 인간의 이성에 대해 너무나 과도한 열정을 부여했다는 사실입니다. 예컨대 그는 자신이 생각하고 있는 사회 유토피아의 상을 경제적인 방법론으로 해결하려고 하지 않고, 다만 삼단논법과 같은, 추상적인 결론의 형태로 발전시키고 있을 뿐입니다. 다시 말해, 찬란한 이상 국가를 만들어 내야 한다는 당위적인 이념이 너무 강하기 때문에 이를 실현시킬 수 있는 부대조건 내지 실제의 과정을 부분적으로 등한시했다는 게 피히테의 치명적인 취약점입니다. 피히테의 유토피아에 도사린 도덕적 당위성은 노동 과정의 측면에서 볼 때 근본적으로 발생 기원적으로 전개된 노동의 구체적 전개 과정보다도 더욱 강력한 무엇으로 울려 퍼지고 있습니다.

10. 개인적 윤리는 경제적 문제와 관련되지 않으면 추상적 논의로 끝난다: 피히테의 글의 본론 부분 첫 번째 장은 다음과 같은 제목으로 시작됩니다. “무역 거래를 고려할 때, 이성적인 국가에서 합법적인 것은 무엇인가?” 그리고 두 번째 장은 다음과 같은 비판적 내용을 담고 있습니다. “현존하는 국가들 내에서 무역 거래는 어떻게 이루어지고 있는가?” 마지막으로 세 번째 단원에서는 이상주의적으로 결론을 맺고 있습니다. “기존하는 국가의 무역 거래는 어떻게 이성이 요구하는 법체계 속에서 이루어져야 하는가?”(Fichte 1977: 59-167). 피히테가 논하는 모든 사항은 결국 자유라는 이념의 실현으로 귀결됩니다. 그렇지만 자유의 이념은 오로지 경제적 영역에서의 어떤 인위적인 노력을 통해서 비로소 실천될 수 있습니다. 따라서 우리는 “개인주의적 도덕주의자, 피히테가 경제적인 측면에서 어떻게 사회주의에 지대한 관심을 품게 되었을까?” 하고 물을 수밖에 없습니다. 피히테는 자신의 윤리적 이상주의가 처음부터 경제적 개인주의에 의해 위협당하고 있음을 예리하게 투시했습니다. 피히테는 한편으로는 윤리적으로 성숙된 개인의 자유를 추구하면서도, 다른 한편으로는 그것이 경제체제에 의해서 항상 방해당하고 있음을 절감하고 있었습니다. 바꾸어 말해, 인간은 윤리적, 철학적 차원에서 수미일관 자유를 필요로 하지만, 실제 현실에서 이를 뒷받침해 줄 수 있는 경제적 조건이 충족되지 않으면, 자신의 의지와는 상관없이 추상적 부자유 속에 갇힐 수밖에 없다는 것입니다.

11. 생각하는 존재로서의 개별적 인간: 개인이 윤리적으로 성숙되려면, 두 가지 조건이 선결되어야 합니다. 그 하나는 개별적으로 가난을 떨치는 일이고, 다른 하나는 사회적 측면에서 자신이 속해 있는 계층이 억압당하지 말아야 합니다. 이때 피히테의 사고를 방해하는 것은 윤리적 이상주의와 경제적 개인주의 사이의 커다란 간극 내지 위화감이었습니다.

그렇지만 피히테의 뇌리를 스쳐 지나간 것은 다음과 같은 놀라운 착상이었습니다. 즉, 사회주의란 사람들이 이른바 도덕이라는 미명하에 오랫동안 찾으려 했던 바로 그것이라는 착상 말입니다. 그럼에도 피히테는 안타깝게도 사회주의에 관하여 더 이상 논의를 개진하지 못하고, 오로지 개별적 인간을 위한 사고의 기본적 토대로 활용했습니다. 피히테는 모든 문제가 개별적 인간의 고유한 능력을 통해서 해결될 수 있다고 믿었습니다. 피히테에 의하면, 오로지 생각하는 존재로서의 개별적 인간만이 법 내지는 권리로써 행할 수 있는 것을 발전시켜 나갈 수 있다고 합니다. 원초적 권리는 오직 이성을 지닌 개개인에 의한 그리고 개개인들을 위한 법에 의해서 보상받을 수 있다는 것입니다. 피히테는 "나는 생각한다"라는 주체의 사고 행위를 매우 중시했습니다. 이러한 사고 행위는 제반 법적 사항들을 낳게 할 뿐 아니라, 또한 이를 지속적으로 발전시키도록 자극한다는 것입니다.

12. 행위에 대한 소유권: 피히테는 인간의 원초적인 소유권을 다음과 같이 세 가지 사항으로 구분합니다. 즉, 육체의 소유, 재산의 소유 그리고 자신이 처한 영역의 소유가 바로 그것입니다. 이 세 가지는 인간이 끝까지 주장할 수 있는 고유한 소유권입니다. 만약 이러한 자유의 제한은 여러 가지 원초적 권리의 이질성 때문이 아니라, 오로지 다른 모든 사람들의 자유와 충돌할 경우에 출현하게 됩니다. 다시 말해, 인간이 함께 더불어 살 수 있기 위해서는 개별적 인간들의 자유가 어쩔 수 없이 제한될 수밖에 없습니다. 그렇지만 개별적 인간의 자유는 첫째로 오직 전체적 자유에 의해서, 둘째로 공동체의 자유를 위하여 어쩔 수 없이 어느 정도 제한당할 수밖에 없습니다(블로흐: 1120).

여기서 피히테는 자본주의 소유권에 대한 원초적 권리에서 하나의 놀라운 결론을 추출해 내고 있습니다. 이러한 결론은 사적(私的)인 자본주의와는 전혀 다른 무엇입니다. 중요한 것은 피히테에 의하면 사물에 대한 소유권이 아니라, 오직 노동 행위라는 고유한 소유권입니다. 인간은 어떤 사물을 소유하기 이전에 재화를 창출하기 위해서 노동합니다. 그렇기에 인간은 처음부터 자신의 행위의 권한을 소유하는 셈입니다. 중요한 것은 피히테에 의하면 노동 행위의 소유권입니다. 다시 말해, 그 누구도 한 평의 땅을 자기 자신을 대신하여 경작해 줄 수 없습니다. 가령 구두 제작을 생각해 봅시다. 사회 내의 모든 사람이 구두 제작에 종사할 수는 없습니다. 몇몇 그룹의 사람들만이 구두를 생산하도록 허용하는 게 중요합니다. 여기서 우리는 오래된 도제제도의 권리가 피히테에 의해서 기능적 측면에서 새롭게 원용되고 있음을 알 수 있습니다. 그것은 마치 개개인이 개별적으로 "오직 한 가지 기술을 행해야 한다"는 확실한 원칙을 떠올리게 합니다. 피히테에 의하면, 땅이나 토지에 대해서는 소유권이 존재할 수 없습니다. 존 볼(John Ball)의 말대로 땅은 어느 누구에게도 속하지 않습니다. 그렇지만 땅을 경작하는 자에게 그 땅을 소유할 권한이 주어질 수 있습니다. 따라서 놀고먹는 봉건적 토지 소유주는 진정한 의미에서 땅을 소유할 권리가 없습니다.

13. 국가의 계획경제, 시장의 폐지: 이러한 논리로써 피히테는 "재화에 대한 소유권"을 "재화에 대한 생산권"으로 이전시키며, 이를 사회주의적 결론으로 도출해 내려고 합니다. 인간은 피히테에 의하면 재화를 창출해 낼 권리를 지니고 있습니다. 그렇기에 국가는 만인에게 재화를 생산해 낼 수 있는 권리를 부여해야 한다는 것입니다. 이와 관련하여 피히테는 놀라운 비유를 첨부합니다. 즉, 소유물은 이성이 깨어나서 자리 잡기 전에 우연이나 폭력에 의해서 분배되어 있었다고 합니다. 일부 특권층 사람들은 원래 지녀야 할 소유물보다 더 많은 양을 사전에 찬탈해 놓았습니다. 이로 인하여 많은 사람들은 원래 획득해야 할 소유물보다 훨씬 부

족한 그것을 소유하고 있다는 것입니다. 지금까지 국가의 과업은 피히테에 의하면 절반만, 다만 일방적으로 실행에 옮겨졌습니다. 달리 말하면, 국가는 법을 통하여 시민들을 장악하고 그들의 소유물만을 관장하는 기관이 되었습니다. 이때 국가는 일부 시민들이 지니고 있는 사유재산만을 고려한 게 분명합니다. 그런데 피히테는 다음의 사실에 커다란 관심을 기울입니다. 즉, 국가의 근본적 의무란 모든 사람들이 그들의 소유물을 지니도록 봉사하는 데 있다는 사실 말입니다. 이로써 피히테는 다음과 같은 결론을 도출해 냅니다. 즉, 바람직한 이성 국가는 정치적 아나키즘을 서서히 사라지게 하고, 거래의 무정부주의 역시 이와 병행하여 파기해 나가야 합니다. 모든 자유방임의 정책은 주어진 현실에 온존하는 잘못된 소유관계를 바로잡지 못합니다. 자유방임주의는 이상 국가가 행해야 할 정책으로서 올바르지 않다고 합니다.

14. 자유방임의 경제 질서 비판: 국가 역시 법을 제정하고, 법관의 직책을 수행하며, 법을 파기하듯이, 스스로 하나의 상업 국가로서 폐쇄되어야 합니다(Fichte 1977: 89). 여기서 피히테는 자유방임의 경제가 혼돈과 무질서를 낳는다고 비판하고 있습니다. 이로써 그는 자신이 내세우는 바람직한 국가의 모델을 통하여, 두 가지 일반적 원칙을 강조합니다. 그 하나는 정의로운 법을 통해서 계급 차이를 파괴해 나가야 한다는 특권 파괴의 원칙이며, 다른 하나는 무엇보다도 노동을 권장하는 원칙을 가리킵니다. 일부 사람들의 특권이 파괴되어야 재화의 공평한 분배가 성립될 수 있습니다. 사람들이 더 열심히 일해야 사회적으로 더 많은 생산력을 창출해 낼 수 있습니다. 여기서 문제가 되는 것은 자유경쟁을 차단시키는 일입니다. 자유 자본가를 제거하고 무한대의 자유경쟁을 차단시키기 위해서는 자유롭게 개방된 시장의 체제마저 제거되어야 한다고 피히테는 확신합니다. 한마디로 말해서 피히테가 의도한 이상 국가는 시장의

기능을 철폐하고 "국가에 의해서 관리되는 경제"를 추진하고 있습니다.

15. 과거지향적 반자본주의의 유토피아: 당시 독일의 상황으로 미루어 볼 때, 자본주의적 기업가는 아직 등장하지 않고 있었습니다. 이러한 외적인 상황을 고려하면, 피히테는 인접한 서유럽에서보다도 훨씬 수월하게 자본주의 이전에 반자본주의의 경제 구도를 설계한 셈입니다. 이는 피히테가 도제제도의 방식을 노동의 영역에 도입하려는 시도에서 잘 나타나고 있습니다. 어쩌면 중세 사회를 동경하는 낭만주의 또한 피히테에게 크게 영향을 끼쳤는지 모릅니다. 당시에 낭만주의 시인, 노발리스(Novalis)는 「기독교주의 혹은 유럽(Die Christenheit oder Europa)」(1799)이라는 제목으로 강연한 바 있습니다(Schlegel: 187-208). 미래의 올바른 공동체는 노발리스에 의하면 기존하는 기독교 국가에서 결코 실현될 수 없다고 합니다. 물론 피히테는 노발리스 등의 낭만주의 운동에 동조하지는 않았습니다. 그렇지만 피히테는 노발리스의 논의를 추적하면서, 과거지향적인 반자본주의적 유토피아를 깊이 천착하였습니다. 과거지향적인 이상 국가의 면모는 나중에 생시몽에게서 은근히 드러나며, 러스킨, 윌리엄 모리스 등에 의해서 일종의 "고딕 예술 양식의 사회주의"의 면모를 띠게 됩니다. 피히테의 걱정거리는 사회적으로 형성된 가내수공업이라는 생산 방식으로 향하고 있었습니다. 왜냐하면 매뉴팩처는 자본가로 하여금 필연적으로 자유경쟁을 부추기기 때문입니다. 아니나 다를까, 피히테는 당시 발전된 자본주의 국가인 영국의 맨체스터 기계 공업에 대해 격렬하게 반감을 표시하였습니다.

16. 피히테의 시대 비판: 피히테의 『법 이론』의 제2장과 제3장은 자유경쟁으로 인한 비참한 상황, 이를테면 불경기, 실업 등에 대한 비판으로 가득 차 있습니다. 피히테의 이러한 비판은 푸리에가 상업자본주의를 극

렬하게 비판하기 이전에 출현한 것입니다. 피히테는 개개인들의 이익 추구의 조화에 관한 애덤 스미스의 이론이 출현하기 전에 이미 자본주의의 병폐라고 말할 수 있는 불경기와 실업의 문제점을 예리하게 간파하였습니다. 가령 개개인들의 이익 추구의 행위는 스미스의 생각대로 실제 현실에서 훌륭하게 조화를 이룰 수 있지만, 잘못될 경우 얼마든지 갈등과 불신으로 인한 폐해를 낳을 수 있습니다. 그것은 다름 아니라 경기 불황과 실업으로 인해 나타날 수 있는 끔찍한 폐해를 가리킵니다(블로흐: 1122). 피히테는 경제학에는 거의 문외한이었으나, 탁월한 언변으로 자신의 정치적 견해를 피력하였습니다. 그는 투기 상인들과 그들의 투기 욕구를 예리하게 꿰뚫어 보았습니다. 투기 상인들에 대한 피히테의 비판은 푸리에의 그것을 훨씬 뛰어넘을 정도로 신랄하고 처절합니다. 투기를 통해서 일확천금을 바라는 사람들은 규칙 내에서 이득을 차지하지 않으려 하며, 오히려 술수나 요행, 다시 말해 간계와 속임수를 통해서 모든 이득을 차지하려고 획책합니다. 이러한 인간들은 끊임없이 거래와 영리의 자유 그리고 모든 제재를 풀어 달라고 요구합니다. 어쨌든 피히테는 속임수를 사용하는 투기, 우연한 불로소득 그리고 순식간의 횡재를 방지할 수 있는 공적인 상행위조차도 좋지 않은 노동으로 간주하였습니다.

17. 세 가지 계급의 도입: 피히테는 수요와 공급 사이의 상행위에서 나타나는 자유로운 이익 추구, 조화 그리고 투쟁 대신에, 다소 상대적인 질서를 설파하였습니다. 모든 것은 국가가 주도하여 바람직한 질서대로 행해져야 한다는 게 그의 지론이었습니다. 피히테는 일하는 세 가지 계급을 도입하고 있으며, 모든 사람들이 정부의 감독 아래 협심하여 노동해야 한다고 역설하였습니다. 실제로 프롤레타리아계급은 피히테의 시대에는 아직 출현하지 않았습니다. 왜냐하면 당시는 초기 자본주의가 형

성되기 이전이었기 때문입니다. 피히테의 폐쇄적 국가에서는 생업과 거래 등의 생산관계가 조직화되어 있습니다. 그리고 군대와 봉건귀족은 철저히 배제되어 있습니다. 피히테가 말하는 세 가지 계급은 일반 노동자, 상품 생산자 그리고 상품 분배자 등으로 구분됩니다. 첫 번째 계급은 원자재를 확보하는 준비 단계의 일을 담당합니다. 두 번째 계급은 상품을 제조하는 일을 수행합니다. 세 번째 계급은 주어진 생산품을 모든 사람들에게 안정된 기본 가격으로 공평하게 분배하는 일을 맡아야 합니다. 이 모든 것은 시장의 거래에 의해서 영위되는 게 아니라, 물물교환을 통해서 이루어져야 한다고 합니다. 시장은 피히테의 유토피아에서 처음부터 철폐되어 있습니다.

중요한 것은 물물교환과 사적인 분배가 오로지 국내에서 이루어져야 하며, 국경을 넘어서 행해져서는 안 된다는 사실입니다(Groß: 5). 물론 외국의 원자재라든가 직물들을 수입하는 일은 오직 당국에 의해서 (아주 제한적인 범위 내에서) 행해질 수 있습니다. 이 경우, 국가가 무역을 독점하는 것은 당연지사입니다. 물론 우리는 상인 계층을 등한시하는 피히테의 유토피아에 대하여 다음과 같은 문제 제기를 할 수 있습니다. "어째서 정부가 상인 계층을 불필요한 존재로 규정하는가?" 하는 물음이 바로 그것입니다. 그러나 국가는 처음부터 무지막지하게 상인 계층을 해체시키지는 않습니다. 국가는 일차적으로 상점들의 가격 자체를 현저하게 낮추어 버립니다. 그렇게 함으로써 이윤을 추구하는 상점들은 자동적으로 폐쇄되기 시작한다고 합니다. 이로써 시장에서 운영되는 것은 기껏해야 운송 회사 정도에 불과합니다. 이윤을 극대화시키는 투기 회사는 저절로 문을 닫게 되리라고 합니다. 따라서 폐쇄적인 상업 국가에서 남아있는 상인 그룹은 오로지 필요를 충족시키는 폐쇄적인 경제체제 내에서 활동하는 운송업자들이라고 합니다.

18. 국가 내의 자급자족이 필요하다: 정부는 피히테에 의하면 국내의 교환 거래에 전적으로 관여해서는 안 됩니다. 정부는 처음에 정해진 제반 계약이 얼마나 잘 이행되고 있는지를 사회적으로 관장하는 일에 만족해야 합니다. 국가는 상거래에 직접 개입하여 모든 것을 통솔 내지 감독해서는 곤란하며, 그저 외부적으로 방패막이 역할만 담당하면 충분하다는 것입니다. 국가의 임무가 이렇게 제한되어야 하는 까닭은 어디에 있을까요? 이는 마치 플라톤의 경우처럼 상류층이 교사 내지는 학자들로 구성되어 있기 때문입니다. 이들은 피히테의 지식학을 충실히 따르며, 장부라든가 어음 그리고 신용 대부 등을 염두에 두지 않습니다. 또한 국가가 무역을 독점하는 까닭은 단지 국내의 산업을 보호하려 하기 때문입니다. 국가의 무역은 "규제할 수 없는 외국인의 나쁜 영향"으로부터 국내 산업을 보호하기 위한 수단으로서만 영위될 뿐입니다(Fichte 1977: 124). 모든 것을 자체적으로 통제하고 파악하려는 의지 때문에, 피히테의 국가는 고대에 출현한 어떤 고립된 축복의 섬을 연상시킬 정도로 급진적인 구상을 제시하고 있습니다. 그것은 다름 아니라 자급자족하는 폐쇄적 공동체의 경제체제를 가리킵니다.

19. 오로지 교환가치를 지닌 지방 화폐 도입: 피히테의 경우, 금이나 은과 같은 세계적으로 통용되는 재화는 완전히 폐지되어 있습니다. 금이나 은 대신에 그 자체 아무런 값어치가 없는 재료로 만든 지방 화폐가 사용됩니다. 지방 화폐는 부의 축적의 기능 대신에 오로지 재화의 교환 기능만을 담당하는 교환권의 의미를 지닙니다. 따라서 지방 화폐는 — 최문환 교수가 지적했듯이 — 어쩌면 "곡물증권"으로 표현될 수 있습니다(최문환: 40). 그것은 귀한 물건처럼 오랫동안 보관할 수도 없거니와, 다른 나라의 상품을 구입하는 데에는 거의 쓸모가 없는 교환권입니다. 만약 지방 화폐가 활성화되면, 이상적인 독일에서는 아마도 모피나 비단옷 그

리고 중국 차 따위를 수입하는 경우는 없으리라고 피히테는 주장합니다. 그 대신에 경제 전쟁이라든가 침략 전쟁은 존재하지 않을 것이라고 합니다. 그 밖에 외국에다 빌려준 재화에 대한 통제나 관리는 정부에게 위임되어야 합니다.

20. 애국심과 폐쇄적 자세: 피히테는 설령 만리장성을 쌓는 한이 있더라도 국가가 반드시 폐쇄적으로 차단되어야 한다고 설파했습니다. 폐쇄적 국가의 자급자족 경제체제는 바이마르 시대에 들어와 반동적으로 다시 형성되었습니다. 나중에 바이마르 공화국의 수상, 하인리히 브뤼닝(Heinrich Brüning)은 자급자족의 경제체제야말로 가장 바람직한 수단이라고 천명한 바 있습니다. 당시에 프로이센은 금을 보상해 준다든가, 국제적인 어음 발행 등을 도입하지 않은 채 어떻게 해서든 전쟁으로 피폐해진 경제를 활성화시켜야 했습니다. 그러나 인접 국가들의 무역이 활성화되는 와중에 독자적으로 추구한 고립된 폐쇄주의는 성공을 거둘 수 없었습니다. 요약하건대, 피히테는 다음과 같은 두 가지 이유에서 자급자족 경제체제를 권고합니다. 첫째로 다른 나라들이 아직 경제적 고립주의를 고수하지 않는 한, 조직화된 무역의 방식은 처음부터 차단되어야 하고, 둘째로 독일 국민들은 경제 위기를 극복하기 위해서 민족주의의 애국심을 필요로 한다는 것입니다. 오늘날의 시각에서 고찰하면, 피히테가 젊은 시절에 꿈꿨던 "세계시민의 이상"을 포기하고 그 대신에 "민족국가의 이상"을 고수하였다는 것은 사실이 아닙니다. 왜냐하면 "독일 정신의 가장 강력한 휴머니즘"은 20세기에 쇼비니즘의 배타적 자세 속에서 왜곡된 채 출현했기 때문입니다.

21. 과도기의 체제로서 폐쇄적인 상업 국가: 피히테는 경제적으로 낙후된 독일에서 어떤 찬란한 이상 국가를 갈망하였습니다. 피히테는 재화의

교환에서 인위적 특성을 중시하였지만, 자연스러운 화폐의 흐름을 혐오하였습니다. 이를 고려하면, 그는 국가를 하나의 향토(鄕土)로 파악한 게 아니라, 도덕적인 빛의 근원으로 설정하였던 것입니다. 모든 민족들 가운데 가장 완전무결한 인간의 싹을 지니고 있는 민족은 피히테에 의하면 독일 민족이라고 합니다. 오직 이러한 희망에 근거하여 피히테는 개인과 인간 정신 사이에 하나의 민족이라는 개념을 설정하였던 것입니다. 피히테는 민족 이론, 민족의 특성 등에다가 인본주의의 이념이라는 유일한 가치를 부여하고 있습니다. 이로써 학문은 오로지 국제적으로 그 가치를 인정받을 수 있다는 것입니다. 그렇다고 해서 피히테가 무작정 애국심을 견지하라고 주장한 것은 아니었습니다. 그가 바라는 것은 오로지 사회주의 국가 체제에서 국가의 기능을 최대한 끌어올리는 과업이었습니다. 자고로 자유의 권리란 본질적으로 인간이 서로 공존하면서 누려야 할 자유 때문에 어쩔 수 없이 제한될 수밖에 없습니다. 그렇기에 폐쇄적인 상업 국가는 결코 완전무결한 것도 아니고, 영원한 것도 아니라고 합니다. 피히테가 묘사한 유토피아에는 만인이 완전히 자유롭게 살아갈 수 있는 국가의 상이 배후에 도사리고 있습니다. 따라서 폐쇄된 상업 국가는 하나의 과도기적 체제로서 강제 생활과 궁핍한 상황으로부터 하나의 이성적인 국가로 발돋움하기 위한 과도기적 국가로 이해될 수 있습니다.

22. 이성이 다스리는 고귀한 사회적 공간: 국가의 통치는 피히테에 의하면 다음과 같은 과업에 의해서 그 성패가 결정됩니다. 즉, 사람들이 질서 및 전체적 체제를 개관하며, 그것을 하나의 정해진 계획에 따라 추진해 나가는 과업 말입니다. 이러한 과정을 통해서 생겨나는 이성적 국가는 궁극적으로 체제로서의 국가를 거의 불필요하게 만듭니다. 그렇게 되면, 관청의 관료주의는 사라지고, 오로지 이성으로 행해지는 행정적 기술만

이 찬란함을 구가할 것입니다. 성숙한 개인들이 살아가는 나라에는 예절과 교육의 조화로움이 전반적으로 실현되리라고 합니다. 말년의 피히테에게 영향을 준 것은 조아키노 다 피오레의 천년왕국의 사상이었습니다. 권위적 체제와 수사들이 사라진 평등한 "제3의 제국"을 생각해 보십시오. 이렇듯 피히테는 인간의 고결한 이성에 의해 영위되는 고귀한 사회적 공간을 갈망하였습니다. 피히테는 1813년에 『국가 이론』을 강연했는데, 여기서 미래 사회를 주도하는 사람들은 "영원한 이상 사회에 가교를 놓는 건축가들"이라고 규정되어 있습니다. 여기서 피히테는 학자 그룹을 무엇보다도 중시하였습니다(Fichte 1971: Bd. III, 214). 여기서 말하는 학자 그룹은 기독교의 나라에서 활약하는 교원 단체라고 합니다. 그것은 새로운 세상의 배를 출범시키는 선장과 다름이 없습니다.

23. 피히테의 사상과 낙후된 현실 사이의 괴리감: 폐쇄적인 상업 국가는 과연 어떻게 형성될 수 있을까요? 어떻게 하면 바람직한 이상 국가 내에서 열광적인 이성의 정책이 실천될 수 있을까요? 이러한 실천 과정의 문제에 대하여 피히테는 처음부터 끝까지 함구하였습니다. 이미 언급했듯이, 당시의 독일 사회에서는 프롤레타리아 계급이 아직 등장하지 않았습니다. 피히테는 힘없는 개인들이 자신의 정당한 권리를 지키기 위해서는 과감하게 무력을 행사해야 한다고 말한 바 있습니다. 당시 독일은 수천 개의 공국으로 나누어져 있었고, 수많은 사람들이 공국에 갇혀서 거의 노예처럼 세금을 강탈당하고 있었습니다. 그렇기에 민초들이 원래 지녀야 했던 재화를 귀족들과 제후들로부터 돌려받기 위해서는 폭력조차 활용할 수 있다는 게 피히테의 지론이었습니다. 그의 이러한 발언은 당시의 여건으로 미루어 볼 때 혁명적인 것이었습니다. 피히테는 그렇게 말함으로써 개개인의 정당한 자기 보존의 권리를 표명했는데, 여기에는 사회혁명에 대한 암시가 은밀히 도사리고 있습니다. 피히테의 이러한 발언

은 당시에는 무척 추상적으로 울려 퍼졌습니다. 어느 누구도 폐쇄적 상업 국가에 관한 피히테의 제안을 진지하게 받아들이지 않았던 것입니다. 피히테는 기존하는 현실적 상황을 어처구니없을 정도로 잘못되었다고 판단했습니다. 물론 피히테는 자신이 연역적으로 도출해 낸 사회주의 이상 국가를 개념상으로 올바르다고 단언하였습니다. 그럼에도 불구하고 사회주의 국가에 대한 피히테의 상은 동시대인들에게는 어떤 추상적 전언으로 들렸을 뿐, 사회를 변화시키는 직접적인 촉매제로 활용되지 못했습니다. 사람들은 피히테의 요구 사항을 기껏해야 인권을 위한 법 제정의 발언 정도로 막연하게 수용했던 것입니다.

24. 19세기 초에 추상적으로 만개한 사회주의 사상: 피히테의 유토피아는 이후에 혁명의 대용물로 잘못 이해되었습니다. 나중에 피히테의 제자들 역시 스승의 제안 내지 요구 사항을 시대에 상응하게 적용하지도 못했고, 탄력 넘치게 변화시키지도 못했습니다. 그렇지만 1800년경에 출현한 피히테의 사회주의 사상은 결코 남용될 수 없는 신선함을 지니고 있습니다. 그것은 정확하게 말하면 독창적인 혁신성과 관련됩니다. 이는 페르디난트 라살(Ferdinand Lassalle)에게서도 나타나지 않을 뿐 아니라, 이후의 개혁주의 운동의 근본적 논거로도 채택된 바 없었습니다. 요약하건대, 폐쇄적인 상업 국가는 하나의 조직화된 노동에 근거한 사회주의의 시스템으로서, 원초적 권리에서 추론해 내어 하나의 유토피아로서 착색된 것입니다. 그렇기에 피히테의 글은 다음의 가설을 하나의 진리로 확인시켜 주고 있습니다. 즉, 사회주의의 실천은 어떤 유일하고도 커다란 자립 경제에 바탕을 둔 나라에서만 가능할 수 있다는 가설을 생각해 보십시오.

25. 「폐쇄적인 상업 국가」는 유토피아의 모델로서는 불충분한 점을 담고

있다: 요약하건대, 피히테의 글은 문학 유토피아의 전형이 아닙니다. 왜냐하면 그의 글에서는 비록 은근한 시대 비판을 담고 있지만, 어떤 가상적인 문학적 범례가 처음부터 생략되어 있기 때문입니다. 피히테의 글은 하나의 논문으로 구성되었다는 점에서 제임스 해링턴의 『오세아나 공화국』을 방불케 합니다. 해링턴의 작품은 재화의 소유에 있어서 균형적인 정책을 표방하고, 정치권력의 순번제를 강하게 도입한다는 점에서 어떤 혁신적이고도 급진적인 대안을 표방하고 있습니다. 그러나 그의 개혁 이론은 만인의 평등에 입각한 게 아니라, 엘리트 관료주의를 처음부터 내세우고 있습니다. 해링턴 역시 크롬웰 장군을 위하여 이러한 대안을 과감하게 제시했다는 이유로 자신의 목을 내놓아야 했습니다. 그렇지만 더 나은 사회는 어떤 가상적인 범례가 아니라 역사적 토대를 바탕으로 설계되어 있다는 점에서, 해링턴의 문헌은 문학 유토피아에서 배제될 수밖에 없습니다. 피히테의 「폐쇄적인 상업 국가」 역시 이러한 의혹에서 벗어나기 어렵습니다. 그러나 해링턴에 비하면 피히테는 만인의 행복과 경제적 안정을 염두에 두고 있으므로, 우리의 관심을 끌기에 충분합니다. 요약하건대 피히테의 문헌은 자연법사상을 바람직한 이성 국가의 유토피아 속에 반영하고 있는데, 이러한 이성 국가는 그 자체 폐쇄적이며, 추상적, 당위적 차원에서 논의되고 있을 뿐입니다. 그렇기에 리하르트 자게는 피히테가 계몽주의 사상의 패러다임을 완성하지 못했고, 사회계약 이론을 고전적 유토피아에 피상적으로 적용했을 뿐이라고 논평하였습니다(Saage: 316f).

참고 문헌

블로흐, 에른스트(2004): 희망의 원리, 5권, 열린책들.

최문환(1953): 피히테의 봉쇄상업국가론, 실린 곳: 경제학 연구, 30–47.

Fichte, Johann Gottlieb(1977): Der geschlossene Handelsstaat. Ein philosophischer Entwurf als Anhang zur Rechtslehre und Probe einer künftig zu liefernden Politik. in: ders., Ausgewählte politische Schriften, Frankfurt a. M., 59–167.

Fichte, Johann Gottlieb(1971): Fichtes sämtliche/ nachgelassene Werke, 11. Bde., Immanuel Hermann Fichte(hrsg.), Nachdruck, Berlin 1845/1971.

Groß, Stefan(2009): Handelsstaat versus Globalisierung, Anmerkungen zu Johann Gottlieb Fichtes "geschloßnem Handelsstaat." http://www.tabvlarasa.de/31/Gross.php.

Lennhof(2011): Lennhof, Eugen u.a(hrsg.), Internationales Freimaurer-Lexikon, München 1932/ 2011.

Saage, Richard(2002): Utopische Profile, Bd. 2, Aufklärung und Absolutismus, Münster.

Schlegel(1826): Schlegel, Friedrich(hrsg.), Novalis Schriften Bd. 1, Berlin.

6. 오언의 연방주의 유토피아

(1816)

1. 19세기의 유토피아, 경제적 삶의 변화: 19세기의 유토피아는 국가 소설 속의 가상적 장소에 건립된 문학 유토피아의 방식으로 개진되지는 않았습니다. 그 이유는 19세기 초 영국의 산업혁명의 여파로 다음과 같은 사항이 사실로 확인되었기 때문입니다. 즉, 생산력의 신장은 전통적 문학 유토피아에서 설계된, 제반 영역의 이상적 삶을 충족시켜 준다는 것입니다. 과학기술의 발전으로 인한 산업혁명은 특히 경제적 삶의 영역에서 획기적 변화를 가져다주기 시작합니다. 육체노동과 정신노동은 분화되기 시작했고, 생산력의 증대는 자본가의 이윤 추구에 대한 욕망을 자극하였습니다. 이로 인하여 시골의 노동자들과 소작농들은 도시로 향하게 되고, 수공업 공장에서 밤낮으로 일하게 됩니다. 생산력은 매우 증가되었지만, 초기 자본주의의 폐해는 고스란히 노동자들에게 돌아갔습니다.

2. 물질주의의 특성을 표방하는 19세기의 유토피아: 전통적 유토피아가 지향하던 사항들, 이를테면 교양을 쌓거나 신앙에 귀의하는 등의 물질과 동떨어진 행복 추구는 지엽적인 사항으로 변합니다. 사회적 질서나 평화 공존의 문제 등은 더 이상 중요하지 않게 됩니다. 대신에 강조된 것은 경

제적 수준의 상승, 즉 부의 축적이었습니다. 이전의 전통적 유토피아가 정태적 구도의 사회 시스템을 모델로 하여 절약과 극기를 행복한 삶의 미덕으로 규정했다면, 19세기의 유토피아는 처음부터 끝까지 물질주의의 특성을 강하게 드러내고 있습니다. 가령 개인의 행복은 19세기의 유토피아 모델에서는 멋진 외제 가구, 단아한 의복과 값비싸고 영양가 높은 식사를 통해서 충족되고 있습니다(Berneri: 193). 그 까닭은 인간 삶과 인간관계에 있어서 노동과 경제력이 가장 중요한 관건으로 부각되었기 때문입니다. 그런데 문제는 사회의 일부 구성원에 해당하는, 수공업에 종사하기 시작한 노동자들에게 있었습니다. 사실 노동자들은 흑인 노예보다도 더 비참한 삶을 이어 가고 있었습니다.

3. 노동자의 고통을 싸안은 박애주의자: 당시의 노동자들은 잠자는 시간을 제외한 나머지 시간 동안 일했습니다. 작업 환경도 무척 열악했습니다. 문제는 십대의 미성년자들도 장시간에 걸쳐 공장에서 일했다는 사실입니다. 그들은 변변한 식사도 얻지 못했으며, 하루 14시간 이상 일했습니다. 불과 열다섯 살 아이가 돼지우리에서 새우잠을 자면서 십장에게 얻어맞고 공장에서 일하는 여성이 성폭력에 시달리는 경우는 다반사였습니다. 그들의 임금은 너무나 박했습니다. 노동자들은 밀린 임금 대신에 그들이 만든 상품을 받기도 했습니다. 그들은 저녁에 자신이 만든 물품을 팔려고 어두운 거리에서 서성거려야 했습니다. 바로 이 시기에 영국의 공장주로서 널리 알려진 사람이 있었습니다. 그는 로버트 오언(Robert Owen, 1771-1858)이었는데, 면직물 제품을 생산해 이른 나이에 상당히 많은 재화를 축적했습니다.

4. 연방주의의 분권적인, 평행사변형의 유토피아 모델: 오언의 공동체는 소규모의 분권적인 자치 모델입니다. 이것은 생시몽과 카베의 중앙집권

적인 거대한 사회 내지 국가의 모델과는 정반대되는, 자치, 자활 그리고 자생을 추구하는 아나키즘의 유토피아 모델이라고 규정할 수 있습니다. 오언은 뉴 라나크에서 "평행사변형의 모델"을 설계함으로써, 이를 실천하였습니다. 실제로 오언은 문학작품을 통해서 더 나은 공동체에서의 찬란한 삶을 묘사하지는 않았습니다. 오언은 자신의 이념을 뉴 라나크 공동체를 통하여 실천하려고 노력하였습니다. 일단 그의 뉴 라나크 공동체 모델이 어떠한 과정을 거쳐서 실험되었는가를 살펴볼 필요가 있습니다.

5. 오언의 파란만장한 삶 (1): 오언은 1771년 5월 14일 웨일스의 뉴타운에서 태어났습니다. 그의 아버지는 경건한 기독교 신자로서 안장, 여행 물품 등을 판매하는 상인이었는데, 우체국의 업무를 병행하고 있었습니다. 오언은 링컨셔에 있는 스탬퍼드 학교에서 약 3년에 걸쳐 경영 수업을 받은 다음에 런던의 백화점에서 잠시 일하기도 했습니다. 오언은 상당히 영리한 두뇌의 소유자였습니다. 그렇지만 그의 관심은 학문으로 향하지 않고, 사업 경영 쪽으로 향하고 있었습니다. 1785년 오언은 친구 존 존스와 함께 맨체스터로 이주합니다. 그 지역에서 그는 자력으로 기계 공장을 건립하고, 불과 20세의 나이에 목화 가공 공장의 사장이 됩니다. 이때 그는 새로운 기계를 도입하여 단시간에 더 많은 실적을 거둘 수 있게 됩니다. 뒤이어 1795년에 촐턴 트위스트 사를 창립했습니다.

오언은 사업에만 전력투구하지 않고, 틈틈이 문학과 철학의 소양을 쌓아 나갔습니다. 그렇기에 그가 맨체스터 철학학회에 가입했다는 것은 놀랄 만한 사항은 아닙니다. 오언은 학회의 초청으로 여러 번에 걸쳐 여러 학문을 강의하기도 하였습니다. 이때부터 오언은 노예처럼 일하는 노동자들의 권익을 위해 앞장섰으며, 차제에는 기필코 노동자들의 삶을 개선하리라고 굳게 결심합니다. 1799년에 오언은 자신이 꿈꾸던 사업 계획을 실행에 옮깁니다. 즉, 스코틀랜드에 있는 모직 공장을 인수하여, 데이비

드 데일과 그의 딸, 캐럴라인 데일과 함께 뉴 라나크에서 공동체를 건립하게 된 것입니다. 나중에 오언은 캐럴라인과 결혼하게 됩니다. 파산 직전이던 공장은 오언의 불철주야의 노력 끝에 불과 몇 년 만에 영국에서 가장 모범적인 일터로 거듭나게 됩니다. 특히 오언이 관심을 기울인 것은 더 높은 이윤을 창출하는 일 외에도 무엇보다도 노동자와 그 가족들의 건강과 자녀 교육, 안온한 거주 환경 등을 마련해 주는 것이었습니다.

1800년부터 1824년 사이의 기간은 오언의 삶에서 황금기라고 해도 과언이 아닙니다. 오언은 단순 노동자들의 열악한 노동 환경을 개선하였습니다. 그의 공장에서 일하는 노동자는 하루 10시간 30분만 일하면 족했습니다. 지금은 8시간 노동이 상식화되어 있지만, 당시에는 10시간 30분 노동은 비교적 괜찮은 노동시간이었습니다. 오언은 생산과정에 혁신적인 방식을 도입하여 노동력을 극대화했는데, 이는 커다란 결과를 낳게 됩니다. 오언은 사업을 통한 수익금을 노동자들에게 재분배함으로써, 노동의 욕구를 배가시켰습니다. 이보다 중요한 것은 오언이 노동 환경을 개선한 사실입니다. 가령 오언은 미성년자들의 노동을 금지시켰으며, 거주 가옥을 건축하여 노동자들로 하여금 적은 액수의 집세로 그곳에서 거주하게 하였습니다. 또한 오언은 질병 보험 및 연금 보험 제도를 과감히 도입하였습니다. 이로써 그는 노동자들과 경영자가 함께 아우르면서 살아가는 작은 코뮌을 실천하였습니다.

6. 뉴 라나크의 영향: 노동자들의 권익을 위한 오언의 조처들은 놀랍게도 생산력 증대로 이어졌습니다. 왜냐하면 노동자들은 오언에게 진심으로 감사하며 더욱 열심히 일했기 때문입니다. 오언의 개혁적 공장 경영은 영국은 물론이며 유럽 전역에 알려졌습니다. 오언의 공동체는 스코틀랜드에서 가장 깨끗한 마을로 지정되었으며, 오언은 유럽에서 가장 유명한 인물이 되었습니다. 니콜라우스 1세, 오스트리아의 황태자 그리고 독일

의 막시밀리안 황제 등, 1815년부터 1825년 사이에 매년 약 2천 명의 사람들이 뉴 라나크를 방문하여 방명록에 이름을 남겼습니다. 제레미 벤담(Jeremy Bentham) 또한 오언의 사업에 참여하게 되었습니다. 놀라운 것은 나중에 러시아의 황제가 될 니콜라우스 공작이 오언에게 다음과 같이 제안했다고 합니다. 즉, 영국에는 인구가 밀집되어 있으니, 약 이백만 명의 영국인이 러시아로 이주하여 뉴 라나크 공동체를 건설해 달라는 게 바로 그 제안이었습니다. 그러나 이러한 제안은 결국 실현되지 못했습니다.

7. 오언의 파란만장한 삶 (2): 1825년에 오언은 미국으로 건너가, 인디애나에 있는 3만 에이커의 땅을 사서 "새로운 조화(New Harmony)"라는 이름의 공동체를 결성했습니다. 자신의 재산 가운데 80퍼센트를 투자했는데, 이러한 노력은 허사가 되고 말았습니다. 공동체에는 이질적인 사람들이 너무 많이 있었습니다. 대부분의 사람들은 일확천금을 노리거나 부자가 되기 위해서 미국으로 건너온 자들이었습니다. 그렇기에 그들에게서 협동과 공동체의 책임 의식 그리고 부의 공정한 분배를 기대하기란 불가능하였습니다. 미국에서 공동체를 건설하려던 오언의 실험은 실패로 돌아가고 맙니다. 오언은 1829년 다시 영국으로 돌아와서 사회사업을 벌입니다. 가난을 퇴치하고 노동자들의 정당한 임금 수령 문제에 집중적으로 관여하는 게 그의 일과였습니다. 그러나 사업은 성공 가도를 달리지 못합니다. 1839년에서 1845년까지 퀸스우드에서 마지막 네 번째 공동체를 실험하였으나, 다시 실패합니다. 1858년 오언은 지지자들을 잃고, 자신의 고향인 뉴타운에서 자신의 마지막 삶을 마감합니다. 엥겔스는 그를 다음과 같이 논평합니다. "오언이 자신의 공산주의 이론을 제시했을 때, 모든 것은 180도로 돌변한다. 그의 사회적 개혁을 가로막은 세 가지 장애물은 사유재산, 종교 그리고 전통적 결혼 제도였다" (Engels: 113).

8. 오언의 문헌들: 오언은 비교적 많은 문헌을 남겼습니다. 그의 글은 책으로, 팸플릿으로, 연설문집으로 그리고 논쟁서로 간행되었는데, 그 수는 무려 140권이나 됩니다. 오언에 관한 연구서들이 19세기 말까지 지속적으로 간행된 것을 고려하면, 오언이 당시의 사회에 얼마나 커다란 영향을 끼쳤는지 짐작할 수 있습니다. 그의 다양한 글들은 주로 산업혁명이 발발한 이래로 파생되어 나타난 사회적 문제를 어떻게 해결할 수 있을 것인가 하는 문제로 귀결됩니다. 이 가운데 두 가지 문헌을 예로 들까 합니다. 오언의 『사회에 관한 새 견해(The New View of Society)』(1813)는 자신의 작은 공동체의 이념을 전파하기 위해서 집필된 것입니다. 사실 수많은 외국인들이 영국에 있는 오언의 작은 공동체를 방문하여, 사회주의적으로 모범이 되는 코뮌의 시스템과 실상을 직접 체험하면서 코뮌 사회에 대해 찬탄을 터뜨린 바 있습니다. 그렇지만 오언은 여기에 만족하지 않고, 하나의 이론적인 문헌을 통해서 영국 내에 있는 정치적, 종교적, 문학적 서클들이 비상한 관심을 가지도록 조처했습니다. 모든 글은 1810년에서 1813년 사이에 집필된 것이었는데, 하나의 에세이 모음집으로 간행되었습니다. 1837년에 오언은 『인간 성격 형성론(Essays on the Formation of the Human Character)』이라는 일련의 글들을 차례로 발표하였습니다. 첫 번째 에세이에서 오언은 다음과 같이 분명하게 지적합니다. 영국에는 천오백만의 사람들이 힘들게 살아가고 있는데, 이들의 비참한 처지는 지극히 우연히 발생한 것이라고 합니다. 다시 말해, 사업가, 노동자 할 것 없이 대부분의 사람들이 도덕적으로 거의 파멸 직전에 처해 있다는 것입니다. 이러한 상황은 모어의 『유토피아』 집필 계기와 일맥상통하는 것입니다.

9. 범죄는 사회적 질병이다: 가난한 실업자들은 두 가지 부류로 나눌 수 있습니다. 첫 번째 그룹은 무지하고 무력하며, 어떠한 일도 제대로 행

할 수 없는 사람들입니다. 두 번째 그룹은 일할 능력과 열정을 지니고 있지만, 사회적으로 냉대와 질시를 당하며 일자리를 얻지 못하는 사람들입니다(Jens 11: 848). 특히 두 번째 부류에 속하는 사람들은 그들을 고통 속에 갇히게 한 모든 법령들에 대해 강하게 저항한다고 합니다. 가장 중요한 문제는 특히 후자의 사람들을 어떻게 노동에 임하도록 조처하는가 하는 물음입니다. 가난한 노동자들은 노동 욕구, 노동 능력을 지니고 있었으나, 사회의 제도는 적극적으로 일하고 싶은 그들의 욕구를 앗아갔습니다. 과도한 세금, 집세 및 토지 사용료 그리고 임금 조건 등이 그들의 발목을 잡고 있었던 것입니다. 오언은 노동의 욕구를 처음부터 약화시키는 이러한 외적 조건을 해결해 나갔습니다.

10. 노동 조건의 개선: 지금까지 인류 역사에서 나타난 공동체들이 제각기 표면적으로 이질적인 특성을 드러내는 것은 주어진 환경이 제각기 달랐기 때문입니다. 우리는 모든 인간에 대한 이해심과 이웃 사랑을 마음속에 간직하고, 일반 사람들, 특히 가난한 자들이라든가, 감옥에 수감되어 있는 범죄인조차도 경멸하거나 하찮게 취급하지 말아야 합니다. 만약 그들을 어떤 올바른 환경에서 생활하게 했더라면, 범죄인들은 그렇게 끔찍한 죄를 짓지 않았으리라는 것입니다. 따라서 중요한 것은 오언에 의하면 개개인들에게 관습, 도덕 그리고 법을 적용하기 전에 무엇보다도 주어진 환경을 개선하는 일입니다. 이를 위해서 오언은 자신이 세워서 운영하는 뉴 라나크 지역의 코뮌의 모델을 하나의 좋은 범례로 채택하고 있습니다. 오언은 세상 사람들이 이러한 예를 따라야 한다고 권합니다. 범죄는 오언의 견해에 의하면 개인의 잘못으로 출현하는 것이라기보다는 사회적 질병에서 기인합니다.

11. 개인을 불행하게 만드는 세 가지 체제, 가정, 교회 그리고 국가: 오언

에 의하면 이 세상에는 개인들을 불행하게 만드는 세 집단이 있다고 합니다. 그것은 가정, 교회 그리고 국가를 가리킵니다. 이러한 세 집단은 죄악의 삼위일체로서, 개개인들을 노동 기계로 부려먹고, 노동력을 착취하는 데 도움을 주는 단체라고 합니다. 세 가지 체제는 개개인의 사랑의 삶을 결혼 제도로써 억압하고, 개개인의 자유를 종교적 계율로써 철저히 구속하며, 사유재산제도로써 모든 사람들에게 경제적 근심을 키우게 한다는 것입니다(블로흐: 1135). 의회가 존재하지만, 그것은 민의를 반영하고 일반 사람들의 삶을 증진시키는 기관이 아닙니다. 입법자는 일부 고위층의 이익만 반영하는 불합리한 견해 내지 신하들의 품위 없는 언쟁에 더 이상 귀를 기울일 게 아니라, 세상 사람들의 삶을 직접 살피고, 직접적으로 관여하며 그들의 삶에 도움을 주어야 한다고 합니다. 중세가 사라졌지만, 교회 세력은 여전히 막강함을 유지하고 있습니다. 교회의 사제들은 예나 지금에나 간에 절대로 가난하게 살지 않습니다. 그들은 사회의 상류층 사람들과 결탁하여 여전히 일반 사람들로부터 재화를 간접적으로 착취하고 있습니다. 가정도 마찬가지라고 합니다. 가장은 가족 구성원들의 행복에는 관심이 없고, 아내와 자식들을 가장의 권위로써 막무가내로 억압한다고 합니다. 특히 문제가 되는 것은 미성년자들의 노동입니다. 그들은 학교에 다니며 자신의 삶을 위한 수업을 계속하기는커녕 어린 나이에 돈을 벌기 위하여 공장에서 일해야 합니다. 이를 부추기는 사람은 집안의 가장이라고 합니다.

12. 사유재산의 철폐와 화폐 사용의 금지: 오언의 공동체는 상기한 폐단을 사전에 차단하기 위해서 만들어진 것입니다. 공동체는 소규모의 인원으로 구성되는데, 가령 500명에서 2,000명가량의 구성원으로 이루어집니다. 따라서 공동체는 탈-중앙집권적인 생산조합의 특성을 처음부터 표방할 수밖에 없습니다. 그것은 서서히 퍼져 나가서 인접 지역뿐 아

니라 영국 전체로 확장될 수 있다고 합니다. 공동체 사람들은 처음부터 사유재산제도의 철폐를 지향합니다. 사유재산은 특히 자본가 그룹에게 사악한 마음을 강화시키도록 지속적으로 작용해 왔습니다. 자만심, 허영, 불공정, 억압의 욕구를 부추기는 것이 바로 사유재산제도라고 합니다. 모든 재산은 1,200명의 공동체 사람들에게 공평하게 분배됩니다. 나아가 오언 공동체는 무조건 화폐 사용을 용인하지 않습니다. 푸리에의 경우와 마찬가지로, 가까운 영역에 공동체들이 많이 형성되면, 사람들은 바자회와 같은 행사를 통해서 생산한 물품과 수확한 농산물 등을 서로 교환합니다. 따라서 오언의 공동체에서는 시장이 필요 없습니다(Owen 1968: 267). 자본주의적 이윤 추구는 개개인의 인간관계를 망칠 뿐 아니라, 개별적 조합 사이의 좋은 관계를 깨트립니다. 재화의 생산력이 증대되면, 공동체 사람들은 노동시간을 줄일 수 있습니다. 오언은 노동자의 잠재적 생산 능력을 인정하였습니다. 만약 이들에게 노동의 기회가 주어진다면, 가난이 척결될 뿐 아니라, 오래된 경제체제 역시 새롭게 뒤바뀔 것이라고 오언은 확신했습니다. 이를 고려하면, 그의 노동자 공동체 유토피아의 설계는 주어진 사회의 비합리적 상태에 대한 반대급부로서의 대안이라고 말할 수 있습니다.

13. 이윤 추구의 욕구와 경쟁 등은 자연스럽게 철폐될 수 있다: 오언의 공동체는 자발적인 생산과 공정한 분배를 도모합니다. 이를 위해서 화폐, 금, 시장 그리고 개인적 이윤 추구의 욕구와 경쟁 등을 철폐하려고 합니다. 첫째로, 오언은 인간 존재를 하나의 복잡하고 묘한 (심리적) 구조를 가진 하나의 기계에 비유합니다. 즉, 인간이라는 기계는 자신에게 유리한 조건에서는 자발적으로 이웃과 조화롭게 노동에 임하지만, 그렇지 못할 경우에는 빈둥거리며 일한다고 합니다. 만약 분업이 철폐되고 자신에게 유리한 조건이 마련되면, 인간은 자발적으로 그리고 즐겁게 노

동에 임하게 됩니다. 특히 학문과 기술은 인간의 가치를 떨어뜨리는 일감을 대신 맡을 수 있습니다. 그렇게 되면 모든 노동자는 즐겁게 자발적으로 일터로 나가게 됩니다. 둘째로, 중요한 것은 과학과 기술의 발전입니다. 자연과학과 기술은 역사적으로 고찰할 때 인간에게 자연력을 능동적으로 활용하고, 이를 능률적으로 사회에 적용할 수 있게 해 주었습니다. 이로써 인류의 욕망 충족은 가능하게 되었으며, 개개인이 부를 축적하고 경쟁하지 않더라도 자신의 필요한 사항들을 얻을 수 있게 되었다고 합니다(김금수: 86). 셋째로, 오언은 끝없이 욕망을 추구하는 인간 존재의 특성을 충분히 고려하고 있습니다. 이와 관련하여 새로운 공동체는 무조건 소비를 금지하는 도덕적 태도를 지양하고, 사람들로 하여금 삶을 어느 정도 충분히 즐기고 이성적으로 향유하도록 조처하고 있습니다. 따라서 공동체는 무작정 소비를 금지할 필요가 없습니다. 왜냐하면 이성적인 인간이라면 누구나 건강과 도덕성에 상응하는 만큼 자신의 삶을 향유할 정도의 자제력을 처음부터 지니고 있기 때문입니다.

14. 전통적 가족제도에 대한 비판: 오언의 유토피아에서는 가족의 해체에 관한 사항은 나타나지 않습니다. 앞에서 언급했듯이, 오언은 전통적 가족 체제를 신랄하게 비판한 바 있습니다. 이는 오로지 가족 내에서의 가부장의 권위와 폭력을 비판하기 위함이었습니다. 오언은 전통적 가족제도를 일단 용인하되, 전통적 가족 내의 가부장주의의 폐해를 철저히 배격하였습니다. 오언은 여기서 "가부장주의"라는 단어를 직접 사용하지는 않았지만, 가족 구성원 사이의 불평등한 위계질서를 비판하였습니다. 이를 고려한다면 오언이 추구한 것은 가족의 해체와 같은 극단적인 변화가 아니라, 다만 가족 내의 경제적 불평등 내지 성적 불평등 구조의 개선이었습니다. 왜냐하면 오언이 관심을 기울인 것은 무엇보다도 노동자의 권익과 사회적 부의 창출과 분배에 관한 사항이었기 때문입니다.

15. 남녀의 평등한 생활: 오언은 무엇보다도 남녀평등의 실천을 강조하였습니다. 이를테면 가족 외적인 문제, 이를테면 경제적 수입에 관한 문제는 대체로 가장이 담당하는 게 바람직하겠지만, 가정 내에서의 결정권은 여성이 담당하는 게 타당하다고 합니다. 오언은 다음과 같이 주장합니다. "사회는 모든 남자와 모든 여자에게 직업의 삶에 있어서 동일한 기회를 제공해야 한다. 적어도 개별 인간이 지닌 원래의 소질과 관심사를 반영한다는 전제 하에서 말이다"(Owen 1955: 257). 오언은 임신과 결혼에 있어서의 성차별에 관해서 구체적인 견해를 피력하였습니다. 진정한 남녀평등을 이룩하려면 가부장주의의 가족제도 역시 수정되어야 한다고 합니다. 사실 19세기에 이르러 여성은 자녀를 잉태하는 존재로서의 남성의 소유물이 아니라, 사랑받는 존재 내지 적극적으로 이성을 사랑하는 존재로 기능하게 됩니다. 문제는 혼외정사의 경우 여성이 남성보다 사회적으로 더 비난당한다는 사실입니다. 이와 관련하여 로버트 오언은 여성의 생물학적 측면이 여성의 혼외정사에 대한 가혹한 비난을 낳게 했다고 지적합니다. 남자는 생리학적으로 자신의 사랑을 "배설"하면 족할지 모르지만, 여자는 남자의 몸을 자신의 몸 안에 받아들이므로, 질병과 출산의 위험이 도사린다는 것이었습니다(Kleinau 87). 이는 가부장주의의 이중 윤리에 대한 논거로 오랫동안 활용되어 왔습니다. 그러나 오언은 혼외정사의 문제는 남성과 여성의 생물학적 기능과는 무관하며, 또한 그렇게 이해되어야 한다고 설파하였습니다.

16. 공동체 내에서의 관리 내지 지도자: 공동체라고 해서 만인이 관리 내지 지도자로 일할 수 있는 것은 아닙니다. 공동체의 사람들은 나이 30이 될 때까지 교육자, 생산자 그리고 분배자 등으로 일하면서 경험을 쌓아야 합니다. 그 다음에 그들은 비로소 관리의 직책을 맡을 수 있습니다. 또한 나이 60이 넘어야 지도자로 일할 수 있다고 합니다. 공동체의 주요

위원회에 참석한 사람들은 마치 대가족의 모임을 방불케 합니다. 어떤 사안을 논할 때 많은 이야기를 나누지 않습니다. 중요한 것은 사실적 내용이며, 이 부분에 합당한 실질적인 지식입니다. 모든 결정은 마치 자식들이 부모의 결정을 따르듯이 그렇게 처리됩니다. 공동체에서는 의견이 수렴되지 않는 문제가 발생할 수 있습니다. 이때 최고 위원회는 모든 사람들에게 자유로운 의사 결정의 권한을 부여합니다. 그렇지만 의견들이 하나로 수렴되지 않을 경우 공동체는 이른바 보편적인 신의 법칙 내지 자연의 법칙을 채택합니다. 경우에 따라서 사회의 행복에 위배되는 개인의 혹은 공동의 견해가 출현하여 공동체의 다른 사람들과 마찰을 빚을 수 있습니다. 이 경우 채택되는 것은 유일 신앙에 근거하는 이성의 개념입니다. 사회적 행복을 침해하는 자는 오랜 논의를 거쳐 처벌당하거나 정신병원에 이송될 수 있습니다. 오언은 상기한 갈등을 해결하기 위해서 예외적으로 특정한 중재 기관을 용인하고 있습니다.

17. 평행사변형의 공동체 모델: 오언은 자신의 원칙이 뉴 라나크 지역에서 어떻게 적용되는가 하는 것을 구체적으로 언급합니다. 이 대목에서 그는 이른바 "평행사변형의 모델(Parallelogram)"을 완성하게 됩니다. 평행사변형의 모델은 농업과 공업의 균형적 발전을 도모하기 위해 평행사변형으로 설계된 공동체 모델인데, 이곳에서 약 1,200명의 사람들은 농업과 공업을 제각기 추진해 나가고 있습니다. 보다 구체적으로 말하자면, 공동체는 길이 500미터, 너비 30미터에 해당하는 테라스를 지니고 있으며, 5층의 건물들로 이루어져 있습니다. 평행사변형의 모델을 오언의 공동체에 적용한 사람은 토머스 S. 휘트웰(Thomas S. Whitwell)이라는 건축가였습니다. 휘트웰은 플라톤, 베이컨 그리고 모어의 건축 양식을 조금씩 모방하여, 평행사변형의 기하학적인 건축을 설계하였습니다(Bollerey: 64). 휘트웰은 공동체의 수를 2,000명으로 정해 놓고, 이들에

합당한 건축물을 설계하였습니다. 난방과 통풍 시스템은 노동자의 일터뿐 아니라, 가정에서도 완전하게 작동되고 있습니다. 상하수도 역시 완전한 설비를 갖추고 있습니다. 지하로 내려가는 엘리베이터가 설치되어 있고, 지하 공간은 서로 연결되어 있으므로, 인적 · 물적 자원의 이동을 간편하게 해 주고 있습니다. 건축 비용은 당시의 화폐로 9만 6천 파운드로 예상했으나 약 70만 파운드에 해당하는 거액으로 늘어났다고 합니다. 중요한 것은 농업의 경제와 공업의 경제를 상호 보완적으로 추진해 나가는 정책입니다. 이를 실천하기 위해서는 공동체 내의 핵심적인 토대가 정착되어야 합니다.

18. 종교적 우상숭배와 전쟁에 대한 비판: 자고로 인간의 보편적 성격은 어떠한 예외 없이 오로지 개인에게서 비롯한다는 것입니다. 오언이 완강하게 쓸모없는 것으로 여기는 것은 다름 아니라 종교적 우상숭배와 다른 나라 사람들과 벌이는 전쟁입니다. 그것들은 인간의 보편적 이성에 위배되는 것이라고 합니다. 인간은 종교적 가르침에 과도하게 침잠하지 말고, 일부러 적을 만들어 무력으로 그들과 피터지게 싸울 필요가 없다고 합니다. 무엇보다도 중요한 것은 인간이 스스로 교양을 쌓고 교육을 받음으로써 스스로를 인간다운 존재로 만들어 나가야 한다는 사실입니다. 이로써 오언은 우선 다음과 같은 견해를 내세웁니다. 즉, 모든 정부는 반드시 지배자와 피지배자들을 모조리 행복하게 만드는 것을 하나의 근본 목표로 삼아야 합니다. 정부는 인민의 위에서 군림하지 말고, 인민의 아래에서 인민에게 도움을 주는 하나의 작은 체제로 변화되어야 한다는 것입니다. 이를테면 가장 훌륭한 정부는 훌륭한 국가 교육 시스템을 실천하는 정부라고 합니다. 이 대목에서 우리는 국가를 없애는 게 아니라, 그것을 다만 행정청으로 축소하려는 오언의 아나키즘 사상의 측면을 엿볼 수 있습니다.

19. 아이들을 위한 학교, 오언의 교육론: 오언은 어떠한 경우에도 한창 자라고 배워야 할 아이들이 공장에서 장시간 일해서는 안 된다고 생각했습니다. 이들에게 무엇보다도 배움의 기회를 제공하는 게 중요하다고 생각했습니다. 이로써 만들어진 것이 바로 뉴 라나크 학교입니다. 오언은 아이들에게 무조건 읽기와 쓰기를 가르치지는 않았습니다. 읽기와 쓰기의 교육도 중요하지만, 이보다 더 중요한 것은 일차적으로 다음과 같은 일곱 가지 편견을 제거하는 일입니다. 그것은 계급, 종교, 정당, 국적, 인종, 성, 나이로 인한 선입견과 관련됩니다. 만약 외부로부터 간섭당하지 않으면서 스스로 이러한 구분과 차별을 배제해 나간다면, 인간으로서의 고유한 자유와 평등에 관한 의식을 함양할 수 있다는 것입니다(이윤미: 147). 만약 어떤 무엇을 올바르게 추론하여 진실과 거짓을 스스로 찾아낼 수 있다면, 어떤 무엇의 본질을 스스로 깨달을 수 있을 것입니다. 그렇게 되면 아이들은 잘못 배워서 추론 능력을 지니지 못한 아이들보다도 더 훌륭한 교양인이 되리라고 합니다(Owen 1970: VI 45). 오언의 이러한 견해는 루소의 『에밀』과 로저 애스컴(Roger Ascham)의 『학교 교사론(The Schoolmaster)』(1570)에서 영감을 받은 것입니다. 오언의 견해에 의하면, 선생은 결코 지식을 주입시키는 자가 아니라, 특정 아이가 자신의 고유한 소질과 개성을 발견할 수 있도록 어떤 관심을 이끌어 내는 존재입니다(파코: 39). 따라서 교육의 관건은 무엇보다도 행복의 학습이라고 합니다. 다시 말해, 교사의 임무는 배우는 자에게 자신의 배움에 대해서 행복을 느끼도록 조처하는 데 있다고 합니다(Owen 1970: VI 23).

20. 오언의 공동체를 위한 제안들: 뒤이어 오언은 다음과 같은 결론을 도출해 냅니다. 가능한 최대한의 사람들은 반드시 가능한 최대한의 행복을 만끽해야 한다. 이를 위해서 오언은 다음의 사항을 요구합니다. "첫째로 정부의 기능은 축소되어야 하지만, 교육만큼은 보편적인, 중앙집권적인 체계

를 필요로 한다. 보편적이고 중앙집권적으로 규범화된 교육의 체계는 반드시 정립되어야 한다"(Owen 1968: 263). 또한 교사들이 지속적으로 교육받을 수 있는 체제도 반드시 필요하다고 합니다. 이로써 오언은 교육의 중요성을 강조하고 있습니다. "둘째로 모든 개별적 영역에서의 노동 조건, 실업자 수 그리고 임금 등을 3개월마다 통계를 낼 수 있는 관청이 필요하다. 정부는 노동자들이 실제로 어떻게 노동에 임하면서 살아가는지를 구체적으로 알아야 한다." 이러한 발언 속에는 훗날 사회복지의 차원에서 노동청이 행해야 하는 일감들이 이미 설정되어 있습니다. "셋째로 노동시간의 경우 어른은 최대한 10시간 이상 노동하지 말아야 한다. 어린이들은 어떠한 경우에도 노동에 참여하지 말아야 한다." 이는 현대의 근로기준법에 기술되어 있는 내용을 선취하고 있는 놀라운 규정입니다(Owen 1968: 24).

"넷째로 도로 확충과 같은 공적 사업을 위한 일자리 및 노동이 자발적으로 행해져야 한다." 여기서 사회간접자본의 확충이 사유재산의 범위에 포함되지 않는 것은 당연합니다. "다섯째로 실업률을 낮추기 위해서 교회와 성당이 개혁되지 않으면 안 되며, 가난한 자들을 도와줄 수 있는 일종의 빈민구제법이 제정되어야 한다. 법적 체제와 형법 역시 대폭 수정되어야 한다." 빈민구제법이 통과되어야만 노동자들의 권익이 보장 받을 수 있다고 오언은 확신하고 있습니다. "여섯째로 성직자들에게 보다 많은 세금을 납부하게 해야 한다." "일곱째로 로또와 같은 국가 재정을 위한 사행성 게임을 철폐시켜야 한다." "여덟째로 종교적 근엄함은 반드시 개선되어야 한다. 종교적 권위를 보장해 주는 것은 사제의 복장이 아니라 성서의 내용이어야 한다"(Owen 1970: II 36). 오언은 믿음과 성찰 내지 자기반성으로서의 신앙은 용납될 수 있지만, 권위와 체제로서의 성당과 교회는 비판의 대상으로 간주하고 있습니다. 마지막으로 오언은 다음과 같이 말합니다. 의회, 교회 그리고 인민들은 모두 합심하여 국가 내의 모든 사람들이 행복을 누릴 수 있는 목표를 위해 정진하지 않으면 안

된다고 합니다. 이러한 노력은 차제에 인류가 한 번도 체험하지 못한, 어떤 놀라운 결실을 낳게 되리라고 합니다.

21. 국가의 시스템은 가급적이면 축소되는 게 바람직하다: 자고로 모든 나라의 국가 재정은 직간접적으로 인간의 노동의 산물에 의존하기 마련입니다. 그렇기 때문에 국가가 거두어들인 돈은 가급적이면 노동하는 사람들에게 유리하게 지출되는 게 마땅합니다. 국가의 임무는 만인에게 일할 기회를 제공하고, 그들에게 영양을 공급하며, 그들이 적절한 교육을 받을 수 있도록 돌보는 데 있습니다. 따라서 국가는 인민을 억압하지 말고, 인민에게 어떤 도움을 주고 봉사하는 역할을 담당해야 한다고 합니다. 오언은 기존하는 국가의 사악한 시스템을 무작정 비판하는 게 아니라, 자신의 생각을 제시함으로써 어떤 더 나은 시스템이 형성될 수 있음을 분명히 말하고 있습니다.

22. 진보를 위한 과정의 토대: 오언은 다음과 같이 생각합니다. 즉, 인간이 실제로 실천할 수 있는 삶의 이상은 만인의 보편적 안녕에 봉사하는 것이라야 합니다. 다시 말해서, 이성적이고 실천적인 공동체를 추구함으로써 코뮌은 개개인의 행복에 기여할 수 있다고 합니다. 여기서 우리는 오언이 지향하는 유토피아의 특성을 분명하게 간파할 수 있습니다. 그것은 다름 아니라 실현될 수 있다는 확신이며, 인간 이성의 힘을 빌려서 평화로운 방법으로 사회적 모델을 변형시킬 수 있다는 믿음입니다. 이러한 확신 내지 믿음은 종래의 유토피아 모델과 분명히 차이를 지니고 있습니다. 왜냐하면 오언과 푸리에 그리고 생시몽과 카베의 유토피아 설계는 목표로서의 미래의 상이 아니라, 과도기의 성격을 강하게 드러내기 때문입니다. 다시 말해서, 초기 사회주의자들이 설계한 일련의 유토피아는 역사적 목표가 아니라, 역사적 진보를 위한 과정 속에 자신의 토대를 마련하고 있습니다.

23. 오언이 처한 근본적인 딜레마: 사람들은 오언의 공동체가 실현 불가능한 유토피아에 불과하다고 비난하였습니다. 오언은 기존하는 자본주의 시스템을 대체할 수 있는 새로운 사회는 어떻게 건설될 수 있을까 하고 골몰했습니다. 최상의 국가를 설계한 것이 아니라, 더 나은 사회를 위한 합리적인 법칙을 지닌 사회의 가능성을 숙고한 것입니다. 그에게 중요한 것은 이전 사회에서 나타나는 사회적 죄악을 척결하는 과업이었으며, 이를 위한 작은 실천이었습니다. 문제는 오언이 자신이 설계한 "새로운 도덕적 사회"를 당시의 자본주의 산업사회에 정면으로 대항하는 대안으로서 제시하지 않았다는 사실입니다(Owen 1970: V 51). 의회가 있어도 아무런 소용이 없고 경쟁을 부추기는 사회적 관습이 그대로 온존하고 있었는데, 사회적 토대로서의 이러한 바탕을 용인하면서, 그 가장 자리에 대안으로서 소규모 공동체를 실천하려고 백방으로 노력한 것입니다. 한마디로 주어진 생산양식의 전폭적인 변화 내지 개혁 없이는 새로운 도덕적 세계를 실현하는 일은 처음부터 불가능했습니다. 이것이 바로 오언이 조우한 근본적인 딜레마가 아닐 수 없습니다.

24. 요약: 오언의 유토피아는 다음과 같이 일곱 가지 사항으로 요약됩니다. (1) 오언은 자본주의에 바탕을 둔 19세기 초의 영국의 현실을 비판합니다. 영국의 의회 민주주의 시스템은 변화를 추구하지만, 근본적인 개혁에는 전혀 관심이 없다고 합니다. (2) 이와 관련하여 오언은 경제, 사회, 문화의 측면에서 가정, 교회 그리고 국가를 비판합니다. 이러한 권위주의 체제는 노동자들의 가난을 심화시키고, 여성을 억압하며, 교육 받아야 하는 아이들에게 노동을 강요한다는 것입니다. (3) 오언은 뉴 라나크의 공동체를 결성하여 노동자들로 하여금 일하게 하고, 그들의 주거지와 여가 생활을 보장해 주었습니다. 특히 중요한 것은 교육의 개혁입니다. 이를 위해서 보편적 평등 교육이 채택되고 있습니다. (4) 뉴 라나크에서는 공동체 사람들

의 경제적 수준을 향상시키기 위해서 보편적 계획이 중시됩니다. (5) 공동체는 사유재산의 폐해를 줄이고 공동의 이익을 추구하기 위해서 무엇보다도 조합의 구조로 이루어져 있습니다. (6) 만인의 평등은 성의 평등을 포괄하고 있습니다. 여성들은 조합원으로 일함으로써 가사의 부담을 줄일 수 있습니다. (7) 관청은 더 이상 중앙집권적 권력을 행사하지 않고, 기껏해야 자치 내지 행정을 위한 공간으로 변화되어 있습니다(Heyer: 608).

25. 오언의 후세의 영향: 오언이 개진한 더 나은 공동체 사회에 관한 설계에는 문헌학적 차원에서 미진한 부분이 있습니다. 그의 글들은 특정인들에게 자신의 견해를 전하기 위해서 집필되었습니다. 따라서 오언의 문헌은 노동자 공동체의 구체적이고 완벽한 면모를 드러내기에는 불충분합니다. 아니나 다를까, 문헌들은 오언의 정확한 의도를 동시대인들에게 전달하지 못했습니다. 그렇지만 그것은 최소한 영국의 빅토리아 시대에 사회법 제정에 커다란 영향을 끼쳤습니다. 그래서 1819년 영국에서 "공장노동"에 관한 여러 가지 법령들은 오언의 제안을 많이 채택하였고, 19세기의 사회 개혁 운동에 어느 정도의 범위에서 공헌했습니다. 또 한 가지 언급되어야 할 사항이 하나 있습니다. 오언의 놀라운 교육 프로그램과 소규모 공동체 조합 운동 등은 그야말로 19세기 초 산업 부흥의 시대에 나타났다고 믿을 수 없을 정도로 참신하고 독창적인 내용들을 보여 줍니다.

이미 언급했듯이, 오언은 남녀평등의 문제에 관해서 지대한 관심을 기울였습니다. 그렇지만 그가 여성해방에 관한 이론을 전개한 것은 아니었습니다. 다만 오언은 전통적 시민사회의 혼인 관계 그리고 이로 인하여 질곡에 갇혀 있는 여성의 삶을 신랄하게 지적하였습니다. 윌리엄 톰슨이라든가 안나 휠러 등은 여성의 문제에 지대한 관심을 기울였습니다. 이들 가운데 우리는 특히 오언의 큰아들, 로버트 데일 오언(Robert Dale Owen, 1801-1877)을 언급하지 않을 수 없습니다. 그는 영국뿐 아니라 미국 사회의 여성 문제에 깊이 관여하였습니다. 그가 관심을 기울인 것은 영국과 미국의 출생률 조절에 관한 정책이었습니다. 중요한 것은 로버트 데일 오언에 의하면 국가의 상명하달의 인구정책이 아니라 여성들의 구체적 삶의 계획을 존중하는 인구정책이었습니다. 다시 말해, 아이를 낳아서 기르는 것은 오로지 어머니의 판단에 의해서 자율적으로 행해져야 하지, 결코 국가가 인위적으로 개입해서는 안 된다는 게 그의 지론이었습니다(Saage 57). 이러한 지론은 출생률 조절에 적극적으로 가담한 사회 개혁자들인 리처드 카릴(Richard Carlile), 프랜시스 플레이스(Francis Place) 등의 견해와 근본적으로 대치되는 것이었습니다.

26. 양측에서 비난당하는 오언의 정치사상: 중국의 사상가, 묵자는 인간의 고통스러운 우환을 세 가지로 요약했습니다. 첫째는 굶주린 자가 먹지 못할 때(飢者不得食)이고, 둘째는 추위에 떠는 자가 입지 못할 때(寒者不得衣)이며, 셋째는 일하는 자가 쉬지 못할 때(勞者不得息)라고 합니다(신영복: 162). 오언은 이 가운데 세 번째 사항을 무엇보다도 중시하며 시정하려고 했습니다. 오언의 정치적 사고는 많은 사람들에 의해 비판당했습니다. 가령 마르크스와 엥겔스는 오언을 신랄하게 비난하였습니다. 왜냐하면 그가 계급투쟁의 필연성을 인식하지 못했으며, 혁명의 주체로서의 사회주의의 필연성을 인지하지 못했기 때문이라고 합니다(Marx 1970: 53). 정치적 우파에 해당하는 프리드리히 겐츠(Friedrich Gentz)는 다음과 같이 주장했습니다. “우리는 그들이 무엇을 원하는지 잘 알고 있다. 그렇지만 우리는 대중들이 잘 살고 독립적으로 변하는 것을 원하지 않는다. 그들이 경제적으로 독립된다면 우리가 어떻게 그들을 지배하고 다스릴 수 있는가?” 대중들은 언제나 정치적으로 우매함 속에 처해 있어야 사회가 평온하다는 것입니다. 어쨌든 오언의 사회 개혁의 실천은 커다란 반향을 얻었지만, 그의 정치사상의 토대는 좌우 양쪽 진영에 의해서 비판당했습니다.

참고 문헌

김금수(2002): 사회주의 사상의 발전, 실린 곳: 노동과 사회, 제67권, 86-98.
블로흐, 에른스트(2004): 희망의 원리, 5권, 열린책들.
신영복(2015): 담론. 신영복의 마지막 강의, 돌베개.
이윤미(2018): 유토피아 교육: 로버트 오웬의 『도덕적 신세계』에 나타난 교육사상, 실린 곳: 교육사상 연구, 32권 1호, 135-160.
파코, 티에리(2002): 유토피아, 폭탄이 장치된 이상향, 조성애 역, 동문선.
Berneri, Marie Luise(1982): Reise durch Utopia, Berlin.
Bollerey, Franziska(1977): Architekturkonzeption der utopischen Sozialisten, München.
Engels, Friedrich(1970): Die Entwicklung des Sozialismus von der Utopie zur Wissenschaft, in: Marx und Engels, Ausgewählte Schriften in zwei Bänden Berlin.
Heyer, Andreas(2009): Sozialutopien der Neuzeit. Bibliographisches Handbuch, Bd. 2. Bibliographie der Quellen des utopischen Denkens von der Antike bis zur Gegenwart, Münster.
Jens(2001): Jens, Walter(hrsg.), Kindlers neues Literaturexikon, 22 Bde, München.
Kleinau, Elke(1987): Die freie Frau. Soziale Utopien des frühen 19. Jahrhunderts, Düsseldorf.
Marx, Karl(1970): Kritik des Gothaer Programms, in: ders, Friedrich Engels, Ausgewählte Schriften in zwei Bänden, Bd. II, Berlin.
Owen, Robert(1955): Pädagogische Schriften, ausgewählte Werke, Berlin.
Owen, Robert(1968): Die neue Gesellschaftsauffassung, in: Der Frühsozialismus Quellentexte, (hrsg.) Thilo Ramm, Stuttgart, 249-345.
Owen, Robert(1970): The Book of the New Moral World. In seven Parts, New York.
Saage, Richard(2002): Utopische Profile, Bd. III, Industrielle Revolution und Technischer Staat im 19. Jahrhundert, Münster.

7. 횔덜린의 문학 속의 유토피아

(1790)

1. 악마의 방앗간으로서의 시장 그리고 포에지의 상실: 사회경제학자, 칼 폴라니(Karl Polanyi)도 지적한 바 있듯이, 산업혁명과 자본주의 발달의 영향으로 나타난 것이 이른바 상거래의 장소로서의 시장(市場)의 과도한 역할이었습니다. 시장은 사람들로 하여금 물물교환을 통한 자발적 공동체의 분위기를 망치게 하고, 마치 "악마의 방앗간(satanic mills)"(윌리엄 블레이크)처럼 인간과 환경을 파괴하기 시작했던 것입니다(Streek: 249). 산업혁명과 자본주의적 생활 방식의 영향으로 출현한 것은 인간 삶의 분화와 소외였습니다. 자본주의의 "합리성(Ratio)"은 지금까지 중시되었던 세 가지 삶의 가치를 파괴하기 시작합니다. 그것은 다름 아니라 감성적인 요소, 여성적인 요소 그리고 영혼적인 요소입니다. 이러한 요소들이 사라지면서, 인간의 제반 삶은 육체적인 것과 정신적인 것으로 분화되었으며, 오로지 자본의 축적이 우선적 관건으로 이해되기 시작했습니다. 독일의 시인 횔덜린은 산업혁명 이후의 초기 자본주의의 현실을 예리하게 인지하였습니다. 이때 그는 감성, 여성성 그리고 영혼성이라는 세 가지 요소의 상실을 몹시 안타깝게 여겼습니다. 횔덜린은 이를 지적하기 위해 찬란한 황금시대, 그리스도의 순결한 영혼 그리고 "중심에서

벗어난 궤도(die exzentrische Bahn)" 등을 문학적으로 형상화하였습니다. 시인은 수미일관 미적 프로그램으로서의 포에지가 문학, 역사, 철학을 이끌 수 있는 수단이라고 확신하였습니다.

2. "눈(眼)이 태양과 같지 않다면 태양은 결코 눈을 예의주시하지 못할 것이다": 자고로 인간은 자신이 관심을 기울이는 무엇만을 바라보려고 합니다. 자신의 관심 밖의 부분은 인지와 인식의 대상에서 처음부터 멀어져 있습니다. 이와 관련하여 괴테의 시구는 어떤 놀라운 암시를 던져 줍니다. "눈이 태양과 같지 않다면/태양은 결코 눈을 예의주시하지 못할 것이다./우리의 내면에 신의 고유한 에너지가 없다면/신적인 무엇이 어찌 우리를 황홀하게 할 수 있을 것인가?"(Goethe: Kap 280). 이렇듯 우리의 눈은 처음부터 편협하므로, 고전 시인들의 시구에서 우리의 관심사의 측면만을 바라볼 수 있습니다. 특히 프리드리히 횔덜린의 시 해석에서 이 점은 두드러지게 나타납니다. 이를 고려할 때, 우리는 해석학에서 언급되는 "해석학적 순환(hermeneutischer Zirkel)"의 과정이 근본적으로 편견, 다시 말해서 선-이해 내지 "이른 판단(Vor-Urteil)"에서 유래하며, 이해되지 않는 부분이 의식적으로 그리고 무의식적으로 철저하게 배제된다는 점을 확인할 수 있습니다.

3. 횔덜린 수용에서 나타나는 너무 폭넓은 의미론적 스펙트럼: 프리드리히 횔덜린 문학의 현대적 수용을 연구할 때, 우리는 횔덜린의 문학과 시대는 물론이고, 해석자가 처한 시대와 해석자의 세계관을 함께 고려해야 합니다. 바꾸어 말하면, 개별 작품의 해석 자체도 중요하지만, 해석자가 처한 시대적 문제와 해석자의 정치적, 예술적 입장이 중요한 관건으로 부각될 수밖에 없습니다. 그렇다고 해서 횔덜린 문학이 정치적으로, 예술적으로 양극의 측면에서 정반대로 해석되는 것은 어떻게 설명할 수

있을까요? 생철학자, 빌헬름 딜타이(Wilhelm Diltey)는 횔덜린 문학을 연구하면서, 그를 쇼펜하우어와 니체의 선구자로 간주했습니다. 바이마르 공화국의 보수적 독문학자, 프리드리히 군돌프(Friedrich Gundolf)는 횔덜린의 예술적 단초에서 독일 정신의 근원을 발견하려고 했습니다. 실존주의 철학자, 마르틴 하이데거(Martin Heidegger)는 횔덜린의 시구에서 현대 예술가의 실존주의의 전형적 면모를 발견하려고 했습니다(박설호: 114). 이들 각자가 자신의 고유한 사고를 검증하거나 실험하기 위해서 횔덜린 문학을 원용하려 했다는 인상을 강하게 풍깁니다.

4. 횔덜린 문학과 유토피아 그리고 프랑스 혁명: 우리의 관심사는 개별 연구의 해석학적 의미가 아니라, 횔덜린 문학에 나타난 유토피아로 향하고 있습니다. 이 경우, 우리는 딜타이, 군돌프 그리고 하이데거의 횔덜린 수용 대신에 횔덜린 문학과 프랑스 혁명 사이의 상관관계를 향해 연구의 방향을 설정할 수밖에 없습니다. 왜냐하면 횔덜린은 당시 낙후된 독일의 현실과 자신의 상상 속에 떠올린 문학적 현실 사이의 간극을 분명히 직시했기 때문입니다. 물론 여기서 언급되는 문학적 현실은 미학적으로 착색된 갈망의 상으로 묘사되고 있지만 말입니다. 횔덜린 문학에 나타난 유토피아를 구명하려면, 우리는 딜타이, 군돌프 그리고 하이데거의 문학적, 철학적 논거 대신에, 오히려 횔덜린의 작품들을 혁명과 연관 지어 고찰한 구스타프 란다우어, 죄르지 루카치 그리고 프랑스의 횔덜린 연구가, 피에르 베르토(Pierre Bertaux) 등의 연구 문헌에 더욱 커다란 비중을 두어야 할 것입니다.

5. 자유와 평등의 이상 사회, 하나의 비유: 프리드리히 횔덜린(Friedrich Hölderlin, 1770-1843)은 자신의 낙후한 시대의 현실을 절감하면서 자신의 급진적 이상을 오로지 문학작품 속에 반영하였습니다. 시인이 갈구하

는 바람직한 삶과 사회적 현실은 자유와 평등이 공존했던 전원적, 목가적 이상향으로 요약될 수 있습니다. 시인은 때로는 고대 그리스의 상을 통해서, 때로는 기독교 사상 속에 구현된 그리스도의 상을 통해서, 때로는 슈바벤 경건주의 등을 통해서 자유롭고 평등한 사회적 삶을 발견하려고 하였습니다. 이는 유토피아의 사상을 미적으로 용해시킨 프로그램 속에서 은밀히 드러나고 있습니다. 분명한 것은 횔덜린이 갈구한 미래의 이상 사회에 관한 비유는 현대를 살아가는 우리에게도 많은 교훈을 가져다주는 무엇이라는 사실입니다.

6. 당대에 인정받지 못한 시인: 횔덜린의 탁월한 서정시들은 시인이 살았을 때에는 거의 인정받지 못했습니다. 우리는 그 이유를 첫째로 아직 성숙하지 못한 시대에서, 둘째로 포에지의 가치를 무시하는 기술 문명 중심의 사고에서, 셋째로 동시대인들의 무지와 동료 시인들의 외면 등에서 찾을 수 있습니다. 첫째로, 당시 독일은 정치적으로 수많은 봉건 제후들의 지배하에 있었습니다. 그렇기에 그것은 횔덜린이 꿈꾸던 이상적 사회를 받아들일 수 없을 정도로 낙후해 있었습니다. 둘째로, 산업혁명 이후로 정신과학과 예술의 위상이 약화되었고, 노동의 분화가 심화되기 시작했습니다. 실제 현실에 직접적인 영향을 끼칠 수 없는 작가 내지 지식인들은 사회의 아웃사이더로 취급받기 시작합니다(횔덜린 2008: 258). 셋째로, 18세기 말부터 19세기 초에 이르기까지 독일 지식인들은 극소수를 제외하고는 오랫동안 가정교사 직으로 생계를 꾸려 갔습니다. 프리드리히 실러 역시 신분 상승의 기회를 얻은 뒤에 괴테와 마찬가지로 젊은 작가들을 발굴하는 데 지극히 소극적인 태도를 취했습니다.

7. 횔덜린의 삶: 마르틴 하이데거의 표현을 빌면, "독일 시인 중의 시인"인 프리드리히 횔덜린은 1770년 네카 강변의 라우펜에서 사원 관리

인의 첫째 아들로 태어났습니다. 2년 후에 아버지가 세상을 떠나자, 그의 어머니는 포도주 상인인 고크(Gock)라는 사람과 재혼하게 됩니다. 그러나 1779년에 고크마저 유명을 달리하게 됩니다. 어머니는 아들이 목사가 되어서 집안에 보탬이 되기를 바랐습니다. 휠덜린은 어머니의 뜻에 따라 튀빙겐 신학교에 입학하여 신학을 공부하기 시작합니다. 그러나 그의 마음속에는 작가로서 힘든 삶을 걸어가려고 작심하고 있었습니다. 프랑스 혁명이 발발했을 때, 휠덜린은 나중에 독일의 철학자로 우뚝 설 거목들, 셸링과 헤겔과 함께 튀빙겐에서 자유의 나무를 심습니다. 신학교를 마친 뒤에 휠덜린은 1793년부터 가정교사로 살아가야 했습니다. 힘든 생활에도 불구하고 휠덜린은 거의 목숨을 걸고 창작에 임합니다. 그의 대부분의 작품은 이 시기부터 1805년까지 완성되었습니다. 그러나 휠덜린은 발표의 어려움을 겪습니다.

1796년에 휠덜린은 프랑크푸르트에 있는 은행가 곤타르의 집에서 가정교사 직을 수행합니다. 거기서 그는 자신의 창작에 깊은 자극을 가하는 평생의 연인, 수제테 곤타르를 사귀게 됩니다. 그미는 돈많은 은행가의 아내였으나 학문과 예술에 관해 깊은 소양을 지닌 여성이었고, 휠덜린에게 커다란 사랑과 관심을 베풉니다. 휠덜린은 그미를 "디오티마"라고 명명하고, 시를 써서 그미에게 헌정했습니다. 시편 외에도 소설 『히페리온』은 그미의 도움이 없었더라면 아마 완성되지 못했을 것입니다. 세상은 휠덜린에게 그렇게 우호적이 아니었습니다. 작품의 발표와 지원을 위해서 그는 프리드리히 실러를 만났는데, 실러는 한편으로는 그의 문학적 재능에 내심 감탄하면서도, 다른 한편으로는 휠덜린을 냉대하며 그저 괴테에게 소개해 주었을 뿐입니다. 유아독존적인 기질을 지닌 괴테는 휠덜린의 이름조차 기억하지 못하면서, 그저 단시만을 쓰라고 충고합니다. 대작의 집필은 오로지 자신만이 할 수 있는 일감이라는 것이었습니다. 다른 한편, 프랑크푸르트 은행가, 야콥 프리드리히 곤타르는 자신의 아내가 가정교사와 깊은 사랑에 빠졌다는 것을 나중에 알아차립니다. 횔덜린은 작가로서 그리고 사랑의 삶에 있어서도 아무런 성공을 거두지 못하고, 수제테 곤타르 역시 병에 시달립니다. 횔덜린은 1802년 프랑스 보르도로 떠나 그곳에서 몇 달 동안 가정교사로 일합니다.

프랑스에서 귀국했을 때, 그의 몸과 정신 상태는 그야말로 만신창이가 되어 있었습니다. 독일의 수많은 전제 군주국 내의 참담한 정치적 분위기, 수제테 곤타르의 죽음 그리고 문우들의 불행 등은 그를 극도의 절망 속으로 몰아갑니다. 거의 대부분의 친구들이 반역 혐의로 감옥에 들어가게 되었던 것입니다. 1804년 횔덜린은 친구인 싱클레어의 도움으로 도서관 사서로 일하면서, 소포클레스 등의 작품들을 독일어로 번역하였습니다. 1805년 친구인 이삭 폰 싱클레어(Issac von Siclair)가 홈부르크에서 반역죄로 기소되었습니다. 그는 헤센 홈부르크 공국의 재정을 담당하고 있었는데, 알렉산더 브랑켄슈타인이라는 사기꾼이 공국의 돈을 횡령하는 것을 목격하고, 이를 시정하려고 했습니다. 이때 그 사기꾼은 자신의 죄를 은폐하기 위해서 싱클레어에게 반역 혐의를 뒤집어씌웠던 것입니다(Kirchner: 83). 형사들은 싱클레어의 친구인 횔덜린을 취조하려고 찾아옵니다. 그들이 시인을 체포하기 위해서 강제로 가죽조끼를 입히려고 했을 때, 횔덜린은 자코뱅주의자가 아니라고 외치면서 그 자리에서 졸도합니다.

1789년에 횔덜린은 튀빙겐에서 시인 크리스티안 다니엘 슈바르트(1739-1791)를 만난 적이 있었습니다. 슈바르트는 저항 시인으로서 독재에 항의하는 작품을 많이 남겼습니다. 이를테면 그의 시 「숭어(Die Forelle)」는 어수선한 독일의 현실을 풍자하는 시였는데, 프란츠 슈베르트에 의해서 현악오중주로 탄생한 바 있습니다. 1777년 슈바르트는 카를 오이겐의 명령에 의해 10년 동안 아스페르크 감옥에 갇힌 채 고문의 후유증으로 고통에 시달리고 있었습니다. 18세의 횔덜린은 감옥에 수

감된 39세의 슈바르트의 초췌한 모습을 직접 목격한 적이 있었습니다. 1805년 자신에게 체포령이 내려졌을 때 횔덜린은 엄청난 충격에 빠지면서 슈바르트에 관한 과거 체험을 하나의 트라우마로 떠올렸던 것입니다(Bertaux 36: 106). 횔덜린은 뒤이어 아우텐리트 병원에 송치되는데, 그 후에 정신 착란 증세에 시달리면서, 죽을 때까지 30여 년간 튀빙겐의 어느 목수의 집에 기거하며 목숨을 연명합니다. 그의 나이 57세가 되었을 때 비로소 그의 시집 한 권이 간행됩니다. 횔덜린은 방문객에게 자신이 "붉은 구원자(Salvatore Rosa)" 내지는 "스카르다넬리(Scardanelli)"라고 소개하면서 시를 증정하곤 하였습니다. 19세기 초의 독일은 그가 자유롭고 행복하게 살아가기에는 정치적으로 낙후한 시대였는지 모릅니다.

8. 횔덜린의 유토피아로 작용하는 세 가지 상: 횔덜린의 시 작품은 조화로움을 담은 고대 그리스의 상, 참된 이웃 사랑을 담은 기독교 정신의 상 그리고 슈바벤 경건주의의 신비적 상을 복합적으로 유추하게 합니다. 첫째로, 고대 그리스는 횔덜린에게 막연한 동경의 대상이 아니라, 소외, 갈등 그리고 투쟁 등이 극복된 이상적 공간으로 투영되었습니다. 왜냐하면 그리스는 횔덜린에게는 선과 진리가 하나로 합치되어 있는 바람직한 장소로 각인되었기 때문입니다. 둘째로, 그리스도는 지상의 모든 억압, 착취 그리고 싸움을 사랑으로 변하게 하는 분으로 이해되었습니다. 예수는 사도 바울이 말한 것처럼 세상의 고통을 씻기 위해서 자청해서 십자가에 못 박히신 분이 아니라, 참담한 현실 속에서 살아가는 사람들에게 화해와 거부의 정신을 가르치고 전해 준 분이라는 것입니다. 셋째로, 횔덜린의 시적 감정은 슈바벤 지역의 경건주의의 분위기로 착색되어 있습니다. 슈바벤 경건주의는 사제 그룹과 교회의 체제를 좌시하고, 성서를 읽고 기도하며, 신과 직접 만나려는 평신도 운동과 묘하게 연결되어 있습니다. 이러한 평신도 운동은 요한네스 타울러의 신비주의 사상

과 접목되어 토마스 뮌처의 천년왕국의 실현을 위한 노력과 결부되었습니다. 그것은 더 나은 세상을 마련하실 구세주를 애타게 기대한다는 점에서 천년왕국의 운동과 밀접한 관련성을 맺고 있습니다. 상기한 세 가지 특성은 "조화로움," "화해" 그리고 "사랑"이라는 시적 이미지로 요약되는데, 이것들이야말로 횔덜린이 추구하던 미적 프로그램과 연결되는 개념입니다.

9. 소외와 불일치의 극복: 그런데 횔덜린의 작품에는 상기한 세 가지 형상 가운데 최소한 두 개의 상이 서로 착종된 채 담겨 있습니다. 그 이유는 무엇일까요? 그것은 시인이 한편으로는 고대적 전통에, 다른 한편으로는 기독교의 전통에 입각한 고답적인 상징어들을 시적 직관으로 활용했기 때문입니다. 시인은 작품 속에서 정치적, 철학적, 종교적 사고를 시적으로 용해시켜, 인간 역사에 대한 어떤 포괄적인 의미를 부여하려고 했습니다. 그렇기 때문에 횔덜린의 작업은 유일한 의미를 지닌 명징한 개념으로 인지될 수 없었던 것입니다. 횔덜린의 시에 나타나는 "사랑," "아름다움," "조화로움" 그리고 "자유" 등과 같은, 일견 무해한 시적 용어의 배후에는 본질적으로 어떤 놀라운 혁명의 프로그램이 숨어 있습니다. 횔덜린의 프로그램은 소외와 불일치를 극복하려는 근원적 조화로움에 대한 갈망과 직결되는 것입니다. 이러한 갈망은 횔덜린의 유토피아나 다름이 없습니다. 횔덜린이 지향하는 자연, 신, 조화로움 등은 시인의 독창적인 사고에서 비롯한 것입니다. 그것들은 비유적으로 말하자면 고대 그리스의 조화로움, 기독교의 참된 사랑이라는 배경에다가, 이른바 조화로움과 박애가 실현된 어떤 가능한 현실적 상이 첨가된 무엇입니다.

10. 미적 프로그램 속에 담긴 유토피아: 사악한 현재의 현실은 시인 횔덜린의 전의식 속에 유토피아적으로 착종된 여러 가지 분열된 예술적 형

상을 떠오르도록 자극합니다. 자유롭고 조화로운 고대 그리스의 전인적 인간상, 사랑으로써 가난과 폭정에 저항하는 예수 그리스도의 상과 슈바벤 경건주의에 바탕을 둔 신비주의적 열광의 상 등은 횔덜린의 분열된 예술적 상상 속에 중첩되어 나타났던 것입니다. 여기서 전자가 자유와 조화로움 그리고 여유를 겸비한 정적이고 명상적인 상이라면, 후자는 가난한 자를 동지애로 끌어안으려는 역동적 의지의 상을 지칭합니다. 횔덜린의 미적 프로그램은 "지금 그리고 여기"의 나쁜 현실에 대한 수정사항을 드러낸다는 점에서 특히 혁명적 요소를 드러냅니다. 횔덜린의 미적 프로그램은 황금시대의 유토피아를 사악한 현재에 적용함으로써 찬란한 미래를 구현하려는 종말론적 기대감과 일맥상통하고 있습니다. 이러한 까닭에 그것은 일원성, 역사의 3단계 모델 그리고 새로운 인간형을 갈구하며, 이런 점에서 "신화적 포에지"로 해석될 수 있습니다. 18세기 초의 현실에서 기독교의 교리는 당시 사람들의 모든 삶에 직접적인 영향을 끼치고 있었습니다. 횔덜린의 그리스도 상은 사랑과 박애의 정서로써 강화된 예술적 형상으로서, 인간의 실제 삶을 규정하는 기독교 교리와는 정반대되는 의향을 드러냅니다. 횔덜린 문학, 다시 말해 예술로 용해된 횔덜린의 사상은 바로 이러한 미적 프로그램으로서 유토피아의 관련성 속에서만 정확히 이해될 수 있습니다.

11. (부설) 아도르노의 횔덜린 비판: 20세기에 이르러 테오도르 아도르노는 미적 프로그램으로서의 이러한 관련성을 비판하였습니다. 20세기 후반부에 이르러 횔덜린은 프랑스 독문학자 피에르 베르토의 영향으로 혁명적 "시민 주체"의 선구자로 이해되었고, 이러한 관점은 페터 바이스(Peter Weiss)와 슈테판 헤름린(Stephan Hermlin) 등의 문학에 반영되었습니다. 그런데 아도르노는 1965년에 현대 작가들의 진보적 관점에서 횔덜린 수용을 "장터에서 사용되는 의미를 작위적으로 끌어낸 것"이라고

혹평한 바 있습니다(Adorno 158). 아도르노가 이렇게 가혹하게 평한 배후에는 더 나은 삶에 관한 공동의 노력을 부정하려는 아도르노의 반유토피아적인 입장이 도사리고 있습니다. 이미 언급했듯이, 횔덜린의 유토피아는 문학적 현실 속에 가상적으로 도출해 낸 갈망의 상입니다. 그것은 명징하지 않은 비유의 면모를 드러낼 수밖에 없습니다. 만약 우리가 시적 내용 속에 도사린 유토피아 사상의 구체적인 관련성을 제거한다면, 횔덜린의 시는 기껏해야 신적인 무엇을 소환하는, 신비롭고 추상적인 허사로 수용될 수밖에 없을 것입니다. 후기 시에서 나타나는 수수께끼 같은 시구 속의 관련성을 배제한다면, "납의 시대"라든가 "황금의 평화" 등의 표현은 — 아도르노의 견해처럼 — 신비로움, 그 이상의 의미를 지니지는 못할 것입니다.

12. 포에지와 철학 사이의 연결 가능성: 횔덜린의 문학은 무엇보다도 찬란한 황금시대와 "더러운 현재" 사이의 중개 작업, 즉 두 시대의 대립적 설정을 하나의 당면한 과제로 삼고 있습니다. 이와 관련하여 횔덜린은 포에지가 어떻게 철학적 성찰을 포괄할 수 있는가 하는 본질적 물음을 제기합니다. 시인에 의하면 포에지와 철학은 서로 분리될 수 없습니다. 절대적인 미를 추구하는 예술 창작의 행위는 그 의향에 있어서 절대적 진리를 추구하는 철학 행위와 동일합니다. 포에지는 횔덜린에 의하면 현대사회에서 나타난 불화와 소외의 극복 등을 해결할 수 있는 매개체라는 점에서, 인간의 보편적 정서를 계도합니다. 그렇기에 포에지는 — 편지에서 기술되었듯이 — 만병통치약과 같은 무엇으로서, 철학, 종교에 비할 바 아닐 정도로 그것들을 앞서는 무엇입니다. 왜냐하면 포에지는 인간이 갈구하는 행복한 삶에 대한 갈망과 기대감을 미적으로 반영하기 때문입니다. 이렇듯 횔덜린은 예술적 방법론이라는 차원을 넘어서, 시대적 모순을 해결할 수 있는 대안으로서 포에지를 수용하고 있습니다. 횔

덜린의 이러한 태도는 가령 폴 발레리, 사무엘 베케트, 프란츠 카프카 그리고 로베르트 무질 등과 같은 현대 작가들의 그것과 비교될 수 있습니다. 즉, 주체의 성찰 행위는 작품의 창작 방법론과 관련될 뿐 아니라, 나아가 삭막한 세계를 변화시킬 수 있는 예술적 수단으로 활용되는 경우를 생각해 보세요. 이 점을 고려한다면 횔덜린 문학이야말로 "모더니즘 운동"의 출발선상에 위치하고 있습니다.

13. 세계의 화해를 지향하는 일원성의 사고: 자고로 인간의 내부 세계와 외부 세계의 화해 관계는 무엇보다도 일원성의 바탕 속에서 생성되고 발전될 수 있습니다. 횔덜린은 이러한 일원성을 "조화의 여신"이라고 명명했으며, 나중에는 "신적인 자연"으로 표현하였습니다. 횔덜린의 시어들, 가령 "사랑," "자유," "아름다움" 등은 주어진 일상에서 나타나는 "합리적 계산의 법칙"과 정반대되는 개념들입니다. 합리적 계산의 법칙이 주어진 현실에서 통용되는 기준이라면, 이와는 반대로 "사랑," "자유" 그리고 "아름다움"은 아직 실천적 기능을 수행하지 못하는, 인간과 인간을 하나의 뜻으로 뭉치게 하고, 인간과 세계에 어떤 연결 고리를 마련해 주는 시어들입니다. 소외되고 분화된 현재의 현실은 횔덜린이 의식하는 포에지에 의해서 혁명적으로 전환 내지는 변화되어야 합니다. 횔덜린의 초기 작품들은 1786년에서 1788년 사이에 마울브론에 머물던 시절에 집필된 것들인데, 주로 『마르바흐 계간지(Marbacher Quartheft)』에 실려 있습니다. 그것들은 클롭슈토크의 경건주의에 입각한 찬가, 그리고 — 실러의 시어라든가 시대 비판적인 측면을 고려할 때 — 오랫동안 감옥에 갇혔던 크리스티안 슈바르트(Christian Schubart) 등으로부터 영향을 받은 작품들입니다. 초창기의 습작품을 제외하면, 튀빙겐 찬가들은 대체로 어떤 숭고한 일원성을 주제화하고 있습니다. 횔덜린의 관심사는 수많은 갈등과 반목으로 가득 찬 일상 세계를 떠나, 보다 숭고한 어떤 일원성으

로 방향을 설정합니다. 이로써 시인은 원래 파괴되지 않은, 조화로운 세계상을 문학적으로 형상화시켰습니다. 어쩌면 이러한 상은 기존하는 모든 소외 현상 내지 불일치성을 극복한, 이른바 새롭게 변화된 미래의 상과 일맥상통하는 것입니다.

14. 세계의 부조화와 중심에서 벗어난 궤도: 횔덜린의 역사철학의 기본적 입장은 상기한 인용으로 요약될 수 있습니다. 순수함과 자유의 대가로 얻어 낸 의식은 인간으로 하여금 자신의 고유한 궤도로부터 일탈하게 만듭니다. 이로써 인간의 역사는 이른바 횔덜린이 말하는 "중심에서 벗어난 궤도(die exzentrische Bahn)"를 지나치게 되었습니다. 다시 말해서, 평화와 화해 그리고 영겁의 시대는 횔덜린의 주장에 의하면 전쟁과 불화 그리고 시간 구분의 시대로 전환되었다고 합니다. 횔덜린은 이전의 시대를 토성 신, 즉 사투르누스가 지배하던 시대로, 이후의 시대를 목성 신, 주피터가 지배하는 시대로 해석하고 있습니다. 그렇지만 역사의 마지막에는 — 의식이 자리하기 이전의 원래 상태가 그러했듯이 — 조화로운 상태의 의식적 혁신이 자리하고 있어야 합니다(Bertaux: 108). 그래야만 인간은 원래의 분화되지 않은 일원성의 상태로 되돌아갈 수 있다는 것입니다. 횔덜린은 소설 『히페리온』에서 소포클레스의 구절 하나를 작품의 모토로 인용하고 있습니다. "태어나지 않는 것은 최상의 생각이다. 그런데 일단 태어났다면 가급적 빨리 자신이 출현한 곳으로 되돌아가려고 하는 것은 두 번째 훌륭한 생각이다"(Hölderlin: 499). 그렇지만 인간은 자신의 임의에 의해서 이러한 유토피아에 도달하지는 못합니다. 유토피아의 최종적 실현을 위해서는 절대적이고 신적인 것이 본연의 상태로 되돌아와야 합니다. 그렇게 해야만 모든 대립적 요소가 서로 화해 극복될 것입니다. 마지막 시점에 조화로운 상태와 의식적 혁신이 필요한 것은 바로 그 때문입니다.

15. 신적인 무엇의 상징성: 횔덜린 문학에 나타난 "신적인 무엇"은 결코 "체제로서의 교회"로 발전된 기독교 속에 편입될 수는 없습니다. 우리는 횔덜린의 신 개념을 — 마르틴 발저(Martin Walser)가 말한 바 있듯이 — 보다 포괄적 의미에서 "과정의 에너지"로 이해해야 할지 모릅니다. 왜냐면 여기서 "신적인 무엇"은 전통적 의미에서 인간에게 작용하는 외부적 힘이 아니라, 횔덜린 자신이 관여하는, 인간 존재의 기본적 토대를 지칭하기 때문입니다(Walser: 48). 다시 말해, "신적인 무엇"은 인간 외부에 도사린 거대한 권능을 지닌 존재가 아니라, 고결한 영웅의 내면에 자리하고 있는 더 나은 세계를 창출하려는 존재로서 이해될 수 있습니다. 이를 고려할 때, 횔덜린의 신의 개념은 오직 종교적 영역에만 국한될 수는 없습니다. 그 까닭은, 신의 행위는 횔덜린에 의하면 가장 성스러운 인간이 행할 수 있는 천국의 삶의 실천과도 같기 때문입니다. 횔덜린의 작품에서는 슈바벤 경건주의를 연상시키는 개념인 "우리 속의 신(Gott in uns)"이 반복적으로 나타납니다. 시인은 다음과 같이 묻습니다. "우리는 개개인의 자유를 포기하지 않은 일원성으로서의 세계를 과연 어떻게 바라볼 수 있을까?" 만일 신적인 무엇이 모든 실존하는 사물 속에서 드러나는 것이라면, 우리는 시인의 상기한 핵심적인 질문에 대한 해결책을 바로 여기서 추론해 낼 수 있습니다.

16. 자유의 의미: 이와 관련하여 "자유"란 한마디로 "소외된 상태로부터 벗어나려고 하는 자유"를 지칭합니다. "사랑"은 — 횔덜린의 미완성 비극, 『엠페도클레스의 죽음』에서 문학적으로 형상화된 바 있듯이 — "인간과 인간 사이에 도사리고 있는 근본적 증오가 해결된 감정"을 가리킵니다(Beißner: 89). 그 이유는 다음과 같습니다. 만일 주체들이 이러한 일원성의 의식, 다시 말해 사랑이라는 매개체를 통하여 서로 생동한다면, 그들은 대립 속에서 오로지 자신의 고유한 존재의 토대, 즉 신적

인 무엇을 인식하게 될 것입니다. 외부의 모든 규정들은 일원성 내지 사랑을 매개로 하여 "우리 속의 신"과 연결되고, 심지어는 자신에 관한 규정으로 귀결될 수 있습니다. 이는 나아가 가장 고결한 인간으로서 도달할 수 있는 신격화(神格化) 현상, 즉 "신은 어째서 인간인가(Cur Deus homo)?"라는 물음과 직결되는 내용이 아닐 수 없습니다. 횔덜린의 「파트모스(Patmos)」에는 "왜냐하면 모든 게 선하기 때문이다"라고 표현되어 있습니다. 바로 이 구절이야말로 "우리 속의 신"을 지칭하는 표현입니다. 그것은 아도르노가 지적한 "이상주의의 아무런 위안 없는 핵심적 결론"은 결코 아닙니다(Adorno 67: 176). 여기서 아도르노는 처음부터 횔덜린의 유토피아를 인정하지 않고 있습니다. 횔덜린의 유토피아는 본질적으로 절대성, 일원성의 추구를 지향합니다. 다시 말해서, 앞에서 언급한 「파트모스」의 구절은 소외의 상태로부터 벗어나고, 주체들로 하여금 사랑이라는 매개체를 통하여 그야말로 일원적 존재로서 자유를 구가하게 하려는 횔덜린의 궁극적 희망을 내포하고 있습니다.

17. 횔덜린의 일원성으로서의 사고: 횔덜린은 이른바 일원성의 철학적 전통을 당시에 나타난 "의식 철학"과 연결시키고 있습니다. 그뿐 아니라 횔덜린은 독일 고전주의가 표방하는 미적 이상을 자신의 역사철학적 구상 속에다 적극적으로 수용하였습니다. 말하자면, 횔덜린은 한편으로는 그리스도의 박애 개념에 의해 용해되는 일원성의 철학을, 다른 한편으로는 (괴테와 실러가 추구했던) 고대 그리스의 이상으로서의 "아름다움이자 선(καλοκάγαθία)"에다 자신의 역사철학적 유토피아를 과감하게 가미했던 것입니다. 이로써 횔덜린의 예술 작업의 고유한 전제 조건이 태동합니다. 그것은 소외와 불일치가 사라진, 조화롭고도 화해된 하나의 세계를 꿈꾸는 작업입니다. 이러한 작업은 어떤 바람직한 삶의 형태를 기억해 내는 일로 추진될 수 있습니다. 즉, 모든 공동의 "신적인 무엇"에 대

한 인식으로 확정된 삶의 형태, 즉 고대 그리스의 삶을 생각해 보세요.

18. 19세기 초의 삶과 혁명의 실패: 1800년은 횔덜린에게 자신의 역사철학적 사고의 한 단락을 뜻하는 연도였습니다. 횔덜린이 자신의 미완성 비극, 『엠페도클레스의 죽음(Der Tod des Empedokles)』이라는 세 편의 원고를 남긴 것도 이 시기였습니다. 바로 이 시점까지 시인은 프랑스 혁명을 "신적인 무엇"에 의해 출현하여, 인민들을 각성시키는 사건의 출발로 간주하였습니다. 횔덜린은 다음의 사항을 굳게 믿었습니다. 즉, 혁명의 시대에 살고 있는 참된 시인이라면, 그는 반드시 "인민의 교사"로 활약해야 한다는 사항 말입니다. 그러나 조만간 도래한 나폴레옹의 지배체제는 이러한 희망을 완전히 꺾어 버립니다. 게다가 횔덜린은 개인적으로 여러 가지 비극적 사건과 마주칩니다. 사랑하는 여인, 수제테 곤타르는 병으로 사망했고, 친구 싱클레어는 1805년 반역죄로 체포되었습니다. 여기서 우리가 유념해야 할 사항이 하나 있습니다. 즉, 횔덜린의 개인적 삶의 비극은 시대적 비극과 절묘하게 평행을 이루며 전개되고 있다는 사실 말입니다. 기실 시인이 갈망하던 더 나은 삶을 위한 정치적, 종교적, 미적 영역에서의 제반 조건들은 여전히 충족되지 않았던 것입니다. 그럼에도 횔덜린은 모든 환멸에 대항하며, 구원에 대한 희망을 현실에서 완전히 포기하지 않았습니다. 가령 "위험이 있는 곳에 구원 또한 자라나는 법이다"라는 「파트모스」의 구절을 생각해 보세요. 횔덜린은 다만 구원의 시점이 미래의 어느 시점으로 연기될 뿐이라고 생각하였습니다.

19. 시인과 신적인 무엇: 이로써 "신적인 무엇"에 관한 상은 약간 변질되고, 시인의 사명 역시 일시적으로 변모되고 맙니다. 지금까지 "신적인 무엇"은 모든 대립적인 사물들을 서로 중개하면서 세계의 일원성을 기약해 주는 존재로서, 시인에게 하나의 가능성을 기약해 주었습니다(장영

태: 192). 그렇지만 1800년 이후에 이러한 가능성이 현저하게 약화되었음을 시인은 절감합니다. 세계는 시인이 갈구하던 진보의 과정과는 다르게 변질되고 있었습니다. 이와 관련하여 신적인 무엇이라는 비밀스러운 척도는 이제 오로지 추상적 역사 속에 은폐되어 있을 뿐입니다. 경건주의 사상의 모티프인 신적인 무엇은 세계의 진행 과정을 규정하고, 기껏해야 드물게 인식의 상승 작용만을 약간 도울 뿐입니다. 그래도 시인은 신이 출현하는 순간을 알려야 합니다. 횔덜린의 비가들은 이러한 알림을 통해서 합법화됩니다. 물론 시인은 자신의 말로써 직접적인 구원을 기대할 수는 없습니다. 동시대인들은 시인이 부르는 노래의 반향에 따라 그를 예언자 혹은 잘못된 사제로 받아들입니다. 횔덜린에 의하면 신은 이 세상에 감추어져 있으므로, 상징적 구조 속에서 명확한 해석을 용납하지 않을 뿐입니다. 이와 관련하여 횔덜린의 후기 찬가 내지 비가들은 더욱더 은폐된 방식으로 역사를 서술하고 있습니다. 시적 자아 역시 자발적으로 역동적 변화의 의지를 더 이상 드러내지 않습니다. 이때부터 횔덜린은 상징적 이미지를 더욱 선호하였으며, 시적 대상으로서의 과거 역사 속에 침잠하는 경향을 보여 주었습니다.

20. 역사와 찬란한 미래에 대한 시인의 기대감: 역사는 횔덜린에 의하면 신적 계시 내지 찬란한 이상이 출현하는 과정입니다. 그렇기 때문에 시인은 예언자와 영웅들을 과거의 역사에서 끌어낼 수밖에 없습니다. 횔덜린에 의하면, 이러한 인물들은 신적 요소 및 인간적 요소를 동시에 지니고 있습니다. 그렇기에 그들은 유토피아적 요소를 일찍이 인류에게 보여 주었다는 것입니다. 예컨대 바르바로사, 콘라트 2세 등과 같은 과거 인물, 헤라클레스 혹은 디오니소스 등과 같은 영웅들, 특히 서양에 거룩한 진리를 가져다준 그리스도 등이 바로 신과 인간의 두 요소를 동시에 지니고 있습니다. 여기서 우리는 횔덜린 특유의 신격화된 영웅의 상을 엿

볼 수 있습니다. 횔덜린은 자신이 갈구하는 새롭게 변화된 가상적 세계를 「독일인들의 노래」 속에 담았습니다. 그럼에도 횔덜린의 유토피아의 상은 일시적으로 국가사회주의에 남용되고 말았습니다. 조아키노 다 피오레가 자신의 천년왕국설에서 다룬 바 있는 "구세주가 도래할 제3제국"은 어느새 "피와 토양"을 중시하는 "파시즘의 제3제국"으로 돌변해 나타났던 것입니다.

21. (요약) 횔덜린의 유토피아: 횔덜린의 유토피아는 고대 그리스의 조화로운 삶의 상, 참된 이웃 사랑을 담은 기독교 정신의 상 그리고 슈바벤 경건주의의 신비로운 상 속에 중첩되어 있습니다. 횔덜린은 한편으로는 그리스도의 박애 정신으로서의 일원성의 철학을, 다른 한편으로는 (괴테와 실러가 추구했던) 고대사회 속의 "육체적, 정신적 완성"으로서의 이상을 자신의 역사철학적 유토피아를 설정하기 위한 수단으로서 수용했습니다. 여기서 횔덜린의 예술 작업의 고유한 전제 조건이 파생됩니다. 그것은 다름 아니라 소외와 불일치가 사라진, 조화롭고도 화해된 하나의 세계를 꿈꾸는 작업입니다. 이와 관련하여 횔덜린의 혁명적 정치사상 내지는 철학적 사상이 용해된 미적 프로그램 속에는 그의 고유한 역사관이 담겨 있습니다. 인간의 역사는 이른바 횔덜린이 말하는 "중심에서 벗어난 궤도"를 지나치게 되었습니다. 그렇지만 역사의 마지막에는 조화로운 상태의 의식적 혁신이 자리해야 하지만, 인간은 임의에 의해서 이러한 유토피아에 도달하지는 못합니다. 유토피아의 최종적 실현을 위해서는 절대적이고 신적인 것이 본연의 상태로 되돌아와야 합니다. 횔덜린은 이러한 혁명적 뒷걸음을 통해서 모든 대립적 요소가 서로 화해 극복될 수 있으리라고 확신하였습니다.

22. 횔덜린의 방법론 속에 담긴 유토피아: 상기한 목표를 위해서 활용되

는 방법론이 바로 횔덜린의 미적 프로그램입니다. 횔덜린의 시에 나타나는 "사랑," "아름다움," "조화" 그리고 "자유" 등과 같은 개념의 배후에는 본질적으로 어떤 미적 프로그램이 숨어 있습니다. 특히 후기 시에서 자주 사용되는 이미지, "신적인 무엇"은 인간 존재의 기본적 토대를 표현하고 있습니다. 다시 말해서, "신적인 무엇"은 인간 외부에 도사린 거대한 권능을 지닌 존재가 아니라, 고결한 영웅의 내면에 자리하고 있는 더 나은 세계를 창출하려는 존재로서 이해될 수 있습니다. 횔덜린의 유토피아는 주어진 현실의 이른바 "합리적 계산의 법칙"과 정반대되는 것을 내용으로 합니다. 따라서 주어진 현실의 이러한 법칙은 횔덜린에 의하면 포에지에 의해서 혁명적으로 전환 내지는 변화되어야 합니다. 횔덜린은 이러한 의향을 오로지 포에지를 통해서 달성하려고 합니다.

23. 횔덜린의 유토피아, 포에지의 구출 그리고 가난의 극복: 첫째로 횔덜린은 고대 그리스의 이상, "아름다움이자 선"으로서의 포에지를 중시했습니다. 자연과학과 인공지능(AI)이 모든 것을 장악하고 있는 오늘날 시인과 예술가는 — 플라톤의 『국가』에서 언급된 바 있듯이 — 쓸모없는 존재 내지 "체제 파괴적인 훼방꾼(Störenfried)"으로서 가난하게 살아가고 있습니다. 포에지는 현대사회에 나타난 불화, 소외 그리고 간극 등을 해결하는 매개체라는 점에서, 인간의 보편적 정서를 주도합니다. 그뿐 아니라 그것은 동시대인들의 관습과 체제 안주의 타성을 극복하는 수단으로 작용합니다. 횔덜린의 예술적 사고와 그 방법론이 체제 안주를 거부하고, 갈망의 가치를 용인하지 않는 무미건조한 냉담성을 비판하는 한, 포에지는 어쩌면 미약하나마 세상의 변화에 기여할 수 있을지 모릅니다. 둘째로 포에지의 구출은 경제적 궁핍함을 떨치고 난 연후의 일입니다. 우리는 소외와 가난을 극복한 연후에 미적 감식 능력을 회복해야 할 것입니다. 오늘날 사회는 자본주의의 폭력으로 수많은 사람들이

가난으로 고통당하고 있습니다. 독점 자본주의 시장경제는 국가의 틀을 벗어나서 지구상으로 확장되어 있습니다. 수많은 노동자와 자영업자는 국가 엘리트들의 정치와 경제 정책으로 필연적으로 "프레카리아트"로 내몰리는 실정입니다. 그렇기에 더 이상 시장 자유주의의 자유방임의 농간에 의존하지 말고, 사회보장을 위한 노동조합 운동과 개별적 자유를 구가하는 자생 공동체 운동은 필수적일 것입니다.

참고 문헌

박설호(1999): 구동독 작가에 비친 횔덜린, 실린 곳: 박설호, 떠난 꿈, 남은 글, 동독 문학 연구 2, 한마당, 110-147.

장영태(2006): 지상에 척도는 있는가?, 횔덜린의 후기 문학, 유로서적.

횔덜린, 프리드리히(2008): 휘페리온, 장영태 역, 을유문화사.

Adorno, Theodor W(1965): Parataxis, Zur späten Lyrik Hölderlins. In: Noten zur Literatur III. Frankfurt a. M., 156-209.

Beckermann, Thomas u.a.(1979)(hrsg.): Der andere Hölderlin. Materialien zum Hölderlin-Stück von Peter Weiss, Frankfurt a. M.

Beißner, Friedrich(1972): Hölderlin, Reden und Aufsätze, Frankfurt a. M., 67–91.

Bertaux, Pierre(1936): Hölderlin, Essai de biographie intérieure, Paris, Hachette.

Bertaux, Pierre(1969): Hölderlin und die Französische Revolution. Frankfurt a. M..

Borries(1992): Borries, Ernst u. a., Zwischen Klassik und Romantik, München.

Goethe, J. W(2016): Gedichte. Ausgabe letzter Hand 1827, Zenodot: Berlin.

Hermlin, Stephan(1993): Scardanelli, Berlin.

Hölderlin, Friedrich(1976): Sämtliche Werke, Bd. 1, München.

Hölderlin, Friedrich(2004): Sämtliche Werke, Briefe und Dokumente in zeitlicher Folge. Bremer Ausgabe, 12 Bände. Luchterhand, München

Kirchner, Werner(1969): Der Hochverratsprozess gegen Isaak Sinclair, München.

Streek, Wolfgang(2009): Reforming Capitalism. Institutional Change in the German Political Economy, Oxford, 247-253.

Walser, Martin(1970): Hölderlin zu entsprechen, Rede. Biberach an der Riss.

Weiss, Peter(2014): Hölderlin. Stück in zwei Akten, Frankfurt a. M..

8. 메리 셸리의 『프랑켄슈타인』

(1818)

1. 낭만주의와 인간 소외: 19세기 초는 서양의 정신사에서 하나의 획을 긋는 시점입니다. 당시의 시대적 화두는 무엇보다도 인간 소외였습니다. 산업혁명의 시기에 정신과학과 자연과학이 분리되고, 육체노동과 정신노동이 극명하게 구분되기 시작합니다. 산업의 발달은 서서히 초기 자본주의를 발전시켰으며, 노동의 전문화는 결국 인간의 세계관 또한 서서히 변화시켰습니다(Fischer: 24). 이와 병행하여 19세기 초 사회의 가장 중요한 이슈는 부와 풍요로움, 직업, 재화의 생산 등으로 요약할 수 있습니다. 증기기관의 발명은 생산력을 증강시켜 주었지만, 황금만능주의, 즉 재화의 가치만을 추구하게 하였습니다. 이와 병행하여 발달한 것은 수학과 자연과학이었습니다. 더 많은 재화를 창출하려는 인간의 욕망은 이와는 다른 가치를 허물어뜨리게 하였습니다. 특히 자연은 얼마든지 정복 가능한 처녀지로 간주되었는데, 이로 인하여 자연 속에 도사린 마력적 요소라든가 신적인 경외감 등은 서서히 무시되었습니다. 질적 가치를 지닌 자연에 대한 고대적 시각은 시간이 흐름에 따라 자취를 감춥니다. 그런데 특히 이 시기에 인간 소외의 문제를 가장 강하게 인지한 사람들은 낭만주의를 표방한 젊은 작가들이었습니다(하우저: 241).

2. 19세기에 강화된 특성들, 이성, 오성 그리고 남성성: 산업혁명과 그 영향에 대한 반대급부로 무가치한 것으로 취급당한 게 있습니다. 그것은 다름 아니라 감각적인 것, 여성적인 것 그리고 영혼적인 것입니다. 인간의 오관으로 느낄 수 있는 자연적 요소는 무시되고, 숫자와 계산 그리고 기하학적인 구도만이 중요한 것으로 인정받게 됩니다. 이는 이성, 오성 그리고 남성성으로 요약될 수 있습니다(Wolf 1987: 532). 숫자와 기하학적 구도는 계산을 통한 정량적 이득을 가져다주지만, 다른 한편으로는 자연을 질적으로 고찰하던 종래의 시각을 저버리게 하고, 자연을 얼마든지 정복 가능한 양적 대상으로 파악하게 하였습니다. 이에 부응하여 사회적으로 활동하는 여성은 비난의 대상이 되고, 가사를 돌보는 일은 여성의 미덕으로 확정되고 말았습니다. 낭만주의 시대에 살롱 문학을 전개하던 여성 작가들은 남자의 가명을 사용하지 않으면 작품 발표에 어려움을 겪었습니다. 이는 어째서 페미니즘 운동이 하필이면 19세기 초에 고개를 들었는가 하는 물음에 대한 하나의 범례일 수 있습니다. 다른 한편, 고개를 내민 것은 과학기술에 대한 맹신, 바로 그것이었습니다.

3. 루소의 삶과 태초의 자연인의 변화 과정: 메리 셸리(1797-1851)의 『프랑켄슈타인』은 유토피아 소설과는 거리가 멉니다. 그것은 문학 유토피아의 특성을 표방하지 않으며, 유토피아 모델 또한 제시하지도 않습니다. 그럼에도 우리가 이 작품을 언급하는 것은 다음과 같은 두 가지 이유 때문입니다. 첫째로, 작품 속에는 지금까지 문학 유토피아에서 부분적으로 언급된 "새로운 인간"에 관한 비유가 담겨 있습니다. 새로운 인간형은 특정한 사회제도와의 유기적인 관계 속에서 형성될 수 있습니다. 이러한 특성은 놀랍게도 20세기 후반에 사이보그를 다루는 문학 유토피아에서 다시 출현합니다. 둘째로, 메리 셸리의 작품은 장 자크 루소가 상정한 자연 상태의 야만인이 어떻게 문명사회에 적응해 나가는가 하는 문

제를 시사해 줍니다. 사회적 존재로서의 인간은 주위의 가족, 친구 그리고 애인 등과의 관계 속에서 자신의 사상, 감정을 발전시킵니다. 만약 이러한 관계가 처음부터 차단되고 방해받는다면, 그는 결국 괴물로 살아갈 수밖에 없습니다. 이를 고려한다면 『프랑켄슈타인』은 — 나중에 언급되겠지만 — 가족 치료라는 심리학적 관점에서 분석될 수 있습니다.

4. 셸리, 루소의 삶을 추적하다: 자고로 인간의 개별적 정서는 주어진 삶의 관습, 도덕 그리고 법의 영향 속에서 태동하고 성장하며, 하나의 특성으로 확정됩니다. 메리 셸리의 작품은 새롭게 인위적으로 탄생한 인조인간을 다룹니다. 이로써 그의 심적 상태, 언어 습득 과정 그리고 타인과 관계 맺는 과정 속에서의 심리적 변화 등을 추적하고 있습니다. 만약 태초의 자연인이 처음으로 세상에 발을 디디면서 가족들과의 애틋한 관계 맺음 없이 홀로 존재한다면, 그는 주어진 환경과 이웃들에 대해서 어떻게 처신해 나갈까요? 그런데 태초의 자연 상태와 자연인 등에 관한 사고를 끊임없이 고뇌한 사람은 바로 장 자크 루소였습니다. 메리 셸리가 루소의 사회계약론에 몰입하면서 루소 전기를 집필한 것은 그 자체 의미심장합니다. 주지하다시피 루소는 『에밀』이라는 탁월한 교육 이론서를 집필한 철학자였습니다. 테레즈 르바쇠르(Thérèse Levasseur)라는 세탁소 하녀와 동거하면서 1746년부터 1753년까지 다섯 아이를 얻게 되었습니다. 그러나 루소는 시끄럽게 떠든다는 이유로 자식들을 모조리 고아원에 보냈습니다. 여기서 우리는 자발성을 강조하는 루소의 이상적인 교육관과 실제 삶에서 나타나는 루소의 파렴치하고 이기적인 태도 사이의 엄청난 거리감을 접할 수 있습니다. 나아가 부모 없이 자라는 아이들이 경제적으로, 심적으로 어떠한 어려움을 겪는가 하는 문제는 매우 중요합니다. 왜냐하면 메리 셸리 역시 권위적인 아버지 아래서 어머니 없이 성장하였기 때문에, 경제적인 문제를 제외한다면, 심리적으로 루소의 다섯

자식들이 겪어야 했던 불행을 체험해야 했습니다.

5. 메리 셸리의 삶: 메리 셸리는 1797년 런던의 소머스 타운에서 윌리엄 고드윈과 메리 울스턴크래프트 사이에서 태어났습니다. 아버지는 생전에 저명한 작가 내지 무정부주의자였으며, 어머니는 영국의 여권 운동가로 활약한 사람입니다. 메리 울스턴크래프트는 남편과 결혼하기 전에 미국의 상인, 길버트 임레이를 사랑하여 임신하게 됩니다. 그러나 임레이가 끝내 혼인을 거부하여, 메리 울스턴크래프트는 1793년 프랑스 파리에서 딸, 파니 임레이를 출산합니다. 당시 그미는 작가로서 그리고 여권운동가로서 상당한 영향을 끼쳤지만, 개인적으로는 불행했습니다. 그미는 사랑하는 임과의 이별로 인하여 심한 우울증에 빠져, 1795년 10월 10일에 런던의 푸트니 다리에서 투신자살을 시도합니다. 다행히 목숨을 건진 그미는 이듬해 우연한 기회에 윌리엄 고드윈을 만납니다. 두 사람은 결혼식을 올리고, 메리 울스턴크래프트는 자신의 두 번째 딸인 메리 셸리를 출산합니다. 그미는 딸을 출산한 후에 열병에 걸려, 38세의 나이에 격정적이었던 짧은 삶을 마감합니다.

메리는 아버지의 보살핌으로 이부동모의 언니인 파니 임레이와 런던에서 성장하였습니다. 두 딸은 죽은 어머니, 메리 울스턴크래프트를 그리워하고 존경했다고 합니다. 메리 셸리가 네 살 되던 해인 1801년에 아버지는 이웃 여자인 메리 제인 클레르몽과 결혼합니다. 윌리엄 고드윈은 가족과 함께 런던의 고서점가로 이사하여 서점을 운영하였습니다. 그는 남녀 구분 없이 아이들을 교육시켰으나, 자식을 대할 때 권위적이며 냉담한 태도를 취했습니다. 메리 셸리는 부모의 보살핌이 필요한 어린 시절에 아버지로부터 방치된 채 생활해야 했습니다. 1816년 여름에 메리 고드윈, 퍼시 셸리 등은 스위스 제네바로 여행하여, 친구의 어느 별장에 머물렀습니다. 별장에는 영국의 위대한 시인으로 거듭나게 될 조지 고든 바이런(George Gordon Byron)도 있었습니다. 집주인은 연이은 나쁜 날씨에 무료함을 떨치기 위해서 귀빈들에게 차례로 유령 이야기를 들려 달라고 제안합니다. 바로 이 모임을 통해서 메리 셸리는 공상 소설, 『프랑켄슈타인』의 영감을 얻습니다. 1816년 말에 퍼시 B. 셸리는 아내인 해리엇이 자살했다는 소식을 접하고, 몇 주 후에 메리 고드윈과 결혼식을 올립니다. 셸리 부부는 1818년 이후에 이탈리아에서 정주해 살아갑니다. 1822년 7월 8일 퍼시 B. 셸리는 토스카나의 비아레지오 해안에서 보트를 즐기고 있었습니다. 그런데 보트가 뒤집혀서 그는 30세의 나이로 안타깝게도 익사하고 맙니다. 메리 셸리는 1823년에 남편이 남긴 원고와 자식을 데리고 영국으로 돌아옵니다. 이때부터 그미는 죽을 때까지 집필 활동에 몰입하면서, 남편의 유작들을 차례차례로 세상에 공개하였습니다.

6. 자연과학자 인조인간을 만들다: 『프랑켄슈타인』은 1818년에 익명으로 발표되었습니다. 메리 셸리는 소설의 전략으로서 다양하고 복잡한 소설의 관점을 가미하였습니다. 작품은 로버트 월튼이라는 선장이 자신의 여동생에게 보내는 편지로 시작됩니다. 그는 지구의 북쪽을 항해하다가 북극을 발견하게 되었습니다. 이때 월튼의 배는 결빙으로 인해 멈추게 되었습니다. 이때 그는 혹한의 날씨에 거의 익사 위기에 처해 있던 한 남자를 구조합니다. 환자는 기력을 회복한 뒤 선장에게 자신의 과거사를 들려줍니다. 그는 빅터 프랑켄슈타인이라는 이름을 지닌 자연과학자였습니다. 제네바 출신으로서 연금술에 심취하였다가, 17세의 나이에 독일의 잉골슈타트 대학으로 유학하여 자연과학 연구에 몰두합니다. 여기서 주인공이 제네바 출신이라는 사실은 장 자크 루소를 연상하게 합니다. 빅터는 수많은 생화학 실험을 통하여 죽은 육체에 어떤 생명을 불어넣을 수 있었습니다. 그리하여 그는 거의 정신이 나간 채 중세의 연금

술과 같은 신비로운 실험에 빠져들게 됩니다. 빅터 프랑켄슈타인은 어떤 시신에서 추출한 뼈와 살을 연결시켜서, 인간과 유사한 육체를 조합합니다. 그 다음에 그 육체에다 생명을 불어넣으려고 합니다. 말하자면 어머니의 자궁에 의해서가 아니라, 아버지의 두뇌에 의해 창조된 자가 다름 아니라 인조인간이었습니다(신경숙: 42).

7. 프랑켄슈타인의 피조물, 자리에서 일어나다: 어느 날 인조인간은 생명을 얻게 됩니다. 하루 아침에 2미터 44센티의 거대한 체구의 괴물이 세상에 출현하게 된 것입니다. 빅터 프랑켄슈타인은 전율에 사로잡힌 채 연구실을 떠납니다. 그가 만난 사람은 친구인 헨리 클레발입니다. 원래 헨리는 인조인간의 발명 작업에 동조하고 친구의 재능에 찬탄을 터뜨리던 사내였습니다. 겁에 질린 프랑켄슈타인의 모습을 바라보니, 친구의 안위가 걱정스러웠습니다. 빅터는 헨리에게 자신이 인조인간을 만들었다고 실토합니다. 두 사람이 함께 실험실로 갔을 때, 인조인간은 어디론가 사라지고 없었습니다. 빅터는 실험 결과에 대한 예측도 하지 않은 채 무작정 인조인간을 창조한 셈이었습니다. 그런데 문제는 인조인간이 인간과 거의 동등한 영혼을 지니고 있다는 사실에 있습니다. 그는 소속감과 연대감의 필요성을 느낍니다. 인조인간 역시 사회적 특성을 지니고 있었습니다. 친구를 사귀고 애인을 찾기 위하여 주위 사람들에게 서서히 접근하기 시작합니다. 그러나 그를 조우하는 사람들은 인조인간의 기괴한 모습에 경악을 금치 못하며 혼비백산해 달아납니다.

8. 인조인간의 측은지심과 공격 성향: 인조인간은 인간의 언어를 하나씩 습득해 나갑니다. 어쩌면 괴물의 언어 습득은 인간 사회에 내재해 있는 "지배 이데올로기로의 편입 과정"일 수 있습니다(Jones: 281). 왜냐하면 문명은 태초의 자연인을 사악하고 잔인한 존재로 만들고 지배 욕망

을 일깨우기 때문입니다. 인조인간은 창문을 통해서 노래와 음악으로 저녁 시간을 보내는 가난한 농부, 드 트라시의 삶을 들여다봅니다. 이때 어떤 알 수 없는 비애의 감정이 솟아오릅니다. 동시에 인조인간은 드 트라시 가족과 자신을 동일시하며, 그들의 가난에 동정심을 느낍니다. 그래서 드 트라시 가족의 음식을 더 이상 훔치지 않고, 인근 숲에서 초근목피를 마련하여 자신의 배를 채웁니다. 이러한 태도는 자연 상태의 태초 인간이 견지하는 내적 심성으로서, 타인에 대한 경멸감 내지 소유욕 등과는 전혀 다른 감정입니다. 타인에 대한 미움, 이기심에 근거한 소유욕 등은 타인과 자신의 존재를 서로 구분할 때 나타나는 정서가 아닐 수 없습니다. 이러한 부정적 정서는 무엇보다도 인조인간에 대한 일반인들의 혐오 내지는 전율에서 비롯하는 것입니다. 사람들이 자신을 바라보고 기겁하여 도주할 때, 즉 자신을 이웃으로 받아들이지 않을 때, 인조인간의 마음속에는 거대한 증오심이 솟구칩니다. 이러한 분노는 마침내 살인으로 이어집니다.

9. 어처구니없는 살인 사건들: 빅터는 심신이 지친 나머지 열병을 앓습니다. 수개월 동안 밤잠을 설치면서 연구에 연구를 거듭했기 때문입니다. 헨리는 위대한 젊은 과학자를 정성스레 간호합니다. 건강을 회복했을 때 주인공은 친구와 함께 다시금 편안한 마음으로 연구에 몰두합니다. 여름이 시작될 무렵 빅터는 아버지로부터 한 통의 편지를 받습니다. 편지에는 동생 빌헬름이 살해당했다는 소식이 적혀 있었습니다. 동생의 사망 소식에 놀라서 황급히 스위스의 본가로 돌아가야 했습니다. 그날 밤에 빅터는 창문 사이로 비치는 거대한 형체의 실루엣을 목격합니다. 이때 그는 실루엣 속의 괴물이 자신이 창조해 낸 인조인간이라고 확신합니다. 이 무렵 사람들은 부모의 집에서 일하는 하녀, 쥐스틴을 빌헬름의 살인범으로 지목합니다. 왜냐하면 빌헬름이 걸치고 있던 목걸이를 소

지한 사람이 바로 그미였기 때문입니다. 빅터와 그의 여동생이 법정에서 쥐스틴의 무죄를 주장했지만, 그미는 살인범으로 선고받고 처형되고 맙니다.

10. 현실은 인조인간을 받아들이지 않는다: 빅터는 동생의 장례식이 거행되는 동안, 죄의식에 사로잡혀 진범이 누군지 밝히지 않습니다. 대신에 그는 내면의 고통을 떨치려고 숲속을 이리저리 방황합니다. 바로 그 순간 그는 인조인간과 마주칩니다. 인조인간은 빅터에게 다음과 같이 일갈합니다. 자신은 근처의 농부, 드 트라시의 집에 은신하면서, 펠릭스와 세파이 사이의 좋은 부부관계를 학습하였고, 몰래 책 읽는 것을 배웠다는 것입니다(김상욱: 484). 인조인간은 어떻게 해서든 드 트라시의 가족을 도와주고 싶었다고 합니다. 그래서 그의 집에서 겨울 난방을 위한 장작을 패고 쌓인 눈을 치웠다는 것입니다. 그러나 드 트라시의 가족마저도 엄청난 경악에 사로잡힌 채 스스로를 방어하기 위해 인조인간에게 폭력을 행사하려고 했다는 것입니다. 고매한 가족들에게 느낀 실망감은 일순간 분노로 돌변하고 맙니다. 인조인간은 자신을 만들어 낸 빅터 프랑켄슈타인을 찾습니다. 실험실을 떠날 때 인조인간의 손에는 빅터의 일기장이 쥐어져 있었습니다. 빅터의 일기장을 통해서 자신이 어떻게 태어났는지 서서히 감지하게 되었다고 합니다. 아울러 인조인간은 자신이 빌헬름을 교살했다는 것을 솔직하게 자백합니다. 동생이 고함 지르는 것을 막기 위해서 가볍게 입과 목을 눌렀는데, 이것이 안타깝게도 질식사로 이어졌다는 것입니다.

11. 인조인간과 사회적 소외: 드 트라시 가족들은 기괴한 형체를 지닌 괴물을 만날 때마다 비명을 지르면서 도망칩니다. 인조인간은 언제 어디서든 간에 공포와 두려움 그리고 회피의 대상일 뿐입니다. 그렇지만 인

조인간은 가족을 원하고 친구를 필요로 합니다. 사랑과 우정을 찾으려는 그의 필사적인 노력은 언제나 증오심을 끓어오르게 만들고, 주위를 아수라장으로 변화시키곤 합니다. 이러한 일이 벌어지는 데도 인조인간은 친구와 연인을 사귀고 싶습니다. 마지막으로 최소한 어린아이 한 명이라도 친구로 삼기 위하여 프랑켄슈타인의 아들에게 접근합니다. 그러나 아이는 비명을 지르며 자신에게 접근하는 자를 끔찍한 모습의 괴물 내지는 식인종이라고 일컫습니다. 인조인간은 다시금 빅터와 그의 아들에게 깊은 실망감을 느끼는데, 그의 좌절이 결국 빅터의 동생마저 살해하게 했던 것입니다.

12. 지적 능력과 정서적 감정을 지닌 사이보그의 전신: 인조인간은 플루타르코스, 괴테, 밀턴 등의 작품을 읽으며, 마치 유럽의 중류층 가정의 젊은이들처럼 교양을 쌓아 갑니다. 이로써 그는 자신의 세밀한 감정을 언어적으로 분명하게 표현할 줄 알게 됩니다. 프랑켄슈타인은 더 이상 인조인간에 대해 어떠한 책임감도 느끼지 않으려 하고, 인조인간이 자신의 창조물이라고 세상에 밝히지도 않습니다. 그러나 비극적 사건은 지속적으로 발생합니다. 죄 없는 처녀, 쥐스틴은 빌헬름의 죽음을 슬퍼하다가 끝내 목숨을 잃습니다(Shelly 2009: 120). 인조인간은 빅터에게 자신을 도와 달라고 간청합니다. 그것은 다름 아니라 자신과 닮은 여자를 만들어 달라는 것입니다. 빅터는 내키지 않지만, 차마 부탁을 거절할 수 없어서 그렇게 하겠노라고 구두로 약속합니다. 뒤이어 빅터는 영국의 작은 섬으로 들어가서 연구에 몰두합니다. 그러나 어떤 상념이 그의 뇌리를 스칩니다. 만약 두 사람의 사랑으로 인조인간의 개체수가 늘어나게 되면, 어떻게 될까? 생각만 해도 끔찍한 사태가 지속적으로 발생할 것 같았습니다. 결국 빅터는 인조인간과의 약속을 지킬 수 없음을 감지합니다. 그리하여 그는 두 번째 인조인간의 모형을 폭파해 버립니다. 문제는

인조인간이 몰래 실험실에 잠입하여 이 광경을 목격한 데 있습니다.

13. 인조인간과 프랑켄슈타인의 골육 분쟁: 광분한 인조인간은 주인공의 친구인 헨리 클레발의 목을 졸라 죽입니다. 끔찍한 광경을 목격한 빅터는 황급히 제네바로 돌아갑니다. 빅터는 자신의 연구를 끔찍하게 여기며, 제네바 처녀인 엘리자베트와 결혼식을 거행합니다. 인조인간은 자신의 부탁을 저버리고 사랑의 삶에 몰두하려는 빅터에게 깊이 실망합니다. 결혼식 날 밤에 인조인간은 엘리자베트를 납치하여 살해해 버립니다. 며칠 후 빅터의 아버지 역시 연이은 불행한 사건으로 인하여 고통을 느끼다가 유명을 달리합니다. 수많은 사람을 잃은 빅터는 처절한 비명을 지릅니다. 자신의 손으로 반드시 인조인간을 죽이리라고 결심합니다. 이로 인하여 인조인간과 과학자 사이에 피비린내 나는 골육 분쟁이 시작됩니다. 인조인간은 프랑켄슈타인이 지닌 모든 실험 도구들을 박살내며, 지구 끝까지 그를 찾으려고 합니다. 결국 싸움은 인간이 없는 북극에 이르러서야 끝이 납니다. 인조인간은 파괴되고, 빅터 프랑켄슈타인은 유명을 달리하게 된 것입니다.

14. 다양한 관점에서 서술된 현실: 작품은 세 가지 관점을 도입하고 있습니다. 이러한 관점의 변화는 소설의 주제를 심도 있게 그리고 객관적으로 이해하게 하는 수단으로 작용합니다. 첫 번째 관점은 일인칭 화자, 빅터 프랑켄슈타인에 의한 것입니다. 대부분의 이야기는 빅터 프랑켄슈타인의 입장에서 서술되고 있습니다. 두 번째 관점은 인조인간의 독백입니다. 작품의 중간에 화자가 바뀌게 되는데, 인조인간이 독백 형식으로 자신의 심경을 독자에게 전하고 있습니다. 이로써 독자는 인조인간이 다른 사람과 똑같은 사고 능력과 감정을 지니고 있다는 것을 감지할 수 있습니다. 이로써 제기되는 것은 다름 아니라 과학자의 자연과학적 실험이

얼마나 끔찍한 결과를 초래하게 되었는가 하는 문제입니다. 세 번째 관점은 월튼 선장의 편지 형식으로 구성되어 있습니다. 선장은 인조인간을 잡으려는 프랑켄슈타인의 탐험선을 몰다가, 끝내 목숨을 잃습니다. 그의 편지는 그가 어떻게 인조인간을 만났는지, 죽음 직전에 그의 상황이 어떠했는지를 그의 여동생에게 전하고 있습니다.

15. 농부의 세 아이들, 펠릭스, 아가타, 사피, 희망의 출발점: 일단 작품에 등장하는 세 명의 아이들에 관해서 언급하지 않을 수 없습니다. 세 아이들은 작가가 염두에 둔 삶의 이상을 구현하는 존재들이기 때문입니다. 농부에게는 펠릭스와 사피라는 두 아들이 있으며, 아가타라는 딸이 있습니다. 펠릭스(Felix)는 라틴어로 "행운"을 가리키고, 아가타(Agatha)는 그리스어로 "선(善)"을 지칭합니다. 사피(Safie)는 아라비아어로 "순수함"을 일컫습니다. 이와 비슷한 이름인 소피아(Sophia)는 그리스어로 "현명함"을 뜻하지요. 세 아이의 이름 속에는 어떤 희망의 단초가 자리하고 있습니다. 인조인간을 만나기 전에 세 아이들은 천사의 모든 특성을 마음속에 지니고 있었습니다. 이러한 이름들은 인종주의와는 무관하다는 점에서, 우리는 인종에 대한 편견 없는 작가, 메리 셸리의 지조를 읽을 수 있습니다. 마지막 대목에 이르러 펠릭스는 사피와 함께 이슬람 문화가 지배하는 터키로 돌아갑니다. 당시에 영국의 시인 바이런이 터키에 대항하는 그리스 독립 전쟁에 참가한 사실을 고려한다면, 우리는 이 대목에서 인종주의를 극복한 작가의 평화적 자세를 읽을 수 있습니다. 그 밖에 우리가 망각해서는 안 될 사항은 아가타입니다. 그미는 사회적 한계를 극복하고 궁극적으로 사랑을 실현하려고 합니다.

16. 과학과 기술은 더 이상 낙관적 진보를 위한 수단이 될 수 없다: 작품은 일견 디스토피아 문학의 선구적 위치에 자리하는 것처럼 보입니다.

실제로 셸리의 작품은 일견 중세 고딕 문화에서 태동한 괴기 소설과 같은 인상을 불러일으킵니다. 그러나 『프랑켄슈타인』은 디스토피아 문학의 전형이라고 단정하기에는 무리입니다. 셸리는 작품 내에서 사회의 끔찍한 시스템을 구조적으로 묘사하지는 않았습니다. 오히려 작품 속에서 강조되는 것은 놀라운 재능을 지닌 과학자와 그에 의해 인위적으로 창조된 피조물 사이의 관계입니다. 빅터 프랑켄슈타인은 자신의 모든 능력을 발휘하여 인조인간을 만들었지만, 인조인간은 나중에 통제 불능의 상태에 빠지고 맙니다. 작가는 창조에 관한 과학기술적 세부 사항에 관해서 자세하게 묘사하지 않았습니다. 이 점을 고려할 때, 작품이 사이언스 픽션의 원조라고 단언하기에는 설득력이 결여되어 있습니다. 그렇지만 작품은 인조인간이 창조될 수 있다는 가능성을 시사해 줌으로써 사이언스 픽션의 선구적 위치를 차지합니다. 작품에서 중요한 것은 다음과 같은 작가의 입장입니다. 즉, 자연은 인간에게 전적으로 예속되지 않으며, 인간 이성을 위한 도구 내지 처녀지로서 얼마든지 마구잡이로 활용될 수 없다는 입장 말입니다.

17. 작품에 대한 심리학적 분석 (1), 어머니 없이 자라는 아이들의 정서적 불안: 『프랑켄슈타인』은 심리학적 차원에서 분석될 수 있습니다. 빅터 프랑켄슈타인은 심리적으로 하자를 지닌 인물입니다. 그는 사이비 과학과 마법적 사고에 집착하는 인물로서, 마치 자신과 같은 어떤 생명체를 기필코 만들어 낼 수 있다고 확신하고 있습니다. 그러한 그의 신념은 처음부터 남성적인 편집 분열증에 사로잡혀 있습니다. 게다가 프랑켄슈타인은 환청에 시달리고, 아침저녁으로 깊은 우울증에 사로잡히는 인물입니다. 그의 자연과학 연구는 합리성과 지성을 바탕으로 하지만, 처음부터 감성, 영혼 그리고 여성성의 측면이 배제되어 있습니다. 어쩌면 인조인간은 빅터 프랑켄슈타인의 분신이라고 명명할 수 있습니다. 다시 말

해, 인조인간을 만들려는 확고한 의지는 자신이 사랑하는 자신의 육체를 별도로 재구성하려는 욕구라고 말할 수 있습니다. 그러한 한에서 그것은 나르시시즘에 근거한 분열 욕구라고 명명할 수 있습니다(Bowen: 224). 따라서 우리는 한 과학자의 편집광증의 측면에서 작품을 해석해 나갈 수 있습니다. 우리는 편집증 아버지와 정서적으로 고립된 아들 사이의 관계에서 어떤 근본적 문제를 추적할 수 있습니다. 메리 셸리 역시 어머니 없이 자랐으며, 그미의 아버지 고드윈은 권위주의적이며 자신의 학문과 일에만 몰두하는 전형적 인간이었습니다(김상욱: 491). 그렇기에 메리는 정서적으로 불안했으며, 오로지 이부동모의 언니에게서 인간적 온기를 느낄 수밖에 없었습니다. 이와 관련하여 인조인간이 작가 메리 셸리와 유사한 삶을 살았다고 유추할 수 있습니다. 공교롭게도 두 사람 모두 "여성성이 결핍된 피조물"이기 때문입니다. 특히 퍼시와의 사랑 끝에 태어난 메리 셸리의 아기는 요절하고 마는데, 메리 셸리는 이 때문에 커다란 충격을 받았습니다. 이 점은 전기적 차원에서 작품 해석의 가능성을 제시하고 있습니다.

18. 작품에 대한 심리학적 분석 (2), 무관심한 자식들의 일탈된 행동: 또 한 가지 사항은 비정한 아버지의 상, 이를테면 루소의 이율배반적 행위가 도마 위에 오를 수 있습니다. 그는 자신의 다섯 자식들을 다만 떠든다는 이유로 고아원에 보냈습니다. 그의 자식들이 나중에 어떻게 되었는지에 관해서는 자세히 알 수 없습니다. 확실한 것은 자식을 등한시하면서 학문에 몰두하여 명성을 누린 자가 바로 루소라는 사실입니다. 물론 루소는 테레즈와 장모인 테레즈의 어머니 사이의 삼각관계 속에서 묘한 피해 의식을 느꼈습니다. 루소가 학문 속으로 도피한 것은 주어진 정황 때문이었습니다. 다시 말해서, 두 여인의 야합과 이로 인해 나타난 공격적 성향이 루소로 하여금 칩거하는 학자로 살아가게 했는지 모릅니다

(Shelly 1839: 130).

19. 잔인한 아버지의 상: "빅터 프랑켄슈타인-윌리엄 골드윈-장 자크 루소." 이들은 공통적으로 "사랑의 삶에서 만족을 누리지 못하며, 학문에 몰두하다가, 정작 가장 중요한 자식들의 인성과 감성을 해치는 잔인한 아버지의 상"으로 이해될 수 있습니다. 가령 빅터 프랑켄슈타인에게서 영향을 받은 인조인간은 주어진 현실에 적응하지 못하고 고통을 겪습니다. 이로써 나타나는 것은 성격 장애라는 증상입니다. 그의 자아는 처음에는 마치 어린아이의 "백지상태(Tabula rasa)"와 같습니다. 그러나 인조인간은 자신의 존재를 이해해 주고 사랑해 주는 대상을 찾지 못합니다. 이러한 경우는 결국 심리적 자아 상실로 이어집니다. 이 세상에는 자신을 이해해 주고 격려해 주며 사랑해 주는 대상이 한 명도 없다는 사실을 깨닫게 된 것입니다(신경수: 52). 이는 우울증 내지 잠재적 자살 충동으로 이어지며, 마지막에 이르러 인조인간이 거대한 화염 속으로 뛰어들어 자살하게 되는 계기로 작용합니다. 이를 고려한다면 우리는 흉측한 외모를 지닌 자의 내적 갈등과 사회 적응 그리고 대인 관계의 문제 등에 초점을 맞추어 작품을 해석할 수 있습니다.

20. 작품의 심리학적 분석 (3), 자식에 대한 과잉보호, 혹은 무관심: 『프랑켄슈타인』은 심리학적 차원에서 자식에 대한 부모의 입장에서 분석될 수 있습니다. 인조인간에게는 자신을 애틋하게 보살피는 어머니가 결여되어 있습니다. 메리 셸리는 루소의 전기를 집필하면서 인간 정서의 핵심으로 작용하는 것이 바로 사랑이라고 강조합니다. 그렇지만 다른 한편으로 자식에 대한 부모의 과도한 사랑은 때로는 자식의 자유를 동여매는 심리적 차단 기제로 작용합니다. 자식에 대한 지나친 간섭은 결국 자식의 정서를 해치고 타인에 대한 의존도를 강화시킵니다. 메리 셸리

의 어머니인 메리 울스턴크래프트는 『여성의 권리 옹호(A Vindication of the Rights of Woman)』에서 다음과 같이 피력합니다. 부모들의 자식 사랑은 한마디로 부모의 이기심의 변형된 형태라는 것입니다(Wollstonecraft: 150). 나아가 교육에 있어서는 부모의 지나친 간섭뿐 아니라, 부모의 게으름과 무관심 역시 경계해야 한다는 게 울스턴크래프트의 지론이었습니다. 특히 그미는 한편으로는 자식의 성공을 위해서 물불을 가리지 않는 부모들을 지탄의 대상으로 삼으면서, 다른 한편으로는 자식들에게 무관심으로 일관하거나 방치하는 무책임한 부모 또한 질타하였습니다. 실제로 메리 셸리는 루소의 전기에서 다음과 같이 주장하였습니다. "고독한 남성보다는 지속적인 자기 헌신으로 자식과 아내를 보살피는 남성이 훨씬 자연 상태에 가깝다"(Shelly 1839: 135). 특히 자식 교육을 위해서는 어머니가 사랑 받는 존재여야 합니다. 왜냐하면 사랑을 받는 사람이 사랑을 베풀 수 있기 때문입니다. 어쨌든 장 자크 루소와 같이 아내와 자식을 전적으로 외면하는 아버지가 존재하는 한, 자식 교육은 차제에 실패할 공산이 큽니다. 왜냐하면 교육의 성패는, 유럽 시민사회의 경우, 무엇보다도 어머니가 가정 내에서 사랑을 받는 존재인가, 아닌가에 따라서 결정되었기 때문입니다.

21. "과학을 위한 과학" 연구에 대한 경고: 셸리의 인조인간은 괴테의 『파우스트』 제2권에 묘사되고 있는 호문쿨로스를 연상시킵니다. 나아가 그것은 아교 인간, 골렘에 관한 신화를 연상시키며, 빌리에 드 릴라당(Villiers de L'IsleAdam)의 작품, 『미래의 이브(L'Ève future)』에 등장하는, 기계적으로 작동하는 인조인간을 떠올리게 합니다. 빌리에 드 릴라당의 작품에는 과학기술로 창조된 인조 여성이 등장하는데, 그미는 실재하는 여성 "알리시아"보다 훨씬 더 아름답습니다. 사람들은 이러한 인조 여성을 "미래의 이브"라고 명명합니다. 미래의 이브는 자동화된 전자 인

간으로서 금속으로 만들어져 있는데, 향수 뿌린 육체, 마이크, 납판 축음기 그리고 전파 측정기 등의 기이한 물건들로 짜 맞추어져 있습니다. 이로써 빌리에 드 릴라당의 인조인간은 오로지 기계로 구성되어 있다는 점에서 『프랑켄슈타인』의 경우와는 달리 심리적 갈등에 시달릴 정도의 자의식을 지니고 있지는 않습니다. 그미의 모습은 새로운 올림피아를 연상하게 합니다. 새로운 올림피아는 실존하는 여성의 이상으로 만들어진 것입니다(블로흐: 892). 이로써 빌리에 드 릴라당은 『미래의 이브』를 통하여 먼 훗날 나타날 사이보그의 가능성을 오로지 자신의 상상으로 묘사해 내었습니다.

22. 처녀지, 자연을 정복하려는 남성 연구자의 의향에 대한 비판: 셸리는 프랜시스 베이컨이 『새로운 아틀란티스』에서 내세운 자연과학 중심주의에 반기를 들면서, 과학기술 내지 기계주의적인 자연관이 인간의 보편적인 삶을 장악해서는 곤란하다고 항변합니다. 자연과학은 인간 삶을 보다 간편하게 해 주는 수단일 뿐이지, 인간의 모든 학문적, 예술적 영역을 지배할 수도 없고, 전적으로 통제할 수도 없다는 것입니다. 이와 관련하여 우리는 빅터의 인간형에 비판의 초점을 맞추어야 할 것입니다. 그는 대화와 타협을 거부하는 가부장으로서, 가족과 동료를 희생하면서 오로지 자신의 명성과 성공만을 추구하는 인물입니다. 빅터 프랑켄슈타인에게는 이웃과 가족에 대한 배려와 양보의 마음가짐은 전혀 없습니다. 이렇듯 자연과학자들은 발명을 통하여 인간의 삶을 개선하려 하지만, 삶의 경미한 일부만을 다루고 있을 뿐입니다. 나아가 연구에만 전력투구하는 생활은 과학자 자신의 인성마저 해칩니다. 작품을 통해서 메리 셸리는 과학기술에 대한 우려와 비판을 문학적으로 제기한 셈입니다. 아마도 과학기술의 연구에는 과학자의 학문적 의지만이 분명하게 드러날 뿐, 연구 윤리 내지 인간 삶의 미래에 관한 인문학적 성찰이 결여되어 있기 때

문으로 이해됩니다. 셸리가 창안해 낸 프랑켄슈타인이라는 인물은 베이컨 식의 이른바 기술적 인간(Homo Faber)의 정신을 대변하고 있습니다. 처녀지로서의 자연 속을 꿰뚫고 파헤쳐 들어가려는 자연과학자의 정신은 그 자체 병적인 태도가 아닐 수 없습니다.

23. 작품은 안티유토피아의 사고를 정당화시키는가?: 작품의 주제와 관련하여 우리는 한 가지 물음을 제시할 수 있습니다. 메리 셸리의 작품은 궁극적으로 낙관적 미래를 추구하는 모든 유토피아적 사고의 허구성을 지적하고 있는가 하는 물음 말입니다. 인조인간은 주어진 현실에서 부단히 사회적으로 동화하려고 노력합니다. 주위 사람들로부터 사랑받고 인정받기를 원하지만, 이러한 그의 노력은 헛수고로 끝납니다. 결국 그는 자신에게 주어진 한계 상황 속에서 패망하게 되는데, 이는 결국 로빈슨 크루소의 고립 모티프와 연결될 수 있습니다. 만일 인조인간에게 근본적으로 사회적 존재로 살아갈 수 있는 가능성이 차단되어 있다면, 이는 더 나은 삶을 위해서 타인과 공동으로 노력할 수 있는 가능성이 없다는 것을 반증합니다(Winter: 104). 미하엘 빈터는 세르반테스의 『돈키호테』에 나타난 주인공의 시대 착오성 역시 인조인간의 고립 모티프와 연결될 수 있다고 주장합니다. 이를테면 돈키호테의 시대 착오성은 인조인간의 사회적 동화를 위한 처절한 노력과 함께 유토피아를 꿈꾸는 모든 인간들이 결국 조우해야 할, 어떤 몰이해 내지는 경고의 시나리오를 여지없이 보여 주고 있다는 것입니다(Winter: 110). 여기서 중요한 것은 돈키호테와 주위 사람들 사이의 몰이해 내지 의사소통의 부재일 것입니다. 마찬가지로 인조인간과 주위 사람들 사이의 소통은 작품의 주제를 고려할 때 거의 핵심적 사항이 아닐 수 없습니다.

24. 메리 셸리, 인간의 이성에서 일탈된 감성, 영혼 그리고 여성성의 촉수

를 발견하다: 작품의 비극은 무엇보다도 인조인간과 드 트라시 가족 사이의 정서적 소통이 이루어지지 않았기 때문에 발생합니다. 인조인간은 자신이 필요로 하는 심리적 소속감과 우애 등을 갈구하면서 이를 얻기 위해 드 트라시 가족에게 접근합니다. 그러나 인조인간이 조우하는 사람들은 기이한 괴물을 바라보고 항상 경악합니다. 세상으로부터 버림받았다는 사실을 확인하는 순간 인조인간의 증오심이 치밀어 오르는데, 이것이 결국 살인으로 이어지는 것입니다. 여기서 중요한 것은 프랑켄슈타인의 연구에서 인조인간이 무엇보다도 기계적 합리성에 근거하여 창조되었다는 사실입니다. 여기에는 감성, 영혼 그리고 여성성 등과 같은 정념은 처음부터 개입하지 않았습니다. 따라서 우리가 고려해야 하는 문제는 인조인간의 탄생에 있어서 합리적 오성이라는 인간성의 일방적 특성만이 작용했다는 사실입니다. 물론 도덕적 의무감, 죄의식 그리고 분노 등은 인간의 지적 성찰의 사고 없이는 발생하지 않는 감정입니다(Kerr: 30f). 다시 말해서, 인간의 지성은 정념과 감정을 보좌하는 역할을 수행하며, 정념과 감정 역시 지적 판단에 영향을 끼칩니다. 루소 역시 인간의 지적 능력이 동정심이라든가 이기심 내지 악의와 같은 부정적 충동을 제어할 수 있다고 믿었습니다. 그는 인성 속의 감성 내지 영혼 등의 특성을 지적 이성의 능력과 구분해서 고찰하고 있습니다. 여기서 우리는 자연과 이성을 동일한 차원에서 고찰하지 않고 별개의 영역으로 분리하려는 루소의 존재론적 의향을 유추할 수 있습니다(알튀세르: 72). 그렇지만 루소는 이러한 추론을 계속 진척해 나가지 않았으며, 합리적 이성이 19세기 이후로 감성, 영혼 그리고 여성성으로부터 서서히 벗어나기 시작했음을 중요하게 생각하지 못했습니다. 이와 관련하여 메리 셸리는 합리성 내지 오성이 이성으로부터 일탈되어 경직되고 건조하게 변모하기 시작했다는 사실을 예리하게 투시하였습니다.

25. 남성 중심 사회에서 활동하던 여성 작가: 셸리는 프랑켄슈타인의 과학 연구를 “여성을 배제하고 남성적 관점에서 자생적으로 무조건 종을 확장시키려는 병적 집착”으로 단언합니다(Gnüg: 174). 물론 이 작품에서 여성해방이 중요한 이슈가 되지는 않습니다. 그렇지만 프랑켄슈타인의 연구는 여성성의 결핍으로 인한 “자궁 선망”의 관점에서 해석될 수 있습니다(고갑희: 99). 19세기 초에 이미 일부의 여성들이 전업 작가로서 살아갔다는 사실은 그 자체 놀랍기만 합니다. 여기서 전업 작가라는 표현은 약간의 설명을 요합니다. 특히 낭만주의 시대에 여성 작가들은 창작 행위를 통해서 원고료를 받으며 살아갈 수는 없었습니다. 원고료는 너무나 박했으며, 발표 지면 역시 제한되어 있었습니다. 남성 작가들이 생계를 위해서 주로 개인 교사의 직업을 선택하여 생활비를 번 반면에, 여성 작가들에게는 이러한 부업의 기회마저 박탈되어 있었습니다. 물론 소수의 여성들이 살롱을 경영하면서 생활비를 벌었지만, 대부분의 경우 남편에게 의존하면서 육아와 가사에 몰두해야 했습니다. 그렇기에 남성 과학자들의 맹목적인 기술 탐구는 여성 작가들에게는 인간의 전인적 삶으로부터 완전히 동떨어진 낯설고, 편협한 일감으로 비칠 수밖에 없었는지 모릅니다.

26. 과학 연구와 페미니즘: 자연과학에 대한 남성적 집착에 대한 셸리의 비판은 20세기의 구동독 작가, 크리스타 볼프까지 이어집니다. 볼프는 「자기 실험(Selbstversuch)」이라는 단편을 통하여 실험에 대한 자연과학자의 집착이 얼마나 편협하고 전인적 삶으로부터 거리감이 있는지를 구체적으로 지적합니다. 나아가 볼프의 소설, 『어디서도 발견될 수 없는 곳(Kein Ort. Nirgends)』의 등장인물, 하인리히 폰 클라이스트는 실험실에 틀어박혀 오로지 한 가지 실험에 골몰하면서 비인간적으로 살아가는 자연과학자들의 태도를 “외눈박이 거인의 일방적 태도”라고 폄하하고

있습니다. 이는 오늘날 자연과학자들의 비인간적인 연구 환경 내지 "전문 백치(Fachidiot)"로서의 편협한 삶에 대한 적절한 비유로 이해될 수 있습니다. 가령 클라이스트는 자연과학자의 실험 작업을 다음과 같이 논평합니다. "다만 곤충류를 관찰하거나 어떤 식물의 계통을 분류하는 그따위 실험을 위해서 내 모든 힘과 능력을 쏟아야 합니까? 과연 인류가 이러한 황량한 작업을 통해서 찬란한 약속의 땅을 발견할 수 있을까요? 아, 이러한 외눈박이 거인의 일방성은 얼마나 슬픈 일인가요?"(Wolf 1979: 105). 물론 곤충을 연구하고 새로운 종의 식물을 발견하여 이를 학문적으로 배열하는 작업은 나름대로 중요합니다. 그러나 그것은 클라이스트에 의하면 다양한 전인적 삶의 방식을 망각하게 하고, 삶의 제반 관련성을 차단하고 외면하게 하는 단선적인 사고라는 것입니다.

참고 문헌

고갑희: 에코 페미니즘(ecofeminism): 페미니즘의 생태학과 생태학의 페미니즘, 실린 곳: 외국문학 43호, 1995년 여름호, 96-118.

김상욱(2008): 언어와 감정-셸리의 『프랑켄슈타인』과 루소의 『언어 기원론』, 실린 곳: 영어영문학, 한국 영어영문학회, 483-510.

블로흐, 에른스트(2004): 희망의 원리 5권, 열린책들.

셸리, 메리(2012): 프랑켄슈타인, 김선형 역, 문학동네.

신경숙(1995): 프랑켄슈타인에 '가정home'은 있는가?, 실린 곳: 인문과학, 73집, 연세대학교 인문과학 연구소, 29-59.

알튀세르, 루이(2015): 루소 강의, 황재인 역, 그린비.

하우저, 아놀드(1993): 문학과 예술의 사회사, 근세 편 하, 염무웅, 반성완 역, 창작과 비평.

Bowen, Murray(1965): Family Psychotherapy with Schizophrenia in the Hospital and in Private Practice, in: Intensive Familytherapy: Theoretical and Practical Aspects, New York, Harper & Row, 213-244.

Fischer, Ernst(1989): Ursprung und Wesen der Romantik, Frankfurt a. M..

Gnüg, Hiltrud(1999): Utopie und utopischer Roman, Stuttgart.

Gouges, Olympe de(2000): Mutter der Menschenrechte für weibliche Menschen, Herausgegeben und kommentiert von Hannelore Schröder, Aachen.

Jones, Jonathan(2005): Hidden Voices: Language ans Ideology in Philosophy of Language of the Long Eighteenth Century and Mary Shelly's Frankenstein, in: Textual Practice 19, 265-287.

Kerr, Michael E. u.a.(1988): Familz Evaluation: An Approach Based Upon Bowen Theory, Norton: New York.

Shelly, Mary(2009): Frankenstein, Köln.

Shelly, Mary(1839): Rousseau. Lives of the Most Eminent Literary and Scientific Men of France, London, 111-174.

Winter, Michael(1985): Don Quijote und Frankenstein, in: Utopieforschung, (hrsg.) Wilhelm Voßkamp, Bd. 3, Frankfurt a. M., 86-112.

Wolf, Christa(1979): Kein Ort. Nirgends, Darmstadt.

Wolf, Christa(1987): Der Schatten eines Traums, Karoline von Günderrode-ein Entwurf, in: dies., Die Dimension eines Autors, Darmstadt, 511–571.
Wollstonecraft, Mary(1988): A Vindication of the Rights of Woman, New York.

9. 생시몽의 중앙집권적 유토피아 사상

(1821)

1. 생시몽의 폭넓은 사상적 스펙트럼: 생시몽(Claude-Henri de Saint-Simon, 1760-1825)은 노동자와 자본가의 협동을 강조함으로써 거대한 국가의 전체적 부를 창조할 수 있는 생산력 증강을 무엇보다도 중요하게 생각하였습니다. 그의 사고는 사회 전체와 거대한 국가를 전제로 하는 것이기 때문에, 노동자와 자본가의 개별적 이익에 일방적인 힘을 실어 주지는 못했습니다. 생시몽의 사상은 지엽적이고 작은 문제에 국한되지 않고, 넓은 시각에서 사회 전체의 번영과 이득을 도모하려 한다는 점에서 강점을 지니고 있습니다. 그렇지만 다른 한편으로 생시몽은 귀족의 신분 때문인지는 몰라도 19세기 중엽에 나타난 초기 자본주의의 폐해 내지는 사회 계층적 갈등 등을 예리하게 투시하지 못했습니다. 나중에 생시몽주의는 과학주의 내지 "사회공학(social engineering)"과의 관련성에서 이해된 바 있는데, 이는 어쩌면 방향 착오라고 말할 수 있습니다. 생시몽의 전체성은 전체주의와 직결되는 게 아니기 때문입니다(최갑수: 29). 바로 이 점이야말로 어째서 생시몽의 사상이 보수주의자, 자유주의자 그리고 마르크스주의자 등에게 폭넓게 수용되었는가 하는 질문에 대한 대답이 될 수 있습니다.

2. 생시몽의 이력 (1): 클로드 앙리 드 생시몽은 1760년 10월 17일 귀족 콩트 발타자르 앙리 드 생시몽과 그의 아내 블란세 알리자베트 사이의 아홉 명의 자녀 가운데 둘째로 태어났습니다. 그의 가계도에는 카를 5세도 포함되어 있습니다. 생시몽은 어린 시절부터 개인 교사를 통해 계몽주의의 정신을 습득했으며, 권위와 인습에 대해 반감을 품었습니다. 어린 시절에 성찬식 참석을 거부한 적이 있었습니다. 즉, 자신을 속여 가면서 신을 숭배하는 일에 동참할 수 없다는 것이 그의 항변이었습니다. 그래서 아버지는 아들을 생 라자르 수도원에 감금시켰는데, 생시몽은 이곳을 탈출하여 1777년에 군에 입대합니다. 아버지로부터 벗어날 수만 있다면, 힘든 군 생활도 얼마든지 견뎌 낼 수 있다는 게 그의 생각이었습니다. 1779년 11월 14일에 대위 계급장을 취득하게 됩니다. 이때 그는 따분한 군 생활에서 벗어나기 위해서 장난과 객기를 일삼았습니다. 이로 인해서 빚이 늘면서, 그는 아버지에게 편지를 보내어 지속적으로 돈을 요구하였습니다. 그해 11월에 생시몽에게 프랑스를 벗어날 기회가 생기게 됩니다. 마르키 드 라파예트 장군과 함께 미국으로 발령을 받게 된 것입니다. 그가 맡은 임무는 프랑스 군이 북아메리카에 터전을 잡는 것이었습니다. 실제로 당시의 프랑스 군은 미국에서 영국군에 대항하여 싸우는 미국인들의 독립전쟁을 배후에서 돕고 있었습니다.

3. 생시몽의 이력 (2), 진보적인 기술 관료주의와 새로운 사회를 위한 제안: 1781년 요크타운 전투에 참전한 그는 나중에 다음과 같이 술회하였습니다. "나는 미국에서 발발한, 자유의 실현을 위한 전쟁에 참여한 데 대해 자부심을 느낀다." 미국 독립전쟁의 참전은 그의 사상을 태동시킨 중요한 경험으로 작용했습니다. 절대주의 봉건 체제의 앙시앵레짐이 민주주의를 실천할 수 있는 토대로 변모되어야 한다는 것은 생시몽에게는 절대적인 당위와 같았기 때문입니다. 1783년 그가 프랑스로 돌아왔을

때 생시몽은 이전과는 다른 인물이 되어 있었습니다. 진보적 민주주의를 신봉하게 된 것도 바로 이 시기였습니다. 아버지가 사망한 이후에 자신이 맏아들임에도 불구하고(그에게는 누님이 한 분 있었습니다) 아버지의 모든 유산은 어머니에게 이전되었습니다. 당시의 사람들은 미국 전쟁에 참가한 프랑스 장교들을 존경하였습니다. 귀국 후에도 그는 에스파냐에 주둔하는 프랑스 군대에 머물렀습니다. 이는 우리에게 두 가지 사항을 시사해 주기에 충분합니다. 그 하나는 생시몽이 귀족이라는 신분에 거부감을 느꼈다는 점이며, 다른 하나는 생시몽이 의식적으로 — 마치 군대 조직과 같은 — "기술 관료주의 체제라는 거대한 유형"에 열광했다는 점입니다(Schelsky: 78). 1783년 가을, 그러니까 프랑스로 돌아오기 전에 이미 생시몽은 멕시코의 부왕(副王)에게 자신의 중앙집권적 국가에 관한 사회적 구상을 수용해 달라고 제안할 정도였습니다.

4. 생시몽의 이력 (3). 운하 건설의 제안: 멕시코 부왕이 제안을 받아들이지 않자, 생시몽은 에스파냐 정부에 다음과 같은 정책을 제안하였습니다. 그것은 마드리드에서 대서양으로 향하는 운하 건설이었습니다. 운하 건설을 위해서 필요한 것은 재정 조달이 아니라 6,000명의 용병이라는 인적자원이라고 했습니다. 이러한 제안은 에스파냐와 프랑스 사이의 외교적 관계가 매끄럽지 못한 관계로 실패로 돌아가고 맙니다. 생시몽은 이후에 안달루시아 지역을 우편 마차로 잇는 통신국을 건설하려고 했습니다. 어쨌든 운하 건설은 초국가적 사업이나 다를 바 없습니다. 생시몽의 이러한 거창한 계획은 수백 년을 앞서는 진취적인 사고가 아닐 수 없습니다. 논의에서 벗어난 말이지만, 20세기 말에 유럽의 공동 이슈가 된 것은 라인강, 마인강 그리고 다뉴브강을 연결시키는 초국가적인 운하 사업이며, 유럽 전역에 통용되는 교육정책이었습니다. 비록 독일이 1760년대 말에는 수많은 소공국으로 분할되어 있었지만, 통일 이후 문화적으

로, 경제적으로 상호 이득이 되는 협동 정책을 얼마든지 추진해 나갈 수 있다는 것입니다.

5. 생시몽의 이력 (4): 생시몽이 앙시앵레짐에 반대했다고 하지만, 그는 정치적으로 다소 불분명한 태도를 취했습니다. 첫째로, 그는 프랑스 혁명이 발발한 직후인 1790년에 백작이라는 귀족 신분을 포기한다고 선언하였습니다. 말하자면 그는 처음에는 자유로운 시민으로서 공화주의를 지지한 셈입니다. 1794년에 수많은 귀족들이 단두대에서 숙청당하게 되었을 때, 그 때문에 그는 그곳을 빠져나와 간신히 목숨을 부지할 수 있었습니다. 대부분의 사람들은 자신이 겪은 체험을 받아들여 원래의 세계관을 우직하게 고수하지만, 생시몽은 그렇지 않았습니다. 그는 공화주의 혁명에 가담한 사람들로부터 개인적으로 끔찍한 고초를 겪었음에도, 이들을 증오하지 않고, 나중에 공화주의를 열렬히 부르짖었습니다. 이는 생시몽의 인간적 중후함을 보여 주는 대목입니다. 그가 프랑스 혁명의 정신을 중요하게 수용한 것도 따지고 보면 그의 내적인 진취성에서 기인합니다. 둘째로, 생시몽은 1790년 팔비 시 사람들이 시장 직을 제안했을 때, 이를 거절하였습니다. 1793년 페론 사람들이 국가 근위대의 장교 직을 제안했을 때, 그는 이러한 요청마저 받아들이지 않았습니다. 당시에 생시몽은 겉 다르고 속 다른 삶을 살았습니다. 혁명의 와중에 파리의 부동산 매매를 통해서 1793년 그가 거둔 1년 수입은 18만 3천 프랑에서 32만 프랑으로 늘어났습니다. 그러나 회계장부를 정확하게 작성하지 않아서 여러 번 자신의 사업 파트너와 갈등을 빚게 되었습니다.

생시몽은 당시에 다른 문제에 봉착하게 됩니다. 그는 불법적인 사업 시도로 인하여 1793년 10월 혁명 당국에 의해서 체포됩니다. 그렇지만 몇몇 자코뱅주의자의 도움으로 감옥에서 풀려납니다. 그러나 생시몽은 이 와중에 자신의 고향인 페론에 있는 정치 클럽인 "대중 사회(Société

Populaire)"에서 제명당하고 시 당국에 의해 체포되며, 가택을 수색당합니다. 1793년 11월 19일 생시몽은 다시 체포되어 우여곡절 끝에 1794년 8월 28일에 출옥하게 됩니다. 19세기 초부터 생시몽은 파리에서 살롱을 경영하며 자신의 영향력을 키웠는데, 이는 귀족 출신 여성과의 동거 생활로써 가능하게 되었습니다. 그러나 그의 사랑의 삶은 조만간 파탄에 이르게 됩니다. 어쨌든 생시몽은 일하지 않고도 자유 지식인으로 살아가는데 필요한 모든 경제적인 부를 거머쥐었습니다. 뒤이어 그는 파리에서 약 스무 명의 하인을 거느리면서 풍족한 삶을 영위합니다. 그런데 19세기 초부터 생시몽의 경제적 상태는 하락 일로에 처하게 됩니다. 바로 이 시기에 그는 놀라울 정도의 창의성을 발휘합니다. 그의 중요한 책은 바로 이 시기부터 집필되었습니다. 그가 남은 시간에 행한 것이라고는 오로지 자신의 학문을 지지해 주는 사람들을 찾는 일밖에 없었습니다.

6. 생시몽의 산업 시스템의 유토피아 그리고 그의 문헌: 생시몽은 급변하는 시대에 한편으로는 사회 변화에 기여하려고 했으며, 다른 한편으로는 자신의 유토피아의 상을 집요하게 구상하였습니다. 생시몽은 농업 중심으로 설계되는 문학 유토피아에 종지부를 찍으면서, 산업적 시스템의 유토피아를 처음으로 제시한 사람입니다. 생시몽은 데스튀트 드 트라시(Antoine Louis Claude Destutt de Tracy)의 서클에서 활동하면서 자연과학과 철학에 지대한 관심을 기울입니다. 여기서 언급되는 학자, 데스튀트 드 트라시(1754-1836)는 주지하다시피 "이데올로기"의 개념을 처음으로 언급한 계몽주의 학자입니다. 그는 이 개념으로써 지식인의 눈을 가리는 불명료한 제반 반계몽주의의 사고를 신랄하게 질타한 바 있습니다. 어쨌든 생시몽이 사회와 국가에 관한 이론서를 집필하기 시작한 것도 이때였습니다. 그렇지만 그의 친필 원고는 오랫동안 서랍 속에 보관되어 있었습니다.

7. 생시몽의 사고와 오귀스트 콩트: 생시몽은 왕정복고 시기에 서서히 자신의 명성을 떨치기 시작합니다. 맨 처음 그는 『산업(L'Industrie)』이라는 신문에 2년에 걸쳐 수많은 칼럼을 게재하였습니다. 생시몽이 바쁜 일정에도 불구하고 왕성한 저술 활동을 행할 수 있었던 것은 나중에 역사학자로 문명을 떨치게 되는 자크 A. 티에리(Jacques Nicolas Augustin Thierry)를 비서로 고용했기 때문입니다. 생시몽은 자신의 생각을 틈틈이 구술하였고, 티에리는 그의 말을 정확히 글로 옮겨 적었습니다. 1820년대에 그는 활발한 저술 활동을 펼쳤습니다. 대표작 『산업 시스템에 관하여(Du système industriel)』(1820-1822), 『산업의 교리서(Catéchisme des industriels)』(1823/24) 등이 간행되었을 때 몇몇 사람들은 생시몽을 마치 예언자처럼 숭배할 정도였습니다. 그렇지만 심혈을 기울인 그의 문헌들은 시간이 흐름에 따라 세인의 관심에서 멀어졌습니다. 예컨대 우리는 1824년에 발표된 『사회조직에 관하여(De l'organisation sociale)』를 언급하지 않을 수 없습니다. 생시몽은 철학자이자 사회학자인 오귀스트 콩트를 자신의 비서로 새롭게 받아들여, 『사회조직에 관하여』(1824)라는 책을 발표하게 하였습니다. 오귀스트 콩트는 이 책에 자극을 받아서 나중에 사회학 영역에서 실증주의를 대표하는 학자로 우뚝 서게 됩니다. 콩트는 개인주의를 지양하고 정신적 권위와 질서에 가치를 두었는데, 이는 생시몽의 영향으로 이해됩니다(박호강: 46).

8. 유럽 공동체의 가능성을 제기한 학자: 일단 생시몽의 입장 가운데 한 가지 놀라운 사항을 지적하려 합니다. 생시몽은 19세기 초의 시점에 국가 이기주의를 떨치고, 유럽 공동체의 결성 가능성을 학문적으로 타진한 지식인입니다. 그의 논문 「유럽의 새로운 모습」은 다음의 사항을 분명하게 지적합니다. 즉, 유럽의 제반 국가들 사이에 전쟁이 빈번하게 발발하는 까닭은 무엇보다도 개별 국가들이 제각기 국수주의적인 정책에 혈

안이 되어 있기 때문이라고 합니다. 유럽의 국가들은 문화적으로 그리고 경제적으로 향상되기 위해서 생시몽에 의하면 국가 중심적인 이기주의를 지양하고, 합심하여 유럽 공동체를 결성해 나가야 한다는 것입니다. 이를 위해서는 어떠한 유형이든 간에 공동의 이익을 추구하는 유럽 공동체가 결성되어야 한다고 합니다. 이러한 견해는 모든 문제를 특정 국가의 시각으로 고찰하지 않고, 유럽과 세계 전체를 광의적으로 고찰하려는 세계시민의 자세에서 유래하는 것입니다. 여기서 우리는 생시몽의 시각의 원대함을 읽을 수 있습니다.

9. 생시몽의 산업의 개념: 생시몽의 대표작 『산업 시스템에 관하여』는 1820년부터 1821년 사이에 여러 신문과 잡지에 발표된 문헌을 모은 것입니다. 생시몽은 처음에는 귀족 신분으로서 프랑스 혁명에 연루되었지만, 공화주의를 표방하면서, "산업"이야말로 프랑스인들이 가장 심혈을 기울여 추구해 나가야 할 영역이라고 선언하였습니다. 유토피아 사상가들 가운데 처음으로 농업이 아니라 상공업에 바탕을 둔 산업적 기반에 관심을 기울인 사람이 바로 생시몽입니다. 생시몽이 강조한 산업의 영역은 무척 다양합니다. 예컨대 금융 사업, 기차 · 선박 등 교통수단을 향상시킬 수 있는 사회간접자본의 확충, 광산 채굴 사업 등이 산업의 영역에 포함됩니다. 게다가 우리가 빠뜨릴 수 없는 것은 생시몽이 18세기 말부터 놀랍게도 보험회사의 경영을 구상해 내었다는 사실입니다. 보험 사업이 19세기 말 독일 비스마르크에 의해 비로소 정착되고, 사회보장제도의 기틀이 마련되었음을 감안하면, 생시몽이 보험 사업을 구상해 내었다는 것 자체가 참으로 선구적인 착상이 아닐 수 없습니다.

10. 산업가는 누구인가?: 산업가들이란 생시몽에 의하면 넓은 의미에서 사회 내에서 생산에 종사하는 사람들을 통칭하는 표현입니다. 산업가는

"재화를 직접 생산해 내기 위하여, 그리고 사회의 다양한 구성원들이 자신의 필요를 심리적으로 충족시키며 육체적 향유를 누릴 수 있게 하는 한 가지 혹은 여러 가지 수단을 제공하기 위하여 일하는 자"를 지칭합니다. 여기서 언급되는 산업가라는 개념은 크게 보아서 농부 계층, 수공업 계층 그리고 상인 계층으로 구분될 수 있습니다(Saint-Simon: 257f). 물론 이러한 구분은 오늘날의 의미에서 말하는 사업가와 노동자 사이의 엄격한 구분과는 거리가 멉니다. 생시몽은 여기서 막연하게 농부, 대장장이, 건설 노동자, 선원, 신발 생산자, 건축가 그리고 의복 생산자 등을 모조리 산업가로 언급하고 있습니다. 그런데 예술에 종사하는 사람은 설령 어떤 예술 제품을 창출해 낸다고 하더라도 산업가에서 제외되고 있습니다. 생시몽은 예술과 예술가에 대해 후한 가치를 부여하지는 않았습니다. 왜냐하면 그에게 중요한 인간군은 과학자와 산업가였기 때문입니다. 사실 이성적인 인간이 과학자이고, 실용적 인간이 산업가라면, 예술가는 인간의 심성을 조절하는 부류에 해당한다는 것입니다(육영수: 70). 흔히 사람들은 예술가를 "대중적 선전자(vularisateur)," "선동자(instigateur)" 그리고 "예언자(révélateur)"로 구분하는데, 예술가에게서 인류의 미래를 예언하는 기능을 기대하는 것은 생시몽에 의하면 무리라는 것입니다.

11. 귀족, 수사, 대지주, 판사들에 대한 생시몽의 비판: 산업가 계급은 사회적으로 반드시 필요하며 가장 중요한 사람들이기 때문에, 도래하게 될 어떤 새로운 국가에서 첫 번째 계급으로 자리매김하게 될 것이라고 합니다. 국가의 안녕은 산업가들이 어떠한 방식으로 정치적 권리를 효율적으로 행사하는가에 따라 결정될 수 있습니다. 현재의 프랑스에서 무엇보다도 중요한 것은 산업의 체제라고 합니다. 개인은 사회의 유익한 구성원들로서 공동으로 일하면서 재화를 생산해야 합니다. 개개인들은 공동의 목적을 위해서 자신의 능력을 최대한 발휘해야 하며, 개개인의 노동과 노

력은 결국 사회적 풍요로움으로 이어지는 결과를 낳습니다. 그렇게 되면 개개인들은 자신이 행한 만큼의 대가를 얻게 되며 풍요로움을 만끽할 수 있다는 것입니다. 그런데 사회 구성원들 가운데에는 다른 사람의 노동의 결실을 착복하는, 마치 기생충 같은 사람들이 온존합니다. 가령 귀족, 연금 생활자, 잠재적 실업자들이 바로 그들입니다. 자본가들과 노동자들이 자신의 힘겨운 노동의 대가로 많은 재화를 획득하는 반면에, 귀족, 연금 생활자 그리고 실업자들은 사회적 풍요로움을 누릴 자격이 없다고 생시몽은 못 박았습니다. 따라서 비판의 대상이 되어야 하는 자들은 "유한계급(oisifs)"이고, "말벌들(frélons)"이며, "국가의 흡혈귀(sang sue de la nation)"라고 합니다. 따라서 귀족들, 수사들, 대지주들, 판사들은 비난당해야 마땅하다고 합니다. 귀족들은 앙시앵레짐을 다시 복구하려고 하고, 수사들은 교황의 결정에만 의존하며, 대지주들은 놀면서 살아가고, 판사들은 마치 법 규정이 자신의 무기인 것처럼 모든 것을 장악한다는 것입니다(Saint-Simon: 262). 만약 프랑스에서 일하는 관리 3만 명이 퇴출되면, 프랑스의 사회적 불행은 어느 정도 약화될지 모릅니다. 주교, 장성, 종교교사 그리고 빈둥빈둥 놀고먹는 자산가 등이 사라지면, 여러 유형의 산업가들은 정당한 보상을 받게 되리라고 합니다(Saage A: 78).

12. 생시몽의 세 가지 요구 사항: 상기한 입장에 근거하여 생시몽은 세 가지 사항을 강력하게 요구하였습니다. 첫째의 요구 사항은 귀족계급이 점진적으로 파기되어야 한다는 것입니다. 둘째의 요구 사항은 사회적으로 반드시 필요한 당면한 산업을 활성화시키기 위해서는 인적자원이 투자되어야 한다는 것입니다. 사회의 생산력을 신장시키기 위해서 유능한 인재들을 육성하고 이와 결부된 시설을 확충해 나가는 것은 당연합니다. 셋째의 요구 사항은 학자들이 나서서 정치의 기본적인 문제점들을 제기하고 해결해야 하는데, 이들은 거시 경제의 차원에서 지원받아야 한

다는 것입니다. 놀라운 것은 중세에 대한 생시몽의 공정한 시각입니다. 가령 콩도르세(Condorcet) 같은 사람은 중세에서 기대할 것은 아무것도 없다고 말하면서, 중세의 모든 학문으로부터 등을 돌린 바 있는데, 생시몽은 그와는 달리 중세의 학문을 미래의 혁명적인 학문을 연마하기 위한 초석으로 간주하였습니다. 중세의 학문 가운데 일부라도 도움이 되는 것이 있다면, 모조리 사장시킬 수 없다는 것입니다. 이렇듯 생시몽은 특히 학문 영역에서 전통의 계승을 중시하였습니다.

13. 시대적 상황과 생시몽의 사상: 생시몽의 상기한 요구 사항은 19세기 초 복고주의의 정치적, 경제적 분위기를 고려한 것입니다. 당시에 귀족과 수사 계급은 프랑스 혁명의 결과로 인하여 자신의 기득권과 재산을 일시적으로 상실했습니다. 그렇지만 나폴레옹이 권력을 장악하게 되자, 프랑스 전역에서는 신흥 군부 귀족들이 다시금 많은 재화를 되찾아서 이를 축적할 수 있게 되었습니다. 또한 당시에 출현한 낭만주의 운동은 정신사적 차원에서 복고주의적인 가톨릭 신앙에 막강한 가치를 부여했습니다. 이로 인하여 사제 계급이 다시금 사회적으로 인정받게 되었습니다. 프랑스는 혁명이 발발한 뒤에도 여전히 농업 중심의 경제구조를 타파할 수 없었으며, 국민의 의식구조 역시 낙후되어 있었습니다. 이러한 까닭에 프랑스 국민들은 봉건국가의 권력을 마치 천부적인 것처럼 수용했으며, 여전히 폭정을 휘두르는 왕권을 당연한 무엇으로 간주했습니다. 이러한 입장은 1830년 7월 혁명이 발발할 때까지 지속되었습니다. 생시몽은 당시의 정치적인 위기 현상을 하나의 과도기로 파악하였습니다.

14. 생시몽의 진보에 대한 낙관주의: 생시몽은 한 번도 진보에 대한 낙관적 태도를 포기한 적이 없었습니다. 그는 "인류의 황금시대는 우리 이전에 도사린 게 아니라, 우리의 세대 이후에 놓여 있다. 그것은 완벽

한 사회질서를 실현함으로써 구현될 수 있다"고 주장했습니다(Saage B: 79f). 이상 사회는 과거에 존재하지 않고, 미래에 존재한다는 생시몽의 발언은 참으로 기발한 것입니다. 과거의 사회 시스템이 봉건적이고 신정주의적인 토대 하에 있었다면, 프랑스 사회의 시스템은 차제에는 과학적, 산업적 체제로 전복되어야 한다는 것입니다. 그래서 생시몽은 프랑스가 계속 진부하기 이를 데 없는 봉건적 농업 국가로 정체되어 있지 말고, 산업의 새로운 기능을 되찾아야 한다고 역설하였던 것입니다. 그렇게 된다면 역사의 진행 방향은 자연스럽게 사회주의로 향하리라고 생시몽은 진단하였습니다. 여기서 우리는 다음의 사항을 간파할 수 있습니다. 즉, 산업국가에 관한 생시몽의 설계는 하나의 통합적 시스템으로서 사물의 필연적인 운동을 재현한다는 점 말입니다. 산업의 시스템이 하나의 제도로 작동되면, 문명의 발전은 자연스럽게 진척되리라는 것입니다. 결국 사회는 전체적으로 부를 얻게 되는데, 그렇게 될 경우 19세기의 주어진 현실에서 나타나는 자본과 노동 사이의 갈등과 복잡한 문제는 더 이상 중요한 이슈가 되지 않고 진부한 지엽적 문제로 전락할 것이라고 했습니다(Saint-Simon: 197f).

15. 봉건적 소유권과 연금법에 대한 생시몽의 비판: 19세기 초의 프랑스에서는 부르주아의 사업이라든가 자본주의의 경영 방식이 영국에 비해서 활발하게 진척되지 않았습니다. 초기 자본주의의 사업 경영은 그저 과거의 단체적 질서 속에서 미약하게 추진되기 시작했습니다. 생시몽은 바로 이러한 상황을 신랄하게 비판하고 무엇보다도 새로운 산업 시스템에 활력을 불어넣으려 했습니다. 그는 한편으로는 산업 시스템이 폭넓게 확장되어야 한다고 주장하면서, 다른 한편으로는 봉건적 토지 경제, 소작제와 관세의 특권을 신랄하게 비난했습니다. 생시몽은 다음과 같이 독설을 퍼부었습니다. 즉, 지금까지 유효했던 봉건적 소유권은 차제에는

자유 시민의 사유재산권으로 바뀌어야 하며, 지금까지 사회구조의 병폐로 자리했던 연금에 대한 잘못된 법령은 반드시 수정되어야 한다는 것입니다. 생시몽은 당시 프랑스의 연금제도를 강도 높게 비판하였으며, 연금과 관련되는 어떤 계획을 수립합니다. 이러한 계획은 다름 아니라 연금에 의존하던 귀족 계층의 사람들로 하여금 직접적으로 산업 전선에 참여하여 노동하게 하는 것입니다. 중요한 것은 귀족들도 더 이상 빈둥거리며 놀 게 아니라, 현대의 기술적 지식을 연마해야 한다는 사실입니다.

16. 과학기술, 노동 그리고 소비에 대한 생시몽의 예찬: 생시몽은 시장의 체제를 계획적 공장의 체계로 변화시킬 것을 요구하였습니다. 이를 위해서 필요한 것은 다음과 같은 세 가지 사항입니다. 첫째로, 생시몽은 사회적인 부를 증가시키기 위해서 자연과학의 기술을 최대한 활용해야 한다고 주장하였습니다. 둘째로, 생시몽은 나태함과 향락을 나쁜 생활 습관으로 규정하고, 정신적, 육체적 노동의 가치를 강조하였습니다. 게으름과 나태함은 모든 악덕과 강탈의 근원으로 간주됩니다. 이상 사회에서는 자유로운 삶과 여흥이 더 이상 특권층만의 몫이어서는 안 된다는 것입니다. 현재는 가난한 사람들이 부자를 먹여 살리는 형국이지만, 부자들 역시 자신의 남는 시간을 최대한 활용하여 학문적으로 그리고 예술적으로 다른 사람들에게 봉사해야 한다는 것이었습니다. 셋째로, 과거의 이상주의자들은 근검절약이 실천되면 이상적 공동체의 핵심적 기능이 살아날 수 있다고 믿었습니다. 그러나 생시몽은 인간의 자연적 욕구를 무작정 최소한으로 축소시키지는 않습니다. 그는 다음과 같이 믿었습니다. 즉, 바람직한 국가에서 살아가는 사람들은 잘 먹고, 멋진 곳에서 거주하며, 잘 입고, 간편하게 여행을 다닌다는 것입니다(Saint-Simon: 317). 이렇게 살아갈 수 있는 곳이 물질적 관점에서 최상의 사회라고 합니다. 예컨대 생시몽은 소비 욕구가 생산을 자극한다는 이유에서 소비 자체를

긍정적으로 받아들이고 있습니다. 맛있고 영양가 있는 음식, 멋진 의복, 삶의 기쁨을 누릴 수 있는 거주지 등은 인간 삶의 물질적 조건으로 이해될 수 있다는 것입니다.

17. 부르주아계급, 특히 은행가의 행정 능력 찬양: 기술을 중시하는 국가를 원활하게 이끌기 위해서는 유능한 관리가 필요합니다. 이와 관련하여 생시몽은 성장하는 부르주아계급이 지니고 있었던 "행정 능력(capacité administrative)"을 찬양하였습니다. 예컨대 은행가는 금융의 활성화를 도모하지만, 그 밖에도 인민에게 실질적인 도움을 줄 수 있다는 것입니다. 그렇기에 인민이 주도하는 산업 공동체의 관리자가 되어야 하는 사람은 누구보다도 은행가여야 한다고 합니다. 나중에 생시몽의 제자, 아망 바자르(Amand Bazard)는 다음과 같이 덧붙였습니다. 즉, 마치 기생충처럼 사회적 부를 착복하는 봉건귀족의 돈을 빼앗을 수 있는 사람은 오로지 은행가들밖에 없다는 것입니다. 생시몽에 의하면, 국가 당국이 은행가들을 발탁하여 이들로 하여금 모든 것을 관리하게 해야 합니다. 은행가들이 존재함으로써 사회의 제반 투자금이 확정될 수 있고, 모든 것을 관망하면서 산업 시스템을 가동할 수 있다는 것입니다.

18. 자유주의 경제체제와 사유재산제도에 관한 생시몽의 입장: 생시몽은 아무런 조건 없는 인간 평등을 주창하지는 않았습니다. 그에게 중요한 것은 평등의 원칙이 아니라, 오히려 산업을 지속적으로 추구하며 자유경쟁을 도모하는 경제체제였습니다. 이 점을 고려한다면 생시몽은 사회주의 이론에 가깝다기보다는(당시에 사회주의 사상은 아직 태동하지 않았습니다), 오히려 프랑스의 고전적 사회이론가, 장 바티스트 세(Jean Baptiste Say)와 애덤 스미스에 근친하는 이론가입니다. 가령 장 바티스트 세는 자유로운 경제활동을 위해서 어떻게 해서든 과도한 세금을 징수하는 국

가의 권한을 최소한으로 약화시켜야 하며, 대신에 행정의 차원에서 오로지 경제 문제를 조절하고 감독하는 하나의 공적 기관을 용인해야 한다고 주장하였습니다. 생시몽은 자유주의에 입각한 장 바티스트 세의 이러한 미래 모델을 있는 그대로 채택하고 있습니다(Saint-Simon: 201f). 세는 생산, 생산력 그리고 자본을 완전하게 조달하는 것이 급선무라고 생각했습니다. 그렇게 되면 경제적 차원에서 사회의 수요와 공급은 지속적으로 균형을 이루게 된다는 것입니다. 이로써 노동력과 생산력은 소진되지 않으며, 경제적 시스템은 어떠한 위기 없이 작동된다고 합니다. 사회의 제반 재화들이 지속적으로 사유화되면, 그만큼 사회는 "자연의 질서(ordre naturel)"에 근접해진다는 것입니다. 생시몽은 이렇듯 개개인의 사유재산을 용인하였으며, 동시에 그것을 부분적으로 제한하였습니다. 사유재산은 생시몽의 경우 학문과 기술을 발전시킬 수 있는 전제 조건으로 파악되고 있습니다. 이 점에 있어서 그의 생각은 푸리에, 헤르츠카, 벨러미의 사고와 궤를 같이하고 있습니다. 상기한 사항을 고려한다면, 생시몽의 이론은 엄밀히 따지면 마르크스주의가 발전시킨 혁명적 사회철학의 유형이라기보다는, 오히려 마르크스 이전에 나타난 개혁을 추구하는 자유 시민들의 국가 이론이며, 개혁적 자유주의 경제 이론 내지 사회 이론이라고 말하는 게 타당할 것 같습니다.

19. 분배 문제는 절실하다: 생시몽은 다만 분배의 측면에서 사회주의의 입장을 견지했습니다. 산업을 통해 얻어 낸 부는 사회적으로 공정하게 분배해야 한다고 주장합니다. 이를 위해서 강력한 힘을 지닌 중앙집권적인 정부가 필요합니다. 그렇다고 해서 생시몽이 처음부터 중앙집권적이고 인위적인 계획경제를 주창한 것은 결코 아닙니다. 그는 어떻게 해서든지 착취 내지는 부당한 방법으로 재화를 착복하는 것을 방지하기 위한, 사회 정치적 조처 내지는 인민 모두의 이익을 위한 방안을 진지하게

추적했을 뿐입니다. 생시몽은 인간 개개인의 관심사가 조금씩 다르며, 노동의 대가가 철저하게 정확히 분배될 수 없음을 하나의 문제로 인정하였습니다. 바로 이러한 까닭에, 그는 지식인의 관점에서 막연히 기독교적인 박애주의로 가난한 이웃들에게 사랑을 베풀어야 한다고 믿었습니다. 다시 말해, 재화의 분배 정책에 있어서 하나의 방책이 아니라, 휴머니즘적 자세를 취하는 게 무엇보다도 중요하다고 합니다. 실제로 생시몽은 그리스도의 박애주의를 강화함으로써 19세기 초 프랑스에서 아무것도 가진 게 없는 가난한 사람들을 도울 수 있다고 판단했습니다. 사업가가 행해야 하는 과업은 이기심에 입각하여 재화를 축적하고 재산을 불리는 일이 아니라, 오로지 노동계급의 고통을 덜어 주는 일이라고 합니다. 산업 시스템의 형성은 모든 사업가의 조직과 결성을 통해서 무엇보다도 먼저 추진되어야 한다는 것입니다. 이를 주도적으로 이끌 수 있는 사람은 생시몽에 의하면 행정 능력을 지닌 은행가여야 합니다.

20. 산업적 책임자 제도 내의 세 가지 기관: 생시몽은 정치체제에 있어서 산업적 책임자 제도를 채택하고 있습니다. 이러한 책임자 제도 하에서는 세 개의 기관들이 있습니다. 첫 번째 기관에서는 기술자 내지 자연과학자들이 무언가를 발명하고 혁신해 냅니다. 이 기관은 기초과학의 학문과 예술 등의 영역으로부터 도움을 받습니다. 두 번째 기관에서 학자들은 새롭게 발명된 기술들이 과연 실제 현실에서 어느 정도의 범위까지 활용될 수 있는가 하는 문제를 집중적으로 검증합니다. 세 번째 기관은 산업에 참여하는 산업가와 노동자들의 일감을 전체적 차원에서 기획하고 실행하며, 그것들을 종합적으로 평가합니다. 이러한 세 기관들은 정치적 엘리트의 유토피아를 방불케 합니다. 그렇지만 생시몽은 정치적인 모든 결정권을 오로지 산업을 혁신적으로 발전시키는 수장들에게 위임하고 있습니다. 대신에 사람들은 그들의 일감을 투명하게 공개하도

록 조처하고 있습니다. 만약 사회의 엘리트에 해당하는 산업가들이 이기주의적 욕구를 충족시키려고 한다면, 국가는 그들에게 단순노동을 명할 수 있습니다. 노동의 등급은 개별 사람들의 능력과 노동의 효율성에 따라 구분되는데, 노동의 일감으로 정해진 사회적 계층의 구분은 얼마든지 바뀔 수 있습니다.

21. 생시몽의 한계: 첫째로, 생시몽은 사회적 부를 창출해 낼 수 있는 산업 시스템을 강조했을 뿐, 그 시스템이 어떠한 사람들에 의해서 영위되어야 한다는 점을 명시적으로 규정하지 않았습니다. 바로 이러한 까닭에 보이크트(Voigt)는 1906년에 다음과 같이 말했습니다. 즉, 생시몽은 한 번도 어떤 미래 국가의 고유한 구조와 시스템을 창조해 낸 바 없기 때문에, 엄밀하게 따지면 생시몽은 유토피아 사상가에 속하지 않는다는 것입니다(Voigt: 112). 문제는 산업 시스템을 움직여 나가는 사람들을 어떻게 감시하고 감독할 수 있는가 하는 물음입니다. 이러한 감시 감독의 기능이 배제되어 있다면, 생시몽이 의도하는 산업 시스템은 자본가의 농간에 얼마든지 조작될 수 있습니다. 이는 엘리트에 의해서 작동되는 모든 관료주의 사회에 그대로 적용되는 비판이기도 합니다. 둘째로, 19세기의 프랑스와 독일에서 산업 시스템이 생시몽이 생각한 대로 제대로 시행되지 않은 것은 생시몽의 한계라고 말할 수 있습니다. 생시몽은 자신의 논리에 추상적으로 골몰한 나머지, 주어진 현실에서 시민계급이 어떻게 이기적인 사악한 부르주아로 변신하는지를 예리하게 간파하지 못했습니다. 자고로 인간은 경제적 측면에서 고찰할 때 항상 다른 이웃에 대해 이기적으로 처신하곤 합니다. 그런데도 생시몽은 이를 좌시하고, 피상적으로 다음과 같이 설파하였습니다. 노동자든 사회의 상류층이든 간에 인민 전체의 부를 증강시키기 위해서 각자 맡은 일에 충실해야 한다고 말입니다.

셋째로, 진보에 대한 그의 무한한 낙관주의는 결국 자본가와 무산계급 사이의 근본적 갈등 해결을 등한시하게 하였습니다. 물론 그가 가진 사람과 가지지 않은 사람 사이의 투쟁에 관해서 함구한 것은 아닙니다. 생시몽은 자본가와 노동자계급 사이의 갈등이 산업의 발전 과정에서 필연적으로 나타나는 문제점이라고 지적하였습니다. 이에 대해 엥겔스 역시 그의 『반(反)-뒤링론(Anti-Dühring)』(1878)에서 생시몽의 지적을 초기 자본주의 하에서의 놀라운 발견이라고 칭송한 바 있습니다(Engels: 241). 생시몽은 자주 다음과 같이 말했습니다. 인류의 황금시대는 우리 이전에 위치하는 게 아니라, 우리 이후에 자리하고 있다(Saint-Simon: 193f). 그러나 생시몽은 사회적 갈등의 해결보다는 사회적 생산력의 증강을 무엇보다도 강조하였으며, 이로 인하여 생시몽주의는 결국 하나의 추상적 산업 시스템에 관한 막연한 설계로 이해되었을 뿐, 사회 변화를 위한 효모의 역할은 더 이상 수행하지 못하게 됩니다. 넷째로, 생시몽은 기득권을 누리려는 기독교 교회 세력을 귀족 세력과는 별개로 파악하고, 이들에 대해 비판의 고삐를 강하게 당기지 않았습니다. 이러한 자세는 자신의 모든 이득을 포기하면서 교회 세력을 맹렬하게 비판했던 볼테르의 태도와는 전적으로 대조되는 것입니다. 생시몽의 이러한 태도는 그의 개인적 신앙에 기인한다고 여겨집니다. 그 밖에 생시몽은 말년에 기독교적 사랑을 내세우면서 나눔과 기부의 미덕을 강조한 바 있습니다.

생시몽은 사회의 전체적인 특성을 광의적으로 고찰하려 하였으므로, 사회 내의 지엽적인 난제들을 소홀히 하였습니다. 예컨대 남녀평등의 문제와 여성의 지위에 관한 사항이 바로 그것입니다. 사회의 근본적이고 본질적인 문제가 해결되면, 여성의 문제는 자동적으로 해결되리라고 믿었기 때문입니다. 이러한 남성주의 사고는 루소, 피히테, 헤겔, 실러 등이 처음부터 고수한 바 있는 성차별의 견해에 바탕을 두고 있습니다. 즉, 남성과 여성은 처음부터 다른 존재이므로, 제각기 직분에 충실하게 살아가면 족하다는 견해를 생각해 보세요. 이처럼 생시몽은 남녀평등의 문제에 직접적으로 관여한 바 없었습니다. 그렇지만 여성의 지위에 관해서 혁신적인 견해를 제시한 사람은 놀랍게도 생시몽주의자들이었습니다. 가령 아망 바자르와 바르텔미 앙팡탱(Barthélemy Prosper Enfantin, 1796-1864) 등은 기독교의 일부일처제에 이의를 제기하고 혼외의 애정 관계 역시 합법적일 수 있다고 주장하였습니다. 특히 앙팡탱은 푸리에가 주창한 바 있는 "새로운 도덕의 법칙"을 내세웠습니다. 이것은 세 가지 사항으로 요약됩니다. 첫 번째는 결혼과 유사한 평생의 애정 관계를 가리키며, 두 번째는 시간적으로 제한된 애정 관계를 지칭합니다. 이 경우, 남녀 사이에 이별과 새로운 만남이 처음부터 용인되고 있습니다. 세 번째는 결혼하지 않은 채 지속적으로 애정 관계를 맺는 경우입니다(Kleinau: 50). 앙팡탱의 견해는 수많은 반론과 부딪쳤습니다. 이 점을 고려한다면 모든 생시몽주의자들이 기독교적 일부일처제를 파기하려 한 것은 아니었습니다. 특히 생시몽의 사상을 신봉하던 여성들은 대체로 온건한 일부일처제, 다시 말해 남녀동등권에 바탕을 둔 결혼 제도를 요구하였습니다.

22. 요약: 생시몽의 유토피아는 다음과 같은 일곱 가지 특성으로 요약할 수 있습니다. (1) 미래의 이상 사회는 오로지 산업의 도움으로 실현 가능합니다. (2) 생시몽은 사회의 세 가지 계급에 대해 신랄한 비판의 화살을 겨누었습니다. 귀족, 사제 그리고 새롭게 성장하는 부르주아 등은 가난한 사람들을 착취하고 탄압한다는 것입니다. (3) 생시몽은 사회 발전을 위해서 개혁과 혁명에 진취적인 태도를 취했습니다. (4) 프랑스 혁명이 실패로 돌아간 것은 과거의 질서를 통째로 거부했기 때문이라고 합니다. 과거의 봉건사회는 정치 개혁을 통해서 서서히, 다시 말해 점진적으로 현대화의 길을 걸어야 합니다. (5) 최소한 경제 영역에서 봉건제도는 근본적으로 차단되어야 합니다. 왜냐하면 자유 시장 경제, 활발한 재화의 유통 그리고 생산수단의 사유화 등은 사회의 변화에 중요하기 때

문입니다. (6) 생시몽은 획득한 재화를 생산을 위해 투자해야 한다고 믿었습니다. 재화는 축적되어서는 곤란하고, 보편적 이익을 위해서 기독교 정신에 의해서 분배되어야 합니다. (7) 생시몽은 개개인의 자유를 중시했지만, 국가의 계획과 국가의 전체적 방향을 설계하려고 했습니다. 대신에 국가기관은 행정의 기능만 수행하는 식으로 축소시킬 것을 강조했습니다. 생시몽은 계몽주의자들처럼 역사적 진보를 추구했지만, 산업사회의 잠재적 위험성을 간파하지는 못했습니다(Heyer: 654).

23. 생시몽의 영향: 생시몽은 자신이 아무런 영향력이 없다는 데 절망하여, 1823년에 자살까지 시도한 적이 있었습니다. 그러나 생시몽이 사망한 다음에 그의 사상은 진보주의자와 보수주의자 할 것 없이 모든 사상가들에게 직접적으로 영향을 끼쳤습니다. 마르크스와 엥겔스는 생시몽에게서 사회의 개혁과 혁명을 위한 어떤 놀라운 착상을 발견하였습니다. 생시몽은 그의 독창적인 사회학적 논거를 고려한다면 지식사회학의 창립자나 마찬가지입니다. 생시몽의 제자, 오귀스트 콩트는 나중에 스승의 입장과 거리를 두었지만, 실증주의의 단초를 생시몽에게서 찾았습니다. 존 스튜어트 밀, 로렌츠 폰 슈타인(Lorenz von Stein), 카를 로드베르투스(Karl Rodbertus) 그리고 비스마르크 등과 같은 자유주의 사상가 내지 보수주의자가 생시몽의 영향을 받았습니다. 세부적 측면에서의 입장은 다르지만, 이들은 대체로 서로 다른 계급을 화해시키고 갈등을 희석시킴으로써 사회혁명적 전복에 반대되는 대안을 찾아내려고 하였습니다. 이 점을 고려한다면, 우리는 생시몽의 사상적 깊이와 스펙트럼이 얼마나 포괄적인지 짐작하고도 남음이 있습니다. 특히 존 스튜어트 밀은 생시몽의 사상뿐 아니라, 생시몽주의에 대해서도 일시적이나마 뜻을 같이하였는데, 특히 아망 바자르에게서 남녀평등의 사상을 긍정적으로 받아들였습니다. 밀의 『여성의 예속(The Subjection of Women)』(1869)은

생시몽주의자, 바자르가 아니었더라면 결코 완성될 수 없었을 것입니다. 그렇기에 생시몽의 사상적 영향을 언급할 때, 생시몽주의자들을 생략할 수 없습니다. 아망 바자르와 바르텔미 앙팡탱 등은 생시몽의 정태적 체제로서 중앙집권적 국가 시스템에다 사회주의의 방향성을 가미하려고 시도했습니다.

생시몽의 사상은 다양한 정치적 입장을 지닌 사람들에게 영향을 끼쳤습니다. 비근한 예로 괴테의 『파우스트』 제2권 제4막에서는 주인공 파우스트의 거대한 간척 사업에 관해서 묘사하고 있는데, 이는 생시몽의 운하 사업에 관한 구체적 계획이 없었더라면 불가능했을 것입니다. 이번에는 생시몽의 사상과 사회주의를 접목시킨 이념을 언급해야 할 것 같습니다. 그것은 국가권력에 관한 루이 블랑의 이론입니다. 블랑은 『노동의 조직(L'organisation du travil)』(1840)이라는 책에서 자신의 경제정책 이론을 다음과 같이 피력하였습니다. 자본주의의 경쟁 원칙은 무산계급뿐 아니라 부르주아계급마저 망치게 합니다. 왜냐하면 그것은 궁극적으로 사회의 양극화를 야기하고, 끝내는 내전 상태를 불러일으키기 때문입니다. 가령 메르시에가 『서기 2440년』을 통해서 18세기 후반의 파리의 현실을 문학적으로 세밀하게 묘사하였듯이, 블랑 역시 19세기 전반부의 프랑스 현실을 면밀히 분석했습니다. 이로써 그는 나름대로 최선의 전략을 찾아냅니다. 그것은 권력을 지닌 국가의 힘이라는 사회의 근본적 축을 강조하는 일입니다. 지금까지 유토피아에서 국가는 언제나 전체주의의 폭력을 부추긴다는 점에서 민초들을 억압하는 적대적 존재로 이해되었는데, 블랑은 국가를 오히려 중립적이고 중재 역할을 담당하는 기관으로 간주합니다. 만약 국가가 고위층의 관심사를 수행한다면, 그것은 노동자와 인민을 억압하는 수단이 됩니다. 그렇지만 국가가 일반 사람들의 관심사를 모조리 반영한다면, 국가는 노동자와 농민의 권익 또한 얼마든지 대변할 수 있는 수단이 될 수 있다고 블랑은 주장합니다. 가령 프롤레타리아가 국가의 권력을 직접 가동할 수 있다면, 국가는 진보를 위한 막강한 무기가 된다는 것입니다. 노동자들에게 보통선거권이 주어진다면, 모든 정치는 일반 노동자와 농민의 권익을 위해서 행해지게 되리라는 것입니다. 요약하건대, 블랑은 국가의 힘을 빌어서 사회적 약자에게 유리한 정책이 시행될 수 있으며, 그렇게 되어야 한다고 확신하였습니다. 물론 블랑의 사상이 19세기 유럽의 현실에서 "가진 자들의 농간과 책략을 충분히 고려하지 않은 순진무구한 사고"(엥겔스)로 판명된 것은 사실입니다. 어쨌든 루이 블랑은 처음부터 인간의 사회적 삶에서 나타나는 자본주의의 경쟁의 방식을 사회주의의 협동의 방식으로 대체할 수 있음을 사상적 출발점으로 정해 놓았습니다. 블랑이 주어진 문제를 국가라는 전체적 구조의 관점에서 해결하려고 시도했다는 점에서, 우리는 생시몽의 영향을 읽을 수 있습니다.

20세기에 이르러서 생시몽의 구상은 자본과 노동 사이의 협동을 바탕으로 하여 생산력을 증강시키는 것으로 이루어져 있습니다. 독일의 사민당 정치가로 알려져 있는 막스 코엔(Max Cohen)은 1918년 독일 평의회 혁명을 주창하였는데, 이때 그는 생시몽의 구상을 급작스럽게 실천하려고 하였습니다. 산업을 이끌어 나가는 긍정적 국가를 완성하려면 무엇보다도 자본가와 노동자의 이권을 중재하여 이를 화해시키는 것이 급선무라고 코엔은 주장하였던 것입니다. 생시몽의 사상은 20세기에 이르러 유럽의 파시스트들에게도 영향을 끼쳤습니다. 이탈리아의 무솔리는 파시즘의 부흥이라는 과업에 생시몽의 사회 시스템에 관한 구상안을 적극적으로 원용했으며, 독일의 보수주의 사회학자, 헬무트 셸스키는 자신의 저서인 『과학 문명 속의 인간(Der Mensch in der wissenschaftlichen Zivilisation)』(1956)에서 생시몽의 기술 관료주의의 사고를 적극적으로 활용한 바 있습니다.

참고 문헌

박호강(1992): 공동체와 유토피아, 서구 유토피아의 공동체 사상과 실제, 경북대 박사학위 논문.

육영수(2002): 생시몽주의자들의 사회미학, 1802-1830, 서양사학 연구 7집, 65-87.

최갑수(1983): 생시몽주의와 전체주의, 실린 곳: 서양사 연구, 제5집, 1-29.

Blanc, Louis(1847), Jean Joseph Ch.: L'organisation du travail, Bureau de la Société de L'Industrie Fraternelle, Paris.

Engels, Friedrich(1968): Herrn Eugen Dührings Umwälzung der Wissenschaft, MEW., Bd. 20, Berlin.

Heyer, Andres(2009): Sozialutopie der Neuzeit. Bibliographisches Handbuch, Bd. 2, Bibliographie der Quellen des utopischen Diskurses von der Antike bis zur Gegenwart, Münster.

Jens(2001): Jens, Walter(hrsg.), Kindlers neues Literaturlexikon, 22 Bde, München.

Kleinau, Elke(1987): Die freie Frau. Soziale Utopien des frühen 19. Jahrhunderts, Düsseldorf.

Manuel, Frank Edward(1956): The New World of Henri Saint-Simon. Cambridge: Harvard University Press, 1956.

Saage A(1999): Richard Saage, Saint Simons Utopie der Industriegesellschaft, in: UTPIE kreativ, H. 102, 76-87.

Saage B(2002): Richard Saage, Utopische Profile, Bd. 3. Industrielle Revolution und Absolutismus, Münster.

Saint-Simon(1977): Claude Henri de: Ausgewählte Werke, hrsg. Lola Zahn, Berlin.

Schelsky, Helmut(1956): Der Mensch in der wissenschaftlichen Zivilisation, Stuttgart.

Schmied(2007): Schmidt am Busch, H. C. u. a.(hrsg.), Hegeliamismus und Saint-Simonismus, Paderborn.

Voigt, Andreas(1906): Die sozialen Utopien. Fünf Vorträge, Leipzig.

10. 푸리에의 공동체, 팔랑스테르

(1829)

1. 푸리에는 허튼 소리를 내뱉는 기인으로 이해되었다: 유토피아 사상가 가운데에서 샤를 푸리에(1772-1837)만큼 세인으로부터 악랄한 비난을 당한 사람은 아마 없을 것입니다. 사람들은 그를 "기괴한 인간," "가정 파괴범," "체제 파괴적인 반정부주의자," "음탕한 속물"로 매도하였습니다(Adorno: 6). 사실 푸리에는 때로는 참으로 황당무계한 궤변을 늘어놓았습니다. 그는 케플러의 천체 법칙을 인용하면서, 행성들이 비밀스러운 교신을 주고받는다고 설파하였고, 북극성에서 나오는 안달루시아의 열기가 액체를 토해 낸다고 주장하였습니다. 심지어 북극에서 분출되는 방향유를 통해서 바닷물을 레몬주스로 변화시킬 수 있다고 말하기도 하였습니다. 게다가 반-고래, 반-사자 등과 같은 기이한 존재가 나타나서 정어리, 청어 그리고 조개류 등과 같은, 바닷속 모든 "해로운" 동물들을 무찌르며, 사람들의 이동을 편리하게 해 주리라고 예언하기도 하였습니다. 사실 푸리에의 이러한 발언은 그 자체 기상천외한 망상이나 다를 바 없습니다. 여기서 문제되는 것은 푸리에의 정치적 반동주의입니다. 롤랑 바르트(Roland Barthes)는 자신의 책 『사드, 푸리에, 로욜라(Sade: Fourier: Loyola)』(1971)에서 푸리에의 사상을 부르주아 이데올로기라고

신랄하게 비판한 적이 있습니다(Jameson: 241). 나아가 우리는 푸리에의 반유대주의의 견해를 문제 삼을 수 있습니다. 푸리에는 유대인들을 "사회의 기생충"이라고 못 박았는데, 이는 푸리에 사상의 취약점으로 지적되고 있습니다(Beecher: 203).

2. 페미니즘, 생태 공동체 그리고 도시계획의 선구자: 그렇지만 푸리에는 오늘날 페미니즘, 생태 공동체 운동 그리고 도시계획 등의 선구자로서 새롭게 인정받고 있습니다. 예컨대 푸리에의 예언은 생태학적 측면에서 우리를 놀라게 하기에 충분합니다. 푸리에는 지구의 열기로 인하여 북극의 얼음이 녹으며, 위도 60도에서 오렌지가 자랄 것이라고 언급했는데, 이는 21세기 기후온난화 현상을 예견하는 발언으로 들립니다. 푸리에는 19세기의 황금만능주의를 신랄하게 비판했습니다. 말하자면, 문명 속에서 "가치 전도된 자연현상"을 예리하게 투시한 사람이 푸리에였습니다(Claeys: 135). 19세기 산업사회는 그의 눈에는 "모든 악덕이 조직적으로 발전된 공간"으로 비쳤습니다. 자본가는 경제적 향상과 이윤 추구를 지상 최대의 관건으로 간주하였고, 하층민의 삶은 가난과 부패로 인하여 극한적으로 궁핍하게 됩니다. 인간과 인간의 자연스러운 관계는 금전 거래에 의해서 파괴되기 시작했는데, 특히 노예 신세로 전락한 사람들은 농부와 여성들이었습니다. 푸리에는 자본주의의 생산양식이 만인에 대한 만인의 전쟁을 불러일으킨다고 확신하였습니다. 가장 심각한 것은 여성들이 일부일처제로 인하여 가정 내에서 마치 가축처럼 살아가고, 자연의 황폐화로 인하여 생태계가 파괴되며, 인간이 거처하는 공간은 상업과 공장 지대로 인하여 현저히 좁아진다는 사실이었습니다.

3. 푸리에의 연방적인 자치 공동체 팔랑스테르: 상기한 사항은 푸리에로 하여금 19세기 중엽 프랑스에서 연방주의 공동체 팔랑스테르를 설계하

게 하였습니다. 당시 프랑스는 산업혁명의 여파를 영국으로부터 받아들이고 있었습니다. 그러나 일반 사람들의 생활수준은 여전히 열악했습니다. 대도시 파리에는 밤낮으로 쥐들이 우글거렸으며, 빈민가를 가득 채웠던 사람들은 가난한 노동자들이었습니다. 그들은 "도시는 사람들을 자유롭게 만든다"라는 소문을 듣고, 시골에서 올라온 무산계급이었습니다. 말이 근로자이지, 그들의 삶은 참혹하기 이를 데 없었습니다. 남녀노소 할 것 없이 모두 수공업에 매달렸는데, 미성년자들의 노동시간은 하루 최소한 14시간 혹은 그 이상이었습니다. 여성의 경우, 대도시에서 살아가기 위해 자신의 몸을 팔아야 했습니다. 가난한 젊은 여성들은 파리의 밤 골목길에서 호객 행위를 일삼았습니다. 인간으로 하여금 참담한 노동에 시달리게 만드는 것은 바로 산업구조였습니다.

4. 상인으로서의 실패한 삶: 푸리에는 경제적으로 실패에 실패를 거듭했습니다. 1772년 4월 7일 브장송에서 부유한 직물 상인의 외아들로 태어난 그는 13세에 부친상을 당했습니다. 어머니는 생계를 위해 돈을 아껴야 했고, 신앙에 의존했습니다. 푸리에는 6년 동안 "브장송 학교(Collège de Besançon)"에 다녔습니다. 이곳은 주로 신학과 라틴어를 가르치는 인문계 학교였습니다. 푸리에는 영리한 학생이었지만, 그의 관심사는 집중적으로 수학, 논리학 그리고 자연과학으로 향하고 있었습니다. 프랑스 혁명이 발발했을 때, 푸리에는 아버지가 남긴 유산의 절반으로 식민지에서 유입된 물건을 매점하였습니다. 하지만 리옹에 보관하려던 이 물건들은 군대에 의해 몰수당하고 맙니다. 게다가 푸리에는 밀매상인이라는 이유로 감옥에 갇혀 사형선고를 받습니다. 그가 지롱드파 편에 서서 폭동에 가담했다는 것이 판결의 이유였습니다. 이때 자코뱅파에 가담했던 사촌의 도움으로 간신히 풀려나지만, 순식간에 군에 끌려가 라인강 전선에 보병으로 배치됩니다. 그사이에 푸리에의 삼촌은 아버지

유산의 절반을 어딘가에 투자해 버립니다. 제대 후 푸리에는 마르세유로 가서 그곳에서 상업 연수 및 부동산업을 배우기 시작했습니다. 미국의 무역 회사, 어느 백화점의 경리 등 닥치는 대로 일했으나, 그가 겪은 것은 지속적인 실패였습니다. 어머니가 사망한 후, 푸리에는 어머니의 유산에서 매달 부족한 생활비를 받게 됩니다.

5. 말년의 삶: 1816년부터 1820년까지 그는 탈리쉬에라는 시골에 은둔하며 살아갑니다. 이때 그의 주요 저서인 『사랑의 새로운 세계(Le nouveau monde amoureux)』가 탈고되지만, 어느 누구도 그의 원고에 관심을 기울이지 않습니다. 파리에서 찾아온 사촌 여동생의 비밀스러운 애정 공세는 그의 심기를 더욱더 혼란스럽게 만듭니다. 푸리에는 평생 혼자 살았으며, 때때로 일회용 사랑을 돈으로 구매하곤 하였습니다. 까칠한 성품을 지닌 기인은 하루 네 시간 일하고 나머지 시간을 꽃으로 가득 찬 화원에서 지냈습니다. 평생 남의 집에 세 들어 살았는데, 그의 거주 공간에는 화분이 가득하여 발 디딜 틈이 없었다고 합니다. 여담이지만, 그는 대부분의 프랑스인들이 잘 먹는 개구리 요리와 면 종류의 요리를 거의 증오했습니다. 말년에 이르러 그의 주위에는 젊은이들이 가르침을 받으려고 모여들었습니다. 1832년에 제자 한 사람이 랑부예 근처에서 500헥타르의 땅을 구매하여 함께 공동체를 건설하자고 제안했을 때, 푸리에는 이러한 제안을 거절했습니다. 왜냐하면 공동체의 계획이 자신이 의도하던 바와 전적으로 달랐기 때문입니다.

6. 사랑, 농업 그리고 소규모의 생산조합: 푸리에는 대학 문턱을 밟지 않은 독학자였습니다. 혼자서 책을 읽으면서 엄청난 지식을 쌓은 입지적 인물이 푸리에였습니다. 푸리에의 사상은 세 권의 대표적 저작물에 고스란히 반영되어 있습니다. 1. 「네 개의 운동과 보편적 운명에 관한

이론(Théorie des quatre mouvements et des destinées générales)」(1808), 2. 「가사와 농업의 제휴에 관한 논문(Traité de L'association domestique agricole)」(1822), 3. 「새로운 산업과 사업의 세계, 혹은 정년의 연속성을 통한 매력적이고 자연스러운 산업 과정의 발견(Le nouveau monde industriel et sociétaire ou invention du procédé d'industrie attrayante et naturelle distribuée par séries passionnées)」(1829) 등이 그것들입니다. 첫 번째 문헌의 초판은 1826년에야 비로소 절판되었으며, 두 번째 책은 약 1,000부가 발행되었는데, 불과 12권만이 팔렸습니다. 그의 전집은 푸리에의 사후 130년 이후인 1966년에 비로소 처음으로 간행되었습니다. 푸리에는 비참한 주위 환경을 극복하기 위하여 어떤 더 나은 세계를 갈구했습니다. 그가 가장 깊이 숙고한 것은 오로지 사랑이었습니다. 자고로 인문학적 소양은 푸리에에 의하면 인간에 대한 사랑으로 출발합니다. 애호, 이해심, 협동 그리고 상호부조의 정신 등은 푸리에가 강조한 사항이었습니다. 푸리에의 유토피아는 농업과 산업의 생산조합으로 이루어져 있습니다. 이 조합은 오로지 인간과 인간 사이의 열정에 의해서 영위되는 것입니다.

7. 즐거움으로서의 노동: 푸리에는 성과 노동의 에너지를 상호 보완적으로 파악했습니다. 성적 에너지는 사회적 우주에 관한 (뉴턴 식의) 기본 법칙이라는 것입니다. 이러한 법칙을 알고 이를 적절히 활용하는 자는 성의 혁명과 경제의 혁명을 발전시키고 인류를 완전한 삶으로 이끌 수 있다고 합니다. 인간 삶의 가치는 푸리에에 의하면 자신의 충동을 만족시키는 데서 나타나지, 결코 충동의 억압으로 성취되는 것은 아닙니다. 인간 사회는 만인의 충동이 만족되는 것을 목표로 합니다. 이 점에 있어서 푸리에의 이론은 빌헬름 라이히(Wilhelm Reich)의 오르가슴 이론과 근본에 있어서 유사합니다(Reich: 110). 자고로 노동은 인간 삶을 위

한 필연적 조건이지만, 돈을 벌기 위해서 마지못해서 영위하는 일은 강제 노동과 같다는 것입니다.

8. 상인과 식자에 대한 비판: 사실 향유와 노동은 인간 삶에서 가장 중요한 동인입니다. 그렇기에 향유와 노동을 결합하려는 시도야말로 가장 중요한 과업일 수 있습니다. 푸리에는 처음부터 사회 내의 두 그룹을 자신의 적으로 규정하였습니다. 그 하나는 "철학자"로 명명되는 식자 그룹이며, 다른 하나는 상인 그룹입니다. 이들은 문명이라는 사탄의 사회에서 가장 추악한 두 개의 그룹이라고 합니다. 앞에서 우리는 상인 그룹에 대한 푸리에의 비판을 언급한 바 있으므로, 식자 그룹에 관해서만 부연 설명이 필요할 것 같습니다. 식자 그룹은 정치가, 도덕주의자, 경제학자 그리고 형이상학자로 나누어집니다. 첫째로 정치가들은 인간의 다양한 권리에 골몰하지만, 정작 힘들게 일하는 노동자들의 권익을 충분히 반영하지 않습니다. 둘째로 도덕주의자들은 강제적 성 윤리를 언급하지만, 뒤에서는 겉 다르고 속 다르게 행동합니다. 그들은 위정자와 귀족들의 성 도락을 모른 척하지만, 노동자들이 주어진 성 윤리에 어긋나는 행동을 행할 경우 이들을 파렴치한 성범죄자로 집요하게 몰아세웁니다. 셋째로 경제학자들은 대체로 상인들의 이윤 추구의 정당성만 고려할 뿐, 노동자들이 얼마나 착취당하고 살아가는지에 대해서 관심을 기울이지 않습니다. 넷째로 형이상학자들은 문명화된 산업에 관해 추상적으로 언급할 뿐, 성의 억압이 얼마나 커다란 악영향을 낳는가 하는 점에 대해 아무런 관심이 없습니다. 그들은 체제 옹호적으로 처신하며, 주어진 관습과 도덕을 "하나의 차선책으로서의 훌륭한 질서"로 수용합니다.

9. 상업의 폐해와 시장의 철폐: 푸리에는 사익과 사리를 추구하는 문명사회에 더 이상 미련을 두지 않고, 노동자들이 별도로 자신들의 고유한

공동체를 형성해서 살아가야 한다고 믿습니다. 예컨대 모어와 캄파넬라의 유토피아는 권력을 지닌 귀족과 수사 계급과 같이 경제적으로 착취하며 살아가는 유한계급의 악습을 없애기 위해서 설계된 것입니다. 이에 반해서 푸리에의 유토피아는 누구보다도 상인, 은행가 그리고 고용주들의 안하무인격의 이윤 추구를 차단하기 위해서 설계된 것입니다. 푸리에의 공동체에서 철저히 금지되는 것은 이윤 추구의 상행위입니다. 모든 재화는 공동 조합을 통해서 교환되고 분배됩니다.

10. 노동과 향유를 동시에 누리는 사람들: 푸리에는 노동과 쾌락을 동시에 추구하는 것을 하나의 중요한 관건으로 여깁니다. 장기적인 시각에서 고찰하면, 쾌락을 누리는 자가 오히려 자신이 맡은 노동의 본분을 더욱 충실히 이행합니다. 이는 마치 깊은 잠을 잔 사람이 이튿날 더욱 집중적으로 일할 수 있는 것과 같은 논리입니다. 재화는 다시금 사람들에게 풍요로움을 안겨 주고, 풍요로움은 다시 새로운 쾌락을 창출합니다. 푸리에는 자신이 설계한 노동자 공동체를 "팔랑스테르"라고 명명했습니다. "팔랑스테르(Phalanstère)"는 "팔랑주(phalange)"와 (통상적인 사원을 뜻하는) "모나스테르(monastère)"의 합성어라는 주장도 있습니다(윤소영: 78). 팔랑주는 병법 용어와 관련됩니다. 고대 그리스인들은 보병의 밀집 방어를 위한 방진으로서 "팔랑스(phalanx)"를 활용했습니다. 이로써 적은 밀집 대형을 뚫고 들어오기 힘이 듭니다. 아마도 푸리에는 자신의 공동체를 어떤 독립적이고 완전한 소규모의 방진으로 구축하려고 한 것 같습니다. 푸리에가 처음에 자신의 공동체를 "소용돌이(teurbillon)"라고 표현한 것은 아마도 공동체의 독자성과 응집력을 강조하려고 했기 때문이라고 여겨집니다(박주원: 225). 이를 고려한다면, 팔랑스테르는 노동자 연합 내지 "생산자 협동조합"으로 이해될 수 있습니다.

11. 팔랑스테르의 구조: 푸리에는 팔랑스테르의 크기, 인구, 건물 등을 구체적으로 주도면밀하게 설계하였습니다. 팔랑스테르는 농업, 산업 그리고 거주 공동체라고 명명될 수 있는데, 크기에 있어서 그리고 외견상 베르사유 궁전과 유사하게 축조되어 있습니다. 베르사유 궁전은 정면이 600미터 길이로 구성되며, 르네상스식의 3층 건물로 이루어져 있는데, 중앙에 원형의 건물, 좌우로 "ㄷ" 자 형태의 건축물로 구성되어 있습니다. 좌우 건물의 정면은 제각기 너비가 300미터로 구성되어 있습니다. 중앙 건물에는 식당, 도서관, 회의실 그리고 겨울 정원 등이 마련되어 있고, 왼쪽 건물에는 공장과 유아 시설이 있습니다. 오른쪽 건물에는 거주 공간 내지 외부인을 위한 숙박 시설이 있습니다. 연인 남녀, 아이 있는 부부도 얼마든지 공동체의 구성원이 될 수 있습니다. 팔랑스테르의 사람들은 남녀평등을 실천하며 생활합니다. 공동체의 구성원은 총 1,620명으로서, 남자는 830명, 여자는 790명으로 확정되어 있습니다. 이는 푸리에가 염두에 둔 인간의 810가지의 제반 특성을 모조리 수집하기 위함이라고 합니다(파코: 52).

12. 즐거운 노동과 분업의 철폐: 푸리에는 노동 자체가 쾌락과 연결되어야 한다고 말합니다. 공동체에 속하는 모든 사람은 두 시간 동안 한 가지 일을 행할 수 있습니다. 그 다음에는 다른 일감을 맡아서 행합니다. 이를테면 사과나 배를 키우는 사람이 바로 그들입니다. 가령 두 시간 동안 사과나무를 가꾼 사람은 그 다음에(일에 대한 욕구가 있을 경우) 계산 장부를 작성할 수 있습니다. 여기서 중요한 것은 두 시간마다 노동의 내용, 즉 일감을 바꾸는 것입니다. 그렇게 함으로써 사랑과 쾌락이 오래 지속될 경우에 나타나는 지루함과 불쾌감을 미연에 방지할 수 있습니다. 게다가 새로운 일감에 대한 열정은 한 가지 즐거운 일이 가져다주는 나태함을 차단시켜 줍니다(변기찬: 139). 삶에 있어서 바람직한 것은 절제

도 남용도 아닌, 균형적인 생활 패턴이라고 합니다. 물론 한 가지 일로 재미를 느끼는 노동자는 예외적으로 여섯 시간 동안 한 가지 일을 행할 수 있습니다.

13. 아이들의 노동: 아이들은 원래 파괴적인 본능을 지니고 있으며, 더러운 물건으로 장난치기를 즐깁니다. 그렇기에 아이들로 하여금 힘들지는 않지만 더럽고 지루한 노동을 담당하게 하면 효과적이라고 합니다. 푸리에의 공동체에서 아이들은 작은 그룹을 이루어 생활합니다. 이들은 항상 새벽 세 시에 일어나서, 마구간을 청소하고, 동물들을 돌보거나, 도살장의 청소를 담당합니다. 아이들은 지방 도로를 청소하여, 도로에서 더 이상 뱀, 독을 품은 곤충 등이 기어 다니지 않도록 합니다. 푸리에가 아이들로 하여금 청소 등의 일을 담당하게 하는 것은 미성년 학대라는 비난을 받을지 모릅니다. 그렇지만 아이들도 공동체의 일원이므로 자신의 일을 통해서 공동체에 나름대로 기여할 수 있음을 보여 주어야 합니다. 푸리에는 청소년들에게 무척 적은 수당만을 제공했습니다. 청소년들은 애국의 열정과 사회에 대한 헌신의 마음을 지니면 그것으로 족하다는 것이었습니다. 이로써 푸리에는 공동체 내에서 "소년단(petites hordes)"의 결성을 제안하고 있습니다. 젊은이들은 가급적이면 돈과 재화를 중시하지 말아야 하며, 대신에 공동체를 위한 희생정신과 봉사 정신을 지녀야 한다는 게 푸리에의 지론이었습니다(Berneri: 218).

14. 사유재산의 부분적 용인: 팔랑스테르 공동체는 사유재산을 어느 정도 범위에서 용인하고 있습니다. 재산, 성격, 개개인의 충동 등이 다르면, 공동체는 그만큼 다양하고 생기 넘친다는 게 푸리에의 지론이었습니다. 약간의 사유재산이 주어지면, 노동에 있어서 활력이 넘치고, 노동에 대한 욕구를 어느 정도 강화시킬 수 있다고 합니다. 이는 평등과 재화 공

동체에 관한 푸리에의 깊은 숙고 끝에 내려진 결정입니다. 예컨대 푸리에는 로버트 오언이 추구한 목표로서의 "재화 공동체 내에서의 완전한 평등"을 한마디로 "박애주의자의 허튼 망상"으로 규정합니다. 왜냐하면 실제 현실에서 재화는 만인에게 천편일률적으로 분배될 수 없기 때문입니다. 1,500명 이상의 공동체 사람들은 "능력, 재산 그리고 노동의 유형" 등에서 최소한 제각기 열 배의 이질적 특성을 드러낸다고 합니다(Saage: 74). 상기한 이유로 인하여, 푸리에는 공동체 조합원들의 재화의 완전한 평등 대신에 사유재산을 부분적으로 용인했습니다.

15. 재산의 분배, 귀금속의 소유: 공동체는 농업, 공업 그리고 숙박 시설 등을 통해서 약간의 수입을 얻습니다(외부 사람들은 이곳을 방문하여 얼마든지 숙식할 수 있습니다. 대신에 그들은 일정 금액을 숙식비 용도로 납입해야 합니다). 총 수입금은 월말에 정리되어 팔랑스테르 공동체 주민들에게 분배됩니다. 분배는 노동시간, 투자 금액 그리고 노동에서 발휘한 능력을 기준으로 해 책정되는데, 분배의 기준은 노동시간 12분의 5, 투자 금액 12분의 4 그리고 노동에서 발휘한 능력 12분의 3 등으로 확정되어 있습니다. 4세 이상은 누구든 적은 배당금이라도 받게 됩니다. 이로써 푸리에는 적어도 공동체 내에서는 자본가와 노동자, 생산자와 소비자, 채권자와 채무자 사이의 갈등이 해결되고 극복될 수 있다고 믿었습니다. 이전에 출현한 대부분의 유토피아 모델들은 금과 은 등의 귀금속을 사회적으로 해악을 조장하는 것으로 규정하고 있습니다. 그러나 푸리에는 금은보화를 자신의 소유물로 소지하는 것을 허용하고 있습니다. 인간의 욕망은 끝이 없는데, 재물에 대한 최소한의 욕망은 충족되어도 무방하다는 것이 푸리에의 지론이었습니다.

16. 과학기술을 중시하는 공동체: 팔랑스테르 공동체는 과학기술과 학

문을 최대한 활용합니다. 새로운 사회질서는 학문과 기술에 의해서 추진되는 생산력의 신장을 요구합니다. 과거의 학문이 실제 현실의 경제적 생산 구도를 은폐하거나 무시한 것은 사실입니다. 그렇지만 공동체의 삶과 직결되는 학문과 과학기술은 공동체에 전체적으로 행복과 부를 마련해 줄 수 있습니다. 그렇다고 해서 푸리에가 베이컨이 추구한 것만큼 과학기술에 커다란 기대를 품은 것은 아닙니다. 푸리에는 거대한 산업을 추구하는 공장을 염두에 두지 않았으며, 가내수공업의 방식 그 이상을 뛰어넘지 말아야 한다고 믿었습니다. 이는 푸리에가 산업과 학문에 과도한 관심사를 드러내면서 모든 것을 중앙집권적으로 추구하려는 생시몽 사상에 대해 거부감을 느꼈기 때문입니다.

17. 일부일처제를 폐지한 자유로운 삶: 푸리에는 인간 삶의 황폐화의 원인을 산업 외에도 일부일처제에 있다고 확신했습니다. 사랑이라는 이름하에 부부간에 평생 동안 정조를 강요하는 것은 인간의 본성에 부합하지 않는다고 합니다. 푸리에는 결혼 제도를 문명사회의 근본적 죄악이라고 규정하였습니다. 일부일처의 결혼 제도는 상대방을 속이고, 은밀하게 행해지는 성적 관행을 은폐하게 합니다. 따라서 성적 욕망의 중요성을 무시하고, 종족 보존을 결혼의 목적으로 규정하는 것은 겉 다르고 속 다른 인간형을 양산합니다. 사실 푸리에만큼 남녀평등을 과감하게 제시한 학자도 없습니다. 푸리에는 남성과 여성을 구분해 교육하는 것을 처음부터 거부하였습니다. 남성 가운데에는 여성적 성향을 지닌 사람도 있고, 여성 가운데 남성적 기질을 지닌 사람도 있다는 것입니다. 푸리에는 사내아이에게 무조건 남성복을, 계집아이에게 반드시 여성복을 입히는 관습을 해로운 것이라고 규정하였습니다(Kleinau: 25). 이러한 입장은 19세기 자본주의 체제 하에서의 남존여비 현상을 비판하려는 의도에서 비롯된 것입니다. 버트런드 러셀이 "결혼한 여성은 가축 같은 존재이다"라

고 주장하는 것도 바로 시민사회의 남성 중심주의의 강력한 영향 때문입니다(러셀: 65쪽 이하).

18. 두세 달을 주기로 이루어지는 파트너의 교체: 팔랑스테르의 사람들은 규정상 2개월 내지 3개월마다 한 번씩 파트너를 교체할 수 있습니다. 물론 이는 당사자가 서로 연정을 느낄 경우에 한해서 행해질 뿐입니다. 이러한 규정으로 인하여 팔랑스테르의 사람들은 육체적 쾌락과 정신적 쾌락을 동시에 충족시킬 수 있다고 합니다. 물론 팔랑스테르에 부부가 존재하고, 자식을 둔 가정도 존재하는 것은 사실입니다. 그렇지만 공동체 사람들은 대체로 일부일처제를 무조건적인 절대적 진리로서 준수하지는 않습니다. 자고로 자유로운 인간은 육체적으로 그리고 정신적으로 사적 소유물이 될 수 없다고 합니다. 인간의 인간에 대한 소유 개념이 없으니, 실질적으로 혼인과 가족의 의미는 푸리에의 공동체에서는 시민사회의 그것처럼 처음부터 굳건하지도 철저하지도 않습니다. 물론 한 사람과 오랫동안 부부처럼 살아가려는 공동체 회원의 경우에는 얼마든지 예외가 인정됩니다.

19. 실험으로서의 사랑의 삶: 이를테면 18세 이상의 성인들은 푸리에에 의하면 세 명의 이성과 한시적으로 사랑을 나눌 수 있습니다. 여기에는 남자와 여자의 구분이 없습니다. 예컨대 성년의 처녀(혹은 사내)가 조우하는 파트너는 세 가지로 나누어집니다. (1) 장차 평생 함께 살아갈 파트너, (2) 출산 후보자, (3) 애인 등. 첫째로 "평생 함께 살아갈 파트너"는 차제에 평생의 반려자가 될 사람입니다. 둘째로 출산 후보자는 자식의 아버지 혹은 어머니가 될 사람을 가리킵니다. 여기서는 놀랍게도 연모와 자식 출산은 서로 별개의 사항으로 고려되고 있습니다. 셋째로 "애인"은 심리적 위안을 얻는 당사자를 가리킵니다. 장차 "평생 함께 살아갈 파트

너"는 공동체에서 발생하는 여러 가지 삼각관계 등으로 인한 갈등과 질투의 고통을 견뎌 내야 합니다. 여러 번의 검증 과정을 통해서 연인들은 평생을 함께 살아가는 반려자가 될 수 있습니다.

20. 일부다처제 내지 다부일처제는 부도덕한가?: 팔랑스테르 공동체에서는 자신의 파트너를 금기 없이 선택할 수 있고, 서로 원할 경우 아무런 방해 없이 성적으로 결합할 수 있습니다. 19세기 당시 많은 학자들은 팔랑스테르의 삶이 도덕적으로 불결하고 문란하다고 손가락질하였습니다. 인간이 동물과 다른 존재이므로, 일부다처제 내지 다부일처제의 성관계가 더럽고 추악하다는 것이었습니다. 물론 시민사회에서 살아가는 일반 사람들의 이러한 비난이 무작정 틀렸다고 말할 수는 없습니다. 왜냐하면 결혼 제도 내지 일부일처제가 파기되면, 성적 무질서가 출현할 수 있기 때문입니다. 푸리에는 팔랑스테르 공동체가 방종하고 저열한 단체로 전락하지 않기 위해서 두 가지 조건이 반드시 필요하다고 주장합니다. 그 하나는 어떠한 경우에도 남성과 여성 사이 그리고 동성 간에 결코 폭력, 즉 물리적 충돌이 일어나서는 안 된다는 것이며, 다른 하나는 파트너에 대한 존중과 배려의 생활관이 정착되어야 한다는 것입니다. 이를 통해서 공동체의 갈등은 자발적으로 조절될 수 있다고 합니다.

21. 프시케의 나비로 거듭나는 삶: 문제는 공동체의 구성원들이 소유와 질투의 감정을 어떻게 해결하는가 하는 물음에 있습니다. 사랑하는 임이 다른 사람의 품에 안긴 경우, 임을 빼앗긴 당사자의 마음은 찢어지게 아플 것입니다. 그렇지만 푸리에는 이 역시 더 나은 삶을 실천하기 위해 거쳐야 하는 불가피한 과정이라고 생각합니다. 그는 나르키소스와 프시케의 애정 관계를 예로 듭니다. "프시케(ψυχή)"는 그리스어로 나비를 뜻하는데, 이별의 아픔과 영혼의 불멸성 등을 설명하는 데 나비만큼 적절

한 비유는 없습니다. 인간 영혼인 프시케는 에로스로 인해 나타나는 괴로움과 불행을 스스로 받아들입니다. 프시케에 비하면 나르키소스는 다른 이성이나 자기 자신만을 사랑하는 자에 불과하다. 어쨌든 괴로움과 고통을 정화시킨 다음에 프시케는 참으로 순수한 행복의 기쁨을 만끽하게 됩니다. 마치 보기 흉한 애벌레가 나중에 눈부시게 아름다운 나비로 변신하여 공중에서 찬란하게 비행하는 것처럼, 푸리에는 일견 가장 보기 흉한 일부다처 내지 다부일처의 생활 방식을 통해서 인간은 의외로 가장 숭고한 삶을 향유할 수 있다고 믿었습니다(Fourier 259). 사랑하는 남녀는 더럽고 불결하게 보이는 성적 욕구를 부자유스러운 일부일처제에 묶어 둘 게 아니라, 그것을 해방시킴으로써 나와 타인에게 거룩하고 고결한 성적 파트너로 거듭날 수 있다는 것입니다.

22. 지방자치적인 유토피아의 상, 세상을 움직이는 동인으로서의 쾌락: 기실 중앙집권적으로 잘 구획되고 정리된 "공동체 국가"는 궁극적으로 존재할 수 없을 것입니다. 왜냐하면 모든 팔랑스테르는 제각기 독자적 행정 체제를 지니기 때문입니다. 바로 여기서 우리는 푸리에의 유토피아의 지방분권적이고 연방주의적인 특성을 감지할 수 있습니다. 인류는 먼 미래에 인구가 40억까지 증가하게 되고, 그 다음부터 풍요롭고 사치스러운 삶의 방식은 줄어들 것이라고 합니다. 이는 오늘날의 현실을 염두에 둘 때 하나의 예견과 같습니다. 세상을 움직여 나가는 동인은 푸리에에 의하면 증기기관이 아니라 쾌락이라고 합니다. 푸리에는 근본적으로 토머스 홉스의 가설에서 출발하고 있습니다. 홉스에 의하면, 인간은 쾌감과 불쾌감의 지배를 받습니다. 인간 동물은 쾌감에 더 가까이 다가가려고 하고, 불쾌감으로부터 등을 돌리려고 합니다. 그리하여 홉스는 다음과 같이 결론을 내립니다. 개개인이 어떤 쾌락을 획득하지 못하도록 엄밀한 사회적 질서가 확립되면, 인간적 사회는 제대로 기능하리라는 결

론이 바로 그것입니다. 그러나 푸리에는 이와는 정반대되는 주장을 내세웁니다. 그는 사회의 형태를 개조해 그 속에 쾌락 원칙을 적용합니다. 국가의 폭력은 결코 사회체제의 기본적 골격이 될 수 없다고 합니다. 정치적 억압 내지 충동의 억압은 물질적, 정신적 생산의 토대가 될 수 없으며, 오로지 쾌락이 그러하다고 합니다. 여기서 우리는 중앙집권적 국가에 대한 푸리에의 불신 내지 노여움을 읽을 수 있습니다.

23. 19세기 참담한 현실에 대한 반대급부로서의 팔랑스테르: 12세기에 로저 베이컨(Roger Bacon)은 자석의 힘을 믿었고, 먼 훗날 사람들이 날개 달린 어떤 탈것을 타고 먼 곳을 여행하리라고 예견하였습니다. 베이컨의 위대성은 불가능한 것처럼 보이는 무엇이 언젠가는 가능할 수 있다는, 이른바 갈망의 실현에 대한 확신에서 비롯합니다. 중요한 것은 푸리에의 기상천외한 발상 자체가 아니라, 어째서 그러한 발상이 비롯되었는가를 따지는 물음입니다. 다시 말해, 중요한 것은 푸리에의 시대 비판입니다. 그는 불과 여섯 살 나이의 어린아이가 비참한 작업 환경에서 힘들게 일하는 것을 두 눈으로 지켜보았습니다. 수많은 여성들이 탁하고 어두운 공장에서 고통을 참으며 일하는 것을 목도하였던 것입니다. 하루 14시간씩 일하는 수많은 가장들이 저녁이 되면 공장에서 자신이 만든 물건을 내다 팔려고 길가에서 서성거려야 했습니다. 이들은 돈 대신에 자신이 만든 물건을 월급 명목으로 수령하였던 것입니다. 푸리에의 이론 속에 담긴 상상의 미래상은 당시의 프랑스 현실에 대한 반대급부로 이해됩니다.

24. 푸리에의 유토피아에 도사린 몇 가지 문제점: 푸리에의 유토피아는 지방분권적인 공동체를 지향한다는 점에서 혁신적이기는 하나, 몇 가지 치명적 하자를 지니고 있습니다. 첫째로, 유토피아 공동체는 독자적인

삶을 추구한다고 하더라도 그 자체 외부와의 단절 속에서 영위될 수 없습니다. 전통적 유토피아가 고립된 섬이라든가, 미지의 공간을 미리 설정한 것은 처음부터 기존 사회의 정치적, 경제적, 사회적 영향을 배제하기 위함이었습니다. 제1권과 제2권에서 언급했듯이, 모어, 캄파넬라, 안드레에 등의 공동체는 외부의 공격으로부터 방어를 최우선으로 고려하고 있습니다. 따라서 외부로부터의 전쟁이야말로 유토피아의 사회 구도를 설정하기 전에 미리 해결해야 할 난제였던 것입니다. 예컨대 푸아니의 양성 인간의 오스트레일리아 공동체가 붕괴되는 근본적인 원인 역시 전쟁에서 기인하는 것입니다. 이와 관련하여 푸리에의 팔랑스테르 공동체는 외부의 적 내지 적대적인 이웃과 관련하여 어떤 구체적인 해결책을 마련하지 못하고 있습니다. 푸리에 공동체는 19세기 프랑스에서 단 한 번도 성공리에 실천되지 못했는데, 이는 푸리에가 이웃들과의 관계를 분명히 설정하지 못한 데에서 기인합니다. 푸리에는 초기 자본주의의 삶의 양식이 정착되기 시작하는 시점에서 자치, 남녀평등 그리고 공동의 삶이라는 슬로건을 내걸었습니다. 이는 당시의 주어진 사회체제에서는 실현되기 어려운 슬로건들이었습니다. 가령 19세기 시민사회는 프로테스탄트의 가부장주의의 윤리에 토대를 두고 있었는데, 푸리에가 제시한 대안 공동체의 사랑의 삶은 그 자체 부도덕하고, 체제 파괴적인 것으로 비칠 수밖에 없었습니다. 어떠한 유형이든 간에 대안 공동체의 성패는 공동체 내부와 외부의 사회적 관계가 어떠한가 하는 물음에 달려 있습니다.

둘째로, 푸리에의 팔랑스테르는 공동체의 운영에 있어서 커다란 어려움을 겪을 수 있습니다. 1,600여 명의 공동체 회원들의 경제적 삶을 일사불란하게 관장하는 일은 그렇게 간단하지 않습니다. 가령 팔랑스테르에서는 노동시간 12분의 5, 투자 금액 12분의 4 그리고 노동에서 발휘한 능력 12분의 3 등의 기준으로 부의 분배가 이루어진다고 하지만, 이는 결코 호락호락한 일이 아닙니다. 왜냐하면 개별 사람마다 노동의 능력,

일감 등이 다르며, 노동의 결과로서 얻어 낸 재화의 양 역시 개별적으로 편차를 드러내기 때문입니다. 어쩌면 푸리에의 팔랑스테르에서도 핵심적 부서가 마련되어 지도자 내지 경영자가 경제와 사회의 제반 문제를 기획하고 경영하는 게 필수적인지 모릅니다. 예컨대 스키너는 『월든 투(Walden Two)』(1948)에서 어느 정도의 범위에서 엘리트들의 경영을 용인하고, 이들의 권한을 제한하기 위하여 순번제를 도입한 바 있습니다. 그 밖에 푸리에의 팔랑스테르에서는 공동체 내에서의 사랑의 삶과 관련된 갈등과 분쟁을 해결하기 위한 중재의 장치가 구체적으로 마련되어 있지 않습니다. 요컨대 팔랑스테르의 공동체는 치밀하게 구획되고 질서 잡힌 체제로 설정되어 있지만, 공동체를 영위하는 과정에서 여러 가지 혼란과 갈등이 속출할 수 있습니다.

셋째로, 우리는 창의적 노동에 대한 푸리에의 사상에서 어떤 결정적인 문제점을 지적할 수 있습니다. 이미 언급했듯이, 푸리에는 쾌락과 노동을 하나의 일감으로 전환시켜서, "즐거운 노동"과 "노동하는 유희"의 삶을 실천하려고 하였습니다. 인간이 소외되지 않은 노동을 행하려면, 전체주의의 강압적 규제 내지 자본가의 횡포가 사라져야 한다고 푸리에는 주장하고 있습니다. 푸리에의 이러한 견해는 전적으로 타당합니다. 다만 문제가 있다면 그것은 창의적인 노동 내지 자발적으로 영위되는 일감이 오로지 성의 충족에 의해서 배가되지 않는다는 사실입니다. 자발적이고 창의적인 노동은 성적 충동이 충족되지 않더라도 다른 열정이라든가 즐거움에 의해서 얼마든지 대체될 수 있습니다. 노동 자체의 즐거움이 존재할 수 있으며, 명예욕과 관련되는 창의적, 자발적 노동 또한 존재할 수 있습니다. 푸리에는 인간의 여러 가지 욕망 가운데 성 충동을 너무 과도하게 강조하고 있습니다. 마르크스와 엥겔스는 정념과 쾌락에 그다지 커다란 비중을 두지 않고, 오로지 경제의 차원에서 인간의 창의적이고 자발적인 노동은커녕 일말의 노동의 욕구마저 감소시키는 잉여가치의 문제를 집요하게 파고들었습니다. 그 이유는 즐거운 노동의 계기가 얼마든지 (성 충동을 포함한) 다양한 욕구에서 파생될 수 있기 때문입니다. 넷째로, 팔랑스테르에는 어떠한 경우에도 사회의 기생충과 같은 유대인이 자리해서는 안 된다고 합니다. 푸리에의 문헌은 19세기 이후로 유럽에서 반유대주의를 부추기는 선동적인 문헌으로 널리 알려졌습니다(Leff: 238f).

25. 충동과 쾌락을 강조하는 사회 유토피아. 푸리에 사상의 영향: 푸리에는 팔랑스테르 공동체에 관하여 열광적으로 꿈꾸었습니다. 이러한 환상의 배후에는 모든 역사적 유토피아 사회상에서 나타나는 내용과 정반대되는, 어떤 가상적 사회가 설계되어 있습니다. 푸리에의 이상 사회는 처음부터 국가의 폭력을 반대하고, 충동의 억압을 거부합니다. 그런데 지금까지 나타난 가장 나은 사회에 관한 유토피아의 설계 속에는 쾌락이 배제되어 있고, 충동이 생략되어 있습니다. 에른스트 블로흐는 토머스 모어의 『유토피아』를 진정한 의미의 향락적 삶을 추구하는 유토피아라고 규정한 바 있습니다. 그러나 모어가 기술한 자유와 향락의 유토피아는 엄격한 사회적 틀 속에서 절제 내지는 자제를 전제 조건으로 하는 것이었을 뿐, 향유 자체를 노골적으로 찬양한 것은 아니었습니다. 모어의 경우, 공동체 전체의 안녕과 우선이 중요할 뿐, 개개인의 사적인 행복은 오히려 부차적 사항이었습니다. 이에 비하면 푸리에는 인간 자체를 향유하는 인간으로 규정하고, 오로지 인간의 행복을 위해서 사랑과 노동을 규정하려 하였습니다.

26. 푸리에가 끼친 영향: 푸리에는 미약하지만 당대에 영향을 끼쳤습니다. 우리는 1835년에서 1844년 사이에 3권으로 이루어진 『사회의 운명(La Destinée sociale)』을 발표한 빅토르 콩시데랑(Victor Considérant)을

예로 들 수 있습니다. 제1권에서 콩시데랑은 푸리에의 역사와 운명에 관한 변증법적 구상을 요약한 다음에 산업과 자본주의가 어떠한 이유에서 잘못 발전해 왔는지를 개관하였습니다. 뒤이어 팔랑스테르라는 소규모 사회적 코뮌에 관하여 학문적으로 접근합니다. 제2권에서 콩시데랑은 사회적 모임인 공동체가 생산과 분배의 운용 가능성과의 관계 속에서 어떻게 구조화되어 있는가 하는 사항을 밝히고 있습니다. 뒤이어 팔랑스테르 건축 구도의 역할과 코뮌 질서의 조화로운 관계를 추적합니다. 마지막 제3권은 프랑스 혁명에 대한 푸리에의 입장에 할애되어 있습니다. 그렇지만 콩시데랑의 책은 어떤 한계를 드러냅니다. 그것은 다름 아니라 푸리에에 의해 강조되는 인간의 정념과 욕망 그리고 여성해방에 관해서 저자가 침묵하고 있다는 점입니다. 실제로 푸리에의 일부다처제 내지 다부일처제의 생활 관습은 유럽의 현실에서 보편화되지 않았으며, 기껏해야 일부일처제의 근엄한 성도덕을 완화시키고 유연하게 변화시켰을 뿐입니다(Considérant: 27). 그 이유는 오랫동안 유럽에 뿌리내리고 있는 기독교적 가치관의 영향과 성적 무질서에 대한 여성들의 거부감에서 발견할 수 있습니다. 콩시데랑은 푸리에의 사상과 남녀평등의 문제에 함구함으로써, 푸리에의 사상이 지니는 혁명적 자율성으로서의 사랑의 삶의 가능성을 스스로 차단시키고 말았습니다. 사랑의 삶에 관한 푸리에의 사상이 오히려 생시몽주의자들에게 영향을 끼친 것은 하나의 놀라운 역설이 아닐 수 없습니다.

푸리에의 사상은 현대에 이르러 허버트 마르쿠제와 빌헬름 라이히에게 영향을 끼쳤습니다. 마르쿠제는 푸리에에게서 깊은 감동을 받고 『에로스와 문명(Eros and Civilization)』이라는 책을 집필하였습니다. 마르쿠제는 프로이트의 "현실원칙"보다 더 강력하게 인간의 정서를 구속하는 "업적 원칙"을 도출해 내었습니다(Marcuse 5: 38). 라이히의 오르가슴 이론에 관한 일련의 문헌은 푸리에의 사고에서 의미 있는 사상적, 심리적 단초를 찾고 있습니다. 러시아의 작가, 니콜라이 체르니셰프스키는 소설 『무엇을 할 것인가(Что делать)?』(1863)에서 푸리에의 팔랑스테르와 유사한 공동체를 설계한 바 있습니다. 푸리에의 팔랑스테르는 실제로 다른 지역에서 작지만 의미 있는 결실을 맺게 됩니다. 1832년 푸리에의 제자 한 사람은 프랑스의 랑부예(Rambouillet)에서 500헥타르의 땅을 구매하여 팔랑주를 건설하자고 스승에게 제안하였습니다. 이때 푸리에는 모든 계획이 자신의 의도와는 다르다는 이유로 그 제안을 거절했습니다.

1846년에는 존 험프리 노이스(John Humphrey Noyes)에 의해 일부다처주의를 표방하는 오네이다(Oneida) 공동체가 생겨났고(Claeys: 137), 같은 해에 알제리의 드니뒤시에서 농업 조합이 형성되었습니다. 1850년 푸리에의 제자 콩시데랑은 미국 텍사스에서 공동체를 건설하였습니다. 1858년에 장-바티스트 앙드레 고댕(1817-1888)은 파리 근교에 "파밀리스테르(Familistère)"를 건립했는데, 이는 푸리에의 공동체와 매우 유사한 단체였습니다. 1845년 페트라세프스키라는 외교관은 푸리에를 연구하면서 러시아의 전제정치와 농노제를 비판한 바 있습니다. 4년 후 그를 포함한 22명은 체르니셰프스키의 공동체 운동에 동조했다는 혐의로 사형선고를 받았는데, 그 가운데 한 명이 처형 직전에 황제의 명령으로 유배의 형벌로 감형되었습니다. 그 사람은 다름 아니라 나중에 러시아의 문호로 거듭나게 되는 도스토옙스키였습니다. 도스토옙스키는 자신의 소설, 『지하 생활자의 수기』에서 시민사회로부터 등을 돌리며 살아가는 기인에 관해서 비판적으로 묘사한 적이 있습니다.

마지막으로 우리는 푸리에의 팔랑스테르를 장-바티스트 앙드레 고댕(Jean-Baptiste André Godin)의 "파밀리스테르"와 비교해 보기로 하겠습니다. 푸리에 사상을 추종하는 난로 제작자, 고댕은 1846년에 멕시코에서 푸리에 공동체 건설을 접고, 기제(Guise)에서 공장을 끼고 있는 집단 가옥을 건설하여 "파밀리스테르"를 결성하였습니다. 푸리에가 인간의 정념을 중시했다면, 고댕은 노동자들의 일감과 노동의 가치를 중시했습니다. 고댕은 푸리에가 추구하던 사회적 유토피아 내지 자유방임주의의 한계를 극복하고, 보다 구체적으로 노동자의 복지와 행복한 삶을 추구하려고 했습니다. 이를 위해서 고댕이 내세운 것은 다섯 가지 강령이었습니다. (1) 사회적 질서와 노동의 강조, (2) "합의(entente)"에 근거한, 재화의 정의로운 분배, (3) 비폭력주의와 평화적 삶, (4) 민주적 교육과 기능을 고려한 건축물 축조 등이 그것입니다(민유기: 189-191). 사실 푸리에의 팔랑스테르와 고댕의 파밀리스테르는 전체적 차원에서 별반 다르지 않습니다. 여기서 차이점이 있다면 그것은 파밀리스테르 공동체가 가족적 유대의 강화와 상호부조에 근거한 공동 주거 단지 건설을 구체적으로 설계했다는 사실입니다. 이와 관련하여 고댕은 일부일처제의 가족제도를 폐지하지는 않았습니다. 문제는 일부일처제의 가족제도가 아니라, 가족제도의 내부에 자리한 가부장주의에 있다는 것입니다. 따라서 파밀리스테르 공동체는 느슨한 가족 체제를 고수하면서, 가족 구성원이 아닌 다른 사람들을 넓은 의미의 가족으로 수용하고 있습니다. 공동체 내에 결혼을 전제로 하지 않는 남녀가 함께 생활하는 것은 느슨한 가족 제도에서 가능하다고 고댕은 확신하고 있습니다.

참고 문헌

러셀, 버틀란트(1997): 결혼과 도덕에 관한 10가지 철학적 성찰, 김영철 역, 자작나무.
민유기(2005): 고댕의 파밀리스테르 이상적 공동체. 유토피아 사회주의와 사회경제학의 결합, 실린 곳: 프랑스사 연구, 제12집, 181-216.
박주원(2004): 푸리에의 팔랑쥬, 즐거운 노동사회의 유토피아, 실린 곳: 장동진 외, 이상 국가론, 연세대출판부, 209-242.
변기찬(2011): 샤를 푸리에의 정념. 조화 혹은 사회성을 향한 욕망, 석당 논총, 49집, 239-271.
윤소영(2004): 역사적 마르크스주의: 이념과 운동, 공감이론 신서 20, 공감.
푸리에, 샤를(2007): 사랑이 넘치는 신세계 외, 변기찬 역, 책세상.
파코, 티에리(2002): 유토피아. 폭탄이 장치된 이상향, 동문선.
Adorno, Theodor(1966): Vorwort, in: Adorno, Theodor(hrsg.), Charles Fourier, Theorie der vier Bewegungen und der allgemeinen Bestimmungen, Frankfurt a. M.
Beecher, Jonathan(1990): Charles Fourier. The Visionary and His World, University of California Press, Berkeley.
Berneri, Marie Louise(1982): Reise durch Utopia, Berlin.
Claeys, Gregory(2011): Searching for Utopia. The History of an Idea, London.
Considérant Victor(1834): Destinée sociale, Paris, Libraires du Palais-Royal, Bureau de La Phalange.
Fourier, Charles(1966): Le nouveau monde amoureux, œuvres complètes de Charles Fourier, VII, Paris.
Jameson, Frederic(2007): Archeologies of the Future. The Desire Called Utopia and Other Science Fictions, Verso: London.
Kleinau, Elke(1987): Die freie Frau. Soziale Utopien des frühen 19. Jahrhunderts, Düsseldorf.
Leff, Lisa Moses(2005): Charles Fourier, in: Richard S. Levy(hrsg.), Antisemitism. A Historical Encyclopedia of Prejudice and Persecution, Berkeley.
Marcuse, Herbert(1979): Schriften 5, Triebstruktur und Gesellschaft, Frankfurt a. M..
Reich, Wilhelm(1971): Die Funktion des Orgasmus, Köln.
Saage, Richard(1998): Utopie und Eros. Zu Charles Fouriers neuer sozitärer Ordnung, in: UTOPIE kreativ, H. 105, 68-80.

11. 카베의 유토피아, 『이카리아 여행』

(1840)

1. 에티엔 카베의 유토피아 상: 에티엔 카베(Étienne Cabet, 1788-1856)의 『카리스달 경의 이카리아 여행과 모험(Voyage et aventures en Icarie)』(1840)은 생시몽의 『산업 시스템에 관하여』와 마찬가지로 중앙집권의 거대한 국가 시스템을 설계하고 있습니다. 작품은 출간 직후에 상당히 많이 팔렸지만, 이에 비례하여 작품에 대한 비판 역시 다양하게 속출했습니다. 혹자는 주어진 대상의 서술이 정교하지 못하고 수많은 내용이 반복되고 있다고 비난하는가 하면(Berneri: 201), 혹자는 더 나은 국가 시스템의 설계가 독창적이지 못하다고 비판하기도 하였습니다(Marx/Engels: 448f). 가장 커다란 문제는 카베가 전체주의 국가의 지배 체제를 아무런 조건 없이 찬양한다는 데 있습니다. 가령 "이카리아"에서는 개개인의 자유가 국가의 시스템에 의해서 제한당하고 있습니다. 사회 구성원들은 일사불란하게 작동되는 시스템 속에서 감시당하며 살아갑니다. 이는 전체주의 이데올로기에 어떤 빌미를 제공할 수 있습니다. 실제로 카베의 유토피아는 정치적 보수주의뿐 아니라, 사회주의를 지향하는 좌파 지식인들에 의해서도 거부당했습니다. 이는 카베가 문학 유토피아의 현실 비판의 기능을 약화시키고, 미래의 가상적 특성을 과도하게 강조한 때문으로 이해됩니다.

2. 카베의 삶 (1): 1788년 1월 1일 프랑스 디종에서 노동자의 아들로 태어난 에티엔 카베는 비상한 두뇌와 열정적인 기질을 지닌 젊은이였습니다. 그는 법학을 전공하여 변호사로 일했습니다. 처음에 카베는 나폴레옹에 대해 적대적 태도를 취했지만, 나폴레옹의 국가가 몰락한 뒤에 오히려 그에 대해서 어느 정도 호의적으로 수용하였습니다. 군주를 지향한 그의 태도에는 문제가 있었지만, 나폴레옹이 정체된 사회에 신선한 활력을 불어넣었다는 것입니다. 1830년에 7월 혁명이 발발했습니다. 당시 프랑스 사람들은 샤를 10세를 폐위시키고, 루이 필리프(Louis Philippe)를 옹립하였습니다. 루이 필리프는 입헌군주제에 동의하고 민주주의의 실천을 인민들에게 약속했는데, 즉위 후에 이 약속을 저버리고 자신의 권력을 휘두르기 시작하였습니다. 이에 대해 카베는 몹시 실망하였습니다. 카베는 『1830년 혁명과 현재의 상황(Révolution de 1830 et situation présente)』(1832)이라는 책을 통하여, 루이 필리프 왕정을 신랄하게 비판하였습니다. 바로 이 시기에 카베는 급진적 사회주의자의 길을 걷게 됩니다.

만인의 자유와 평등 — 이것은 18세기 초에는 거의 불가능한 과업으로 비쳤습니다. 그럼에도 공화주의를 표방하는 진보적 지식인으로서 가만히 있을 수는 없는 노릇이었습니다. 그래서 그는 민족의 주권과 프랑스 사회의 안녕을 위한 지식인 잡지를 간행하였습니다. 그것은 『일반 법학 선집(Recueil de jurisprudence générale)』이었습니다. 1833년에 카베의 잡지는 한꺼번에 12,000부, 어떤 경우에는 무려 27,000부나 팔려 나갔습니다. 1828년부터 이듬해까지 카베는 이탈리아 비밀 결사단인 카르보나리(Carbonari)의 당원이었습니다. 카르보나리당은 — 유럽의 건축물을 담당하던 석공(石工)들이 만들어 낸 초국가적 결사 단체인 프리메이슨과 마찬가지로 — 동지애와 이탈리아 통일을 지향하는 비밀 결사 조직이었습니다. 나폴레옹이 집권하던 시기에 이탈리아는 네 개의 국가로 분할되어 있었다는 사실을 생각해 보세요. 1841년부터 카베는 지식인 잡지 간행에 한계를 느낀 나머지, 『대중들(Le Populaire)』이라는 신문을 간행하였습니다. 신문을 간행하는 일은 처음부터 무지몽매한 인민을 계도하고, 자신의 뜻을 펴 나갈 수 있는 작업이라고 생각되었습니다. 카베의 신문은 의외로 번창해 나갔습니다. 사람들은 진리를 접하려는 정보의 욕구를 지니고 있다는 게 결국 카베의 당시 지론이었습니다.

카베의 탄탄대로의 삶은 1834년부터 급격하게 하향 곡선을 그리게 됩니다. 프랑스 정부는 1831년에 카베를 체포 구금하고, 그의 신문을 강제로 폐간 조처했습니다. 왜냐하면 신문의 주필인 카베가 칼럼에서 황제를 모독했기 때문이라고 했습니다. 실제로 카베가 1830년 이후로 직접 거리에서 데모한 적은 한 번도 없었습니다. 그럼에도 프랑스 황실 재판부는 1834년에 황제 모독죄를 저지른 피고에게 "5년의 감옥, 혹은 5년의 해외 망명"이라는 조건부 판결을 내렸습니다. 여기서 말하는 "조건부 판결"이란 피고가 두 가지 판결 가운데 하나를 선택할 수 있음을 가리킵니다. 카베는 옥살이 대신에 런던 망명을 선택하였습니다. 물론 영어를 제대로 구사하지 못하던 카베로서는 오랜 망명 생활이 불편하기 짝이 없었습니다. 그러니 그로서는 대영박물관의 도서관에 틀어박혀 독서와 집필밖에 할 수 있는 일이 없었습니다. 카베는 애인, 델핀 르사주(Delphin Lesage)라는 여인과 결혼하여 딸을 두었지만, 극도의 가난에 시달렸습니다. 바로 이 시기에 집필된 책이 바로 『이카리아 여행』입니다. 카베는 어느 날 로버트 오언을 직접 찾아간 적이 있는데, 그가 추구하는 새로운 삶을 위한 소규모 공동체에 관해서 깊은 감명을 받았습니다. 그래서 부오나로티(Buonarotti)의 책, 『바뵈프 그리고 평등을 위한 모반(Conspiration pour L'egalité dite de Babeuf)』(1828)이라든가, 토머스 모어의 『유토피아』 등의 문헌이 집필 자료로 채택된 것은 어쩌면 필연적인 귀결인지 모릅니다. 카베가 민주적 절차를 거친 공산주의의 이념을 집요하게 추구해 나간 것은 영국 망명 시기 이후라고 판단됩니다.

3. 사회질서, 평등 그리고 거대한 중앙집권적 복지국가의 설계: 카베는 『이카리아 여행』을 집필하기 위하여 천 페이지에 달하는 기록물을 남겼는데, 이는 오늘날까지 전해지고 있습니다. 우리는 기록물을 통해서 카베가 참고했던 원전과 『이카리아 여행』의 집필 의도 등을 정확히 파악할 수 있습니다. 카베는 해링턴의 『오세아나 공화국』, 모어의 『유토피아』의 영어판을 면밀하게 연구한 다음에 다음과 같은 결론에 도달합니다. 즉, 모든 재앙의 근원은 사회의 나쁜 조직에서 유래한다는 결론 말입니다. 카베는 스스로 발설하기 꺼려 했지만, 바뵈프의 평등사상으로부터 커다란 영향을 받았습니다. 물론 이러한 영향은 장년의 나이에 이르러서야 비로소 의식된 바 있습니다. 나중에 카베는 1828년에 필립 부오나로티의 책을 대충 읽었다고 술회하였습니다. 그렇지만 이러한 독서의 경험은 나중에 거대한 복지 공동체와 평등한 삶을 설계하는 데 도움을 주었습니다. 실제로 어떤 바람직한 중앙집권적 국가에 모든 행정 권한을 위임하고, 인간의 주권을 공동체의 보편적 의지에 이양하는 일이야말로 바뵈프와 그의 추종자들이 주장한 내용이었습니다.

4. 카베의 삶 (2): 카베는 처음에는 왕당파에서 공화주의자로 변신하였고, 1839년 망명에서 프랑스로 돌아왔을 때는 사회주의의 지조를 견지하고 있었습니다. 당시 프랑스의 경제적 생산양식은 영국의 그것에 미치지는 못했지만, 이미 초기 자본주의 단계에 들어서 있었습니다. 서서히 대도시가 발전되어 나가고, 매뉴팩처의 공업 기술이 도시에서 방방곡곡으로 퍼지고 있었습니다. 수많은 사람들이 농촌을 떠나 대도시로 몰려 왔습니다. 특히 영국의 산업혁명의 여파로 사람들은 과학기술에 대해 커다란 기대감을 품고 있었습니다. 이때 카베는 생시몽의 진단이 사실로 확인되고 있음을 볼 수 있었습니다. 다만 사회적 진보에 걸림돌로 작용한 것은 보수적 귀족을 중심으로 온존하고 있는 왕정 체제였습니다. 이

러한 현실적 상황을 전제로 할 때, 사회주의에 관한 사상과 이를 위한 실천은 카베의 눈에는 처음에는 그야말로 요원한 것 같았습니다. 카베의 이러한 정치적, 사상적 입장은 그의 책에 정확하게 반영되어 있습니다. 그는 행여나 검열에 걸릴까 봐 노심초사하다가, "카리스달 경의 이카리아 여행과 모험"이라는 제목으로 작품을 발표하였습니다. 카베의 책은 프랑스로 귀국한 이듬해인 1840년에 간행되었는데, 노동자와 일반 독자들로부터 커다란 호응을 얻었습니다.

5. 소설의 화자, 이카리아 여행: 카베의 소설의 주인공, "나"는 영국 출신의 귀족, 윌리엄 카리스달 경(Sir William Carisdall)입니다. 1834년 윌리엄은 우연히 이카리아라고 하는 미지의 땅에 관한 책자를 접합니다. 책은 그에게 너무나 큰 감동을 선사합니다. 그래서 윌리엄은 약혼식도 미루고 미지의 땅을 직접 체험하려고 합니다. "나"는 1835년 12월 22일에 프랑스인 친구 외젠느와 함께 "이카리아"라는 섬으로 여행을 떠납니다. 이카리아는 최근에 발견된 섬으로서, 유럽으로부터 멀리 떨어져 있습니다. "이카리아"는 "이카리아 해(Icarie)"에서 비롯된 단어입니다. 추측컨대 카베는 신화적 인물, 이카로스가 빠져 죽은 바로 그 바다에서 어떤 가상적인 장소를 도출해 낸 것 같습니다. 두 사람은 이카리아의 찬란한 이상 국가를 살펴보고, 유럽의 현실이 얼마나 비참하고 고통스러운지를 뼈저리게 느낍니다. 주인공은 디나로스(Dinaros)에서 역사학 교수로 일하는 사람으로부터 이카리아의 역사와 생활에 관해 많은 정보를 얻습니다. 특히 윌리엄과 외젠느는 간간이 열정적으로 토론을 벌이는데, 이것은 이카리아에서의 찬란하고 풍요로운 삶과 완전히 대조를 이룹니다. 두 사람의 토론에서 독자는 다음의 사항을 알 수 있습니다. 즉, 유럽인들 사이의 적대감 내지 인종 차이에서 비롯하는 암투가 얼마나 근시안적인 시각 차이에서 유래하는 것인가 하는 사항 말입니다.

6. 소설의 전개 과정: 윌리엄은 이카리아에서 살아가는 젊은 청년, 윌모어를 사귀게 됩니다. 윌모어의 아버지는 이카리아의 고위 관직을 맡고 있지만, 그의 직업은 기계 부품 수리공입니다. 윌모어의 여동생, 코릴라는 바느질 노동자입니다. 영국 귀족인 주인공은 이 사실에 놀라움을 금치 못합니다. 국가의 고위 관리의 아들이 기계 수리공으로 일한다는 것 자체가 납득할 수 없었던 것입니다. 아름답고 순진무구한 처녀인 코릴라는 주인공을 매혹시킵니다. 윌리엄은 처녀를 뜨겁게 사랑합니다. 결국 그는 유럽으로 돌아와 자신이 이카리아에서 기록해 두었던 일기장을 친구에게 전하면서, 그것을 출간해 달라고 부탁합니다. 카베는 모든 것을 일기 형식으로 기록해 두었습니다. "일기 형식"은 이카리아의 사회적, 정치적, 철학적 시스템을 평이하고도 생동감 넘치게 서술하기 위한 수단으로 선택한 것입니다. 만약 카베가 모든 것을 설명문으로 서술해 나갔더라면, 그것은 아마도 딱딱한 논문처럼 따분하고 독자의 흥미를 부추길 수 없었을 것입니다. 사실 카베의 작품은 1840년부터 1848년까지 무려 다섯 번이나 새롭게 간행될 정도로 많이 팔렸습니다. 카베가 소설의 주인공으로 프랑스의 사회주의자가 아니라 영국의 귀족을 선택한 것은 지극히 의도적입니다. 가령 주인공은 처음부터 귀족으로서의 편견을 고수하며, 영국의 사회 시스템 내지 신분 차이를 당연하게 여기고 있습니다. 그렇지만 그의 견해는 이야기 전개 과정에서 서서히 변하게 됩니다. 이를테면 윌리엄은 이카리아에서의 평등 사회를 직접 체험한 다음에 자신의 세계관이 얼마나 우물 안 개구리의 그것처럼 편협하고 폐쇄적인가를 깨닫게 된 것입니다.

7. 이카리아의 주위 환경: 천혜의 섬, 이카리아는 완전히 고립되어 있습니다. 남북으로는 산맥이 마치 병풍처럼 드리워져 있으며, 강은 동쪽으로 흐르며, 서쪽은 대양과 인접해 있습니다. 이카리아는 약 100개의 주로 분할되는데, 각 주의 크기는 거의 동일하며, 인구 역시 별반 차이가

없습니다. 수도는 주의 중심에 위치하며, 수도를 제외하면 주는 제각기 여덟 개의 마을과 수많은 농가로 이루어져 있습니다. 다시 말해, 제반 주는 10개의 코뮌으로 나누어져 있습니다. 잘 닦인 도로는 넓고, 기하학적 구도에 의해서 사통팔달의 모습으로 뻗어 있습니다(Berneri 204). 주로 차로, 철로, 운하로 활용된다는 점으로 미루어 교통수단 역시 매우 발달되어 있음을 알 수 있습니다. 이로써 우리는 이카리아 공동체 국가가 토머스 모어의 『유토피아』처럼 대칭 구도로 이루어져 있다는 것을 간파할 수 있습니다.

8. 이카리아 공동체의 모습: 카베의 작품의 줄거리는 이카리아 공동체 국가를 묘사하기 위한 수단으로 이어집니다. 작품은 두 개의 커다란 단락으로 나누어집니다. 첫 번째 단락에서는 이카리아의 일반적이고 가시적인 사항들이 설명되고 있으며, 두 번째 단락에서는 이카리아의 정치경제 구도의 틀 등이 언급되고 있습니다. 이카리아는 "풍요롭고도 풍족한 나라"입니다. 도시는 화려하게 치장되어 있고, 경작지와 정원은 형형색색의 꽃으로 가득 차 있습니다. 그곳 사람들은 "우아하고 아름다운 생활양식"을 즐기면서, 공동으로 살아갑니다. 도시의 전체적인 분위기는 "질서, 일원성, 화해, 찬란한 우정 그리고 미덕과 행복"으로 요약될 수 있습니다. 그러나 이카리아의 사회주의 평등 국가의 모델은 엄밀히 따지면 토머스 모어의 『유토피아』의 모델과는 다릅니다. 두 작품 사이에는 300년이라는 시간적 차이가 엄연히 존재합니다. 가령 모어의 『유토피아』가 농업과 수공업에 바탕을 둔 경제구조의 시대에 태동한 사회상이라면, 이카리아 공동체 국가는 19세기의 분화된 노동의 생산양식, 생산에서 산업혁명이 실현되던 시점의 사회상입니다. 따라서 두 작품 사이에는 과학기술의 영역에서 분명한 차이가 드러날 수밖에 없습니다.

9. 사유재산제도와 화폐의 철폐: 이카리아에서는 사유재산제도가 완전히 철폐되어 있습니다. 모든 재화는 공동의 소유로 되어 있습니다. 국가는 이러한 재화를 그저 관리할 뿐입니다. 이곳 사람들은 화폐 역시 사용하지 않습니다. 화폐는 카베에 의하면 인간을 경제적 노예로 만드는 사악한 수단이라고 합니다. 왜냐하면 화폐가 존속하는 한, 사람들은 더 많은 화폐를 벌어들이기 위해서 주위 사람들에게 온갖 술수를 사용하여 이득을 챙기기 때문입니다. 이카리아 공동체 국가에서는 만인이 평등합니다. 나아가 어떠한 신분 차이 내지 직업적 구분도 용납되지 않습니다. 물론 성의 차별은 존재하기 때문에, 남녀가 성의 평등, 경제적 평등을 누리며 살아가지는 않습니다. 예컨대 남자들만이 자유롭고도 평등하게 투표에 참가할 수 있습니다.

10. 일곱 시간, 혹은 여섯 시간의 의무 노동: 이카리아의 모든 사람들은 국가의 모든 생산과 분배에 참가합니다. 모든 사람들은 노동의 의무를 지닙니다. 다시 말해, 만인의 노동이 정착되어 있는데, 사람들은 한 명도 빠짐없이 여름철에는 하루 일곱 시간, 겨울철에는 하루 여섯 시간 노동해야 합니다(블로흐: 1145). 기계와 노동을 위한 원자재는 국가에 의해서 조달됩니다. 따라서 노동자는 기계 및 원자재의 조달에 대해 신경 쓰지 않고, 오로지 일에만 몰두할 수 있습니다. 노동의 분업은 엄격하게 규정되어 있습니다. 남자는 65세, 여자는 50세가 되면 노동을 면제받습니다. 여자들은 노동 외에도 가사에 종사해야 하므로, 반나절 이상 노동하는 경우는 절대로 없습니다. 따라서 여자들은 남자들이 행하는 노동의 절반을 수행할 뿐입니다. 이카리아 사람들은 공동으로 식사합니다. 모든 작업실에는 거대한 식당이 비치되어 있어서, 사람들에게 식사를 무료로 공급합니다. 이카리아에서는 식량과 물품이 충분하게 비축되어 있어서 일하지 않아도 얼마든지 살아갈 수 있지만, 흉년이 들 경우에 비상시에 활용

할 수 있는 물품을 조달해야 합니다. 그렇기에 사람들은 하루도 쉬지 않고 노동에 임합니다. 대신에 노동시간은 어떠한 경우에도 하루 일곱 시간을 초과해서는 안 됩니다. 농업과 수공업의 경우, 기술적 자재 내지 도구가 개발되어 있어서 단기간에 높은 생산량을 얻을 수 있습니다.

11. 이카리아의 정치체제: 이카리아는 100개의 주로 분할되어 있는데, 개별 주는 10개의 공동체로 구성되어 있습니다. 따라서 1,000개의 공동체는 제각기 한 달에 세 번 모임을 개최합니다. 이때 이카리아 사람들은 대부분의 회의에 출석하여 개별 사항을 논의하고 결정합니다. 모임은 오후 네 시까지 계속 이어집니다. 개별 공동체는 2명의 의회 의원을 선출하여 그 가운데 한 명을 의회로 보냅니다. 만약 의회 의원들이 회의에 참석하지 않으면 사회적으로 비난받게 됩니다. 의회에서는 다수결의 원칙에 의해서 법이 제정되고 파기됩니다. 안건의 내용은 주로 생산과 유통 기구 그리고 이카리아의 경제적 제반 문제에 관한 것들입니다. 정해진 법률은 수행 위원회에 의해서 실제 현실에 적용됩니다. 이로써 민주주의의 원칙이 보편적으로 실천되고 있습니다. 한 가지 흠이라면, 선거권이 오로지 남자들에게만 주어져 있다는 사실입니다.

이카리아에는 중앙 정부의 대통령이 있습니다. 의회는 의원들 가운데 후보자를 선정하여 2년 임기의 대통령을 선출합니다. 그런데 대통령의 권한은 거의 행정직 공무원을 연상시킵니다. 다시 말해서, 대통령의 임무는 대체로 의회에서 정한 사항을 실제 현실에 적용하는 것에 국한되어 있습니다. 이카리아에는 법정과 감옥이 없습니다. 그렇다고 재판을 통해 어떤 판결이 내려지는 것은 아닙니다. 작업장, 거주지 그리고 학교에는 제각기 노동자 법정, 시민 법정 그리고 학생 법정이 존재합니다. 그런데 법정은 피의자를 심문하고 계도하는 것으로 자신의 고유한 임무를 끝냅니다. 만인이 신뢰와 약속 그리고 명예를 지킨다면, 이카리아 공동체는 어쩔 수 없이 얼마든지 정상화될 수 있다는 것이 카베의 지론이었습니다(딜라스-로셰리외: 276). 사유재산제도의 폐지로 인해 이카리아에서는 물품을 훔치는 경우는 없습니다. 강탈, 독살, 살인 또한 발생하지 않기 때문에, 이카리아에서는 공증인, 변호사, 경찰, 첩자, 간수 그리고 형리 등의 직업은 유명무실합니다(Cabet: 114). 이카리아에서 범죄로 간주되는 것은 기껏해야 시간 약속 불이행, 부정확한 물품 분배 그리고 험담 등입니다. 이는 모조리 경범죄이기 때문에, 법정이 개최될 필요가 없습니다. 이곳에서는 잘못을 저지른 사람이 스스로를 처벌해야 한다는 게 하나의 기본 법칙으로 통용됩니다.

12. 발전된 과학기술을 통한 생산력의 증가: 이카리아에서 증기기관은 거의 완벽한 단계에 도달해 있습니다. 전기에너지는 도합 2억 마력 그리고 30억 인간의 힘을 대치시킬 정도로 엄청난 양을 자랑합니다. 이에 비하면 1981년 구서독에서는 8만 2천 메가와트의 에너지를 생산했는데, 이것은 약 1억 1,150만 마력의 에너지에 해당하는 것이니, 우리는 이카리아에서 생산된다는 에너지 양이 얼마나 대단한지 과히 짐작할 수 있습니다(Winter 143). 과학기술을 극대화함으로써 사회적으로 필요한 노동시간을 질적으로 단축시키려고 생각한 사람이 바로 카베였습니다. 그렇기에 사람들은 카베의 유토피아 모델을 "무노동의 유토피아"라고 규정하곤 합니다. 한마디로 무노동의 유토피아는 자본주의 이전의 생산양식 내지 삶의 양식을 이상화한 것으로서 "놀고먹는 사회"를 전제로 합니다. 이와 관련하여 슈나벨과 모리스 역시 자신의 유토피아에서 "인간은 어떻게 하면 힘들게 노동하지 않고 삶을 향유할 수 있을까?"라는 물음을 깊이 숙고한 바 있습니다. 그렇지만 두 사람이 주어진 자연 조건을 최대한 이용한 수동적인 방식의 무-노동의 유토피아를 설계했다면, 카베는 슈나벨과 모리스와는 달리 과학기술, 최상으로 조직화된 산업을 최대한

으로 이용하여 능동적으로 노동시간을 단축함으로써 무노동의 유토피아를 추구합니다(Manuel 276). 물론 카베에 의하면, 인간 삶에서 무노동은 결코 존재할 리 만무하다고 합니다. 다만 과학기술과 기계, 기구 등의 사용으로 노동시간은 얼마든지 단축될 수 있다고 합니다.

13. 최대한의 기술 도입과 활용: 이카리아에서는 증기기관을 개발하여 엄청난 양의 에너지를 생산해 내고 있습니다. 카베는 다음과 같이 묘사합니다. "힘차게 소리 내는 기계는 — 멀리서도 우리는 이 소리를 들을 수 있는데 — 작열하는 붉은 쇳물 속에서 모든 유형의 작은 혁명들을 이어 나간다. 그래, 증기기관은 물, 불, 공기 그리고 흙 다음으로 나타난 다섯 번째 가장 중요한 원소이다. 왜냐하면 그것은 미래의 세상을 창조하고, 우리의 현대를 우리의 과거로부터 차단시키기 때문이다"(Cabet 429f). 사람들은 증기기관의 실험을 전기 생산으로 발전시켜서 수많은 에너지를 전 지역으로 공급하고 있습니다. 이는 빵과 같은 식량의 대량생산에도 활용되며, 섬유산업, 광산 채굴을 통한 지하자원의 개발, 생산 과정에서는 대부분의 시설이 기계화되어서, 이곳의 노동자들이 직접 모든 것을 수작업으로 행할 필요는 없습니다. 이카리아 공화국에서는 증기기관을 이용한 기차와 선박들이 곳곳에 배치되어 있습니다. 비행선과 잠수함도 새롭게 발명되어 활용되고 있습니다(Gnüg 139). 또한 농업 분야에서도 기술의 합리화가 도입되고 있습니다. 이로써 과거에 농부 열 사람 혹은 열다섯 사람이 행하던 노동을 농부 한 사람이 수행하는 게 가능해졌습니다.

14. 가부장적 가족 체제의 고수 그리고 엄격한 성도덕: 이카리아에서는 일부일처제의 전통적 가족 체제가 하나의 범례로 채택되고 있습니다. 카베는 플라톤의 "혼인 없는 여성 공동체"를 처음부터 거부합니다(Cabet: 437). 어린 시절부터 사람들은 이에 관한 교육을 받게 됩니다. 교육을 통

해서 남녀 모두 상대방을 존중하는 마음을 습득해 나갑니다. 따라서 성도덕은 엄격하게 유지되고, 이혼은 좋지 못한 행위로 간주됩니다. 비근한 예로 카베는 학교의 기숙사에서 학생들의 자위행위를 근절하기 위한 세부사항을 마련해 놓고 있습니다. 가족 구성원들은 가부장주의에 근거하여 가장의 권위를 가장 중요하게 생각합니다. 나아가 남존여비의 풍습이 약간 남아 있지만, 그렇다고 해서 여자가 남자에 비해 심각할 정도로 차별을 당하는 것은 아닙니다. 비근한 예로 여성의 직업과 남성의 직업이 구분되어 있습니다. 바로 이 점 때문에 카베의 유토피아는 푸리에의 그것과 근본적으로 차이점을 지닙니다. 그렇지만 카베의 유토피아에서는 여성도 얼마든지 높은 교육을 받을 수 있으며, 능력을 발휘할 경우 높은 관직 또한 얻을 수 있습니다. 대부분의 이상주의자들이 대체로 전통적 가족제도를 해체하는 식으로 서술하는 반면, 카베는 결혼의 필연성, 교육 그리고 엄격한 도덕의 강령을 내세웁니다. 이 점에서 우리는 스위스의 종교개혁자 울리히 츠빙글리(Ulrich Zwingli)의 영향을 어느 정도 유추할 수 있습니다.

15. 결혼: 남자는 20세, 여자는 18세부터 결혼할 수 있습니다. 결혼 조건으로 이곳 사람들은 인종 구분을 중요하게 생각하지 않습니다. 백인과 황인, 흑인과 백인 사이의 결혼도 얼마든지 용인되고 있습니다. 중요한 것은 개개인이 얼마나 국가의 이익과 안녕에 보탬이 되는가 하는 물음이지, 순수 혈통의 고수가 아니라는 것입니다. 결혼하려는 남녀는 자발적 의지로 상대방을 선택할 수 있습니다. 결혼을 앞둔 남녀는 결혼하기 전에 약 6개월간 상대방의 외모와 특징들을 파악하며, 연정을 조심스럽게 확인할 수 있습니다. 결혼할 때 여성들은 많은 지참금 내지 혼수 비용을 부담하지 않습니다(Cabet: 518). 이카리아 공동체에서 정조와 순결은 매우 중요한 덕목으로 간주됩니다. 그래서 간통은 관습에 의해서 엄벌로 다스려집니다. 그렇지만 파혼은 얼마든지 가능하며, 이혼 후에 당사자들이 다

시 결합하려고 할 때 국가는 이에 대해 이의를 제기하지 않습니다.

16. 사회주의 계획경제의 도입: 이카리아에서는 "생산 위원회"라는 단체가 구성되어 있으므로, 매년의 생산량과 생산 내지 수확 물품의 종류 등이 미리 책정됩니다. 그렇게 해야만 과잉생산을 막을 수 있으며, 물품의 품귀 현상을 사전에 차단할 수 있다고 합니다. 이는 20세기의 사회주의 계획경제의 방식을 선취한 내용입니다. 모든 경제체제가 산업적 특성을 지니고 있지만, 환경 파괴의 특징은 드러나지 않습니다. 거주지 또한 단순하지 않고, 실용성 외에도, 개별적 아름다움을 추구하는 방식으로 지어져 있습니다. 이카리아를 여행하는 윌리엄은 대부분의 건축물들이 합목적적이며, 미적으로 설계되어 있는 데 무척 놀라워하고, 자신이 살고 있는 영국의 건축물들과 비교해 봅니다. 이는 영국 사회에 대한 주인공의 선입견을 바꾸게 작용합니다. 이카리아에는 작은 호텔이 없으며, 대신에 외국인을 위한 게스트하우스가 마치 궁궐처럼 지어져 있습니다. 호텔은 이카리아 사람들의 거주지 바깥 지역에 위치하고 있는데, 근처에는 의학 기구와 기계 시설을 갖춘 훌륭한 병원이 있습니다.

17. 이카리아 사람들의 의복과 거주지 그리고 풍요로운 소비: 근검절약은 고도로 발전된 기술 사회에서는 더 이상 미덕이 아닙니다. 사치와 낭비가 과도하지 않다면, 인간은 때로는 향유할 줄도 알아야 한다는 것입니다. 이카리아 사람들은 반드시 나이, 결혼 유무 그리고 직업 등에 합당한 유니폼을 입고 다닙니다. 그렇기에 누가 무슨 색깔의 옷을 입었는가에 따라 그의 직책이 공개되는 셈입니다. 여성들이 아름답게 보이려고 치장하는 일은 일부 허용됩니다. 그렇지만 이는 오로지 무늬 그리고 장식에만 해당하는 사항입니다. 사람들은 어떠한 경우에도 옷의 색깔을 바꿀 수 없습니다. 거주지 내의 가구 역시 어떤 차이를 보여 주지 않습니

다. 만약 가족 수가 많을 경우, 그 가족은 비교적 더 큰 거주지를 할양받습니다. 가옥은 18세기 파리 사람들의 거주지와는 비교할 수 없을 정도로 멋지게 축조되어 있습니다. 국가는 인민들에게 필요에 따라 일주일에 한 번 혹은 10일에 한 번 극장 출입권 내지 경마권을 제공합니다. 국가는 기술을 이용해 필요한 것들을 대량생산하며, 조직적으로 보충하곤 합니다. 이카리아에서는 직업 군대도 없고, 직업 심부름꾼도 없습니다. 모든 사람들은 춤과 노래를 즐기면서 높은 생활수준을 영위하며 살아갑니다. 이러한 생활수준은 모어의 『유토피아』와 메르시에의 『서기 2440년』에 묘사되어 있는 이상적인 도시보다도 더욱더 훌륭합니다. 카베의 이카리아 공동체에는 화폐도 없고, 가난도 없습니다. 사람들에게는 소유욕이 없으므로, 범죄나 악덕이 사라진 지 오래입니다.

18. 이카리아 사람들의 식생활: 이카리아 사람들은 가끔 풍요로운 식사를 즐깁니다. 수백만 명이 고작 마른 빵만으로 끼니를 때우는 것은 인간의 존엄성에 위배된다고 합니다(Cabet: 296). 19세기 프랑스에서는 놀고먹는 귀족들이 열심히 일한 평민들을 착취하여 흥청망청 즐겼지만, 이카리아에서는 그렇지 않습니다. 열심히 일하는 사람들은 놀고먹는 자들보다 더 맛있는 음식을 즐길 수 있습니다. 식량에 관한 업무를 관장하는 부서는 식량위원회입니다. 위원회는 무엇보다도 이카리아 사람들의 영양과 건강을 우선적으로 고려합니다. 그리하여 이로운 음식과 해로운 음식을 규정하며, 요리 책을 출판한 다음에 모든 가정에 나누어 줍니다. 요리 책에는 모든 음식의 합리적 조리법이 상세하게 기술되어 있습니다. 모든 노동자들은 오전 6시에 각 구역의 식당에서 새참을 즐깁니다. 두세 시간 작업을 끝내면, 그들은 다시 식당에 모여서 공동으로 아침 식사를 시작합니다. 이때 여자와 아이들은 집에서 개별적으로 아침 식사를 끝냅니다. 정오가 되면 여자들을 포함한 모든 성인들은 식당에 모여서 공동으로 점심을 먹

습니다. 저녁 식사의 경우, 그들은 제각기 집에서 간단하게 해결합니다.

19. 이카리아 사람들의 교육: 주인공, 윌리엄은 이카리아에 머무는 동안 많은 사람들을 사귀는데, 이들 가운데 디나로스 교수도 있습니다. 교수는 어린이의 교육을 무엇보다도 중요하게 생각합니다. 아이를 출산한 산모는 국가의 보호를 받습니다. 5세가 될 때까지 아이를 보살피는 일은 어머니가 전담합니다. 5세가 된 아이들은 18세가 될 때까지 학교에 다닙니다. 유아와 소년 소녀들은 오전 9시부터 오후 6시까지 학교에서 공부합니다. 학교는 아이들에게 점심과 저녁 식사를 무상으로 제공합니다. 기초 과정의 아이들은 모국어, 고대어 그리고 외국어를 중점적으로 배웁니다. 이카리아에서 중요하게 간주되는 과목은 언어 외에도 수학과 자연과학입니다. 이카리아의 학교는 음악 과목을 중시하는데, 이는 플라톤의 영향 때문인 것 같습니다. 기초 과정이 끝나면, 중등 과정의 교육이 시작됩니다. 이때부터 교육은 이론과 실기로 나누어집니다. 학생들은 오전에는 실습생으로서 각종 노동에 참가하여 일하는 것을 습득해 나갑니다. 오후가 되면, 학생들은 문학, 역사, 해부학, 건강학 그리고 병리학 등을 배웁니다.

20. 교육학과 도덕교육: 이카리아는 유아교육과 초등교육을 매우 중시합니다. 그래서 교사 양성의 업무는 중요한 일로 간주되며, 교사가 사회적으로 존경받습니다. 교육은 마치 유희처럼 전개되고, 놀면서 공부하는 게 교육 효과를 거두고 있습니다. 이카리아의 학교가 정책적으로 중점을 두는 것은 도덕교육입니다. 아이와 학생들은 도덕교육을 통해서 이웃 사랑과 평등을 일찍부터 체득합니다. 도덕 교사는 무엇보다도 다음과 같은 세 가지 행동 지침을 강조합니다. 1. 다른 사람을 나 자신처럼 사랑하라. 2. 내가 행하고 싶지 않은 일을 남에게 강요하지 말라. 3. 내가 소망하고 갈구하는 것을 다른 사람에게도 허용하라.

21. 직업 선택: 이카리아에서는 누구나 자유롭게 직업을 선택할 수 있습니다. 그러나 누구나 자신이 원하는 직업의 일을 무작정 행할 수는 없습니다. 왜냐하면 혹자는 공동체가 원하지 않는 직업을 선택할 수 있고, 필요하지 않은 데도 지원자가 과도하게 몰리는 경우가 있을 수 있기 때문입니다. 젊은이들은 남녀를 불문하고 자유롭고 평등하게 교육 받지만, 직업 선택 시에는 어느 정도 제한을 받습니다. 당국은 필요에 따라 매년 특정 직업에 필요한 인원을 선발합니다. 젊은이들은 이 시험에 응시하여 합격할 경우에는 특정 직업의 수련생으로 일하게 됩니다. 직업 가운데에는 여성만이 전담하는 것도 있습니다. 그것은 요리사와 바느질 등으로 제한되어 있습니다.

22. 이카리아에서의 교통수단: 이카리아에서의 모든 삶은 세부적으로 치밀하게 규정되어 있습니다. 모든 것은 이상적으로 영위되고 실현됩니다. 인간은 훌륭한 과학기술의 도움으로 그야말로 지상에서 축복을 누리며 살아갑니다. 카베는 책의 상당 부분을 할애하며, 19세기 이전의 도시 삶의 문제점을 비판적으로 기술하였습니다. 이카리아에서는 개개인이 교통수단으로 마차 내지 탈것 등을 소유할 수 없습니다. 대신에 사람들은 전차, 마차 등을 무료로 이용할 수 있습니다. 그렇지만 사람들이 반드시 지켜야 할 사항이 있습니다. 지나치는 차량들은 어떠한 경우에도 도로의 행인의 옷을 더럽혀서는 안 된다고 합니다. 이는 프랑스 파리의 거리 모습을 모르고서는 도저히 납득할 수 없는 대목입니다. 19세기까지 축조된 건물에는 화장실이 없었습니다. 파리의 사람들은 야밤을 이용하여 요강에 담긴 배설물과 오물들을 길가에 버렸다고 합니다. 그렇기 때문에 거리는 항상 질척거렸다고 합니다. 그렇지만 이카리아에서는 어느 누구도 쓰레기와 오물을 바깥으로 투기하지 않습니다.

23. 이카리아의 종교: 카베는 사회주의의 지조를 지닌 몇몇 동시대 사람들과는 달리 종교에 대해서 비교적 관대한 태도를 취했습니다. 이카리아 사람들은 계몽된 관점에서 종교를 받아들입니다. 이카리아는 신정 분리의 정책을 처음부터 실천하고 있습니다. 특히 놀라운 것은 아이들이 16세 내지 17세가 될 때까지 종교 과목을 이수하지 않는다는 사실입니다. 이는 학생들로 하여금 한 가지 종교에 매몰되지 않게 하려는 조처입니다. 카베는 루소의 『에밀』에 기술된 종교교육에 관한 사항을 상당 부분 그대로 수용하고 있습니다. 대신에 16세 내지 17세가 된 아이들은 1년에 걸쳐서 모든 종교적 견해를 빠짐없이 배웁니다. 또한 카베는 이카리아의 모델에서 종교를 삶의 중요한 문제로 생각하지 않았습니다. 종교는 주로 죽음 이후의 세계를 다루므로 지상의 낙원을 추구하는 이카리아 사람들에게는 관심 밖이라는 것입니다. 사람들이 종교에 따라 타인에게 선을 긋고, 종교적 입장 차이로 인하여 서로 싸우는 경우는 거의 없습니다. 신에 대한 경배는 풍요로운 사회에서는 더 이상 필요 없다고 합니다.

24. 카베의 시대 비판: 카베에게 중요한 것은 정치적으로는 프랑스의 신분 사회의 모순이었으며, 경제적으로는 빈부 차이였습니다. 카베는 다음과 같이 서술합니다. "누군가는 힘들게 일하고, 누군가는 그저 소비에 혈안이 되어 있다. 빈둥거리며 노는 자는 일하는 자의 재화를 매일 강탈하는 셈이다. 낭비하는 자는 절약하는 자의 돈을 교묘한 방식으로 빼앗고 있다"(Cabet: 371). 이카리아 유토피아는 계층 간의 갈등을 종식시키고 빈부 차이를 극복한 하나의 바람직한 사회상을 보여 줍니다. 또한 사유재산제도를 철폐하고, 만인의 노동을 의무화하고 있습니다. 문제는 카베의 이러한 유토피아 구상이 토머스 모어의 『유토피아』에 언급된 사회적 질서와 거의 대동소이하다는 사실입니다. 한 가지 차이가 있다면, 그것은 카베가 발전된 과학기술을 산업 전반에 걸쳐 도입하고 있다는 사

실입니다.

카베에 의하면, 공산주의 사회는 결코 폭력이나 무력 혁명으로써가 아니라, 오로지 지식인들의 선전 선동 그리고 신념과 설득에 의해서 실현될 수 있습니다. 이와 관련하여 바뵈프는 자신의 「평등을 위한 모반」에서 어째서 사람들은 법을 제정하는 자나 대지주들 앞에서 고개 숙이고 농사짓거나 농기구를 만드는 사람들을 하찮게 여기는가 하고 비난하였습니다(Babeuf: 105). 카베는 다음과 같은 견해를 내세웠습니다. 부자 역시도 빈자와 똑같은 인간이고 형제자매라고 합니다. 부자는 제도의 잘못에 의해서 오류를 범하기 때문에 무작정 벌 받아야 할 필요는 없다고 합니다. 어쩌면 카베의 사고는 19세기의 유럽의 현실을 직시할 때 시대착오적인, 순진한 발상이라고 비난당할 수 있습니다(Hahn: 145). 마르크스는 카베처럼 뜬금없는 이상 사회를 묘파하는 대신에 주어진 시대의 난제를 통찰하려고 했습니다. 가령 봉건국가는 여전히 억압의 서슬 푸른 칼날을 드리우고 있었고, 자본가는 가내수공업 등으로 노동자를 착취하는 데 혈안이 되어 있었습니다. 대부분의 노동자들은 하루 14시간씩 혹독하게 일해야 약간의 임금을 받을 수 있었습니다. 그러니 사회의 불평등은 혁명에 의해서 해결될 수밖에 없다고 마르크스는 확신하였습니다.

25. 이카리아 공동체의 취약점: 카베의 이카리아에서는 빈부의 차이가 없고, 직업 정치가도 없습니다. 직업 군인도 없고, 경찰도 존재하지 않습니다. 게다가 감옥도 철폐되어 있습니다. 이러한 사항은 19세기 초의 유럽 현실에 대한 반대급부로 설계된 상입니다. 그렇지만 거대한 이카리아 공동체는 철저한 중앙집권적인 시스템에 의해서 가동되고 있습니다. 혹자는 카베의 유토피아가 "나폴레옹 치하의 군사독재국가에 관한 조감도"라고 평가하지만(히로노: 133), 그렇다고 공동체가 개개인을 노골적으로 억압한 것은 아니었습니다. 어쨌든 중앙집권적 특징으로 인한 문제점

은 다섯 가지 사항으로 요약될 수 있습니다. 첫째로 이카리아 사람들은 유니폼을 착용해야 합니다. 그런데 의복과 관련된 세부 사항에서 허술한 면이 엿보이는 것은 사실입니다. 이를테면 재혼한 과부의 경우 이에 합당한 유니폼이 언급되지 않습니다. 이렇듯 이카리아 공동체는 비교적 규모가 커서 수많은 삶의 조건 속에서 수많은 사례들이 출현할 수 있는데, 몇몇 규정만을 질서로 내세우고 있어서 세부적 사항에 관한 구체적 언급이 결여되어 있습니다. 둘째로 이카리아 사람들은 시간에 맞추어서 일사불란하게 움직여야 합니다. 노동도 그러하고 식사도 그러합니다. 이는 마치 캄파넬라의 질서 유토피아의 취약점과 유사합니다. 셋째로 우리는 우상숭배의 문제를 지적할 수 있습니다. 이카리아 사람들은 죽은 독재자 이카르(Icar)를 우상처럼 숭배합니다. 넷째로 당국은 공동체의 질서를 무너뜨리는 문헌을 수거하여 모조리 불태워 버립니다. 진시왕의 분서갱유는 카베의 엄격한 중앙집권적 국가에서도 여전히 행해지고 있습니다. 다섯째로 이카리아에서는 예술 작품에 대한 사전 검열이 행해집니다. 플라톤의 『국가』 이래로 "작가와 예술가들은 놀고먹는 체제 파괴자들이다"라는 인식이 이카리아에 팽배해 있습니다.

26. 카베와 공산주의: 에티엔 카베는 1841년부터 신문 『대중들』을 간행하기 시작하였습니다. 이때 그는 파리에 머물던 여러 공산주의자들과 교류하였습니다. 마르크스와 엥겔스는 카베에게 편지를 보내어 1848년 3월의 사건을 언급했는데, 이 편지는 오늘날까지 전해 내려옵니다. 그런데 「공산당 선언」에서는 아이러니하게도 카베의 이름이 빠져 있습니다. 왜냐하면 카베의 비판적 유토피아 사회주의는 공산주의 운동에서 더 이상 효용 가치가 없는 진부한 내용으로 이루어져 있기 때문이라고 합니다. 카베의 글은 노동자들을 계몽하기 위한 가치 있는 자료로 활용되었지만, 처음부터 계급투쟁의 필연성을 거부하기 때문에, 프롤레타리아의

혁명적 투쟁에 도움이 되지 못한다는 것이었습니다. 엄밀히 따지면, 카베의 이념은 프랑스 혁명의 자유, 평등 그리고 동지애에 근거하는 공화주의를 진척시킨 사상으로 이해될 수 있습니다. 그렇기에 21세기의 시각에서 마르크스-레닌주의를 카베의 유토피아에 접목시키는 것은 어떤 한계에 직면하게 됩니다(김인중: 142).

27. 공동체를 건설하기 위한 카베의 실험: 카베는 자신의 책에서 처음으로 공산주의라는 용어를 사용하였습니다. 독일의 시인 하인리히 하이네는 『이카리아 여행』을 읽고 글을 썼는데, 이때 그는 "공산주의(Kommunismus)"라는 용어를 처음으로 사용한 바 있습니다. 당시는 젊은 마르크스가 프랑스 파리에 체류하던 무렵이었습니다. 이카리아는 급진적 사회주의자가 꿈꾸는 세상을 암시하는 표현이었습니다. 가령 그라쿠스 바뵈프는 1796년에 거대한 혁명을 점화시키고 이를 급진적으로 실천하려고 했으나, 실패를 맛보아야 했습니다. 부오나로티는 미켈란젤로의 후손이었는데, 1837년에 사망할 때까지 정치적 반역에 대한 믿음을 굽히지 않았습니다. 카베는 언젠가 다음과 같이 말했습니다. "만약 모든 철학자들이 무덤에서 일어나서 예수 그리스도의 주재 하에 모임을 갖는다면, 그들은 공산주의를 선포할 것이다"(Swoboda: 313). 그렇지만 카베의 이카리아 공산주의는 유럽 내의 사회주의의 실현 과정에서 커다란 영향을 끼치지 못했습니다. 18세기에 거대한 중앙집권적 국가를 작동시킨다는 것 자체가 힘든 과업이었습니다. 그러나 카베의 공동체에 관한 관심사는 대단했습니다. 당시 프랑스에서 이카리아 학교가 건립되었고, 추종자의 수는 40만 명에 이르렀습니다. 카베는 1847년에 신문 기사를 통해서 성급한 이카리아 공동체의 추진을 경고하면서, 미국에서의 이카리아 공동체를 권고하였습니다(Saage: 361). 그리하여 그는 1849년 550명의 추종자들과 함께 미국의 텍사스로 건너가서 이카리아 공동체를 건설하였습니다.

28. 실패로 끝난 카베의 실험: 미국에서 시도한 카베의 공동체 운동은 실패로 끝나고 맙니다. 그 까닭은 세 가지 사항으로 요약됩니다. 첫째로, 공동체에는 많은 이질적인 사람들이 섞여 있었습니다. 처음에는 550명 정도 되었는데, 나중에는 280명만이 남게 되었습니다. 새롭게 터를 잡은 곳은 세인트루이스에서 북쪽으로 65킬로미터 떨어진 노부(Nauvoo)에 있는 325헥타르의 땅이었는데, 이전부터 모르몬교도들이 살고 있었습니다. 이들은 모르몬교의 교주, 조셉 스미스(Joseph Smith)를 추종하고 있었습니다. 스미스는 1844년에 미국 대통령 후보로 물망에 올랐는데, 이른바 비윤리적인 기사를 신문에 게재했다는 혐의로 체포되었습니다. 문제는 카베의 추종자들과 모르몬교도 사이에 의견 대립이 지속적으로 발생했다는 데 있습니다. 프랑스 사람들은 엄격한 성도덕을 추종한 반면에, 모르몬교도들은 일부다처주의를 자연스러운 생활 형태로 간주하였습니다. 둘째로, 공동체 사람들은 합심하여 공동체 전체의 이익을 도모하는 것을 목표로 했습니다. 그러나 미국 공동체에서는 사리사욕에 집착하는 자들이 많았습니다. 셋째로, 이카리아 공동체는 중앙집권적 정책을 표방하였으나, 정책 수행에 있어서 어떠한 강제적 수단도 마련하지 못했습니다. 결국 1853년에 카베는 일시적으로 파리에 머물렀는데, 그가 없는 공동체는 구심점을 잃게 됩니다. 결국 1855년에 이카리아 공동체는 의견 대립으로 인하여 서서히 붕괴되었고, 이듬해에 에티엔 카베는 머나먼 타향에서 유명을 달리하고 맙니다. 카베가 사망한 다음, 이카리아 공동체는 1860년에 코닝(Corning)이라는 이름으로 명맥을 유지했으나, 1871년 무렵에는 성인 70명과 아이들로만 구성되어 있었습니다. 이카리아의 마지막 공동체에 해당하는 이카리아 스페란카(Icaria Speranca)는 1886년에 완전히 몰락하게 됩니다.

참고 문헌

김인중(2005): 에티엔 카베의 '이카리아 공산주의'와 공화주의, 실린 곳: 프랑스사 연구, 제12집, 한국프랑스사학회, 121-148.

딜라스-로세리외, 욜렌(2007): 미래의 기억, 유토피아, 김휘석 역, 서해문집.

블로흐, 에른스트(2004): 희망의 원리, 5권, 열린책들.

히로노, 세키(2014): 인류 사상사 속의 유토피아, 김형수 역, 실린 곳: 녹색평론, 135호, 130-150.

Berneri, Marie Luise(1982): Reise durch Utopia, Berlin.

Babeuf, Gracchus(1982): Das Manifest der Gleichen, in: John Anthony Scott(hrsg.), Gracchus Babeuf. Die Verschwörung für die Gleichheit, Hamburg, 103-108.

Cabet, Etienne(1979): Voyage en Icarie, Présentation d'Henri Desroche, Paris.

Gnüg, Hiltrud(1999): Utopie und utopischer Roman, Stuttgart.

Hahn, Manfred(1995): Archivalienkunde des vormarxistischen Sozialismus Stuttgart.

Joachim Höppner, Joachim u.a(2002): Etienne Cabet und seine ikarische Kolonie. Sein Weg vom Linksliberalen zum Kommunisten und seine Kolonie in Darstellung und Dokumenten. P. Lang: Frankfurt am Main.

Jens(2001): Jens, Walter(hrsg.), Kindlers neues Literaturlexikon, 22 Bde., München.

Manuel(1971): Manuel, Frank(Ed.) French Utopias. An Anthology of Ideal Societys, New York.

Marx/Engels(1969): Karl Marx und Friedrich Engels, Werke Bd. 3, Berlin.

Swoboda(1987): Swoboda Helmut(hrsg.), Der Traum vom besten Staat. Texte aus Utopien von Platon bis Morris, 3. Aufl. München.

Winter Michael(1986): Luxus und Pferdestärken. Die Utopie der industriellen Revolution, in: Klaus L. Berghahn u. a(hrsg.), Literarische Utopien von Morus bis zur Gegenwart, Königstein/Ts., 125-145.

12. 바이틀링의 기독교 공산주의

(1843)

1. 그리스도와 가난한 노동자, 혹은 기독교 공산주의: 독일의 혁명가, 빌헬름 바이틀링의 사상은 19세기 유토피아의 사상적 조류를 고려할 때 어떤 의미심장한 사고를 전해 줍니다. 그것은 그리스도와 가난한 노동자 사이의 일치 가능성을 지적해 준 최초의 인물이 바로 바이틀링이라는 사실입니다. 바이틀링은 마르크스, 엥겔스와 유사한 사고를 견지했지만, 방법론적 전략에 있어서 수미일관된 입장을 취하지는 못했습니다. 가령 그는 때로는 전략적으로 아나키스트와의 연대를 고려했으며, 때로는 그들과 적대적 자세를 취하는 등, 이른바 좌충우돌의 충동적 면모를 드러내었습니다(블로흐: 1178). 이러한 불명료한 자세는 바이틀링이 탁월한 두뇌를 지닌 지식인 계급이 아니라, 노동자계급에 속하는 노동운동가로 활동했다는 데에서 그 이유를 찾을 수 있습니다. 우리는 바이틀링의 삶과 행적에서 수미일관된 명확한 사상을 도출해 낼 수는 없지만, 최소한 가난한 노동자의 한 사람으로서 깊고도 강렬한 열정과 인간애를 추구하는 의지 등을 접할 수 있습니다. 그가 추구한 이상은 기독교 공산주의로 요약할 수 있습니다. 그렇기에 그는 한 번도 문학작품을 통해서 자신의 이상을 구체적으로 형상화한 적은 없었습니다.

2. 작은 것이 위대하다: 바이틀링은 프랑스의 신학자, 펠리시테 라므네(Félicité Lamenais)의 영향으로, 죽을 때까지 "작은 것이 위대하다"라는 기독교 정신을 고수하였습니다. 라므네는 루소의 영향을 받아서 가톨릭교가 자유주의의 관대함을 견지해야 한다고 피력하였습니다. 1808년에 간행된 『18세기 프랑스에서의 교회 상태와 현재 상황에 관한 성찰(Réflexions sur l'état de l'église en France pendant le 18ieme siècle et sur sa situation actuelle)』에서 라므네는 가톨릭의 입장에서 종교와 정치를 구분하는 게 옳다고 확신했습니다. 가톨릭은 모든 세속적 권한을 포기하고 믿음과 신앙 이외의 다른 문제에 대해서는 절대로 관여해서는 안 된다는 것이었습니다(Barnikol: 29). 지금 우리는 느긋한 자세로 관용을 이야기할 수 있지만, 종교적 갈등의 시기에 화해와 관용을 주장하는 것은 죽음을 불사하는 용기와 다름이 없었습니다. 바이틀링은 라므네의 사상에서 두 가지 사항을 수용하였습니다. 그 하나는 인간 삶에 있어서 겸허함을 실천해야 한다는 믿음이며, 다른 하나는 주어진 현실에서 가장 힘들게 살아가는 민초들이 성스러운 그리스도의 영혼들일 수 있다는 확신이었습니다.

3. 바이틀링의 저작물: 바이틀링은 두 권의 대표적 저작물, 『조화로움과 자유의 보장(Garantien der Harmonie und Freiheit)』(1842), 『가난한 죄인의 복음서(Das Evangelium der armen Sünder)』(1843)를 간행하였습니다. 두 권의 책을 통하여 바이틀링은 노동자, 수공업자 출신의 작가 가운데에서 가장 잘 알려진 사람이 되었습니다. 특히 첫 번째 책은 3판까지 연속적으로 간행되었고, 발간 즉시 프랑스어, 노르웨이어 그리고 헝가리어로 번역되어 간행되었습니다. 1844년 마르크스는 파리에 머물 때 이 책을 접했는데, 잡지 『전진』에서 두 권을 미래에 활동할 대단한 거물의 데뷔작이라고 호평하였습니다. 시인, 하인리히 하이네와 루드비히 포

이어바흐(Ludwig Feuerbach) 등은 바이틀링의 『조화로움과 자유의 보장』을 한마디로 독일 혁명의 신앙 지침서라고 규정하기도 하였습니다. 바이틀링의 유토피아는 그리스도와 가난한 노동자 사이의 만남으로 이해될 수 있습니다. 바이틀링이 추구한 가난한 노동자는 붉은 영웅으로서의 그리스도의 상과 불가분의 관계에 있습니다.

4. 바이틀링의 삶: 바이틀링은 1808년 1월 25일 마그데부르크에서 사생아로 태어났습니다. 그의 어머니는 마그데부르크에서 하녀로 일하고 있었는데, 프로이센에 주둔하던 프랑스군 장교에게 겁탈당한 뒤 아들을 낳았습니다. 프랑스군 장교의 이름은 기욤 테리용이었는데, 나중에 나폴레옹 군대를 따라 러시아로 진군한 뒤에 종적을 감추었다고 합니다. 바이틀링이라는 성은 어머니, 크리스티안네에게서 따온 것입니다. 원래 어머니의 성은 "바이델링(Weideling)"이었는데, 그는 자신을 "바이틀링"이라고 명명하였습니다. 바이틀링은 생계를 위하여 재단사 일을 배웠습니다. 처음에 재단사의 조수로 일하다가 1836년 프랑스로 망명했는데, 거기서 어떤 단체에 가입합니다. 그 단체는 "멸시당하는 자의 동맹"이라는 이름을 지니고 있었습니다. 이 동맹은 독일에서 혁명적 지조를 표방하다가 프랑스로 망명한 수공업 노동자들의 결사 단체였습니다. 그들은 대체로 사회에 대한 비판적 견해를 지닌 가난한 노동자들로 구성되었는데, 프랑스의 초기 사회주의자, 바뵈프와 부오나로티에 의해서 전해진 사회혁명 이론을 열렬히 추종하고 있었습니다. "멸시당하는 자의 동맹"은 조국을 떠나 방랑하는 독일 노동자들과의 접촉을 통해서 영향력을 서서히 높여 나갑니다. 1836년에서 1838년 사이에 이 동맹은 보다 급진적 구호를 외치면서 "정의로운 자들의 동맹"으로 결성됩니다.

"멸시당하는 자의 동맹"이 결성되었을 때, 거기에는 신분 차이가 온존했습니다. 여기에는 독일로부터 망명한 귀족과 지식인 등이 혼재되어 있었던 것입니다. 바로 이러한 이유에서 프랑스에서 일용 노동자, 청소부, 구두 수선공 그리고 재단사로 일하던 사람들은 동맹으로부터 떨어져 나가서 새로운 단체를 결성합니다. 그것이 바로 "정의로운 자들의 동맹"입니다. 1836년에 바이틀링은 동맹의 대표로 선출됩니다. 이때부터 그룹은 거대한 단체를 결성하였습니다. 정의로운 자들의 동맹은 주어진 권력에 직접적으로 저항하며 모반을 일으키는 전략으로부터 벗어나서, 무지몽매한 노동자들을 교화하고 돕는 일을 일차적으로 추진하게 됩니다. 1830년 프랑스에서는 7월 혁명이 발발하였습니다. 당시 프랑스의 노동자들은 루이 필리프 왕을 권좌에서 내쫓기 위해서 폭동을 일으킵니다. 급진적 혁명 세력인 블랑키주의자 등이 폭동을 일으켰는데, 이에 가담한 세력이 바로 정의로운 자들의 동맹이었습니다. 그러나 노동자들의 폭동은 끝내 실패로 돌아가게 되었고, 당국은 혁명에 가담한 노동자들과 지식인들을 체포하려고 하였습니다. 1840년 바이틀링은 스위스의 제네바로 도주하여, 이듬해 그곳에서 잡지를 간행하고, 1842년에는 자신의 대표작인 『조화로움과 자유의 보장』을 완성합니다. 그러나 바이틀링은 스위스에서도 편안하게 생활할 수 없었습니다. 1843년 6월 8일 밤에 바이틀링은 동료의 밀고로 스위스 당국에 체포되었습니다. 10개월 형을 선고 받은 바이틀링은 독일 함부르크로 송치되었는데, 1844년 8월 27일에 바이틀링은 교묘한 방법으로 도주하여 영국의 런던으로 향합니다. 여기서 바이틀링은 사람들을 규합하여, "정의로운 자들의 동맹"을 런던으로 이전하도록 조처합니다. 이때 정의로운 자들의 동맹이 런던에서 자리를 잡는 데 도움을 준 사람들은 다름 아니라 마르크스와 엥겔스였습니다.

이 시기에 바이틀링은 공산주의 계급투쟁이라는 구호를 강하게 부르짖었습니다. 이로써 그는 생시몽의 이론과 조합 운동으로 퍼져 나가던 푸리에의 이론으로부터 서서히 등을 돌렸습니다. 왜냐하면 바이틀링은 노동자들의 관심사와 일반 시민들 내지 부유한 시민들의 관심사 사이에 도사리고 있는 엄청난 괴리감을 간파하였기 때문입니다. 따라서 당시 사회에 필요한 것은 권력 구조를 수정할 수 있는 정치적 개혁뿐 아니라, 계층 간의 경제적 갈등을 전폭적으로 해소할 수 있는 사회혁명, 바로 그것이었습니다. 특히 후자는 노동자계급의 해방을 위한 필수적인 전제 조건이라고 바이틀링은 확신하게 됩니다. 노동자들의 고유한 권리를 요구하기 위해서는, 일차적으로 그들이 얼마나 착취당하는가 하는 사실을 스스로 절실하게 깨달아야 한다는 것입니다. 정의로운 자들의 동맹이 오래전부터 이러한 계획을 실천에 옮긴 것도 바로 그 때문이었습니다(Beer: 509). 1847년에 바이틀링이 미국으로 떠난 뒤에, "정의로운 자들의 동맹"은 "공산주의자들의 동맹"으로 명칭이 바뀌게 됩니다.

바이틀링과 마르크스는 미래 사회에 관하여 서로 다른 견해를 내세웠습니다. 바이틀링은 목표에 있어서는 처음부터 계급 없는 사회를 급진적으로 건설해야 하지만, 방법론에 있어서는 신중하고 느릿느릿하게 행동해야 한다고 확신했습니다. 이에 반해 마르크스는 공산주의의 미래 사회를 실천할 수 있는 단계로서의 혁명적 과도기의 국가 체제를 일차적으로 용인하면서, 노동자들의 신속한 혁명 운동에 기대감을 품었습니다. 이러한 의견 대립은 두 사람 사이의 세계관의 차이에서 비롯된 것이었으며, 이로 인하여 두 사람 사이에 갈등이 생겨났습니다. 두 사람의 의견 대립으로 인하여 한 가지 불미스러운 사건이 발생합니다. 그것은 다름 아니라 바이틀링의 추종자들이 공산주의자들의 동맹에서 제외된 사건이었습니다. 바이틀링은 이러한 사건이 발생한 다음에 미국의 뉴욕으로 떠나, 1848년 혁명이 발발했을 때 독일로 돌아왔습니다. 그러나 1848년 독일 혁명에서 바이틀링은 결코 중추적 역할을 수행하지 못합니다. 사회적 변화에 더 이상 자신의 영향력을 행사할 수 없다고 판단한 바이틀링은 1849년 말에 다시 미국으로 건너가서, 미국 주재 독일 노동자 연맹을 결성합니다. 1851년 그는 아이오와에 있는 클레이튼 카운티 공동체에 합류합니다. 공동체는 1847년에 하인리히 코흐(Heinrich Koch)가 이곳의 땅을 구매하여 창립한 바 있는데, 그 자체 사회주의의 삶을 추구하는 조합이었습니다. 1851년 말경에 바이틀링이 자신의 모든 것을 바쳐 발전시킨 아이오와 공동체는 미국 주재 독일 노동자 연맹과 합병하게 되었습니다. 결국 바이틀링은 재정적인 위기를 맞이하게 되고, 1854년에 공동체 사람들과 심한 의견 대립 끝에 아이오와 공동체로부터 등을 돌립니다. 결국 아이오와 공동체는 1854년에 해체되고 맙니다. 바이틀링은 그해에 카롤리네 퇴트와 결혼하였고, 이후 뉴욕에서 재단사로 일하면서 평범하게 살다가 세상을 떠났습니다.

5. 마르크스, 엥겔스와의 견해 차이: 그렇다면 어째서 마르크스와 엥겔스는 바이틀링의 입장을 거부하고, 그를 사회주의 운동 과정에서 제거되어야 할 지식인으로 평가했을까요? 그 이유는 무엇보다도 바이틀링의 사고가 처음부터 사해동포의 사회주의에 근거하고 있었기 때문입니다. 그의 사고는 한마디로 "만인은 모두 형제자매이다"라는 국제주의의 낙관론에 바탕을 두고 있었습니다. 이러한 낙관주의적 태도는 마르크스의 눈에는 두 가지 취약점을 간직하고 있는 것처럼 비쳤습니다. 첫째로, 그것은 주어진 사회 내의 계급 갈등의 본질을 고찰하여 이에 대한 해결책을 찾으려는 집요한 노력과는 처음부터 부합되지 않았습니다. 사해동포주의에 근거한 낙관주의는 거시적 차원에서 고찰할 때 사회주의 운동이 아니라, 오히려 아나키즘의 의향을 부추깁니다. 왜냐하면 그것은 우선적으로 국가 중심의 제반 정책을 거부하는 경향을 내세우기 때문입니다. 따라서 인종, 국적, 계급, 성별, 나이 등으로 인한 차별과 갈등은 당사자로 하여금 경제적 불이익에서 비롯하는 계급 갈등과 그로 인한 계급투쟁을 은근히 중화시키고 희석시키게 작용합니다.

둘째로, 바이틀링의 낙관적 태도는 실제 현실에서 어떤 정책을 선택할 때 아나키스트들에게 칼자루를 쥐어 주는 결과를 초래하였습니다. 실제로 바이틀링은 프루동과 같은 아나키즘 사상과 결탁함으로써, 본의 아니게 프롤레타리아의 연합 전선을 위한 구체적 정책 설정 및 추진 전략을 음으로 양으로 방해하였습니다. 왜냐하면 사해동포주의는 그 속성상 사회의 특정 계급의 이권에 도움을 주기는커녕 오히려 그것을 차단시키도록 작용하기 때문입니다. 국가를 초월한 사해동포주의는 지금까지 다른 노선을 고수하는 사람들에게 언제나 계급 문제를 혼란스럽게 만들고 현혹시키는 빌미를 제공해 왔습니다. 비근한 예로 유대인들은 20세기에 이르러 국가를 초월한 세계시민으로서의 유대인 공동체의 슬로건을 내세운 바 있었습니다. 이때 스탈린은 사회주의 정책을 수립하는 과정에서 유대인들의 사해동포주의를 배제하고, 오로지 슬라브 민족 중심의 국가주의를 의도적으로 강조한 바 있습니다(Lustiger: 72).

6. 사해동포주의의 문제점: 사해동포주의는 계급투쟁뿐 아니라 민족 중심의 국가주의를 실천하는 과업에 있어서도 하나의 걸림돌로 작용합니다. 아니나 다를까, 마르크스와 엥겔스는 사회의 약자로서의 노동자 운동을 실천하는 데 있어서 바이틀링의 국제적 사해동포주의를 하나의 방해 요인이라고 여겼습니다. 이에 반해 바이틀링은 근본적 사상에 있어서 사회주의를 지향했지만, 다만 전략적 차원에서 아나키스트와의 공조 내지 협력 체계가 필요하다고 생각했습니다. 바이틀링의 이러한 태도는 마르크스와 엥겔스의 눈에는 아나키즘과의 어떤 전략적 합작이 아니라, 바이틀링이 본질적으로 아나키즘을 맹신하고 있는 것처럼 비쳤습니다. 어쨌든 자그마한 전략 하나가 결국 마르크스와 바이틀링 사이의 근본적 입장 차이로 비화되었는데, 이는 결국 두 사람 사이의 엄청난 오해와 불신으로 이어졌습니다.

7. 사유재산, 유산, 화폐 그리고 가족제도의 폐지: 바이틀링은 세부적으로 실현 가능한 이상 사회를 구성적으로, 다시 말해 하나의 명확한 틀 내지 시스템으로 설계하지 않았습니다. 그래서 그가 추구한 삶의 목표와 그가 의식한 바람직한 국가 공동체에 관한 상은 흐릿하게 재구성될 수밖에 없습니다. 일단 첫 번째 사항을 살펴보기로 하겠습니다. 바이틀링은 예수 그리스도를 "가난하고 불행한 사람들을 지켜 주는 변호사와 같은 존재"라고 여겼습니다. 예수는 가난한 소시민들이 죄를 지을 수밖에 없는 현실을 냉철하게 인지하고 은총을 내리는 분이라는 것입니다. 바이틀링은 가난한 사람들이 굴욕적으로 살아가는 것을 노여워하는 경건한 신앙인이었습니다. 노동자와 수공업자들은 당시 참담한 환경에서 절박하게 살아가야 했습니다. 이와 관련하여 바이틀링은 자신의 공산주의의 원칙을 예수의 순결한 박애 정신의 가르침에서 도출해 내려고 하였습니다. 그리스도는 가난한 자들에게 기쁨의 말씀을 전해 주었을 뿐 아니라, 자유와 평등의 정신을 설파하였다는 것입니다. 나아가 바이틀링은 사람들에게 믿음뿐 아니라, 적극적 자세로 자신의 뜻을 행동으로 옮기기를 강하게 요청했습니다. 구체적으로 말하자면, 노동자들은 재화를 함께 나누고, 사유재산의 철폐를 요구해야 한다는 것입니다. 바이틀링은 사유재산제도뿐 아니라, 유산 제도, 화폐 그리고 시민적 가족제도 또한 폐지되어야 한다고 주장했습니다.

8. 혁명적 전략 속에 도사린 메시아의 종말론적인 유토피아: 사유재산, 유산 제도, 화폐 그리고 시민적 가족 체제를 철폐하기 위한 바이틀링의 전략 속에는 어떤 놀라운 특성이 도사리고 있습니다. 그것은 다름 아니라 세상을 구원하려는 메시아의 종말론적 유토피아를 가리킵니다. 바이틀링은 조만간 시민전쟁 내지 내전과 같은 어떤 정치적 폭동이 발생할 수 있다고 생각했습니다. 혁명적 공산주의는 바로 이 점을 고려하여 어

떤 바람직한 전략을 구상해야 한다고 합니다. 만약 전쟁이 사악한 사건이 아니라, 인간이 겪어야 할 어쩔 수 없는 과정이라면, 사람들은 폭력이 자행되는 전쟁 상태를 자신에게 유리하게 역으로 이용할 줄 알아야 한다는 것입니다. 만일 불법이 판치는 세상이라면, 전쟁은 필연적입니다. 사회적 혁명은 바이틀링의 견해에 의하면 시민전쟁 내지 내전과 같은 무력적 폭력의 형태로 시작되기 마련입니다. 과도기는 어쩔 수 없이 일시적으로 한 명의 독재자를 요구할 수밖에 없습니다. 여기서 "예수는 장검을 든 혁명가의 모습을 보여 준다"는 신학적 입장이 첨가되고 있습니다. 바이틀링은 아마도 다음과 같이 확신한 게 분명합니다. 즉, 새로운 메시아는 첫 번째 메시아보다도 더 위대한 모습으로 출현하여 자신의 가르침을 실천하리라고 말입니다. 여기서 우리는 다음의 가설을 추측할 수 있습니다. 어쩌면 바이틀링 스스로 자기 자신에게서 하나의 새로운 메시아의 면모를 발견하여 이를 실천하려고 했다는 가설 말입니다(Euchner: 69).

9. 두 번째 메시아사상: 예수 그리스도는 다음과 같이 말했습니다. 즉, "나는 평화를 전하기 위해서가 아니라 장검을 전하기 위해서 이곳에 왔노라"(마태오의 복음서 10장 34절). 그렇기에 이 세상에 발발하게 될 가장 중요한 사건의 전날 밤에 또 다른 메시아가 출현한다고 합니다. 그분은 자신의 첫 번째 가르침을 실천하기 위해서 세상에 나타나리라고 합니다(Weitling 1966: 281). 여기서 말하는 메시아는 두 번째 메시아를 가리킵니다. 예수 그리스도가 첫 번째 메시아라면, 새롭게 태어나서 복음을 전하는 메시아는 그리스도의 가르침을 전하는 성령 내지 성신으로서의 두 번째 메시아라고 합니다. 그렇다면 사람들은 새로운 메시아를 실제 현실에서 어떻게 인식할 수 있을까요? 이와 관련하여 바이틀링은 다음과 같이 표현합니다. 두 번째 새로운 메시아는 돈의 마력을 경멸하고 인류의

고통 앞에서 자신의 붉은 심장을 드러내어 보이리라고 합니다. 그분은 풍요로움의 상층부로부터 궁핍함의 심연 속으로 내려오게 되리라는 것입니다.

두 번째 메시아는 바이틀링에 의하면 고해의 심연을 떠나지 않습니다. 그는 더 이상 어느 누구도 이러한 가련하고 고통스러운 궁핍함에 나락하지 않도록 하기 위해서 인민들과 함께 살아가리라는 것입니다. 그분은 비참하게 경멸당하며 살아가는 사람들과 함께 눈물을 흘릴 것이라고 합니다. 그분은 모든 공동의 문제를 해결하고, 어느 누구에게도 특권을 부여하지 않는 등 반드시 만인의 평등을 실천하리라고 합니다(Weitling 1966: 281). 두 번째 새로운 메시아는 오래된 사회적 질서의 썩어 빠진 체제를 깡그리 파괴하고, 고통당하는 사람들의 수많은 눈물방울을 망각의 바다 속으로 모조리 흘려보내리라고 합니다. 그렇게 되면 지상은 그야말로 찬란한 천국으로 변모될 것입니다. 지상의 천국이 도래하면 개개인들의 의지는 더 이상 사회체제 하에서 지배당하지 않을 것이며, 모든 사람들은 자유와 평등을 생생하게 체험하게 되리라고 합니다. 가장 위대한 메시아는 겸허한 자세로 조용히 지금 여기에서 이러한 질서를 새롭게 정립할 것입니다. 바로 이것이야말로 구세주가 행하는 권력의 왕관이며, 만 세상 사람들은 첫 번째 메시아보다도 더 위대한 두 번째 메시아를 분명하게 인지할 것이라고 합니다.

10. 바이틀링에게 영향을 끼친 사람들: 바이틀링은 예수 외에도, 세 명의 사상가를 언급하였습니다(Weitling 1966: 284). 첫 번째 사상가는 1535년 영국의 수상으로 일했던 토머스 모어를 가리키고, 두 번째 사상가는 노동자의 처벌 조항을 철폐하라고 요구하였던 로버트 오언을 지칭하며, 세 번째 사상가는 프랑스의 사상가 바뵈프와 카베를 일컫습니다. 첫째로, 토머스 모어는 자신의 이상을 실현하기 위해서 최상의 국가 시스템을 설

계하였습니다. 그의 처형은 참으로 가혹한 것이었지만, 모어의 삶은 말과 행동의 일치를 보여 줍니다. 둘째로, 로버트 오언은 비록 자본가에 속했지만, 노동자의 고뇌와 아픔을 진정으로 안타깝게 여기고 그들의 행복을 위해서 무엇을 개선하는 게 최상인가 하는 점을 깊이 숙고하였습니다. 바이틀링은 오언의 뉴 라나크 공동체의 실험을 무엇보다도 중요하게 여겼습니다. 셋째로, 바뵈프는 1795년에 사회주의 평등을 실천하려고 하다가, 정부에 의해서 사형선고를 받고 처형된 자이며, 카베는 주어진 시스템과는 다른 새로운 이카리아 공동체 국가를 저술한 사람입니다.

물론 바이틀링의 사상적 자양은 상기한 세 사람에 국한되지 않습니다. 왜냐하면 바이틀링이 수용한 사상적 자양은 플라톤으로부터 생시몽과 푸리에를 거쳐서 루이 블랑에게까지 이어지기 때문입니다(Meyer: 199). 그 밖에 바이틀링의 글 속에는 토머스 칼라일(Thomas Carlyle)의 스코틀랜드 도덕철학 내지 근대의 자연법사상을 기초한 존 로크의 철학적 내용이 은근히 배여 있습니다. 바이틀링은 현재의 현실의 물질적 비참함이 무엇보다도 사유재산제도에 기인한다는 사실을 지적하고 있는데, 여기서 우리는 바이틀링의 입장이 무엇보다도 국가주의 유토피아 사상에 근접해 있음을 확인할 수 있습니다. 토머스 모어 이래로 사유재산제도에 대한 비판이 지속적으로 이어져 내려온 것을 감안한다면, 바이틀링의 유토피아 역시 이러한 맥락에서 이해될 수 있습니다.

11. 바이틀링의 사회주의 경제 시스템: 두 번째로 바이틀링이 추구한 바람직한 국가 공동체의 상에 관해서 개괄적으로 살펴보려고 합니다. 우리는 그에게서 어떤 유토피아의 사고를 도출해 낼 수 있을 뿐, 사회 유토피아의 모델과 같은, 명징하게 설계된 구도를 찾아낼 수는 없습니다. 이는 바이틀링이 이에 관해서 세부적으로 치밀하게 구성적으로 개진하지

않았다는 데에서 기인합니다. 바이틀링의 경제 시스템은 엄격한 공동체 중심주의에 바탕을 두고 있습니다. 이는 사유재산제, 유산 상속, 화폐 그리고 시장 등의 철폐를 골자로 하고 있습니다. 유산 상속의 권한을 없앤다는 것은 이를테면 귀족과 같은 특권층을 용인해서는 안 된다는 발상에서 비롯한 것입니다. 화폐와 시장의 철폐는 무엇보다도 이윤 추구의 행위를 근절시키기 위한 것입니다. 시장과 화폐의 기능을 무시한 것은 나름대로 이유가 있습니다. 국가가 모든 사람들에게 공정하게 재화를 분배하기 위해서는 재화의 관리 내지 분배를 관장할 수 있는 체제를 필요로 합니다. 국가는 인민으로 하여금 공동으로 재화를 생산하게 하고, 이를 재화 보관소를 통해서 공정하게 분배해야 한다는 것입니다. 이 점을 고려한다면, 바이틀링의 유토피아는 사회주의 계획경제의 구도와 매우 근접해 있습니다.

12. 샤를 푸리에 비판: 따라서 사회주의 계획경제의 구도와 관련하여 바이틀링이 샤를 푸리에의 새로운 사회질서에 대해서 근본적으로 이의를 제기하는 것은 당연합니다. 푸리에의 공동체 시스템 속에서는 세 가지 서로 다른 의식주의 질서가 자리하고 있습니다. 다시 말해, 푸리에의 경우 의복과 음식 그리고 거주지 등은 개개인의 재능에 의해 이질적으로 드러나는 노동의 성과에 따라 제각기 달리 분배됩니다. 푸리에의 팔랑스테르 공동체가 사유재산을 부분적으로 용인하는 것을 생각해 보십시오. 특히 푸리에는 노동 대신에 화폐와 인간의 재능에 더 큰 비중을 두고 있는데, 이는 바이틀링의 견해에 의하면 결코 조화로운 시스템을 실현시키지 못하게 하는 취약점 내지 장애물이라고 합니다(Weitling 1955: 245). 화폐는 소유욕을 부추기게 되고, 개개인의 능력 차이를 부각시키는 것은 결국 다른 방면에서 불평등 구조를 재차 강화시키리라는 게 바이틀링의 입장입니다. 물론 인간의 내면에서 서로 모순되는 여러 가지 정서 내지

정념들은 당연히 "노동, 돈 그리고 능력"이라는 세 가지 다른 관심사에서 비롯합니다. 그렇지만 개별 인간에게는 이러한 세 가지 서로 다양한 관심사가 존재하며, 그 강조에 있어서 편차가 드러날 수밖에 없습니다. 그렇기 때문에 인간과 인간 사이에 결코 조화로운 관계가 형성될 수 없다고 바이틀링은 주장합니다.

푸리에는 무엇보다도 개별 인간들에게 자본과 사유재산을 용인하는데, 이로 인하여 엄청난 잘못이 파생되리라고 바이틀링은 주장합니다. 가장 골치 아픈 문제는 자본주의 체제에서 활개 치는 이윤 추구의 거래에서 속출할 수 있습니다. 푸리에가 처음부터 의도하지는 않았지만, 공동체 속에도 얼마든지 교묘하게 상인 계급이 형성되어, 종국에 이르러 사람들과 사람들 사이의 관계를 더럽히고 인간관계를 망치게 하리라는 것입니다. 새로운 사회질서 하의 공동체에서 사유재산을 인정하는 것은 바이틀링에 의하면 새 옷에다가 낡은 옷감 조각을 얼기설기 덧붙이는 처사와 같습니다. 그렇기에 현재나 미래의 사람들은 푸리에의 시스템을 바라보고 조소를 터뜨리게 되리라는 것입니다. 특히 문제는 가난한 하층민들이 사유재산이 용인되는 공동체 내에서 다시 한 번 소외당하고 심각한 어려움을 겪을 수 있다는 사실입니다. 그래서 푸리에의 사회적 질서는 차제에 필연적으로 몰락하게 되리라고 합니다. 왜냐하면 가난한 인민들은 팔랑스테르 공동체에 소속된다고 하더라도 공동체 사람들과의 빈부 차이로 인하여 그곳에 동화될 수 없기 때문입니다.

13. 바람직한 공동체의 전제 조건: 만약 푸리에의 팔랑스테르 공동체의 협동적 삶에 관한 계획이 인류의 안녕이라든가 수많은 빈민 계층의 상태를 향상시키려는 목적을 지니고 있다면, 그것은 다음과 같은 세 가지 가능성을 처음부터 용인해야 한다고 바이틀링은 주장합니다. 첫째로, 만인은 공동체에서 스스로 자유로운 의사 결정권을 지녀야 하며, 이를 실천

할 수 있는 경제적 수단을 사전에 마련해 놓아야 합니다. 경제적 수단을 지니지 않으면, 그들은 공동체 내에서도 자신의 권리를 주장하지 못하게 될 것입니다. 둘째로, 모든 공동체 사람들은 처음부터 서로 경제적 생활 수준의 차이를 지니지 말아야 합니다. 재산은 한 인간의 의식구조 내지 정서를 얼마든지 변화시킬 수 있습니다. 왜냐하면 마르크스의 주장대로 존재가 의식을 규정하기 때문입니다. 공동체는 처음부터 하나의 완전한 경제적 균등화는 아니더라도, 구성원들 사이에 어느 정도의 범위 내에서 경제적 평등을 실현시켜야 합니다. 그렇게 해야만 구성원들 사이에서 빈부 차이로 인한 심리적 위화감 내지 박탈감이 발생하지 않을 것입니다. 셋째로, 만인은 혼자 고립되어 살아가는 것보다 공동체에서 더욱 자유롭고 편안하게 살아갈 수 있어야 합니다. 이를 위해서 협동 교육 프로그램, 농업과 수공업에서의 공동 생산 프로그램 등이 개발되어야 합니다. 이렇듯 바이틀링은 소규모 수공업 영역에서의 혁신을 매우 중요한 사안으로 여겼습니다.

14. 자본주의와는 무관한 생산과 소비에 관한 바람직한 질서: 바이틀링은 새로운 공동체 사회를 위해서 한 가지 사항을 분명하게 지적합니다. 그것은 자본주의의 생산, 소비 과정과는 전혀 다른, 생산과 소비의 바람직한 질서와 관련되는 사항입니다. 이러한 질서는 사회 내의 개별 구성원이 평등한 규칙을 준수하기 위한 노력과 관계됩니다. 이러한 균형과 평등의 질서는 결코 돈이라든가 상업적 시스템에 의해서 방해받지 말아야 합니다. 이로써 바이틀링은 바자회 내지 물물교환의 공공연한 물품 저장소를 상정하고 있습니다. 이 점을 고려한다면, 우리는 다음의 사항을 확인할 수 있습니다. 즉, 바이틀링은 푸리에의 사상을 근본적 관점에서 비판했음에도 불구하고 세부적 관점에서는 바람직한 공동체의 새로운 삶에 관한 푸리에의 이념에서 많은 부분을 차용하고 있다는 사항 말

입니다. 엄밀히 고찰하면, 바이틀링은 푸리에와 그의 사고 자체를 비판하려고 한 게 아니라, 푸리에 추종자들의 약간 변화된 입장, 다시 말해서 푸리에주의자들의 어떤 변형된 팔랑스테르의 특성을 매우 강도 높게 비난하였다고 우리는 말할 수 있습니다.

15. 어떻게 하면 노동의 즐거움을 느낄 수 있을까?: 바이틀링은 다음과 같은 결론을 맺습니다. 긍정적 욕망이라든가 삶을 즐기려는 욕구, 생업을 영위하려는 욕망이라든가 지식을 쌓으려는 열정 등은 원칙적으로 상품의 판매와 구매가 허용되는 시스템 속에서는 안타깝게도 저열한 무엇으로 변질될 수 있습니다. 가장 잘 조직화된 사회는 자칫 잘못하면 개인의 안녕이 아니라 사회의 보편적 안녕만을 위하는 구성적인 방향으로 향하게 될 위험성을 지닙니다. 그렇게 되면 원래 푸리에가 의도했던 정념 내지 쾌락 자체는 역으로 위로부터 얼마든지 억압될 수도 있습니다. 이를 극복하기 위해서는 공동체에서 어떠한 경우에도 자본주의의 매매 행위가 이루어져서는 안 된다고 바이틀링은 확신하였습니다. 그 밖에 바이틀링은 푸리에와 마찬가지로 노동이 즐거워야 하고, 개별 사람들이 노동의 즐거움을 느껴야 한다고 믿었습니다. 중요한 것은 개개인이 소외된 노동을 극복하는 일입니다. 노동에 있어서 지루함을 극복하기 위해서 하루에 다양한 일을 행하게 하는 것이 바람직하다고 믿었습니다. 이를테면 바이틀링은 푸리에와 마찬가지로 노동 예비군과 같은 조직이 결성되어서 철도, 운하, 교량 등과 같은 사회간접자본을 건설하는 사업을 아울러 숙고하였습니다.

16. 엘리트 중심의 지배 구조: 바이틀링은 푸리에의 영향을 받았지만, 근본적으로 유토피아 사상가들로부터 많은 자양을 공급받은 게 틀림없습니다. 이를테면 우리는 플라톤의 『국가』를 예로 들 수 있습니다. 바이

틀링은 플라톤의 독일어 번역본을 정독하였는데, 플라톤의 영향은 바이틀링의 문헌 속에 은밀히 용해되어 있습니다. 비근한 예로 우리는 엘리트 관료주의의 특성을 들 수 있습니다. 이상 국가를 구성하는 데 있어서 탁월한 재능을 지닌 엘리트가 가장 중요한 임무를 맡아야 하며, 이들이야말로 사회의 질서를 가장 훌륭하게 관장할 수 있을 것이라고 바이틀링은 언급한 바 있습니다(Weitling 1966: 225). 그런데 공동체 내에서 나타날 수 있는 엘리트 관료들의 잠재적인 횡포를 어떻게 사전에 차단할 수 있을까요? 이 문제에 관해서 바이틀링은 논의를 지속하지 않았습니다. 그 밖에 바이틀링은 생시몽의 기술 국가의 체제로부터 커다란 영향을 받았습니다. 바이틀링의 유토피아에 담겨 있는 정치적 구조 속에는 놀랍게도 이른바 공화주의자의 정치적 견해가 배제되어 있습니다. 공화주의는 두 사람 이상의 힘이 합쳐서 이루어지는 정치체제인데, 바이틀링은 이를 거부하고 있습니다. 바이틀링의 입장은 어쩌면 "가치 있는 자의 지배(Meritokratie)," 다시 말해서 능력 있는 사람들이 적재적소에서 정책을 진두지휘해야 한다는 우월주의의 사고에 바탕을 두고 있습니다. 다시 말해서, 능력을 지닌 엘리트에게 지배의 권능을 부여한다는 점에서 바이틀링 사상은 어떤 취약점을 드러내고 있습니다.

17. 바이틀링의 유토피아 사상 속의 문제점: 바이틀링의 유토피아 사상 속에 담겨 있는 세 가지 문제점을 구명해 보도록 하겠습니다. 첫째로, 바이틀링은 전체적으로 자유와 평등을 바탕으로 한 노동자와 수공업자의 국가 공동체를 추구하였습니다. 그렇지만 바이틀링의 공동체는 엘리트의 관료주의를 부분적으로 용인하고 있습니다. 물론 국가는 관청의 임무로 축소되어야 하지만, 관청을 관장할 사람은 유능한 자라야 한다는 것입니다. 바이틀링은 전체주의 국가에 관한 생시몽의 설계를 상당 부분 수용하였습니다. 가령 바이틀링은 다음과 같이 주장하였습니다. 즉, "하

나의 완전한 사회는 정부를 소유하고 있지 않지만, 하나의 훌륭한 관청을 소유하고 있다. 법은 없지만, 의무는 존속되어야 하고, 형벌은 없지만, 구원의 수단은 존재해야 한다”(Weitling 1955: 30). 인용문을 고려하면, 우리는 바이틀링이 플라톤과 생시몽이 생각한 관청으로서의 체제를 염두에 두었음을 확인할 수 있습니다. 관청의 임무와 관련하여 바이틀링은 노동의 영역 그리고 학문과 기술의 발전 영역이라는 두 가지 중요한 영역에 커다란 비중을 두었습니다. “공동체에서는 세 가지 직업을 지닌 자들이 중추적 역할을 담당해야 한다. 철학자, 의사 그리고 기술자들이 그들이다”(Euchner: 72). 이들은 국가의 중요 직책을 맡기 위해서 익명으로 청원하게 되는데, 그들의 직책은 경쟁을 통하여 결정되어야 한다고 바이틀링은 주장합니다.

둘째로, 바이틀링이 설계한 바람직한 공동체의 체제는 국가 중심적 구도에 바탕을 두고 있습니다. 그것은 어떤 강압 내지 억압이라는 필연적인 장치를 처음부터 요청합니다. 이를테면 공동체에 속한 모든 사람들은 반드시 육체노동을 행해야 합니다. 수확의 시기에는 일손이 부족하므로 모든 학교가 일시적으로 문을 닫습니다. 바이틀링에 의하면, 가르치는 자와 배우는 자 할 것 없이 모두가 들판에서 일하지 않으면 안 됩니다. 이러한 발언은 당연한 것이지만, 잘못 적용될 경우 개개인의 삶이 국가 전체의 의향에 의해 휘말릴 소지를 안고 있습니다. 대부분의 유토피아주의자들이 평등한 삶을 설계할 때 거대한 집단 내지 체제로서의 국가의 횡포를 염려하고, 이를 해소하기 위한 방안을 모색한 반면에, 바이틀링은 플라톤의 권력기관으로서 국가의 체제를 처음부터 용인하고 있습니다. 바로 이러한 까닭에 우리는 바람직한 나라에 관한 바이틀링의 구상 속에는 기이하게도 비-국가주의의 요소가 거의 발견되지 않습니다. 바이틀링은 어떤 정책을 수행하는 데 있어서 때로는 불가피하게 아나키스트와 연합 전선을 구축해야 한다고 믿었지만, 실제로 바람직한 국가의 구상에 있어서는 아나키즘의 사고를 철저하게 배제했습니다. 상기한 사항은 다른 사회주의자들의 시각에서 보면, 바이틀링의 일관성 없는 사고 내지 책략으로 비칠 수밖에 없었습니다.

셋째로, 바이틀링은 남녀평등에 관해서 무척 소극적인 태도를 취했습니다. 그렇지만 먼 미래에는 반드시 성의 평등이 실현될 수 있으며, 실현되어야 한다고 바이틀링은 그저 막연하게 언급했을 뿐입니다. 바이틀링에 의하면, 적어도 여성들이 유용한 학문에 있어서, 발명과 재능에 있어서 남성들보다 탁월함을 보이지 않는 한, 여성들이 사회를 관장하는 핵심 부서에서 일하는 경우는 없을 것이라고 합니다. 여기서 우리는 바이틀링이 처음부터 남녀의 질적인 동등권을 용인하지 않았음을 분명하게 확인할 수 있습니다. 성에 관한 바이틀링의 입장은 한마디로 전근대적인 사회적 편견과 일치하고 있습니다. 상기한 사항을 고려한다면, 바이틀링의 사고는 19세기 유토피아의 요구 사항을 뛰어넘지 못하고 있습니다. 그가 강조한 것은 남녀평등이 아니라, 경제적 측면에서 필연적으로 실천되어야 하는 공산주의 사상이었습니다. 계급 갈등과 가난한 노동자의 삶에 관한 문제를 다루던 바이틀링에게는 "젠더와 성"을 둘러싼 문제에 골몰할 겨를이 없었습니다.

18. (요약) 바이틀링의 시대와 그의 한계: 바이틀링은 노동운동뿐 아니라, 노동자의 교육을 중시했습니다. 그러나 그의 노동자 교육은, 신비주의 신학에 입각한 코메니우스(Comenius)의 교육론과는 달리, 인간 개인과 관련된 게 아니라 무엇보다도 신분 차이의 극복을 염두에 둔 것이었습니다(Faulstich: 2). 코메니우스는 기독교 휴머니즘에 근거하여, 개개인의 마음속에 자리하는 전인주의의 인성을 심어 주려고 노력했습니다. 그의 발언, "모두가 전체성을 고려하여 모든 것을 가르쳐야 한다(Omnes omnia omnino excoli)"를 생각해 보십시오. 바이틀링은 교육에서 가장 중

요한 사항을 다음과 같은 물음에서 찾았습니다. 즉, 노동자의 처지, 고통받으며 살아가는 하층민의 삶이 과연 어떠한 사회구조에서 비롯하는가 하는 질문 말입니다. 바이틀링은 재단사 출신으로서 도제 수공업 시대에서 가내수공업 시대로 전환되는 시기에 살았습니다. 당시에 산업과 임금 노동의 문제는 뜨거운 감자로 부각되고 있었습니다. 우리는 바로 이러한 맥락에서 그의 노동운동과 노동자 교육을 고찰해야 할 것입니다. 마르크스와 엥겔스는 바이틀링의 혁명 이론이 근본적으로 자발적이고 "폭동을 일으키는 아나키즘(Insurrektionalismus)"의 요소를 지니고 있다고 비난했습니다. 이로써 그들은 산업 시대에 노동자와 자본가 사이의 경제적 활동과 경제적 측면에서 파생되는 잉여가치의 문제를 냉정하게 꿰뚫어 보아야 한다고 주장했습니다.

19. (요약) 바이틀링의 국가 중심주의와 노동자 예수의 붉은 조합: 바이틀링은 사회 유토피아의 구체적 모습을 세부적으로 설계하지 않았습니다. 물론 바이틀링의 사상은 사유재산제도, 시장, 화폐 등의 철폐를 지향한다는 점에서 사회주의의 조합 공동체를 지향하고 있습니다. 그렇기에 우리는 다음과 같이 결론을 내릴 수 있습니다. 바이틀링의 유토피아는 모렐리의 『자연 법전』에 나타난 국가 유토피아보다는 규모가 작지만, 그 특성상 국가 중심의 사회주의 공동체의 틀을 추종하고 있다고 말입니다. 그렇지만 바이틀링은 유토피아의 틀 내지 구도가 아니라, 그가 목표로 추구하는 사회적으로 향상된 인간상을 중요하게 생각했습니다. 구체적으로 말해서, 바이틀링의 유토피아는 기독교의 우아함과 순결한 정신을 지닐 뿐 아니라, 혁명에 대한 과감한 열정을 내재하고 있습니다. 바이틀링은 "목수의 아들과 사회주의, 혹은 그리스도가 어떻게 고통당하며 괴로워하는 프롤레타리아에게 강림할 수 있을까?" 하고 오랫동안 고민하였습니다(블로흐: 1179). 그렇기에 바이틀링에게서 노동자 예수의 붉

은 조합이 연상되는 것은 당연한 귀결입니다. 마지막으로 바이틀링의 시구를 인용하기로 하겠습니다. 이 시구는 『인간은 어떻게 존재하며, 어떻게 존재해야 하는가(Die Menschheit. Wie Sie ist und wie sie sein sollte)』에 실려 있습니다. "공화국 그리고 법의 이름이여/그리도 멋지지만, 그것으로 충분하지 않아./가난한 인민의 뱃속은 비어 있으니까./몸속이 비어 있다고 탄식해야 해/그래야 다음의 혁명이 절실하게 될 테니까./그건 삶을 더 낫게 하는 사회적 혁명이야"(Weitling 2013: 14). 이 시구는 우리에게 다음과 같은 의미를 전해 줍니다. 즉, 제아무리 제도와 시스템이 훌륭하다고 하더라도, 더 나은 경제적 여건을 만들려는 의지가 없으면, 종국에는 아무런 실효를 거둘 수 없다는 의미 말입니다.

참고 문헌

블로흐, 에른스트(2004): 희망의 원리, 5권, 열린책들.

Beer, Max(1971): Allgemeine Geschichte des Sozialismus und der sozialen Kämpfe, mit Ergänzungen von Hermann Duncker, Erlangen, 504–515.

Ernst Barnikol(1929): Weitling der Gefangene und seine "Gerechtigkeit." Mühlau, Kiel.

Euchner, Walter(2000): Ideengeschichte des Sozialismus in Deutschland, Teil I, in: (hrsg.) Helga Grebing, Geschichte der sozialen Ideen in Deutschland. Sozialismus - Katholische Soziallehre - Protestantische Sozialethik. Ein Handbuch, Essen, 19–145.

Faulstich, Friedrich(2013): Wilhelm Weitling(1808–1871), Mit Wissenschaft zur Gleichheit, https://www.ew.uni-hamburg.de/ueber-die-fakultaet/personen/faulstich/files/ber-wilhelm-weitling-pdf.pdf

La mennais, L'Abbe F De(1821): Reflexions sur l'état de l'église en France pendant le 18eme siecle et sur sa situation actuelles suivies de mélanges religieux et philosophiques, Méquignon fils ainé et périsse freres: Paris.

Lustiger, Arno(2002): Rotbuch. Stalin und die Juden, Berlin.

Meyer, Ahlrich(1977): Frühsozialismus. Theorien der sozialen Bewegung 1789-1848, Freiburg/München, 157-222.

Schäfer, Wolf(1985): Die unvertraute Moderne. Historische Umrisse einer anderen Natur und Sozialgeschichte. Frankfurt, a. M.

Weitling, Wilhelm(1955): Garantien der Harmonie und Freiheit, Berlin.

Weitling, Wilhelm(1966): Das Evangelium des armen Sünders, Leipzig.

Weitling, Wilhelm(2013): Die Menschheit, wie sie ist und wie sie sein sollte, Berlin.

13. 데자크의 급진적 아나키즘 유토피아

(1858)

1. 데자크의 급진적 아나키즘 공동체 사상: 샤를 푸리에 이후로 가장 급진적인 아나키즘 유토피아를 펍진하게 개진한 사람은 조제프 데자크(Joseph Déjaque, 1821-1864)입니다. 물론 19세기 후반의 유토피아 설계자 가운데에 스코틀랜드 출신의 존 헨리 매케이(John Henry Macay)와 이탈리아 출신의 조반니 로시(Giovanni Rossi)가 좋은 예를 제공해 주기도 합니다. 가령 매케이는 사회주의와 개인주의를 서로 보완하는 코뮌의 가능성을 추적하여, 공유제에 근거한 공동체를 설계한 바 있습니다. 그러나 그는 생산력 강화를 위해 개인의 자유경쟁을 용인함으로써, 사회주의의 의향을 부분적으로 약화시키고 말았습니다. 개인주의는 매케이에 의하면 인간 행동의 촉진제이며, 결국 사회의 풍요로움을 촉진시킨다고 합니다. 그렇지만 경쟁의 도입은 근본적으로 자본주의의 특성 가운데 하나입니다. 그것은 개별 인간을 상대적으로 비교하고 평가하게 한다는 점에서, 협동과 상호부조라는 사회주의의 근본적 특성에 위배되는 것입니다(Mackay: 231). 이에 비하면 로시는 주어진 현실에서 실제로 공동체를 건설하여 활동하다가, 공동체의 어떤 바람직한 가능성과 한계 내지 위험 요소 등을 체험하였습니다. 그 때문에 로시는 어느 정도의 범위에서 현

실과 타협해야 했습니다. 실현을 위한 로시의 현실 타협적인 특성에 비하면, 데자크의 코뮌 구상은 공유제에 근거한 아나키즘 유토피아 사상과 원론적으로 근친합니다. 예컨대 그의 위마니스페르 공동체는 실현 가능성의 측면에서 어느 정도 하자를 지니지만, 가장 급진적인 코뮌을 통한 사회주의를 지향하고 있습니다(Saage: 232).

2. 함께 아우르며 살아가는 코뮌의 삶: 데자크는 1848년에 자신의 논문에서 독일 혁명이 실패한 이유 내지 혁명의 한계를 밝히면서, 주어진 사회의 근본 문제를 해결할 수 있는 대안으로서 두 가지 사항을 내세웠습니다. 그 하나는 탈-국가주의의 가능성이며, 다른 하나는 아나키즘 공동체에서 만인 평등의 가능성이었습니다. 그는 처음부터 엘리트 계층과 무산계급 계층을 분리하면서 정책을 펴 나가는 블랑키즘에 동의할 수 없었습니다. 왜냐하면 루이 블랑의 사상은 이른바 "위대한 엘리트 그룹"과 "천박한 무산계급" 사이의 공생 내지 조화로운 공동의 삶 자체를 거부하고 계층 차이를 수미일관 당연시했기 때문입니다. 루이 블랑의 사상적 한계는 엘리트의 능력을 과도하게 평가하고, 이들에게 전권을 부여하는 관료주의 사회체제의 운영에서 발견됩니다(Borries: 89). 블랑에 비해 데자크는 일부 계층, 다시 말해 지배 계층만의 사회 공산주의의 실험을 신뢰하지 않았습니다. 그렇다고 해서 그가 무산계급에 의한 자그마한 기적 내지 요행 또한 갈구한 것도 아니었습니다. 이 점에서 데자크의 사상은 마르크스-엥겔스의 그것과 분명히 구별됩니다. 데자크에게 중요한 것은 엘리트든 노동자든 간에 자유로운 공동체 내의 만인들이 억압당하지 않고 함께 아우르며 살아가는 삶이었습니다.

3. 데자크의 시대 비판: 급진적 아나키스트, 데자크는 프루동과 마찬가지로 거대한 권력기관으로서의 국가를 저주하였습니다. 국가권력에 대

한 그의 혐오감은 예컨대 단순히 경제적인 문제와 관련되는 것은 아닙니다. 이를테면 프루동은 사회적 근본 문제를 해결하는 데 있어서 여성해방의 문제를 소홀히 여기고, 모든 유형의 권위주의 이데올로기를 경시한 바 있습니다. 물론 프루동이 실제로 권위주의 이데올로기를 비판했지만, 그다지 완강한 것은 아니었습니다. 프루동의 이러한 태도는 데자크에 의하면 치명적 오류라고 합니다. 프루동은 무엇보다도 경제적 사안만을 중요한 것으로 여기면서, 그 밖의 다른 문제들을 좌시했다는 것입니다. 데자크는 여성을 해방시키고 아이들에게 그들의 고유한 자유로운 삶을 보장해 주는 일이야말로 새롭게 건립될 평등한 코뮌의 관건이라고 여겼으며, 나아가 프랑스 혁명의 구호인 "자유, 평등 그리고 동지애"를 실천하기 위한 핵심적 노선이라고 굳게 믿었습니다. 아니나 다를까, 데자크는 무소불위의 권력으로 개개인의 자유를 억압하는 모든 대상들을 거부하였습니다. 가령 국가, 개개인의 고유한 자유를 간섭하는 종교적 계율, 결혼 제도로써 사람들을 옥죄는 가족 체제, 자식의 의사를 전혀 묻지 않는 부모의 권위, 사회 내의 가부장주의의 횡포, 부를 다음 세대로 이전시키는 유산 상속 제도, 군대와 경찰 등 모든 권위주의를 재생산하는 이데올로기 기관들은 데자크의 비판의 대상이 되었습니다.

4. 데자크의 삶: 데자크는 1821년 파리에서 가난한 노동자의 아들로 태어났습니다. 그가 어떻게 유년 시절을 보냈는지, 어떠한 학교를 다녔는지 등에 관해서는 알려진 바 없습니다. 확실한 것은 데자크가 어른이 되어서 칠과 도배 일로 생계를 유지했다는 사실입니다. 데자크는 비록 많이 배우지는 못했지만, 자신의 사고를 집요하게 추적할 정도로 강단을 지닌 젊은이였습니다. 그는 국가 차원의 모든 개혁과 혁명을 거부하였으므로, 모렐리의 『자연 법전』을 좋게 평가하지는 않았습니다(Nettlau: 147). 그렇지만 모렐리의 서사시, 『바실리아드』에 관해서는 깊은 감명을

받았습니다. 1848년 파리의 6월 혁명 당시 그는 친구들과 함께 의기투합하여 대로에 바리케이드를 치고 혁명 전선에 참여하였습니다. 이때 약 4만 명의 노동자들은 데모대에 결집하여, 국가 근위병, 경찰 그리고 군대에 대항하여 백주 대로에서 처절할 정도로 완강하게 싸웠습니다. 이 와중에 데자크는 사회주의 혁명의 주동자로 몰려서 감옥에 몇 차례 수감되었습니다. 결국 2년의 구금형과 2,000프랑의 벌금형을 선고받았는데, 데자크는 우여곡절 끝에 감옥에서 탈출하여 영국 런던으로 도주하였습니다. 1851년 12월 2일 다시 고향인 프랑스 파리로 밀입국했지만, 그는 더 이상 프랑스에서 살아갈 수 없다고 판단합니다. 왜냐하면 그에게는 정치범이라는 낙인이 찍혀서 어떠한 생업도 영위할 수 없게 되었던 것입니다. 세상은 그로 하여금 제3의 나라를 선택하도록 강요했습니다.

1850년대 초에 그는 미국으로 건너가서, 뉴욕의 노동자 연맹에 가담하였습니다. 이 시기에 그는 여러 가지 구상들을 정리하여 집필에 몰두하였습니다. 1854년에 발표된 그의 글 「혁명적 질문(La question révolutinaire)」은 하나의 새로운 사회를 스케치하고 있습니다. 여기에서는 어떠한 권력기관, 어떠한 형태의 종교, 모든 사적 소유물과 "결혼, 부권, 가부장주의 그리고 유산"에 의거한 가정의 권위와 가족 체제 등이 모조리 근절되어 있습니다. 대신에 새로운 사회에서 살아가는 사람들은 개인의 자발성을 최대한 발휘하여 자연이 인간에게 베푼 그대로의 절대적인 자유를 구가하며 살아갑니다. 새로운 사회에서는 신, 사제 그리고 어떠한 제단도 필요하지 않습니다. 종교는 데자크에 의하면 지금까지 권위주의적 신분 사회의 이데올로기를 공고히 하며 국가를 도왔습니다. 사람들은 모든 것을 공동으로 소유하고 함께 아우르면서 살아가면, 그것으로 족하다고 합니다. 말하자면, 거대한 집단이 공유제를 표방하면서 하나의 코뮌을 결성하여 서로 협동하며 생활하면, 그것으로 충분하다는 것입니다. 데자크는 1856년에서 1858년 사이에 뉴올리언스에 체류하면서 소설 한 편을 탈고합니다. 그것은 다름 아니라 『위마니스페르, 아나키즘 유토피아(L'Humanisphère, Anarchique utopie)』였습니다. 그러나 자신의 대표적인 저작물을 간행해 줄 출판사는 주위에 하나도 없었습니다. 그래서 그의 작품은 프랑스 망명객이 발간하는 잡지 『자유, 사회 운동 저널』에 연재되었습니다. 이와 병행하여 데자크는 프랑스와 미국의 제반 정치적 사건에 관해 논평하였으며, 특히 사형 제도의 철폐를 강력하게 주창했습니다. 데자크의 말년의 삶에 관해서는 아무것도 알려진 바 없습니다. 미국에서 남북전쟁이 발발했을 때, 그는 다시 영국 런던으로 혼자 돌아왔다고 합니다. 정치적으로 사면되었을 때, 데자크는 마침내 자신의 고향인 파리를 찾을 수 있었습니다. 말년에 그는 극심한 가난과 고독 속에서 살다가 타계했다고 합니다.

5. 혁명 위원회의 새로운 법 규정: 데자크는 다음의 사실을 명확히 알고 있었습니다. 즉, 지배 없는 코뮌 사회는 유럽의 시민사회가 최소한 과도기적으로 변모되지 않고서는 결성될 수 없다는 사실 말입니다. 참다운 무엇은 주어진 삶으로부터 더 나은 무엇으로 거듭나야 하지, 무의 심연으로부터 우연히, 급작스럽게 외부로 돌출할 수는 없다고 생각했습니다. 가령 1794년 프랑스 혁명 뒤에 나타난 혁명 위원회의 결정 사항은 그에게 무척 중요했습니다. 자고로 사회적 개혁을 실현하는 가장 빠른 길은 새로운 법을 공표하여 실시하는 수밖에 없는 법입니다. 왜냐하면 법 규정이야말로 새로운 사회적 삶을 실행하는 데 있어서 가장 적합한 권력 메커니즘이기 때문입니다. 사실 데자크는 혁명 위원회의 15개 법 규정의 초안을 만드는 데 가담한 바 있었습니다. 사회민주주의를 실천하는 데 있어서 가장 중요한 사람은 누구보다도 바리케이드를 치고 데모를 벌인 파리 시민들이라고 했습니다. 이와 관련하여 첫 번째 규정은 인민의 주권과 관련되는 것이었습니다. 모든 사람들은 인민의 나이와 성별과 무관

하게 자신의 주권을 인정받아야 한다는 게 데자크의 지론이었습니다. 인민의 주권은 어떠한 무엇에 의해서도 공격받지 말아야 하며, 그 자체 결코 타인에게 이양될 수 없는 권리여야 합니다.

두 번째 조항은 비교적 장문으로 이루어져 있는데, 새로운 공화국의 분할을 내용으로 하고 있습니다. 새로운 공화국은 수많은 코뮌으로 나누어져야 하는데, 각 코뮌에는 약 오만 명의 사람들이 함께 공동으로 살아갈 수 있습니다. 사회의 보편적 문제들에 관해서는 인민들 모두가 자신의 권한을 행사해야 하지만, 코뮌의 지엽적 문제들에 관해서는 공동체의 분과 위원들이 독자적으로 해결해야 합니다. 분과로 나누어져 있는 까닭은 주어진 사안에 대해 신속 정확한 해결책을 찾기 위함이라고 합니다(Déjaque A: 40). 제반 공직 기관들은 해당 코뮌 내지 전체적 코뮌에서 보낸 사람들에 의해서 영위될 뿐, 어떠한 경우에도 자신의 권한을 함부로 행사할 수 없습니다. 법정에서 고유한 권한을 행사하는 사람은 엘리트 법관들이 아니라 판결 위원회에 소속된 자들인데, 이들은 여러 코뮌에서 보낸 사절들로 구성되어 있습니다. 모든 인민들은 오로지 추첨을 통해서 경찰 내지 군인의 역할을 한시적으로 수행합니다. 제16조는 학교 수업을 강제적 사항으로 규정하지 않습니다. 모든 코뮌은 선거를 통해서 교사를 선출하게 됩니다. 그 밖에 지나간 모든 법 규정들과 법 조항들은 인민의 권한을 축소시키고 있다는 이유로 파기되어야 한다고 기록되어 있습니다.

6. 데자크가 긍정적으로 파악한 푸리에: 상기한 조항들을 고려할 때, 우리는 일차적으로 다음의 사항을 염두에 두어야 합니다. 즉, 데자크가 1793년에 완성된 프랑스 혁명의 법적 조항을 적극적으로 반영하고 있다는 사항 말입니다. 혁명에 참여한 사람들은 오로지 구질서, 즉 과거의 정부 기관, 인습적인 종교 체제, 사유재산제도 그리고 전통적인 가족제도

등이 지니고 있는 기존의 권한을 과감하게 파기하려 했습니다. 이에 대해 데자크는 사회가 과연 어떻게 변화되어야 하는가 하는 물음에 관해서 다만 부분적으로 흐릿하게 논평했을 뿐입니다. 일단 데자크의 유토피아 사상에 영향을 끼친 두 사람을 언급해야 할 것 같습니다. 그들은 다름 아니라 푸리에와 프루동입니다. 푸리에는 생산자와 소비자 사이에서 폭리를 취하는 중간 상인 계층을 거의 저주하다시피 했는데, 데자크 역시 상인들의 폭리를 근절하려고 노력하였습니다. 공공연한 물품 교환소로서의 바자회가 이윤만을 추구하는 상인 계급을 대신할 수 있다는 것이었습니다. 실제로 데자크는 코뮌을 운영하면서, 노동이 권태로운 일감이 아니라, 즐거움과 유희를 전해 줄 수 있도록 애를 썼습니다. 중요한 것은 데자크에 의하면 사람들 사이에 노동의 경쟁을 부추길 게 아니라, 노동 자체가 즐겁고 재미있는 일감일 수 있도록 모든 조처를 취하는 것이라고 합니다. 이러한 견해 속에는 푸리에의 영향이 오롯이 배여 있습니다. 그렇다고 데자크가 푸리에의 이론을 맹목적으로 받아들이지는 않았습니다. 가령 푸리에가 생각해 낸 "소년단(petites hordes)"과 같은 "노동 군대" 조직이 공동체 속에 형성되는 게 바람직하지 않다고 데자크는 판단했습니다. 왜냐하면 명령과 복종이라는 엄격한 규칙에 의해서 살아가는 군대 체제는 자율적 삶과 자유를 최대한 보장해 주는 코뮌에서의 생활 방식과는 맞지 않기 때문입니다. 어쨌든 데자크는 전체적 측면에서 샤를 푸리에를 바람직한 비국가주의 공동체 건설을 추구한 선구자로 평가하였습니다.

7. 데자크의 프루동 비판: 데자크는 프루동의 이론에서 장점 대신에 단점을 더 많이 도출해 냅니다. 주지하다시피 프루동은 "소유는 절도이다(La propriété est un vil)"라고 주장함으로써 1848년 부르주아계급에 일침을 가한 바 있습니다. 데자크는 이 점을 긍정적으로 평가했지만, 프루동을 중도파의 어정쩡한 아나키스트라고 규정합니다. 다시 말해, 프루동

은 자유로운 삶을 중시하지만, 아나키스트라면 당연히 모색해야 마땅한 극단의 자유를 추구하지는 않았다는 것입니다. 데자크가 프루동을 비판한 것도 그가 경제적 현안만 중요하게 고찰했기 때문입니다. 가령 프루동은 리카도파 사회주의, 다시 말해 노동력과 관련되는 임금 문제 그리고 교환가치와 관련되는 사안만을 고려의 대상으로 삼았다는 것입니다. 그 밖에 프루동은 초기 이론을 수정하여 약간 변형시킨 바 있습니다. 중요한 것은 프루동의 후기 이론에 입각하여 사유재산을 철폐하는 일이 아니라, 재산이 서로 공평한 관계 속에서 존속되도록 노력하는 일이라고 합니다. 프루동은 "문제는 자유와 평등의 토대가 될 수 있는 구체적인 사회 현실을 창조하는 일"이라고 말하면서도, 자신의 추상적 논의를 대충 결론으로 얼버무리고 있습니다(Euchner: 45). 데자크는 특히 프루동의 여성 비하의 태도를 못마땅하게 생각하였습니다. 이를테면 그는 여성 문제에 관한 프루동의 입장에 대해 다음과 같이 반박합니다. 여성은 결코 가정부로 그리고 몸 파는 여자로 천하게 취급되어서는 안 된다는 것입니다. 허영심으로 가득 찬 남정네들의 기고만장한 오성은 멋진 남성의 동상을 세워서 후세에 남기려고 하는데, 늠름한 가부장의 모습 아래에는 시중들고 하녀로서 봉사하는 여성이 초라하게 쪼그리고 있다고 데자크는 질타하였습니다.

8. 계약을 중시한 아나키스트 프루동: 물론 데자크는 프루동과 마찬가지로 사회주의 내지 공산주의를 추구하는 사상적 조류 가운데 국가의 중앙집권적인 권력을 체질적으로 싫어하였습니다. 그렇기에 그는 생시몽이라든가, 카베 그리고 루이 블랑 등의 사상에 동조하지 않았습니다. 이런 점에도 불구하고 상호주의에 입각한 프루동의 사회 구상은 여러 측면에서 데자크의 아나키즘 유토피아와는 거리감이 있습니다. 이를테면 데자크가 사람들의 협동 내지 협력 작업을 중시한 반면에, 프루동은

인간의 이기주의의 의향을 파기하지 않은 채 그저 추상적으로 최대한의 유용성을 중시하였습니다. 프루동은 프랑스 좌파 지식인들 가운데 둘째가라면 서러울 정도로 유토피아의 사고에 대해 부정적인 입장을 피력한 사람입니다. 이와 관련할 때, 프루동이 모든 사회적, 정치적, 경제적 관련성을 오로지 계약에 의존하여 고찰한 것은 결코 우연이 아닙니다(Bruns: 97). 프루동은 계약이야말로 인간의 의지를 형성시킬 수 있는 유일한 수단이라고 역설하였습니다. 그것은 인간에게 최고선과 자유를 보장해 주는 대신에, 낯선 여러 가지 방해물들을 차단시켜 준다는 것입니다. 그래, 프루동만큼 계약을 강조한 사상가도 없을 것입니다. 계약은 개인과 개인의 약속에 근거하는 것으로서 하나의 인위성을 전제로 합니다. 약속의 파기는 개인과 개인의 관계에서 성립될 뿐이며, 이 경우 계약이 사회 전체의 문제로 확장될 수는 없습니다. 그렇기에 프루동의 사상은 시민적 자연법의 범위를 넘어서지 못하고 있습니다.

9. 프루동 사상에 대한 데자크의 비판: 상기한 방식으로 데자크는 프루동의 사상에 대해 이의를 제기합니다. “만약 계약이 개인의 자유를 만족시키지 못한다면, 어째서 그게 인간에게 도움이 될 수 있는가? 계약을 중시하는 사람은 주어진 처지에 따라서 얼마든지 자유를 압살할 수 있지 않는가?”(Déjaque B: 97). 이러한 질문을 통해서 데자크는 프루동의 입장이 고전적 유토피아 사상과는 현격한 차이점을 보이고 있음을 분명히 밝히고 있습니다. 데자크는 플라톤 이래로 출현한 미래 사회에 관한 갈망의 상을 일원적 사상 내지 전체적 관점으로 파악하였습니다. 이에 반해 프루동은 주관적 자연법 이론가의 태도를 취하면서, 자유와 평등에 관한 논의는 오로지 개개인이 하나의 계약에 의해서 인위적으로 정해져 있다는 관점에서 출발하고 있습니다. 그렇기에 우리는 프루동의 계약주의에서 어떤 시대착오적 특성을 발견할 수 있습니다. 이를테면 17세기에 승리를 구

가한 근대적 자연법사상이 과연 19세기의 변화된 현실에서 출현한 유토피아의 사고에 대해 얼마만큼 지속적으로 자신의 고유성을 표방할 수 있는가, 아니면 자연법사상이 나중에 변화된 현실적 조건 하에서는 진부한 사고로 낙인찍히지 않을까 하는 물음을 생각해 보세요. 결국 프루동의 사상은 차제에 시대착오적으로 사장될 수밖에 없습니다. 왜냐하면 그것은 19세기의 변화되는 현실적 상황을 충분히 고려하지 않고, 전근대적인 자연법사상의 추상적 전언에만 매달렸기 때문입니다.

10. 『위마니스페르, 아나키즘 유토피아』: 데자크의 소설 『위마니스페르, 아나키즘 유토피아(L'Humanisphère, Anarchique utopie)』를 살펴보기로 하겠습니다. "위마니스페르"는 자구적으로는 "인간의 영역"으로 번역되는데, 데자크가 결성한 공동체의 명칭이기도 합니다. 작품은 이미 언급했듯이 1858년 6월 9일에서 이듬해 8월 18일 사이에 잡지, 『자유, 사회 운동 저널(Le Libertaire, Journal du movement social)』에 연재되었습니다. 여기서 데자크는 인류의 역사를 "여러 가지 유형의 착취와 폭정의 연속"으로 규정합니다. 그렇지만 역사를 변화시키는 내적 동인은 착취 내지 폭정의 행위가 아니라, 억압당하는 자들의 폭동이라고 데자크는 주장합니다. 작품의 주인공, "나"는 1848년 프랑스의 6월 혁명이 당국의 폭력에 의해서 무참하게 짓밟혔다고 합니다. 말하자면, 인민이 더 이상 일말의 희망조차 찾을 수 없는 끔찍한 상황이 도래하게 된 것입니다. 그렇지만 이러한 절망의 상태에서 의식되는 것은 어떤 변증법적인 전복입니다. 주인공 "나"는 정신적 혼란 속에서 이성의 여신이 모습을 드러내는 것을 목격합니다. 이성의 여신은 프롤레타리아의 비참한 처지를 언급하면서 주인공의 마음을 달래 줍니다. 동시에 혁명이 필연적으로 성공리에 끝나게 되리라는 것 역시 전해 주고 있습니다. 다시 말해, 이성의 여신은 1,000년이라는 세월의 장막을 열어젖히고, 주인공에게 서기 2858년이라

는 미래의 세상을 보여 줍니다. 데자크는 자신이 꿈꾸던 바가 실제로 위마니스페르 공동체 속에서 실천될 수 있다고 믿었습니다(Saage 335).

11. 정부 기관은 더 이상 필요 없다: 데자크는 이전의 글 「혁명적 질문」에서 새로운 사회를 건설하기 위한 과도기에는 직접적으로 작동되는 인민의 법이 만들어져야 한다고 주장하였습니다. 그런데 『위마니스페르』에서는 한 걸음 더 나아간 급진적 사고를 개진하였습니다. 저자는 그야말로 완성된 상태의 무정부주의적 사회의 모습을 묘사합니다. 작은 의미에서의 정치적 시스템은 더 이상 존재하지 않습니다. 새로운 미래 사회, "위마니스페르"에서는 더 이상 왕이나 사제가 존재하지 않습니다. 모든 사람들이 노예이기를 거부하기 때문에, 주인 역시 존재하지 않습니다. 사람들은 자유 외에는 어떠한 무엇도 신봉하지 않습니다. 이와 관련하여 데자크는 다음과 같이 말합니다. "오직 자유만이 그 정부이다. 오직 자유만이 그 헌법이고, 오직 자유만이 법이며 규정이다. 오직 자유만이 계약이다. 자유가 아닌 모든 것은 도덕에 위배된다"(Déjaque B: 153). 사람들은 태어나서 죽을 때까지 타인의 지배를 받지도, 타인을 지배하지도 않으면서 살아갑니다. 그렇기에 정부 형태의 기관이 존재하지 않습니다. 그저 하나의 공동체 속에서 자치적인 법질서가 실천되고 있을 뿐입니다. 자유로운 개인은 각자 주권을 지니며, 공동체의 모든 결정에 직접적으로 참여할 수 있습니다. 일당 독재 체제가 없으니 아나키즘의 권위만이 자리할 뿐입니다. 과거에 왕들이 칼과 법령으로 개개인을 억압했으나, 이제는 그럴 필요가 없습니다. 새로운 코뮌 사회에서 인정받는 것은 오로지 자유롭고 신성한 투표로 정해지는 공공연한 견해뿐입니다.

12. 종교적 계율, 가족제도는 수정을 요한다: 과거의 모든 규칙이나 종교적 질서 역시 철폐되어 있습니다. 데자크는 "자유로운 인간은 결코 종

교적인 사슬에 얽매이지 않으며, 세속적인 질곡에 갇혀서 살아가지 않는다"고 말합니다(Déjaque B: 125). 나아가 다음과 같은 주장도 제기합니다. "만약 신성(神性)이 상상력의 구름 속에서 서성거린다면, 인간은 당연히 모든 것을 은폐하는 구름을 필요로 할 것이다. 그렇지만 위마니스페르의 이마 위에는 찬란한 빛만이 존재한다. 빛이 가득한 곳에서는 어둠이 없다. 지성이 충만한 곳에서는 미신도 없다"(Déjaque B: 163). 새로운 세상의 사람들은 과거에 존재했던, 법에 의거한 가정이라든가 법에 의거한 사유재산 등의 질서를 극복해 내었습니다. 동지애가 자리하는 공동체 내에서 노동조차도 강제적 의무 사항이 아닙니다. 누구나 자유롭게 일할 수 있으며, 하기 싫은 데도 억지로 일하는 경우는 거의 없습니다. 사람들은 아무런 제어 내지 구속 받지 않고 누군가를 사랑할 수 있습니다. 사람들은 두뇌와 육체를 활용하여 물품을 생산해 내는데, 이 모든 것은 공동의 자산이며, 만인에게 속하는 것입니다. 데자크는 푸리에에게서 많은 것을 차용했습니다. 가령 공동체 내에서는 사람들 사이에 수직적 위계질서가 존재해서는 안된다고 합니다.

13. 위마니스페르의 공간 구도: 데자크는 자신의 코뮌의 공간적 구도를 다음과 같이 자세하게 설명합니다. 공동체는 하나의 별과 같은 모습을 드러내는데, 정면은 반드시 대칭의 구도로 이루어질 필요는 없습니다. 각 방향마다 고유한 특성이 드러나도록 축조하는 게 중요합니다. 건물의 내부는 매우 화려하고 우아하게 구성되어 있습니다. 부분적으로는 단아하고 소박하지만, 부분적으로는 사치스러운 면도 약간 엿보입니다. 공동체의 인원은 약 오천 명에서 육천 명 정도로 이루어집니다. 모든 남녀는 제각기 구분된 거주지를 가지고 있습니다. 모든 거주 공간은 벽으로 구분되고, 소리와 빛이 철저하게 차단되어 있습니다. 그렇기에 사람들은 이웃에게 전혀 피해를 입히지 않고 춤추고 노래할 수 있으며, 심지어 음

악을 연주할 수 있습니다. 이러한 시설 속에서는 개별 사람들의 사랑의 삶이 타인으로 인해 방해받지 않습니다. 거주 공간은 두 개의 침실, 옷장이 붙어 있는 목욕실 하나, 서재로 활용되는 거실 하나 그리고 테라스나 식물을 키울 수 있는 영역 등으로 나누어져 있습니다. 건물의 위에는 아름다운 굴뚝이 설치되어 있는데, 이는 사적 공간임을 알려 주는 표시와 같습니다. 집에는 공기 정화 장치가 설치되어 있으며, 벽난로의 난방 시설 또한 갖추어져 있습니다. 그 밖에 거주지에는 밝은 빛이 환하게 들어오며, 독자적인 수도 시설이 마련되어 있습니다.

14. 위마니스페르의 공동 건물: 위마니스페르에는 공동으로 사용하는 별 모양의 거대한 건물이 있습니다. 건물은 사통팔달의 방향으로 12개로 분산됩니다. 공동의 건물은 성인실과 아동실로 구분됩니다. 중앙 부분에는 상품 저장소, 세탁소, 공동 식당, 작업장 등이 비치되어 있습니다. 그런데 가축들이 머무는 외양간, 마구 제작실, 농기구 보관소 등은 공동의 건물에서 멀리 떨어져 있습니다. 공동의 건물에는 교실, 실험실, 학습을 위한 대화방, 제도실, 음악실, 무용실, 연극 공연을 위한 극장 등이 비치되어 있습니다. 가장 중요한 것은 원형으로 이루어진 강당입니다. 이곳에서는 공동체 사람들이 일정한 시간에 모여서 여러 가지 테마로 토론을 벌입니다. 이러한 모임은 일주일에 한 번 개최되는데, 사람들은 거의 모든 사항에 관해서 활발하게 논쟁을 벌입니다. 원형 토론장에서 논의된 사항들은 여러 가지 선별 작업을 거쳐서 공동체의 신문에 게재됩니다. 모든 현안들이 표결로 이어지지는 않습니다. 법 내지 규율의 제정은 위마니스페르에서는 거의 무의미하기 때문입니다. 사람들은 무엇보다도 이기심을 떨치는 것을 최상의 과제라고 확신합니다. 서로 돕는 일이야말로 공동체에서 가장 훌륭한 미덕이기 때문입니다.

15. 오전의 일과: 아침에 사람들은 화려한 식당에서 공동으로 식사합니다. 식탁에는 과일과 꽃이 비치되어 있어서 남녀 모두 담소를 나누면서 식사합니다. 음식은 다양하고 풍요롭게 마련됩니다. 식사가 끝나면, 사람들은 아름답게 치장된 방으로 가서 커피나 차를 마시거나 여송연을 즐깁니다. 방 전체에 향수나 꽃향기가 퍼져서 사람들의 기분을 즐겁게 해 줍니다. 사람들은 때로는 음악을 듣거나 책을 읽을 수도 있습니다. 모든 것은 자율적으로 행해집니다. 시간에 얽매이지도 않고, 타인의 간섭도 받지 않습니다. 모든 게 끝나면 사람들은 개별적으로, 혹은 그룹을 지어서 자신이 맡은 업무에 종사합니다. 노동시간 역시 정해지지 않으며, 일감 역시 폐쇄적으로 확정되어 있지 않습니다. 그렇기에 사람들은 무슨 일이든, 얼마의 시간이든 간에 스스로 정해서 이를 실천합니다. 대부분의 사람들은 일을 즐겨 행하므로, 게으름을 피울 이유가 없습니다. 이를테면 사냥꾼은 눈 덮인 겨울날 자리에서 일어나 추위에 떨면서 들판을 헤매고 싶지 않을 것입니다. 그렇지만 그에게는 매력적인 동반자가 배정되어 있어서, 사냥을 떠나는 게 오히려 즐거움을 안겨 줍니다(Déjaque B: 145). 그렇기에 데자크의 공동체에서 최상의 노동자는 가장 행복하게 살아가는 자를 가리킵니다.

16. 인간은 사적 소유물이 아니다: 모든 사람들이 각자의 거주지를 지닌다는 것은 공동체 사람들의 사생활이 보장된다는 것을 의미합니다. 그들은 공동체 내에서 각자 싱글로 살지만, 자신의 파트너와 일시적으로, 혹은 오랫동안 사랑을 나눌 수 있습니다. 모든 재화가 공동의 소유이듯이, 개별적 인간 역시 결혼 내지 가족제도에 묶여서 남편, 혹은 아내로 예속될 수는 없다는 것입니다. 이 세상의 모든 물품이 공동의 소유이듯이, 공동체 사람들 또한 전통적 가족제도의 이데올로기에 묶인 채 사적 소유물로 전락될 수는 없다고 합니다. 데자크는 인간의 행복을 충족시

켜 주는 요건으로서 무엇보다도 사랑과 배려를 내세웁니다. 사랑은 육체적 욕망과 도덕적 감정을 하나로 결합시킨 무엇이라고 합니다. 위마니스페르의 사람들은 사랑을 통해서 스스로를 정화시키고, 생명력을 얻으며, 다시 태어난 것과 같은 삶을 누릴 수 있습니다.

17. 남녀의 사랑의 삶: 데자크는 푸리에의 견해를 적극적으로 받아들여서 공동체에서 남녀의 사랑의 삶을 간결하고 핍진하게 서술합니다. 공동체 내에서 남자는 여자와 마찬가지로 여러 명의 애인을 거느릴 수 있다고 합니다. 데자크는 다음과 같이 말합니다. "인간의 열정은 사람마다 조금씩 차이를 지닌다. 그렇기에 특정인의 애호의 감정 내지 사랑의 에너지는 다른 특정인의 욕구와 일치하지 않을 수 있다"(Déjaque B: 129). 따라서 어떠한 기관이나 상부 그룹도 개개인의 성과 젠더의 문제에 관여해서는 안 되며, 도덕적인 규제를 통해서 개개인의 사랑의 삶에 개입해서는 곤란하다고 합니다. 데자크는 다음과 같이 과감한 견해를 제기합니다. 남자들과 여자들은 스스로 원할 경우 성의 차이를 구분하지 말고 자신의 사랑에 자신의 몸과 마음을 바칠 수 있어야 합니다. 언제 어떻게 누구와 사랑을 나누어야 할지에 관해서는 각자가 알아서 결정합니다. 남녀 구분 없이 개별 인간에게 모든 자유가 부여되어야 합니다. 그들은 데자크에 의하면 어떠한 경우에도 인습이라든가 법적 계약에 구속되는 일이 없어야 합니다. 따라서 오로지 사랑의 파트너에 대한 이끌림만이 그들을 구속할 수 있으며, 인간적 향유만이 그들의 규칙으로 작용할 수 있습니다(Déjaque B: 128). 기존의 시민사회에서는 육체적인 사랑이 오로지 혼인을 통해서 합법화되고, 혼외정사는 부도덕한 것으로 매도되곤 합니다. 그러나 위마니스페르에서 결혼 제도는 파기된 지 오래입니다. 사랑하는 남녀는 아무런 사회적 장애물 없이 동침할 수 있는데, 이러한 관계는 비밀스럽지만, 각자가 원하는 대로 오래 지속될 수 있다고 합니다.

18. 과학기술의 활용을 통한 노동시간의 감축: 조합으로 구성된 위마니스페르 공동체는 푸리에가 언급한 바 있듯이 즐거운 마음으로 생산에 임하고, 물품 생산에 발전된 과학기술을 최대한 적극적으로 도입할 수 있습니다. 이로써 공동체 내의 노동 조직은 성과를 중시하는 기존 시민사회와 마찬가지로 놀라운 생산량을 거둘 수 있습니다. 최소의 노력으로 최대의 성과를 거두기 위해서는 발전된 과학기술의 도입이 절실합니다. 새로운 공동체에서 모든 재화는 사유재산으로 나누어져 있지 않습니다. 따라서 모두가 생산된 물품을 공동으로 소지할 수 있는 권한을 가집니다. 이와 상응하게 자연과학 및 기타 학문은 더 이상 폐쇄적으로 세분화되지 말아야 합니다. 학문 영역 사이에 상호 보완할 필요가 있을 경우, 지식은 서로 보조 역할을 담당하고 얼마든지 확장될 수 있습니다. 과학기술의 활용으로 사람들은 더 이상 오래 힘들게 일하지 않아도 좋습니다. 기술을 활용해 빠른 시간 내에 열심히 노력하면, 노동자는 얼마든지 자신이 의도했던 바를 생산해 낼 수 있습니다. 하루의 일과 속에 노동시간이 별도로 책정되어 있지 않습니다. 사람들은 자신이 원하는 시간과 장소에서 나름대로 일하거나 유희의 삶을 즐길 수 있습니다.

19. 자발성에 의거한 경제활동, 노동의 필연성: 데자크는 경제적 측면의 세부 사항에 관해서 자세한 언급을 생략하였습니다. 모든 노동 행위는 자발적인 자유의 원칙에서 행해져야 하기 때문입니다. 중요한 것은 노동의 즐거움 외에도 노동의 필연성입니다. 각자 하고 싶은 일에 몰두하여 즐거운 마음으로 일하면, 남는 시간에 얼마든지 휴식을 취할 수 있습니다. 과거 사람들은 팔을 위로 뻗어서 힘들게 열매를 땄지만, 이제는 나무 밑에서 다리 뻗고 휴식을 취하면 족할 뿐이라고 합니다. 다른 한편, 데자크는 위마니스페르에서 노동의 필연성을 역설합니다. 왜냐하면 공동체의 성패를 좌우하는 것은 바로 노동의 생산력이며, 이를 통해서 공동체

의 기본적 재화가 산출될 수 있기 때문입니다. 데자크는 특히 과학기술의 도입을 적극적으로 권장합니다. 이와 관련하여 사람들은 다음과 같은 슬로건을 제창합니다. "권위는 게으름을 의미하며, 자유는 노동을 의미한다. 노동은 생명이고, 게으름은 죽음이다"(Déjaque B: 155).

20. 교육: 위마니스페르는 교육의 영역에서도 자율성의 원칙을 도입하고 있습니다. 학생이든 교사든 간에 자신의 의지에 따라 무언가를 배우고 가르칩니다. 교육의 내용은 삶에서 필요한 바를 충족시킬 수 있는 것으로 정해집니다. 따라서 학교에서는 교과목도 인위적으로 설정되어 있지 않으며, 수업을 시작하는 시간과 마치는 시간이 처음부터 확정되어 있지 않습니다. 어떤 학생들은 농기구의 생산과 활용법을 배우는가 하면, 어떤 학생들은 미술 작품 제작에 몰두할 수 있습니다. 어떤 학생들은 돌, 대리석 그리고 여러 가지 제재를 활용하여 조각 작품을 생산해 내기도 합니다. 다시 말해서, 교육에서 위로부터 내려오는, 이른바 상명하달의 강령은 존재하지 않습니다. 그 밖에 데자크의 공동체에서는 무상 교육이 실시되고 있습니다.

21. 단일 언어 내지 혼혈 문화에 대한 찬양: 인류는 공동의 삶을 통해서 생물학적으로 단일 인종으로 발전되고, 언어학적으로는 단일 언어를 사용해야 한다고 합니다. 단일 인종이라고 해서 오로지 백인을 지칭하는 것은 아닙니다. 데자크는 아시아인, 유럽인, 아프리카인 그리고 아메리카 원주민들이 서로 피를 나누어 피부 차이, 언어 차이를 없애 나가야 한다고 설파하고 있습니다. 그렇게 되면 인류는 하나의 단일성을 이루어, 평화롭게 아우르면서 살아갈 수 있다고 합니다. 그렇게 되면 인간의 온화한 성품과 자부심 그리고 고귀함은 찬란하게 빛을 발하리라는 것입니다. 이로써 인류는 진정한 인간으로 거듭날 수 있다고 합니다(Déjaque

B: 172). 여기서 데자크는 과거의 계몽주의자인 드니 디드로에게서 많은 사항을 긍정적으로 수용하고 있습니다. 드니 디드로는 『서양 유토피아의 흐름』 제2권에서 언급한 바 있듯이 『부갱빌 여행기 보유』에서 백인의 영특한 두뇌와 아메리카 원주민의 강인한 체력은 혼혈인을 통해 계승될 수 있다고 언급한 바 있습니다. 나아가 남쪽 대륙을 가상적으로 설계한 푸아니, 그리고 "고결한 야생"을 언급한 라옹탕 역시 인류가 차제에는 혼혈을 통해서 단일화를 이루어야 한다고 주창한 바 있습니다. 인종과 인종을 구분하고, 서로 대립하고 차단하는 것 자체가 민족적 이기주의를 부추기고 세계의 평화에 불을 지피는 짓거리나 다를 바 없다는 것입니다. 사람을 인종으로 구분하고 출신 지역을 따지는 것은 나중에는 얼마든지 폐쇄적 분리주의자 내지 국수주의자들의 정치적 농간으로 활용될 수 있다는 것입니다.

22. (요약) 아나키즘과 과학기술이 서로 접목된 이상 사회: 얼핏 보면 데자크의 유토피아는 "전-지구적인 무정부주의의 연대"로 이해될 수 있는데(달라스-로세리외: 209), 부분적으로 푸리에의 아나키즘 공동체를 모방한 것처럼 보입니다. 그러나 그것은 푸리에의 "팔랑스테르"와는 한 가지 점에서 분명한 차이를 지닙니다. 그것은 데자크가 놀라울 정도로 과감하게 아나키즘과 발전된 과학기술을 서로 결합시켜 공동체 내의 노동 생산성을 극대화시켰다는 사실입니다. 물론 푸리에 역시 과학기술을 경시하지는 않았습니다. 그렇지만 푸리에는 18세기 말에서 19세기 초에 살았던 사람으로서, 산업혁명의 중요성 및 놀라운 영향력 등을 직접 피부로 느끼지 못했습니다. 그렇기에 그는 발전된 과학기술을 필연적으로 최대한 활용해야 한다고 명시적으로 주장하지는 않았습니다. 데자크는 푸리에와는 달리 19세기의 과학기술의 가능성과 이에 대한 적극적인 활용 수단에 관해서 잘 숙지하고 있었습니다(Affeldt-Schmidt: 188f). 게다가

그가 공동체의 번영을 위하여 찬란한 생산력을 애타게 갈망한 까닭은 그 자신이 영위해 온 비참한 삶과 무관하지 않습니다.

23. 위마니스페르의 한계와 영향: 위마니스페르는 5천에서 6천 명의 구성원으로 이루어져 있습니다. 그렇다면 이들의 경제활동을 위한 세부 지침과 최소한의 질서가 정해지는 게 바람직한데, 데자크는 이러한 기준과 구체적 강령을 의도적으로 설정하지 않았습니다. 이는 상부의 질서에 집착하지 않고 구성원들로 하여금 최대한의 자유를 부여하려는 의도에서 비롯된 조치입니다. 그렇지만 공동체는 크든 작든 간에 최소한의 질서 체계를 마련하지 않으면 안 됩니다. 가령 회원들을 하나로 결속시킬 수 있는 공동의 신앙이라든가 가슴속에 간직한 어떤 이념은 — 어떠한 유형의 공동체든 간에 — 하나의 필수불가결한 조건으로 자리해야 합니다. 그렇지 않으면 해당 공동체는 빠르든 늦든 간에 해체되거나 와해되고 말 것입니다. 안타깝게도 데자크는 바로 이 점을 간과하였습니다. 그는 신대륙에서 아나키즘 공동체의 실험을 성공리에 실천할 수 없었습니다. 그가 프랑스로 돌아와 경제적으로 거의 절망적인 상태 속에서 목숨을 연명하게 된 것도 궁극적으로 공동체를 보존할 수 있는 최소한의 질서 내지 결집 가능한 의지를 등한시했기 때문입니다. 어쨌든 데자크는 아나키즘과 과학기술을 서로 접목시키려고 노력했습니다. 이러한 노력은 데자크 자신이 개인적으로 성취하지 못한 욕망 충족의 측면에서 이해될 뿐 아니라, 고대로부터 전해 내려온 놀고먹는 사회에 관한 소시민들의 갈망의 상과도 기막히게 연결되어 있습니다. 데자크의 공동체 사상은 나중에 로시의 아나키즘 공동체 운동으로 이어졌습니다. 데자크의 아나키즘 공동체는 19세기 중엽 유럽의 가부장주의 시민사회에서 결실을 맺을 수 없었지만, 20세기 후반 이후의 생태 공동체 운동에 지속적으로 영향을 끼쳤습니다.

참고 문헌

달라스-로세리외, 욜렌(2007): 미래의 기억, 김휘석 역, 토머스 모어에서 레닌까지. 또 다른 사회에 대한 영원한 꿈, 서해문집.

Affeldt-Schmidt, Birgit(1991): Fortschrittsutopien, Vom Wandel der utopischen Literatur im 19. Jahrhundert, Stuttgart.

Borries, Achim von u. a.(2007)(hrsg.): Anarchismus. Theorie, Kritik, Utopie. Texte und Kommentare. Verlag Graswurzelrevolution, Nettersheim.

Bruns, Theo(1980): Einleitung, in: Joseph Déjacque, Utopie der Barrikaden, (hrsg.) Theo Bruns, Berlin, 9-23.

Déjaque A(1980): Déjaque, Joseph, Die revolutionäre Frage, in: ders., Utopie der Barrikaden, (hrsg.) Theo Brund, Berlin 1980, 25-67.

Déjaque B(1980): Déjaque, Joseph, Die Humanisphäre, anarchistische Utopie, in: ders., Utopie der Barrikaden, (hrsg.) Theo Bruns, Berlin, 101-189.

Euchner, Walter u. a.(2000): Geschichte der sozialen Ideen in Deutschland. Sozialismus- Katholische Soziallehre Protestantische Sozialethik, Essen, 19-145.

Mackay, John Henry(1924): Die Anarchisten. Kulturgemälde aus dem Ende des XIX Jahrhunderts, Berlin.

Nettlau. Max(2016): A Short History of Anarchism, Kindle: München.

Saage, Richard(2002): Utopische Profile Bd. III, Industrelle Revolution und Technischer Staat im 19. Jahrhundert, Münster.

14. 마르크스의 자유의 나라에 관한 유토피아

(1867)

1. 마르크스의 구체적 유토피아: 마르크스 이전에 출현한 이상적 공동체들은 규모에 있어서 두 가지로 나누어집니다. 그 하나는 오언과 푸리에가 설계한 소규모의 분권적인 공동체이며, 다른 하나는 카베와 생시몽이 설계한 거대한 규모의 국가를 가리킵니다. 전자가 마치 모든 권한이 분산되어 있는 연방처럼 어떤 소규모의 자치적인 공동체를 설계했다면, 후자는 중앙집권적으로 연계되어 있는 공동체를 하나의 이상으로 제시하고 있습니다. 제2권에서 논평한 바 있듯이, 전자가 푸아니, 디드로, 라옹탕의 "국가 없는" 사회 유토피아로 형상화되었다면, 후자는 모어, 캄파넬라, 모렐리 등의 국가주의 유토피아 모델과 유사성을 보여 줍니다. 가령 레닌은 국가의 소멸을 먼 훗날의 과제로 설정한 바 있습니다. 물론 "국가의 소멸"이라고 해서 국가 체제가 완전히 사라진 것은 아닙니다. 비록 지배 내지 권력이 배제되어 있지만, 행정기관으로서 국가의 틀은 여전히 존속합니다. 어쨌든 두 가지 유형의 유토피아는 주지하다시피 프랑스 혁명 이후의 유럽에서 태동한 가상적인 유토피아로서 초기 자본주의 시기에 나타난 것입니다. 이러한 사회 유토피아들은 엥겔스의 표현에 의하면 마르크스 이전에 나타난 "추상적 유토피아"로서, 자본주의 사회

에 내재해 있는 근본적 문제점을 구체적으로 간파하지 못했다고 합니다 (Engels: 205f.)

2. 주어진 현실이라는 장애물: 자본주의 사회에 내재해 있는 근본적인 문제점은 뒤이어 언급하겠지만 상품 생산, 상품의 유통 그리고 소비의 과정에서 나타나는 잉여가치로 인한 계급적 착취 현상과 관련되는 것입니다. 일단 마르크스의 행적을 살펴보겠습니다. 마르크스는 1818년 변호사 하인리히 마르크스의 셋째 아들로서 트리어에서 태어났습니다. 1830년부터 약 5년간 마르크스는 트리어에서 김나지움을 다녔으며, 17세에 대학 입학 자격시험에 합격하였습니다. 그는 1836년에 본 대학에서 법학을 공부하기 시작했습니다. 당시 독일의 학문적 풍토는 헤겔의 영향을 지대하게 받고 있었습니다. 그래서 마르크스가 집중적으로 헤겔 철학을 연구한 것은 당연한 귀결이었습니다. 당시 사람들은 가난과 싸워야 했고, 당국의 폭정과 검열에 시달려야 했습니다. 게다가 독일의 공국들은 루터교를 믿지 않는 사람들에게 종교적으로 핍박을 가했습니다. 헤겔 좌파에 속했던 마르크스로서는 이러한 세 가지(경제적, 정치적, 종교적) 압박에 관해서 깊이 숙고하지 않을 수 없었습니다.

3. 마르크스의 삶: 마르크스는 1841년 예나 대학에서 데모크리토스와 에피쿠로스의 자연철학에 관한 연구로 박사학위를 취득하였습니다. 그 후에 본(Bonn) 대학에서 교수직을 얻으려고 했으나, 프로이센 당국에 의해 거절당했습니다. 이유인즉, 마르크스 역시 루드비히 포이어바흐와 브루노 바우어와 마찬가지로 헤겔 좌파의 인물이라는 것이었습니다. 그러나 마르크스가 교수직을 얻지 못하게 된 근본적인 이유는 그가 유대인 혈통을 지녔다는 사실 때문이었습니다. 바로 그해에 쾰른에서는 『라인 지방 신문(Die Rheinische Zeitung)』이 간행되기 시작하였습니다. 이 신문

은 비교적 진보적인 지식인들에 의해서 창간된 것입니다. 당시 유럽 지식인들의 정치적인 견해의 스펙트럼은 다양했습니다. 군주제를 지지하는 자유주의자가 있는가 하면, 급진적 민주주의자들도 있었습니다. 마르크스는 1842년 10월에 이 신문을 인수하여, 자신이 표방하는 급진적 민주주의의 입장을 실천하게 됩니다. 말하자면 그는 헤르베크(Herwegh)와 아르놀트 루게(Arnold Ruge) 등과 협동하여, 브루노 바우어(Bruno Bauer)와의 입장 차이를 분명하게 제시했던 것입니다. 특히 브루노 바우어는 처음에는 종교 비판의 철학으로 포이어바흐와 함께 헤겔 좌파의 쌍두마차로 활약했지만, 1848년 3월 혁명 이후에는 정치적 보수주의로 급선회합니다. 그는 브라운슈바이크에서 반유대주의를 표방하는 「유대인 문제」(1843)를 발표했는데, 마르크스는 「유대인 문제에 대하여(Zur Judenfrage)」라는 반박문을 발표하였습니다. 마르크스에게 중요한 것은 인종 문제가 아니라 자본주의 비판과 사회의 해방 가능성에 관한 과제였습니다. 당시에는 지식인이 신문을 간행하기란 결코 수월한 일이 아니었습니다. 프로이센 당국은 1817년 칼스바더 협정이 체결된 뒤부터 검열을 강화하기 시작합니다.

마르크스는 1843년에 예니 폰 베스트팔렌과 결혼식을 올렸으며, 그 해 가을에 파리로 거주지를 옮깁니다. 그는 친구인 루게와 함께 파리에서 『독불 연감』을 간행합니다. 그러나 잡지는 지속적으로 간행될 수 없었습니다. 경제적 문제, 독자의 호응도 문제였지만, 『독불 연감』은 독일어로 간행되어 프랑스 시민들이 바로 접하기는 어려웠습니다(Grandjonc: 189 이하). 프랑스 사회주의자들은 독일 출신의 낯선 유대인 학자를 처음부터 경원시했습니다. 그렇지만 놀라운 것은 마르크스가 프랑스 망명 시기에 자신의 이론의 사상적 토대를 닦게 되었다는 사실입니다. 경제적으로 어려운 여건 속에서 1844년 "파리 수고"로 알려진 바 있는 「경제 철학 수고(Ökonomisch-philosophische Manuskripte)」가 완성되었습니다.

여기서 마르크스는 헤겔 좌파라는 수식어를 탈피하여, 소외된 노동에 관한 자신의 독창적인 이론을 발전시키기 시작합니다. 뒤이어 마르크스는 엥겔스와 함께 『신성 가족(Die heilige Familie)』을 완성합니다. 이 문헌을 통하여 마르크스는 베를린에 머물고 있는 헤겔 좌파인 브루노 바우어와 무정부주의자인 막스 슈티르너의 이론과 분명하게 선을 긋습니다. 나아가 마르크스는 루드비히 포이어바흐의 종교 비판의 관점을 경제 상황에 대한 비판으로 성공리에 전환시켰습니다. 이러한 작업은 먼 훗날 발표되는 「포이어바흐 테제」와 『독일 이데올로기』를 통해서 결실을 맺게 됩니다.

마르크스는 1845년 7월에 가족을 데리고 브뤼셀로 이주하였으며, 엥겔스 역시 뒤이어 그곳으로 떠났습니다. 마르크스가 경제적 궁핍함, 당국의 탄압 속에서도 수준 높은 저서들을 연이어 탈고했다는 사실은 거의 기적과 같습니다. 마르크스는 브뤼셀에서 『철학의 빈곤(Das Elend der Philosophie)』(1847)을 발표했습니다. 이 제목은 프루동의 저작물, 『경제적 모순의 시스템, 혹은 빈곤의 철학(Système des contradictions économiques ou Philosophie de la misère)』(1846)에 대한 패러디로서, 마르크스는 자본주의와 무정부주의의 잘못된 방향에 대해 일침을 가하고 있습니다. 마르크스와 엥겔스는 1946년 초에 드디어 공산당 위원회를 창립하는데, 이때 해외에 거주하는 동지들을 규합하였습니다. 마르크스와 엥겔스는 사회주의를 추구하는 "정의로운 자들의 동맹"의 대표인 빌헬름 바이틀링과 협력하기로 하고 그 단체에 가입하였습니다. 그해에 작성된 것이 바로 「공산당 선언」입니다. 이 문헌은 1848년에 유럽 전체를 들끓게 만들었습니다. 벨기에 정부는 마르크스에게 추방 명령을 내립니다. 마르크스는 영국으로 망명하기 전에 잠시 독일에 들러, 「임금노동과 자본(Lohnarbeit und Kapital)」을 발표합니다. 마르크스는 수많은 글을 집필하고, 다른 나라의 진보주의자들의 활동을 뒤에서 보조했습니다. 특히 그가 심혈을 기울인 작품은 『자본(Das Kapital)』 세 권이었는데, 그 가운데 첫 번째 책이 1867년에 런던에서 간행되었습니다.

4. 노동의 소외: 마르크스는 처음에 노동자들의 강제 노동을 깊이 숙고하였습니다. 그렇기에 그의 초기 사상은 노동의 소외와 관련될 수밖에 없습니다. 대부분의 인간은 생존을 위해서 노동해야 합니다. 물론 예외도 있을 수 있지만, 인간의 노동 행위는 대체로 자신의 본능적 욕구와는 반대로 진척됩니다. 하기 싫은 일을 억지로 해야 하는 것 — 그것은 어떠한 형태로 드러나든 간에 소외된 노동으로 설명될 수 있습니다. 몇몇 사람들은 예외적으로 노동을 통해서 지고의 즐거움을 느끼기도 합니다. 그렇지만 대부분의 인간에게 노동은 삶의 향유와는 거리가 있습니다. 그렇다면 소외된 노동은 어떻게 설명될 수 있을까요? 인간은 때로는 자신이 직접 행하는 일로부터 벗어나 있습니다. 우리는 이를 노동 행위로부터의 소외라고 명명할 수 있습니다. 이 경우, 노동자는 자신이 만든 물품에 대해 애착은커녕 전혀 관심을 두지 않습니다. 이는 생산품으로부터의 소외라고 명명할 수 있습니다. 노동자에게는 노동 자체가 자신의 관심사 내지 자기 의지로부터 벗어나 있을 수 있습니다. 이는 주체로부터의 소외라고 명명할 수 있습니다. 노동자는 마치 거대한 기계의 톱니바퀴처럼 기능하는 컨베이어 시스템에서 노동한다는 점에서 주위 여건, 다시 말해 작업장으로부터 완전히 일탈되어 있을 수 있습니다. 이는 기계 및 조직으로부터의 소외라고 명명될 수 있습니다.

5. 전인적 인간의 창의적 노동은 가능한가?: 노동이 대체로 생존을 위해 필연적으로 행해지는 일감이라고 하더라도, 그것은 지금까지 인류의 삶을 발전시키고, 행복과 풍요로움의 수단으로 작용했습니다. 그렇기 때문에 우리는 노동 자체의 가치를 결코 부인할 수 없습니다. 마르크스는 이

전의 위대한 추상적 유토피아주의자들이 감히 시도하지 않은 사고를 처음으로 추적해 나갑니다. 노동이 지루함을 안겨 주는 까닭은 무엇보다도 노동자가 항상 천편일률적인 일을 반복하기 때문입니다. 노동자들의 일감은 사업 발전과 기계 도입을 통해서 질적인 측면에서 점점 침해당하고 제한 받습니다. 이로 인하여 노동은 필연적으로 분업화될 수밖에 없습니다. 왜냐하면 산업은 생산력의 신장과 이로 인한 이익 극대화를 중시하기 때문입니다. 따라서 가장 문제가 되는 것은 자본주의 체제에서 수행되는 노동입니다.

6. 이데올로기의 은폐 공작: 주어진 사회 내에서는 노동의 소외와 계급 차이 등이 가시적으로 드러나지 않습니다. 이는 이데올로기의 농간 때문입니다. 마르크스와 엥겔스는 이데올로기를 "의식의 자기 소통(Selbstverständigung des Bewusstseins)"으로 이해합니다. 인간의 사고와 물질적 실제 상황, 즉 구체적인 사회적 실존 사이에는 분명히 어떤 관련성이 도사리고 있습니다. 물질적으로 주어진 처지 내지 경제적 정황이 변하면, 당사자의 관심과 의식 역시 변화된다는 것이 마르크스의 지론이었습니다. 마르크스와 엥겔스는 젊은 헤겔주의자들이 품고 있는 "철학적 환상"을 강도 높게 비판합니다(Heintze: 236). 이러한 환상은 독일에서 횡행하고 있는 제반 현실적 조건과 밀접하게 결부되는 것입니다. 독일의 실제 상황은 비참하기 이를 데 없는데, 이를 해결하기는커녕 오히려 은폐하는 것이 바로 상기한 철학적 환상이라고 합니다. 대신에 두 사람은 그들 고유의 철학을 내세웁니다. 즉, 인간의 의식은 사회적 노동과 개별적 조직체에 의해서 변증법적으로 중개되어 왔습니다. 어쩌면 이데올로기는 물질적 삶의 구체적 상황에 의해서 형성되는 것입니다. 의식이 존재를 규정하는 게 아니라, 존재가 의식을 규정합니다.

7. 계급 차이를 배후에서 지지하는 상부구조들: 원래 노동의 소외는 노동의 분화에서 비롯된 것입니다. 노동의 지속적인 분화는 동일한 일을 반복하게 하고, 노동자 개개인을 지루하게 만듭니다. 그것은 인간에 의해서 만들어진 상품들을 물화시키고 인간으로부터 일탈시키도록 작용합니다. 이로 인하여 주어진 구체적 현실의 여러 가지 사항들, 이를테면 상품, 제도, 사고 등은 불변한 채 인간 위에 군림하는 것처럼 보입니다. 그렇지만 실제로 인간 위에 군림하는 것은 사유재산과 인간에 대한 인간의 지배를 가능하게 하는 계급 사회입니다. 역사 속에서 이러한 "실질적 핵심"이 파악되지 않는 한, 은폐된 사회적 실제 상황은 필연적으로 왜곡된 의식을 낳습니다. 이러한 의식이 바로 이데올로기의 모태가 됩니다. 상기한 왜곡된 의식에서 파생되는 것은 마르크스에 의하면 시민사회의 도덕이요, 종교이며, 형이상학이라고 합니다. 경제적 토대를 알려고 애쓰면, 사람들은 궁극적으로 노동의 분화와 현대의 산업사회에 도사리고 있는 노동의 소외된 영향 등을 예리하게 인지할 수 있을 것입니다. 나아가 사람들은 분화된 노동의 근본적인 뿌리를 제거할 수 있습니다. 이는 마르크스와 엥겔스에 의하면 공산주의 사회를 창출함으로써 가능하다고 합니다.

8. 이윤과 잉여가치의 문제: 특히 자본주의의 사회구조는 일반 사람들에게 어떤 전인적인 삶을 용인하지 않습니다. 특히 자본가는 일반 사람들로 하여금 과도하게 일하도록 요구합니다. 일반 노동자들의 노동 행위의 가치는 일을 통하여 상품의 가치로 전환됩니다. 그러나 이러한 전환의 과정에서 자본가는 상품의 가치로부터 일부를 자신의 이득으로 착복하고, 상품 가치의 일부만을 노동자들에게 노동의 대가로 되돌려줍니다. 바로 이것이 이른바 잉여가치로 설명됩니다. 따라서 여기서 언급되는 잉여가치는 노동자가 생산해 낸 가치에서 자본가가 교활한 방법으

로 몰래 거두어들이는 일부의 가치라고 정의할 수 있습니다. 마르크스는 『자본』이라는 방대한 저작물을 통하여 대부분의 노동자들이 어떠한 방식으로 자본주의 사회에서 자본가들에게 이용당하고 잉여가치를 빼앗기는가를 치밀하고도 상세하게 분석하였습니다.

9. 노동자의 단합과 프롤레타리아 혁명: 노동자들의 노동 가치는 마르크스에 의하면 일부 혹은 상당 부분이 자본가들에 의해서 착복당하고 횡령당합니다. 자본가들이 과도한 이익을 얻는 것은 오로지 노동자들의 노동 가치를 여러 가지 다양한 방식으로 빼앗기 때문입니다. 바로 이러한 까닭에 마르크스는 1848년 29세의 나이에 엥겔스와 함께 발표한 「공산당 선언」에서 "만국의 노동자들이여 궐기하라!" 하고 외쳤습니다. 이 글은 불과 23쪽 분량의, 공산주의 운동을 추진하기 위한 최소의 문헌으로서 1848년 이후의 세계 역사에 지대한 영향을 끼쳤습니다. 이 책에서 마르크스는 지금까지의 역사를 계급투쟁의 역사라고 단정하고, 가난하고 고통당하는 프롤레타리아를 혁명을 수행할 수 있는 하나의 계급으로 규정하였습니다. 말하자면 마르크스와 엥겔스는 「공산당 선언」을 통하여 하나의 구체적인 대안을 내세운 것입니다. 이것은 프롤레타리아의 독재를 가리키는데, 과거에 왕이 권력을 장악했다면, 이제는 무산계급이 자신의 고유한 권력을 되찾게 된다는 뜻으로 이해됩니다.

10. 구체적 현안: 「공산당 선언」에는 사유재산제도의 폐해를 척결하기 위한 10가지 구체적 사항이 차례로 언급되고 있습니다. "1. 개인의 토지소유제도는 폐지되어야 한다. 2. 부자는 자신의 재산에 합당한 누진세 규칙을 준수해야 한다. 3. 모든 상속권은 폐지되어야 한다. 4. 모든 망명객, 반역자의 재산은 국고에 환원되어야 한다. 5. 국가 자본을 지닌 독점은행을 통해서 신용 자금을 국가의 수입으로 설정한다. 6. 모든 운송 수

단 역시 국유화되어야 한다. 7. 국영 농장과 생산 도구를 보충하여 토지를 공동으로 개간한다. 8. 만인은 평등하게 자신의 노동을 수행해야 한다. 9. 농업과 공업 경영은 결합되어야 하고, 도시와 농촌의 재산 격차는 좁혀져야 한다. 10. 모든 아이들은 무상교육을 받아야 하며, 배우지 않은 채 노동에 종사하게 해서는 안 된다"(MEW. Bd. 22, 3A: 482). 만약 이러한 개별적 요구 사항이 이루어지면, 비로소 재화를 공동으로 생산하는 사회적 이상이 실질적으로 실현될 수 있습니다. 자연과 인간의 가치가 서로 왕래하고, "인간의 자연화"와 "자연의 인간화"가 성립될 때, 공산주의는 비로소 발아(發芽)될 수 있을 것이라고 합니다.

11. 마르크스주의의 유토피아 비판: 사실 마르크스주의는 내용과 의향을 고려한다면 토머스 모어 이후에 나타난 고전적 유토피아와 많은 공통점을 지니고 있습니다. 고전적 유토피아들은 대체로 사유재산제도의 철폐, 평등한 삶을 위한 여러 가지 대안 내지는 개선책을 서술하였습니다. 그럼에도 불구하고 마르크스와 엥겔스는 유토피아라는 용어를 부정적으로 파악하였습니다. 특히 "공상주의(Utopismus)"라는 단어는 언제나 나쁜 의미로 사용되었습니다. 마르크스는 "독일 공산주의를 단호하게 배척하는 자들은 바로 공상주의자들이다"라고 말했으며, 엥겔스는 유토피아 속에 도사린 가상적 환상의 요소를 신랄하게 비난한 바 있습니다. "독일의 사회주의 이론가들은 생시몽, 푸리에 그리고 오언의 이론적 바탕 위에 서 있다는 것을 부인할 수 없다. 그렇지만 추상적 유토피아주의자들은 어떤 사회적 질서의 대안을 구상적으로 그리고 비학문적으로 설계하였다"(Engels: 194). 생시몽, 푸리에 그리고 오언 등은 공상주의의 자세로 현실의 변화를 추구하기는커녕, 어떤 가상적 환상만 기술하였다는 것입니다. 이들은 엥겔스에 의하면 무산계급이 자신의 세력을 발전시키기 이전의 시기에 어떤 바람직한, 시대를 앞서는 현실상을 가상적으

로 보여 주었을 뿐이라고 합니다.

12. 상의 금지: 여기서 우리는 마르크스와 엥겔스의 분명한 입장을 간파할 수 있습니다. 그것은 다름 아니라 더 나은 바람직한 삶을 구상적으로 기술하는 것은 바람직한 일이 아니라고 합니다. 그것은 학문적이고 엄밀한 사회주의 이론가가 행할 필요가 없는, 추상적인 상이라는 것입니다. 마르크스주의자는 더 나은 삶을 구체적인 상으로 선취하는 대신에, 자본주의의 운동 법칙을 치밀하게 학문적으로 분석하여 자본주의의 제반 법칙이 필연적으로 몰락하고 붕괴하리라는 것을 해명하면, 그것으로 충분하다는 것입니다. 이와 관련하여 마르크스주의의 영혼은 레닌의 표현에 의하면 구체적 상황의 구체적 분석에서 시작된다고 합니다. 루이 알튀세르는 이를 설명하기 위해서 "반영(Widerspiegelung)"이라는 개념 대신, "중층 결정(surdétermination)"이라는 복합적 개념을 사용하고 있습니다. 원래 중층 결정이란 프로이트의 용어로서, 상징이 몇 개의 원인에 대한 결과라고 가정한다면, 그것은 복합적으로, 중층적으로 결정되어 있다는 것입니다. 마찬가지 논리로 현실의 어떤 정치적 세력은 알튀세르에 의하면 차제에 얼마든지 복합적인 사건을 저지를 수 있다고 합니다(알튀세르: 357). 알튀세르의 중층 결정론은 단순한 구도의 인과관계, 특히 상의 금지를 배격하기 위한 논거로 활용될 수 있었습니다. 마치 고대 사람들이 신의 얼굴을 직접 바라보는 것을 하나의 형벌로 간주하였듯이, 마르크스주의에서 더 나은 현실상을 예견하고 이를 구상적 상으로 확정시키는 행위 역시 금기로 취급되었던 것입니다.

13. "문제는 유토피아가 아니라, 학문이며, 실천이다": 마르크스주의는 찬란한 가상적인 삶의 구체적 범례를 필요로 하는 게 아니라, 학문적 논의를 중시합니다. 엥겔스는 유물변증법의 방법론을 통해서 참으로 인지

되는 역사법칙을 언급하였습니다. 중요한 것은 인간의 맹목적 운명으로서의 경험이 아니라, 인간이 능동적으로 역사를 간파하고 그 본질을 인식해 내는 행위라고 합니다. 그렇게 해야만 억압당하면서 살아가는 많은 사람들은 현실의 변화에 실질적으로 관여할 수 있게 된다는 것입니다. 오언, 푸리에, 생시몽과 같은 초기 사회주의자들은 엥겔스에 의하면 맹목적인 가상의 상을 제시함으로써, 기껏해야 폭력과는 무관한 사회적 변형의 의지만을 보여 주었다고 합니다. 그들은 실제로 프랑스 혁명의 끔찍한 투쟁을 직간접적으로 경험하였습니다. 초기 사회주의자들은 폭력 자체를 혐오하면서, 이에 대한 반대급부로서의 찬란하고 이름다운 현실상을 소극적 자세로 미화했다는 것입니다. 이에 반해 엥겔스는 혁명을 실현하기 위해서 행위의 척도로서의 폭력마저 가능하다고 설파합니다. 그는 부르주아가 절대로 자의에 의해 자신의 재산을 사회에 쾌척하거다 희사하지 않는다는 것을 분명히 알고 있었습니다. 바로 이러한 이유에서 마르크스주의는 사회적 전복을 위한 필요악으로서 프롤레타리아의 폭력을 용인할 수밖에 없었습니다.

14. 마르크스주의자들의 유토피아 비판: 유토피아의 개념은 마르크스주의의 실천 과정에서 계속 비판의 대상이 되었습니다. 1899년 레닌은 『우리의 프로그램』에서 다음과 같이 주장하였습니다. "우리는 마르크스 이론의 토대 위에 있다. 이것이야말로 사회주의를 유토피아에서 학문으로 만들게 했다"(Lenin Bd. 4: 204). 나아가 레닌은 『국가와 혁명』에서 다음과 같이 언급하였습니다. "우리는 유토피아주의자가 아니다. 우리는 막연히 꿈꾸지는 않는다"(Lenin, Bd. 2: 194). 여기서 우리는 다음의 사실을 간파할 수 있습니다. 즉, 마르크스주의자들이 사용하는 유토피아는 19세기에 출현한 어떤 역사적, 일회적 개념으로서, 이른바 낭만주의자들이 동경한 "푸른 꽃(die blaue Blume)"으로 이해되고 있다는 사실 말입니

다. 레닌 이후로 유토피아는 언제나 부정적 의미를 지닌 용어로 사용되어 왔습니다. 다시 말해, 유토피아의 개념은 19세기 초에 나타난 낭만주의의 사고로서, 찬란한 과거의 상을 막연하게 동경하는 무엇이라는 것입니다. 이로써 그것은 과거 역사에 일회적으로 나타난 사고로 국한되었습니다. 이러한 경향은 구동독까지 이어졌습니다. 1972년에 구동독에서 간행된 『마르크스 레닌주의 철학 사전』에는 다음과 같이 기록되어 있습니다. "과학적 사회주의는 유토피아의 종말을 의미하고, 또한 유토피아는 (현대) 사회주의 속에서 원래의 고유한 의미를 상실해 버렸으므로, 유토피아의 개념은 이제 임의적으로 사용될 수 있을 뿐만 아니라, 19세기와 20세기의 문학작품 속에 담긴 유토피아는 근본적으로 탈역사적인 의미를 지닌다"(Buhr: 375).

15. 마르크스주의는 유토피아의 요소를 지니고 있다: 그런데 우리가 유토피아의 개념을 보다 확장시켜서 더 나은 사회적 삶에 관한 꿈으로 규정한다면, 어떻게 될까요? 어쩌면 유토피아의 개념은 19세기 초 독일 낭만주의의 일회적 사고로 국한될 수는 없습니다. 마르크스의 사상 속에는 놀랍게도 어떤 긍정적 의미를 담은 유토피아의 사상적 단초들이 은밀히 용해되어 있습니다. 다시 말해, 마르크스의 사상은 겉으로 보기에는 전통적 유토피아 사상가들이 시도한 찬란한 이상적 삶을 서술하거나 수동적으로 미화하지는 않지만, 다음과 같은 사항을 분명하게 보여 줍니다. 즉, 마르크스주의가 추구하는 의향 속에는 근본적으로 더 나은 삶에 관한 꿈, 즉 유토피아의 의향 내지 구체적 희망이 도사리고 있다는 사항을 고려해 보세요. 바로 이러한 까닭에 한스 프라이어는 다음과 같이 말했습니다. "마르크스주의자들은 유토피아를 부정적 개념으로 파악하였지만, 그들은 공산주의의 꿈을 지니고 있었다. 그들은 말로 표현하지는 않았지만, 내심으로는 어떤 유형의 천국을 꿈꾸었다"(Freyer: 151).

마르크스가 추구하는 의향 속에는 수십 가지의 희망 사항이 내재해 있습니다. 물론 수많은 마르크스주의자들이 지금까지 유토피아의 개념을 축소시켜서 낭만주의의 일회적 사고로 이해한 것은 사실입니다. 그렇지만 한편으로 그들은 근본적으로 더 나은 사회를 만들려고 하는 사회적 갈망을 품고 있었습니다. 더 나은 사회에 대한 갈망은 — 설령 그것이 겉으로 유토피아의 개념을 비난한다고 하더라도 — 유토피아의 속성을 지니고 있습니다. 여기서 우리는 "부정의 부정"이라는 마르크스의 논리의 배후를 면밀하게 고찰해야 할 것입니다. 만약 억압과 강제 노동이 없는 찬란한 삶에 관한 묘사가 추상적 유토피아의 상이라면, 자본주의의 이윤 추구가 사라지고 무산계급이 그들 고유의 자유와 평등을 누리는 삶은 구체적 유토피아의 상으로 규정될 수 있습니다. 이와 관련하여 에른스트 블로흐는 기존 사회주의의 재건을 "구체적 유토피아를 실천하는 과업"으로 명명했습니다(블로흐: 43). 19세기와 20세기 초의 문학작품에 담겨 있는 더 나은 세계에 관한 인간의 꿈은 마르크스-레닌주의를 실천하려 하는 사회주의 국가 체제 내에서 이미 부분적으로 실현되었다는 것입니다. 그러나 유토피아의 개념은 결코 역사 속에 일회적으로 나타난 사고로 요약될 성질의 것은 아닙니다(Negt: 178).

16. 마르크스주의 속에 도사린 유토피아의 세 가지 요소: 만약 유토피아가 역사 속에서 유효한 개념으로 기능하고 있다고 믿는다면, 우리는 마르크스주의 속에 도사린 긍정적 갈망의 상을 일단 유토피아의 요소로 규정하고 이에 대한 구체적 논거를 찾아야 할 것입니다. 그것은 마르크스주의에 도사린 유토피아의 특성이라고 규정될 수 있는데, 이는 세 가지 사항으로 설명될 수 있습니다. 첫째로 마르크스주의는 노동의 새로운 가치에 관해서 암시해 줍니다. 여기서 말하는 노동은 소외 현상을 극복한 창의적 노동을 가리킵니다. 이는 전인적 삶에서 비롯하는 노동으

로서 이윤 추구가 아니라, 필요에 의해서 자발적으로 행하는 일감과 관련됩니다. 마르크스는 『독일 이데올로기』에서 아침에는 사냥하고, 오후에는 고기를 잡으며, 저녁에는 가축을 돌보거나 책을 읽는 인간의 전인적인 생활을 언급하였습니다(MEW, Bd. 3: 33). 이는 노동의 분화에서 기인한 노동의 소외를 극복할 수 있는 하나의 방법론이며, 그 자체 전인적 삶의 모범으로 활용될 수 있는 생활 방식입니다.

마르크스주의 속에 도사린 유토피아의 두 번째 요소는 마르크스의 「고타 강령 비판(Kritik des Gothaer Programms)」(1875)에서 발견됩니다. 바람직한 사회질서를 세우고 새로운 법적 모델을 정착시키려면, 무엇보다도 "분배의 정의로움(iustitia distributiva)"이 필요하다는 것입니다. "공산주의 사회의 높은 단계에 이르면 (…) 편협한 시민적 법의 지평이 완전히 절개되어 나가고, 사회는 다음과 같은 슬로건을 기치로 내걸 수 있을 것이다. 즉, 모두가 자신의 능력에 따라 일하고, 모두에게 그들이 필요한 재화를 돌려주는 것 말이다"(MEW, Bd. 19: 21). 사실 재화의 분배를 정의로운 방식으로 추진하는 일이야말로 마르크스의 사상에서 가장 명징한 휴머니즘의 관점이 아닐 수 없습니다. 흔히 사람들은 "프롤레타리아 독재"라는 표현에서 흥분한 무산계급의 서슬 푸른 칼을 연상합니다만, 엄밀히 따지면, 우리는 19세기 독일 사회에서 무산계급에게 그러한 폭력을 부추긴 대상이 바로 독일의 사악한 자본가들이었음을 우선적으로 인정해야 할 것입니다. 이를 염두에 두면, 분배의 정의로움은 가진 것 없고 배운 바 없는 사람들에게 그들의 고유한 최소한의 권한을 되돌려주는 일과 같습니다.

세 번째 요소는 프리드리히 엥겔스가 피력한 바 있는 국가 소멸에 관한 이론과 관련됩니다. "사회적 생산이 무정부주의적으로 추진되면, 국가의 정치적 주권도 이에 상응하여 서서히 사라질 것이다. 그렇게 되면 인간은 자신의 고유한 사회화의 과정 속에서 주인으로 살아가게 되며,

자연과 자신의 주인이 될 것이다. 그렇게 되면 인간은 진정한 자유를 누리게 될 것이다"(Engels: 228). 인용문에서 진정한 자유를 누리는 자는 새로운 사회적 관계의 앙상블 속에서 살아갈 새로운 인간을 가리킵니다. 물론 우리가 주의해야 할 사항은 엥겔스가 생산과정의 측면에서 이를 서술했다는 사실입니다. 왜냐하면 국가의 소멸은 마르크스주의자들의 궁극적 목표가 아니라, 자칫하면 무정부주의자들이 내세우는 궁극적인 목표로 곡해될 소지가 있기 때문입니다. 국가의 소멸이란 엥겔스에 의하면 국가의 거대한 기능이 소멸된다는 뜻이지, 국가 자체를 완전히 불필요한 기관으로 이해하고, 이를 없애는 것을 목표로 하는 것은 아닙니다. 국가의 소멸을 하나의 목표로 삼는 과업 그리고 재화의 공평한 분배를 통한 평등 사회의 실현을 목표로 삼는 과업은 서로 차원이 다릅니다. 자유의 나라에서의 국가는 엥겔스에 의하면 치안 유지 내지 공적으로 필요한 행정을 담당하는 최소한의 기관으로 축소되어야 한다는 것입니다. 바로 이러한 기능이 약화되거나 축소되지 않았기 때문에 20세기에 이르러 거대한 전체주의 국가가 사회주의든 자본주의든 간에 개개인의 자유를 옥죄는 수단으로 변질되었습니다.

17. 자유의 나라와 마르크스주의의 두 가지 특성: 마르크스는 자신의 능력에 따라 일하고, 필요에 따라 무언가를 가질 수 있는 평등 사회를 "자유의 나라"라고 명명하였습니다. 그렇다면 자유의 나라는 구체적으로 어떠한 면모를 지니며, 어떤 식으로 영위되는 사회 시스템일까요? 많은 마르크스 사상가들은 이에 관해서 열정적으로 골몰하지 않았습니다. 왜냐하면 그들에게 중요한 것은 먼 목표가 아니라, "가까운 목표(Nahziel)," 다시 말해서 "지금 그리고 여기"에서 당면하게 요구되는 구체적인 전략이었기 때문입니다. 대부분의 마르크스주의자들은 눈앞의 문제를 해결하기 위한 전략에만 집착하였으므로, 무의식적으로 "먼 목

표(Fernziel)"에 등한시할 수밖에 없었습니다. 이는 마르크스주의자들이 주장하는 "상의 금지"와 관련됩니다(Adorno: 205). 오로지 블로흐만이 유일하게 마르크스가 염두에 둔 자유의 나라에 관해서 지속적인 관심을 기울였습니다. 블로흐에 의하면, 대부분의 마르크스주의자들은 과거와 현재의 현실에 관한 냉엄한 분석만을 중요하게 생각합니다. 주어진 현재의 현실에서 계급적 모순을 분명하게 간파하고, 이를 냉정하게 분석하는 일이 다음 단계의 전략을 설정하는 데 결정적으로 도움이 된다는 것입니다. 블로흐는 이러한 작업을 "마르크스주의의 한류"로 규정하고 혁명을 이행하는 데 아주 중요한 과업으로 간주하였습니다.

18. 마르크스주의의 난류: 주어진 현실에 대한 냉정한 분석도 중요하지만, 먼 목표, 다시 말해 미래의 이상을 예술적으로 그리고 철학적으로 선취하는 작업도 이에 못지않게 중요한 과업입니다. 블로흐는 이러한 작업을 "마르크스주의의 난류"라고 규정하였습니다. 대부분의 혁명가들이 이러한 작업을 처음부터 경원시하였기 때문에, 혁명의 과정에서 자신의 전략을 수정하고 주어진 상황에 타협적으로 처신했다고 블로흐는 확신하고 있습니다. 물론 『정치적 측정, 페스트의 시대, 3월 전기(Politische Messung, Pestzeit, Vormärz)』에서 블로흐는 스탈린의 정책을 찬양하고, 시대착오적으로 핵에너지에 대한 기대감을 드러내기도 했습니다. 그런데 현장 정책에서 나타나는 블로흐의 오류를 제대로 이해하려면, 우리는 다음의 명제를 상기해야 할 것입니다. "목표를 잡치는 것이 가장 나쁜 일이다(Corruptio optimi pessima)." 마르크스주의 정치경제학은 당면한 문제에 집착하고, 먼 목표를 등한시해 왔습니다. 따라서 중시되어야 하는 것은 마르크스주의의 난류인데, 더 나은 사회주의 사회의 상은 최소한 문학과 신학 그리고 신학에서 병행하여 연구되고 발전되어 나가야 할 것입니다.

19. 『자본』에 암시되어 있는 자유의 나라: "자유의 나라"의 실체를 사실적으로 명징하게 그리고 방법론적으로 유연하게 설정하는 것은 마르크스주의의 난류를 확정하는 작업입니다. 하지만 블로흐는 마르크스가 아이러니하게도 "자유의 나라"에 관하여 의도적으로 세밀하게 설계하지 않았다는 것입니다. 그는 『자본』에서 자본가가 어떠한 교활한 방법으로 잉여가치를 자신의 이득으로 빼돌리는가 하는 과정을 수백 페이지에 걸쳐 세밀하게 분석하였습니다. 그러나 마르크스는 미래에 도래하게 될 자유의 나라에 관해서는 기껏해야 몇 마디의 암시만을 던졌습니다. 이는 오언과 푸리에 그리고 카베와 생시몽이 시도한 추상적 유토피아 설계의 방법론들과는 전적으로 반대되는 것입니다. 이전의 공상적 사회주의자들은 그들에게 주어진 실제 현실의 모순점들을 우회적으로 지적하기 위하여, 의도적으로 미지의 가상적인 공동체를 전면에 배치하지 않았습니까? 말하자면, 그들은 권력자에게 핍박당하지 않으면서 무언가를 비판하기 위해서, "지금 그리고 여기"의 사항에 관한 언급을 가급적 자제하면서, 그 대신에 바람직한 현실적 사항을 가상적으로 휘황찬란하게 묘사했던 것입니다.

20. 가능성의 영역에 도사린 자유의 나라: "자유의 나라는 궁핍함과 외부적 합목적성에 의해서 정해진 노동 행위가 중단되는 것에서 비로소 시작될 것이다. 따라서 그 영역은 고유한 물질적 생산 영역의 저편이다. 원시인이 자신의 목숨을 보존하고 필요한 무엇을 재생산하는 등 자신의 욕구를 충족시키기 위해서 주어진 자연과 끝없이 싸워 나가야 했듯이, 문명사회에 사는 사람 역시 모든 사회 형태와 모든 가능한 생산양식 속에서 그러한 노력을 쟁취해 나가야 한다"(MEW Bd. 19: 828). 인용문에서 우리는 두 가지 사항을 도출해 낼 수 있습니다. 첫째로 자유의 나라에서는 인간의 고유한 권리가 무시당하지 않습니다. 돈 없고 힘없는 인간

은 당당하고 의연하게 일하면서 살아갈 수 있습니다. 이는 사유재산과 강제 노동이 철폐된 현실적 여건으로 나타나는 현상입니다. 둘째로 모든 인간은 이윤이 아니라, 오로지 필요성에 의해서 상품을 생산해 냅니다. 이 경우 불필요한 상품이 생산되어 재고품으로 남는 경우는 드뭅니다. 따라서 그것은 가치로서의 재화를 가리키는데, 사용가치의 "풍요로움(Reichlichkeit)"을 지칭합니다(윤소영: 69). 중요한 것은 다음과 같은 입장입니다. 즉, 미래는 현재의 한 인간의 사고에 의해서 하나의 틀로 확정될 수 없습니다. 만약 누군가 자유의 나라를 하나의 틀로 확정시킨다면, 역사철학의 역동성과 개방성은 처음부터 완전히 차단될 테니까요. 마르크스는 자유의 나라에 관해서 일부러 함구함으로써 어떤 개방적이고 역동적인 과업을 후세 사람들에게 내맡긴 셈입니다. 만약 그렇게 행동하지 않았더라면, 마르크스 역시 추상적 유토피아 사상가의 대열에 합류했을 것입니다. 신약성서의 「로마서」 제8장 24절의 다음과 같은 말을 생각해 보세요. "눈에 보이는 것을 바라는 것은 희망이 아닙니다. 눈에 보이는 것을 과연 누가 바라겠습니까?"

21. 마르크스주의 비판 그리고 대안: 설령 마르크스주의의 강렬한 휴머니즘을 인정한다고 하더라도, 우리는 마르크스주의의 부분적 하자를 역사적, 비판적 시각에서 밝혀 나가야 할 것입니다. 자본과 노동과 관련된 마르크스의 분석은 언제 어디서나 통용될 수는 없습니다. 왜냐하면 그의 분석은 19세기 독일의 현실을 근거로 해서 완성된 것이기 때문입니다. 특히 농촌의 자생 경제의 경우를 고려해 봅시다. 대가족 중심의 농촌 공동체의 경우, 임금노동의 범위는 대폭 제한된다는 점에서 오로지 마르크스주의의 경제 분석에 의해서 완결될 수 있는 것은 아닙니다. 이에 관해서는 『서양 유토피아의 흐름』 제4권 차야노프의 장에서 다시 한 번 세밀하게 고찰해 볼 것입니다. 그 밖에 아시아적 생산양식 논쟁에 관한 마르

크스의 입장은 동북아시아의 역사를 제대로 간파하지 못한 데에서 비롯한 범주 오류입니다. 아시아에는 사적 소유 의식이 없었기 때문에 자본주의가 발달할 수 없었다는 것입니다(김상일: 258). 동양이 자본주의 단계를 거치지 않았기 때문에 공산주의가 불가능하다는 논리는 아직도 학문적으로 그리고 정치적으로 완전한 결론에 도달하지 못하고 있습니다.

22. 마르크스 사상의 영향: 마르크스의 사상은 19세기와 20세기의 세계 역사에 지대한 영향을 끼쳤습니다. 페터 데메츠(Peter Demetz)는 20세기에 영향을 끼친 세 가지 사상적 조류로서 "마르크스주의," "프로이트의 정신분석학" 그리고 "(구조주의의 연구를 활성화시킨) 러시아 형식주의"라고 주장한 바 있습니다(Demetz: 30). 세 가지 사상적 조류 가운데 세계사를 변혁시킨 하나의 사조는 아마도 마르크스주의일 것입니다. 주지하다시피 20세기의 역사는 마르크스의 사상과 밀접하게 관련됩니다. 소련 혁명, 사회주의 국가들의 건설, 중국의 사회주의적 실험 등을 생각해 보세요. 이와 관련하여 수많은 마르크스주의 사상가들이 전 세계적으로 속출하였습니다. 현재 중국은 자본주의 경제 시스템과 절충한 사회주의 내지는 일국이제의 정치를 추구하지만, 기존 사회주의를 바탕으로 하는 국가적 차원의 마르크스주의의 실험은 옳든 그르든 간에 서서히 내리막길을 걷고 있습니다. 나아가 우리는 여기서 독일의 시인 귄터 쿠네르트의 다음과 같은 말을 새겨 볼 필요가 있습니다. "이상은 잘못된 실천에 의해서 그리고(혹은?) 잘못된 인간의 실천에 의해서 변질되고 말았다"(Kunert: 385). 이렇게 말함으로써 쿠네르트는 실천의 과정에서 나타난 마르크스주의의 오류를 지적하려고 했습니다. 그렇지만 하나의 이념이 실패로 돌아갔다고 해서, 이상 자체의 가치가 무조건 매도될 수는 없을 것입니다.

국가의 차원에서 마르크스 사상의 실천은 전체적으로 고찰할 때 실패를 거듭하고 말았습니다. 그렇지만 마르크스주의는 여전히 자유의 나라에 대한 이상으로 남아 있습니다. 가령 국가의 차원이 아니라, 평의회 마르크스주의에서 우리는 평등 사회의 실현 가능성이라는 어떤 실마리를 찾을 수 있습니다(윤소영: 133 이하). 혹은 마르크스주의는 아나키즘 사상과 접목되어, 차제에 어떤 새로운 불꽃으로 타오를 수도 있습니다. 마르크스가 생전에 그토록 비판을 가했던 바쿠닌, 슈티르너 그리고 프루동의 아나키즘이 오늘날 마르크스의 사상과 바람직한 방향으로 접목된다는 것 자체가 역사적 아이러니일지 모릅니다. 어쨌든 마르크스의 사상은 국가라는 전체적 틀로써 무산계급의 독재를 실천하려고 했으나, 현재 이 순간에도 여전히 성공을 거두지 못하고 있습니다. 그렇다면 마르크스의 사상은 어떠한 결실도 맺지 못했을까요? 마르크스주의가 20세기에 이룩해 낸 과업은 전무한 것일까요? 그렇지는 않습니다. 사회복지 정책의 차원에서의 실험 내지 사회보장제도에서 발견되는 여러 가지 사항들을 생각해 보세요. 무산계급의 최소한의 생계를 도와야 한다는 마르크스의 견해가 출현하지 않았더라면 사회보장제도에 관한 착상 및 실천은 불가능했을 것입니다. 물론 이것이 실제로 가능했던 까닭은 서구 사회가 사회적 시장경제를 표방하면서, 마르크스주의를 하나의 부분적 대안으로 도입했기 때문입니다.

23. 꿩 대신 닭, 혹은 성취의 우울과 실현의 아포리아: 모든 갈망은 전적으로 실현되지는 않지만, 최소한 작은 범위에서 혹은 원래와는 무관한 영역에서 "꿩 대신 닭"이라는 결실을 맺곤 합니다. 가령 우리는 다음과 같은 세 가지 사항에서 이에 대한 범례를 발견할 수 있습니다. 그것은 다름 아니라 중세의 연금술, 콜럼버스의 대서양 횡단 그리고 마르크스주의를 가리킵니다. 첫째로, 중세의 연금술사들은 수많은 노력에도 불구하고 금을 생산해 내지 못했습니다. 왜냐하면 금은 그 자체 고유한 금속이기

때문입니다. 그러나 연금술사들은 이 사실을 전혀 알지 못한 채 세계를 기독교적 황금으로 변모시켜야 한다는 고결한 마음을 품으면서, 헛되이 실험에 실험을 거듭하였습니다. 결국 그들의 실험은 금 대신에 인(燐)을 발견해 내었으며, 도자기 제조 기술의 발전에 간접적으로 공헌하였습니다. 둘째로, 콜럼버스의 대서양 횡단은 찬란한 동방의 나라, 인도를 발견해 내지는 못했습니다. 왜냐하면 미지의 신대륙이 콜럼버스의 항해를 가로막았기 때문입니다. 콜럼버스는 지구는 둥글다는 가설을 사실로 믿고 있었으며, 당시에 사라센 제국이 인도로 향하는 길을 가로막고 있었으므로, 대서양을 항해했던 것입니다(블로흐 3: 1389). 어쨌든 콜럼버스의 인도 발견을 위한 노력은 인도가 아니라, 결국 신대륙을 발견하게 하였습니다. 셋째로, 마르크스주의는 마르크스가 추구한 자유의 나라를 아직 실현하지 못했습니다. 그렇지만 그것은 최소한 노동자들의 권익을 위한 일련의 조처(실업 보험, 연금 보험, 고용 보험, 사고 보험 등) 내지 사회주의적 정책을 실천하게 해 주었습니다. 물론 사회보장제도는 서방세계에서 서서히 출현했으며, 비스마르크와 같은 보수주의자들에 의해서 발의되었지만, 무엇보다도 마르크스의 잉여가치의 분석 작업에서 그 필요성이 명확해진 바 있습니다. 요약하건대, 원래의 목표는 세 가지 경우 모두 실현되지 못했으며, 목표로 향하는 노력의 과정에서 부수적인 결실을 맺게 됩니다. 여기서 우리는 『서양 유토피아의 흐름』 제1권에서 언급한 바 있는, 유토피아에 내재한 "성취의 우울" 내지 "실현의 아포리아"의 특성을 재확인할 수 있습니다.

24. 마르크스의 사상은 자본주의에 대한 마이신으로 작용한다: 자본주의 체제 하에서는 돈이 모든 것을 결정합니다. 자본주의 사회에서 사람과 사람의 만남은 당구공과 당구공의 일회적인 부딪침으로 비유될 수 있습니다. 이러한 부딪침은 재화가 일회적으로 교환되는 계기에 의해서

성사되기 때문입니다. 자본주의는 사람들로 하여금 때로는 형제를 속이고 부모를 배반하게 하며, 경쟁자를 물리치기 위하여 음으로 양으로 술수를 획책하게 합니다. 이에 반해서 사회주의의 사상적 모티프는 — 부분적인 소규모의 차원이겠지만 — 자본주의 국가와 사회주의 국가에 있어서 사회보장의 측면에서 지대한 영향을 끼쳤습니다. 그것은 바로 자본주의 국가의 이러한 병적 현상을 치유해 줄 수 있는 마이신의 역할을 담당한다는 사실입니다. 그렇기에 마르크스의 사상은 결코 "계급 환원주의라는 플라톤의 동굴"(Laclau) 속에 갇힌 편협한 주장으로 매도될 수는 없으며(임철규: 69), 동구와 소련의 국가 차원의 사회주의의 실패로 인하여 무조건 완전히 사멸된 사상으로 치부될 수는 없을 것입니다. 마르크스의 사상이 가난한 사람의 마음속에 더 나은 사회를 건설할 수 있는 가능성의 불씨를 남기는 한, 적어도 그것이 "현재 상태(Status quo)"와는 다른 더 나은 사회를 꿈꾸게 하는 자극제가 되는 한(Bloch: 49), 그것은 구체적 유토피아의 특성을 처음부터 내재한 다이너마이트의 폭발력을 항시적으로 지니고 있을 것입니다.

참고 문헌

김상일(2007): 腦의 충돌과 文明의 충돌, 지식산업사.

블로흐, 에른스트(2004): 희망의 원리, 5권, 열린책들.

알튀세르, 루이(2017): 마르크스를 위하여, 서관모 역, 후마니타스.

윤소영(2004): 역사적 마르크스주의: 이념과 운동, 공감이론 신서 20, 공감.

임철규(1994): 왜 유토피아인가? 민음사.

Adorno, Theodor(1967): Negative Dialektik, Frankfurt a. M..

Bloch, Jan Robert(1997): Utopie: Ortsbestimmung im Nirgendwo. Begriff und Funktion von Gesellschaftsentwürfen, Leske + Budrich: Opladen.

Buhr(1966): Buhr, Manfred, u.a(hrsg.), Philosophisches Wörterbuch, Leipzig.

Demetz, Peter(1970): "Wandlungen der marxistischen Ästhetik: Hans Mayer, Ernst Fischer, Lucien Goldmann," in: W. Paulsen(hrsg.), Der Dichter und seine Zeit, Politik im Spiegel der Literatur, Heidelberg, 13-32.

Engels, Friedrich(1969): Dei Entwicklung des Sozialismus von der Utopie zur Wissenschaft, in: MEW, Bd 19, Berlin, 177-228.

Freyer, Hans(2000): Die politische Insel. Eine Geschichte der Utopien von Platon bis zur Gegenwart, Wien.

Grandjonc, Jacques(1990): Zur Marx' Aufenthalt in Paris: 12. Oktober 1843 bis 1. Februar 1845, in: Studien zu Marx' erstem Aufenthalt und zur Entstehung der Deutschen Ideologie, Trier, 163-212.

Max Heinze, Max(1902): Bauer, Bruno. In: Allgemeine Deutsche Biographie. Band 46, Duncker & Humblot, Leipzig.

Kunert, Günter(1985): Warum schreiben? München.

Lenin, W. I.(1955): Werke, 2, 4. Bde. Berlin(Ost).

MEW(1974): Institut für Marxismus-Leninismus(hrsg.), Marx-Engels-Werke, Bd. 2, 3, 4, 19, 22, Diez Verlag, Berlin/DDR.

Marx, Karl(1844): Ökonomisch-philosophische Manuskripte aus dem Jahre 1844, in: Institut für Marxismus-Leninismus(hrsg.): Marx-Engels-Werke, Ergänzungsband 1 Berlin, 465-588.

Negt, Oskar(2012): Nur noch Utopien sind realistisch. Politische Intervention, Steidl: Göttingen.

Vollgraf(2006): Vollgraf, Carl-Erich, u.a(Hrsg.), Die Marx-Engels-Werkausgaben in der UdSSR und DDR(1945-1968). Argument Verlag, Hamburg,

15. 아나키즘과 비국가주의 유토피아

(19세기 중엽 이후)

1. 국가주의, 혹은 비-국가주의 유토피아: 유토피아의 역사를 서술하는 데 있어서 아나키즘과 비국가주의의 개념을 명확하게 규정할 필요가 있습니다. 유토피아의 논의는 최상의 국가가 무엇인가에 관한 물음으로 시작되었습니다. 그것은 처음부터 국가 구조와의 관련성을 지니고 있습니다. 그러나 근대에 이르러 권력기관으로서의 국가 없이도 얼마든지 훌륭한 유토피아 공동체가 형성될 수 있다는 사고가 태동하기 시작했습니다. 비-국가주의의 공동체의 가능성이 바로 그것입니다. 이로써 인간의 행복을 위한 사회적 삶이 국가의 틀에서 토대를 두고 있는가, 아니면 국가 없는, 혹은 권력이 배제된 행정청으로서의 공동체의 틀에 근거하고 있는가 하는 물음이 제기될 수 있습니다. 전자가 국가 중심의 지배와 관련된 "국가주의 유토피아(archistische Utopie)"라면, 후자는 국가가 일차적으로 배제된 "비-국가주의 유토피아(anarchistische Utopie)"라고 표현할 수 있습니다. 국가주의냐, 비-국가주의냐 하는 물음은 바람직한 사회 공동체의 틀을 기초할 때 국가의 구조를 우선적으로 내세울 것인가, 아니면 국가의 구조를 무시할 것인가를 일차적으로 고려한 것입니다.

2. 차원이 다른 개념으로서의 아나키즘과 비-국가주의 유토피아: 유토피아 연구에서 "국가주의"와 "비-국가주의"라는 용어를 사용한다면, 이것들은 아나키즘과는 다른 차원에서 이해될 수 있습니다. 왜냐하면 아나키즘은 그 지향점에 있어서 다양한 스펙트럼을 지니고 있음에도 궁극적으로 국가기관에 저항하는 반-국가주의를 추구하기 때문입니다. 아나키즘은 처음부터 정부 중심적 사회구조를 인정하지 않는다는 점에서 무정부주의로 번역될 수 있습니다. 그렇지만 그것은 기존의 정부를 신랄하게 부정하고 파괴하려고 한다는 점에서 반정부주의로 이해됩니다. 어쨌든 아나키즘은 하나의 사상적 조류 내지 세계관의 관점에서 이해될 수 있는 개념이라면, 비-국가주의는 유토피아의 사회구조를 위한 방법론의 개념으로서 파악될 수 있습니다. 아나키즘이 정부 내지 국가의 권력을 악의 온상으로 규정하면서, 이를 극복할 수 있는 방안을 모색하는 반국가주의 내지 체제 비판의 사고라면(Borries: 27), 비-국가주의는 유토피아의 영역에서 나타나는 국가 체제에서 벗어난 다른 공동체 내지 코뮌을 통칭하는 전문용어에 해당합니다. 이와 관련하여 우리는 일차적으로 사상적 조류로서의 아나키즘을 간략하게 개관하고, 뒤이어서 유토피아의 역사에 나타난 (방법론적 전문용어로서의) 비-국가주의의 범례를 고찰하도록 하겠습니다.

3. 아나키즘과 고드윈: 아나키즘은 윌리엄 고드윈(William Godwin, 1756-1836)의 문헌에서 본격적으로 언급되기 시작합니다. 1793년에 그는 「정치적 정의와 그것이 일반 미덕과 행복에 미치는 영향에 관한 고찰(An Enquiry Concerning Political Justice and Its Influence on General Virtue and Happiness)」을 발표하였습니다. 여기서 저자는 인습적인 정부를 신랄하게 비판합니다. 정부는 고드윈에 의하면 그 속성상 권력을 조작하는 과정에서 죄악을 저지르고 부패를 자행하기 마련이라는 것입니다. 처

음에 그는 정부의 오만방자한 권력 남용을 비판하려 했는데, 나중에는 국가의 독재가 권력의 본질이라는 점을 확인하고 아나키스트의 입장을 견지하게 됩니다. 그런데 아나키즘은 18세기의 시점에 이론적으로 확립되지 못했으며, 아나키즘이라는 개념은 고드윈에게는 "정부에 대한 야유 내지 비난"이라는 부정적인 의미로 각인되어 있었습니다. 고드윈은 경건한 침례교인이었는데, 행정청 공무원으로 일하다가 문학과 저널리즘에 지대한 관심을 기울입니다. 그는 탐정소설, 『케일럽 윌리엄스(Caleb Williams)』(1794)를 발표하였습니다. 이 작품은 "치명적인 비밀"이라는 제목으로 알려졌는데, 나중에 에드거 앨런 포와 찰스 디킨스에게 커다란 영향을 끼친 바 있습니다. 고드윈은 영국에서 자급자족의 지방분권적 유토피아 공동체를 설계하였던 로버트 오언에게 많은 조언을 아끼지 않았습니다.

4. 아나키즘의 스펙트럼, 국가 체제에 대한 비판: 앞에서 언급했듯이, 아나키즘은 19세기에 주도적 사상으로 출현했는데, 오늘에 이르기까지 폭넓은 의미론적 스펙트럼을 드러냅니다. 왜냐하면 아나키스트들 가운데 다양한 입장을 제기하거나 이질적인 견해를 피력하는 사람들이 많기 때문입니다. 분명한 것은 아나키즘이 처음부터 개개인을 억압하는 강제적 국가의 철폐를 주장하고 "국가 없는 사회"를 하나의 목표로 설정한다는 사실입니다. 바로 이 점을 고려한다면, 무정부주의자들은 홉스, 로크 그리고 루소가 제시한 사회계약론을 처음부터 하나의 허구라고 단언합니다. 왜냐하면 사회와 계약을 체결하려는 의향 자체가 처음부터 국가의 존재를 인정하는 데에서 출발하기 때문입니다. 아나키스트들은 국가가 내세우는 모든 계약 이론뿐 아니라, 국가적 법령 자체를 부정적으로 고찰합니다(한형식: 95). 아나키스트들은 그들 내부에서 그리고 외부적으로 국가 없는 사회를 만드는 정책을 처음부터 하나의 목표와 수단으로 일

원화시킬 것인가, 아니면 서로 구분할 것인가, 그게 아니라면 다른 사상과 일단 전략적으로 협력한 다음에 어느 정도 때가 무르익은 연후에 아나키즘의 정책을 내세울 것인가 하는 문제로 고심합니다.

5. "국가 없는 사회"의 네 가지 특징: 아나키스트들이 추구하는 국가 없는 사회는 주로 세 가지 특징을 지니고 있습니다. 첫째로, 국가의 지도자는 지상에서 원천적으로 사라져야 한다는 것입니다. 누구든 간에 우두머리가 되면, 권력을 휘두르고 싶은 욕구가 솟구친다는 것입니다. 그렇지만 어떠한 단체든 하나의 정책을 원활하게 수행하기 위해서는 책임자 내지 대표자를 필요로 하는 법입니다. 그렇기에 아나키스트들은 어쩔 수 없는 경우에 한해 대표자를 인정합니다. 이 경우 대표자의 수는 가급적이면 제한되어야 하고, 무소불위의 권력을 행사하지 못하도록 내외적으로 통제 받아야 합니다. 둘째로, 아나키즘은 경쟁과 착취 대신에 정의로운 분배가 실천되기를 강조합니다. 이를 위해서는 절대왕정, 관료주의 그리고 봉건주의가 반드시 타파되어 지상에서 사라져야 한다는 것입니다. 왜냐하면 이것들은 지금까지 가난한 다수의 비용으로 소수에 해당하는 부자들의 뱃속을 채워 주었기 때문입니다. 문제는 상품의 생산이 이윤 추구 때문이 아니라, 필요한 만큼의 소비 성향을 미리 고려하여 이루어져야 한다는 강한 믿음에 있습니다. 돈을 벌기 위해서 물건을 생산하는 게 아니라, 필요한 물건을 일정한 수에 맞추어 생산해야 갈등의 소지가 원천적으로 차단될 수 있다고 합니다. 이러한 경제체제는 자본주의의 사유재산을 인정하지 않습니다. 이 점에 있어서 아나키즘의 사상적 출발점은 마르크스주의의 그것과 유사합니다.

셋째로, 국가 없는 사회는 지방자치 내지 지방분권의 정책을 추구합니다. 그것이 소규모의 자치, 자활 그리고 자생 운동으로 조직화되어야 한다는 주장은 필연적인 귀결입니다. 소규모 공동체는 거대한 산업의 컨베이어 시스템 내지 기계화에 대해 이의를 제기하고, 수공업의 경제체제를 중시합니다. 지방자치 운동은 중앙집권적 국가권력에 맞설 수 있는, 작지만 효과적인 정책으로 활용될 수 있습니다. 현재 이 순간에도 중앙집권적 국가는 글로벌 자본주의 시대에 이기주의적 횡포를 저지르는데, 이에 대한 대안으로서 마련될 수 있는 생활 방식은 소규모의 공동체 운동입니다. 특히 인터넷 매체가 발전되고 과학기술을 최대한 활용할 수 있는 21세기의 현실에서 소규모 아나키즘 공동체의 확산은 얼마든지 가능합니다. 넷째로, 아나키스트들은 국가에 의해 주도된 모든 관습, 도덕 그리고 법체계를 용인하지 않습니다. 이를테면 일부일처제의 가족 질서가 법으로 공표되어 개개인의 자유를 가로막는 나쁜 이데올로기로 기능하는 경우가 있을 수 있습니다. 아나키스트들 가운데 사랑의 삶에 있어서 완전한 자유를 주장하고 구속받지 않는 사랑을 실천하는 자들이 많은데, 이는 아마도 무한정한 자유를 만끽하려는 욕구에서 비롯된 것입니다.

6. 막스 슈티르너의 『유일자와 그의 소유물』: 막스 슈티르너(Max Stirner, 1806-1856)는 『유일자와 그의 소유물(Der Einzige und sein Eigentum)』(1845)이라는 책에서 급진적 개인주의 방식의 아나키즘 사상을 내세웠습니다. 슈티르너는 하나의 대안으로서 사회적 존재마저 용인하지 않으면서, 유일자로서 개인의 존재 가치 내지 개인의 정당성을 강조하였습니다. 인류는 오랜 시간에 걸쳐서 어렵사리 개인의 부자유와 억압적 구도를 해방시켰습니다. 슈티르너는 인류가 힘들게 성취해 낸, 자유에 대한 개개인의 권한을 포기해서는 안 된다고 주장합니다. 그럼에도 불구하고 인간은 여전히 사회적 체제 내지 여러 타부에 예속되어 살고 있습니다. 개개인은 마치 간사한 신하처럼 국가의 법에 굴복하며 살아가고, 먹고 살기 위해서 하기 싫은 일을 해야 하며, 온갖 근심에 사로잡혀 있다는 것입니다. 인위적 사회는 슈티르너에 의하면 결코 바람직한 시스템으로 출

현할 수 없습니다. 인위적으로 축조해 낸, 바람직한 국가에 관한 사고 자체가 처음부터 하나의 망상이라는 것입니다.

7. 슈티르너의 개인적 급진주의: 슈티르너의 급진적 개인주의는 고대의 철학 사상, 이를테면 "자신에게 필요한 모든 물건을 가방에 넣고 다닌다"라는 비아스(Bias)의 생각이라든가, 견유학파의 철학자인 디오게네스가 몸소 실천하던 무소유의 생활 방식과 유사합니다(블로흐: 29). 슈티르너는 다음과 같이 주장합니다. 인간이 자신의 자유를 구가하려면, 사회적 예속, 강제 노동 그리고 근심 등을 떨쳐야 한다는 것입니다. 이를 위해서 개개인은 우선적으로 자아, 즉 "나"에 대한 의식을 정립해야 합니다. 그렇게 해야만 개인은 자신을 내적으로 그리고 외적으로 억압하는 근본적 기관인 국가와 정면으로 싸워 나갈 수 있다는 것입니다. 국가에 대항해 투쟁하기 위해서 사람들은 혁명이라든가, 새로운 체제의 도움을 받을 게 아니라, 오로지 나와 나 자신이 처한 사회적 존재 구속성을 먼저 깨달아야 한다는 것입니다.

8. 재화와 개인주의의 삶: 가령 인간의 행복과 불행은 슈티르너에 의하면 무엇보다도 재화에 의존한다고 합니다. 그렇지만 돈의 노예는 결코 자유인이 될 수 없다는 것입니다. 실제로 슈티르너는 괴테의 노동가의 한 구절을 인용합니다. "나의 일을 무(無) 위에 설정했노라. 허망함, 허망함의 허망"(Stirner: 11). 여기서 "허망함, 허망함의 허망(Vanitas Vanitatum Vanitas)"이라는 표현은 원래 바로크 시대의 시인, 안드레아스 그리피우스(Andreas Gryphius)의 송시에서 처음 언급되었는데, 나중에 괴테가 자신의 작품에 원용한 것입니다. 이 구절은 다음과 같은 의미를 지니고 있습니다. "어떠한 과거의 인습과 계율에 의존하지 않고, 타인의 간섭과 외부적 강요 없이 나 자신의 일을 묵묵히 행하겠노라." 문제는 급진적 개

인주의의 입장이 처음부터 사회 전체의 비상사태, 사회적 비리 내지는 하자 등으로부터 등을 돌린다는 데 있습니다. 마르크스가 재화의 불공정한 분배를 분석하고 이를 해결하기 위한 대안을 모색했다면, 슈티르너는 사람들로 하여금 재화 자체에 대한 집착을 떨치도록 요청합니다.

9. 자기중심적 개인주의의 삶: 문제는 사회 전체의 문제로부터 등을 돌리면서 이를 외면하려는 슈티르너의 소시민적 편협성에 있습니다. 견유학파의 무소유의 삶과 관련하여, 로버트 노직(Robert Nozick)은 1974년에 발표한 책 『무정부주의, 국가 그리고 유토피아(Anarchy, State and Utopia)』에서 이에 관해서 천착한 바 있습니다. 자유는 국가의 간섭과 억압으로부터 해방될 때 이룩될 수 있는데, 이는 오로지 자유주의의 최소 국가에서 실현될 수 있다고 합니다(노직: 408). 여기서 자유주의란 개인주의에 근거한 세계관으로서 개인의 발전과 자율성을 극대화할 것을 요구하며, 국가가 개인에게 간섭을 최대한으로 줄여야 한다고 주장하는 세계관입니다. 노직이 말하는 자유주의 역시 공동의 삶을 전제로 하는 게 아니라, 슈티르너 방식의 급진적 개인주의에 국한된 추상적 개념입니다. 왜냐하면 그가 말하는 최소 국가가 오늘날의 생태 공동체 운동과 어느 정도 실질적으로 접목될 수 있는가 하는 물음에 대해 노직은 말을 아끼고 있기 때문입니다. 노직이 사회의 질서를 하나의 계약으로 설정하고 계약의 성립 조건 하에서 자유를 논한다는 점에서, 그의 논리는 슈티르너의 사상적 체계를 넘어서 프루동의 무정부주의의 사고를 떠올리게 합니다.

10. 프루동이 파악한 이데올로기로서의 사회적 질서의 동인: 유럽에서 아나키즘 운동을 이어 간 사상가로서 우리는 피에르-조제프 프루동, 미하일 바쿠닌 그리고 표도르 크로포드킨 등을 예로 들 수 있습니다. 이들은 19세기부터 활동한 아나키스트들로서, 사회의 대안적 조직에 관한 가

능성을 지속적으로 설계하였으며, 유럽에서 오랫동안 작가의 입장에서 나름대로 영향력을 행사하였습니다. 프루동은 인간 사회의 질서와 관련되는 문제를 집요하게 파고들었습니다. 인간 사회의 질서는 때로는 하나의 바람직한 규범으로 작용할 수도 있지만, 때로는 개개인의 자유를 억압하는 수단으로 활용되곤 합니다. 프루동은 「인간 사회의 질서 창조, 혹은 정치 조직의 원칙에 관하여(De la création de l'Ordre dans l'Humanité ou principes d'organisation politique)」(1843)라는 논문을 통해서 인간 사회의 질서가 어떻게 생겨나는가 하는 문제를 천착하고 있습니다.

11. 사회적 질서를 존속시키는 네 가지 동인: 프루동은 사회적 질서를 성립시키고 이를 존속시키는 네 가지 동인을 다음과 같이 설명합니다. 1. 조직의 동인(mouvement organique): 이것은 개별 인간이 지니고 있는 주권을 분할시키는 동인입니다. 당국은 개별 노동자들로 하여금 작은 분야에 매진하여 노동에 임하도록 자극합니다. 이로써 개별 노동자들은 자신의 고유한 의지를 약화시키고, 조직의 요구 사항을 수동적으로 받아들입니다. 2. 산업의 동인(mouvement industriel): 당국은 산업가로 하여금 재화의 생산과 유통에 골몰하여 자본과 이익을 창출하도록 자극합니다. 이로써 산업가는 의식적으로, 무의식적으로 국가의 시스템에 맹종하게 됩니다. 3. 입법의 동인(mouvement législatif): 당국은 입법자들로 하여금 개별적 사람들이 자신의 재산을 제각기 관리하도록 하는 법을 만들게 합니다. 이로써 나타나는 것은 물권법이며, 사회의 모든 구성원들은 싫든 좋든 간에 물권법의 규정에 예속된 채 살아갑니다. 4. 과학의 동인(mouvement scientifique): 당국은 지식인과 학자들로 하여금 체제 내에서 학문을 익히게 합니다. 학문 기관은 다음 세대의 노동자를 육성하는 일을 담당함으로써, 개별 인간을 기능인으로 만들고 학문적 시스템을 의심하지 않도록 조처합니다(Jens 16: 673). 이러한 네 가지 동인

은 사회적 질서를 존속시키고 새로운 사고를 억압하는 수단으로 사용된다고 합니다. 프루동은 개개인이 인위적 허구에 의해서 교묘하게 작동되는 네 가지 동인의 억압 기제의 속성을 깨닫고 이를 파괴해야 한다고 주장합니다.

12. 『소유란 무엇인가?』: 프루동의 책, 『소유란 무엇인가? 법과 국가 권력의 원칙에 관한 연구(Qu'est ce que la propriété? Ou recherches sur le principe du droit et du gouvernement)』(1840)는 노동 없이 이윤을 착복하는 계층을 신랄하게 비판하고 있습니다. 그의 글에서는 "소유권(propriété)"의 개념과 "소유(possession)"의 개념이 서로 불분명하게 혼용되므로, 소유의 권한, 소유물 그리고 재산 등의 개념들은 어느 정도 혼란스러움을 느끼게 합니다. 어쨌든 프루동은 가난한 자의 노동의 이윤을 착복하는 부자들을 일차적으로 비난하였습니다. 이는 오로지 계층과 착취 없는 사회에서 개개인들이 제한 없는 자유를 누리게 하기 위함이었습니다. 프루동은 사회계약론과 관련되는 이권 분립(입법과 사법의 구분)이라든가 삼권 분립을 처음부터 거부하였습니다. 그 대신에 프루동이 내세운 것은 다음과 같습니다. "1. 전제주의는 반드시 철폐되어야 한다. 2. 은행가와 산업가 계급이 지니고 있는 거대한 권한은 약화되어야 한다. 3. 개별 사람들의 재화 획득의 구조는 변화되어야 한다"(Proudhon: 175). 여기서 말하는 재화 획득의 구조란 임금노동과 관련되는 산업 시스템을 가리킵니다.

13. 국가의 해체에 관한 프루동의 관심: 그런데 19세기 프랑스 현실에 대한 프루동의 시각은 혼란스러움을 드러내고 있습니다. 왜냐하면 프루동은 처음에는 소농민의 관점에서, 나중에는 소시민의 관점에서 사회의 제반 문제를 고찰했기 때문입니다. 바꾸어 말하면, 프루동은 특정 사

회 계층의 권익을 위해서 전력투구한 게 아니라, 때로는 농민의 입장에서, 때로는 소시민의 입장에서 모든 것을 수수방관하는 자세로 냉담하게 고찰했던 것입니다. 프루동의 관점은 다양하지만, 그가 고찰했던 내용은 수미일관 동일했습니다. 그것은 바로 국가입니다. 프루동은 프롤레타리아의 참담한 삶을 안타깝게 생각했지만, 이를 부차적으로 간주했습니다. 그의 관심은 자본주의 생산양식의 파괴가 아니라, 전통적 권력 국가의 해체를 무엇보다도 우선적 관건으로 생각하였습니다. 프루동에 의하면 정신적 독자성 내지 독립성이야말로 개별적 인간이 지니고 있는 가장 훌륭한 능력 가운데 하나라고 합니다. 프루동이 추구하는 이상 사회는 사람들이 서로 협동하면서 살아가는 공동체라고 합니다. 이러한 공동체가 바람직한 방향으로 실천되기 위해서는 권력이 하나의 국가 시스템으로 집결되지 말고, 가급적이면 폭넓게 분산되고 분할되어야 한다는 것입니다. 그렇지만 시대와 인간에 관한 프루동의 입장 가운데에는 두 가지 치명적인 약점이 발견되고 있습니다. 그것은 다름 아니라 프루동이 유대인과 여성들에 대해 마치 편집증 환자와 같은 표독스러운 편견에 사로잡혀 있었다는 사실입니다. 아니, 그는 유대주의와 성의 평등을 추구하는 페미니즘 운동에 대해 악의적인 비판을 서슴지 않았습니다(Mckay: 36).

14. 러시아 출신의 무정부주의자, 바쿠닌: 미하일 바쿠닌(1814-1876)은 모스크바 근처의 부유한 가정에서 태어나, 처음에는 러시아 차르의 근위병으로 근무하였습니다. 그러나 러시아가 폴란드를 억압하는 처사는 도저히 용납할 수 없었습니다. 1840년 바쿠닌은 베를린과 파리로 가서, 1848년에 유럽 혁명에 동참하였습니다. 이때 집필된 문헌은 「슬라브 민족에게 고함(Aufruf an die Slaven)」이라는 글이었는데, 여기서 바쿠닌은 슬라브 민족에 의한 공화국 연방이 독자적으로 건설되어야 한다고 주장하였습니다. 혁명의 와중에 그는 러시아 정부의 첩자에게 체포되어 시

베리아로 유배를 떠납니다. 그러나 바쿠닌은 시베리아의 감옥을 탈출하여, 지구를 반 바퀴 돌아 유럽으로 돌아옵니다. 그의 여행은 블라디보스토크, 일본의 요코하마를 거쳐, 태평양을 건너, 미국 땅을 관통한 다음에 대서양을 지나 스위스에 도착합니다. 이때 국제노동자연맹에 가담했는데, 마르크스는 1872년에 바쿠닌과 그의 추종자들을 따돌리기 위해서 일부러 미국에서 첫 번째 인터내셔널 대회를 개최하였습니다.

15. 노동자냐, 농민이냐?: 1870/71년의 파리 코뮌 운동을 열렬히 지지한 사람은 바로 바쿠닌이었습니다. 바쿠닌은 프롤레타리아가 아니라 농민이 사회주의 혁명을 주도해야 한다고 주장하였습니다. 이러한 견해로 인하여 그는 마르크스와 첨예하게 대립하였습니다. 인간은 바쿠닌에 의하면 사회적인 동물이며, 자유롭게 살고 싶은 충동을 내재하고 있습니다. 자유롭게 살고 싶은 충동은 만인이 지니고 있는 최소한의 권한이므로 보장받아야 마땅하다는 것입니다. 이를 위해 필요한 것은 세 가지 사항입니다. 첫째는 인간의 평등권이고, 둘째는 재화의 공동 소유이며, 셋째는 지방분권적인 연방 체제로 구성되는 사회라고 합니다(Bakunin 23). 바쿠닌은 유작, 『국가주의와 무정부주의(Staatlichkeit und Anarchie)』(1879)에서 다음과 같은 결론을 내립니다. 즉, 마르크스의 정치적 이념은 결코 노동자계급에 의한 독재가 아니라 노동자계급에 대한 독재로 종언을 고하게 되리라고 말입니다. 바쿠닌의 사고는 부분적으로 일관성이 없을 정도로 충동적 특성을 보여 주고 있습니다. 게다가 그는 프루동과 마찬가지로 유대인과 유대주의에 대한 증오심을 드러내었는데, 여기에는 어떤 이성적인 논거가 결여되어 있습니다(Nettlau 3: 209).

16. 크로포트킨의 무정부주의와 상호부조: 귀족 가문에서 태어난 크로포트킨은 자연과학도였습니다. 그는 일찍 서구로 망명하여, 아나키즘 공

산주의의 이론과 실천에 매진하였습니다. 크로포트킨은 무정부주의의 정당성으로서 다음과 같은 세 가지 사항을 내세웠습니다. 인간은 빵 앞에서 늑대가 되는 본능적 특성을 지니고 있지만, 동물과 처음부터 다르다고 합니다. 동물들의 약육강식의 생활 방식과는 달리, 인간은 거대한 자연의 폭력에 맞서기 위해서 서로 협력해야 했습니다. 인류가 자연과 사회에서 성공적으로 살아남을 수 있었던 것은 강자의 생존 방식을 지양하고, 상호부조 내지 협력을 가장 중요한 생활 방식으로 정했기 때문이라고 합니다. 그렇기에 인간에게는 사악한 이기주의보다도 이웃에 대한 협동심 내지 측은지심이 더 강하다고 합니다. 그렇다고 해서 크로포트킨이 인간의 본성을 무조건 선하다고 단정한 것은 아니었습니다. 인간의 본성은 크로포트킨에 의하면 근본적으로 선하면서도 악하기도 하다고 합니다. 그런데 더 나은 삶을 위해서는 사악하고 그릇된 이기주의적 심성을 약화시키고, 선하고 올바른 이타주의를 최대한으로 끌어내는 게 중요하다고 믿었습니다. 그렇게 해야만 인간은 마치 "하이드 씨"와 같은 지적 야수의 흉물스러운 몰골을 벗어던지고, "지킬 박사"의 선하고 올바른 인간성을 고수할 수 있다고 합니다.

크로포트킨은 일차적으로 푸리에를 비판합니다. 푸리에는 소외되지 않은 노동의 물질적 공동체를 꿈꾸었는데, 이는 유토피아의 사고가 될 수 없다고 합니다(Kropotkin: 188). 왜냐하면 개개인에게 특권 의식을 떨치게 하는 일이 무엇보다도 시급하다는 것입니다. 이를 위해서는 "하방(下放)" 운동이 적절하다고 합니다. 여기서 "하방"이란 도시의 높은 직책의 공무원이 정기적으로 시골에서 단순노동을 행하는 정책을 가리킵니다. 그렇게 해야만 농업과 공업이 삶의 일부라는 사실과, 농민과 노동자가 처한 정황들을 구체적으로 헤아릴 수 있다는 것입니다. 놀라운 것은 소비사회에 관한 크로포트킨의 거시경제적 시각입니다. 크로포트킨은 어떻게 해서든 산업과 농업을 급진적으로 분할시켜야 한다고 주장했습니다. 농업 분야에서의 노동의 문제는 산업 분야에서의 노동과 임금 문제와는 별개로 다루어져야 한다는 것이었습니다. 특히 크로포트킨은 경제에서 가장 중요한 관건을 "노동"이 아니라 "소비"라는 점을 분명히 규정했습니다. 가장 살기 좋은 나라는 폭력이 없고, 억압 내지 강제 노동이 없는, 평등한 소비사회라고 합니다. 만약 인간 삶의 목표가 행복이라고 규정한다면, 우리는 노동보다도 여가 시간에 더 큰 관심을 기울여야 한다는 것입니다. 이와 관련하여 크로포트킨은 풍부한 자원의 공유화와 만인의 자유로운 분배를 무엇보다도 중요하게 생각했습니다(프레포지에: 251). 크로포트킨의 소비사회는 특정 소수의 생산 독점을 막고, 이를 다른 일반 사람들에게 공평하게 분배하는 것을 일차적 관건으로 간주합니다. 이로써 출현할 수 있는 것은 상호 협력과 상부상조를 지향하는 집산적 사회주의 공동체일 수 있습니다. 크로포트킨은 자신의 문헌, 『상호부조(Mutual Aid. A Factor of Evolution)』(1902)에서 이러한 생활 방식을 "사회적 다윈주의"라고 규정하고 있습니다. 크로포트킨이 내세운 아나키즘의 농촌 공동체의 정신은 나중에 레오 톨스토이의 인간적 아나키즘과 마하트마 간디의 비폭력 자치 자활 자생주의로 계승되었습니다. 그 밖에 "하방"의 제도는 마오쩌둥 치하의 중국에서 부분적으로 실행된 바 있습니다.

17. 란다우어의 무정부주의의 사상적 배경: 구스타프 란다우어는 아나키스트 가운데에서 유연하고도 깊이 있는 사상을 내세웠습니다. 그의 아나키즘 사상은 체제와 지배에 대항하는 소시민적 저항의 차원을 넘어선, 깊은 철학적 사색에서 비롯된 것입니다. 감옥에 구금되었을 때, 그는 아나키스트의 실천적 행동 역시 이러한 종교적, 철학적 깨달음과 관련된다고 굳게 믿었습니다. 가령 란다우어는 "지배 없음"의 개념을 플로티노스, 중세 철학자 그리고 에크하르트 선사 등이 추적한 "시작 없음(αναρχος)"이라는 개념으로써 해명하려고 했습니다. 시작이 없다는 말은 끝이 없다는

말인데, 이는 시간 개념이 없다는 점에서 본질적으로 없음, 즉 영원을 가리킵니다. 영원이란 궁극적으로 시간의 현재 속에서 인식되는 어떤 "신비적 관조"(Plotin)와 다를 바 없습니다. 인간은 에크하르트 선사에 의하면 "응축된 시간"이라는 신비적 관조 속에서 어떤 깨달음으로서의 빛, 다시 말해서 신과의 신비적 합일을 인지할 수 있다는 것입니다. 에크하르트 선사는 "고정되어 있는 지금(nunc stans)"이라는 용어로 순간적 깨달음을 설명하였습니다. 이러한 논리로써 란다우어는 자신의 혁명론을 개진합니다. 모든 혁명은 란다우어에 의하면 응축된 시간 속에서 변화를 강렬하게 열망하는 가진 것 없는 사람들의 노여움에서 출발한다고 합니다(Landauer 1923: 14). 중요한 것은 개별 자유인들이 각성과 실천을 위한 응축된 시간 속에서 얻는 어떤 깨달음이라고 합니다.

18. 란다우어의 무정부주의의 자세: 무정부주의자의 자유는 한마디로 주어진 시간적 제약에서 벗어나겠다는 열망에서 출발합니다. 란다우어는 아나키스트의 자세를 세 가지로 요약합니다. 첫째로, 아나키스트는 모든 유형의 강제적 억압을 거부합니다. 자유로운 인간은 자발적인 삶을 추구하기 때문에 본능적으로 그리고 도덕적으로 위로부터의 권위적 요구라든가 모든 유형의 강제적 폭력에 대해 의식적으로 그리고 무의식적으로 저항할 수밖에 없습니다. 둘째로, 란다우어는 아나키스트의 인내와 비폭력주의를 강조합니다. 한 인간이 거대한 힘을 지닌 체제에 대항하여 달려드는 것은 마치 계란으로 바위를 치는 일과 같습니다(Landauer 2009: 328). 따라서 아나키스트들은 무작정 테러리스트로 전락해서도 안 되고 그렇게 비난당해서는 안 된다는 것입니다. 이 점에서 란다우어의 견해는 일부 무정부적 생디칼리슴과 구분되고 있습니다. 셋째로, 아나키스트는 이기적 개인주의를 극복하고 자발적 자세로 생각을 달리하는 다른 사람들과 연대하고 협력해야 한다고 합니다. 아나키스트가 독자적

자유를 스스로 발전시키기 위해서 다른 공동체와 협력하고 공조하는 행동은 필수적이라는 것입니다.

19. 경제적 영역에서 란다우어의 비판: 란다우어는 개개인의 자유를 억압하고 경제적 부자유를 조장하는 세 가지 사항에 대해서 철저하게 저항해 나가야 한다고 주장하였습니다. 첫째로, 그는 재화의 유통을 차단시키는 부동산 소유를 노골적으로 비판했습니다. 부동산의 소유는 생산 및 재화의 유통 차원에서 고찰할 때 노동 가치를 떨어뜨리고 불로소득자를 양산하는 수단으로 작용하기 때문에, 사회 전체의 차원에서 배격되어야 한다고 합니다. 둘째로, 란다우어는 교환가치로서의 화폐를 철저하게 비판하였습니다. 그는 이를테면 실비오 게젤(Silvio Gesell)이 내세운 "화폐의 노화에 관한 이론"에 적극적으로 동조하였습니다. 게젤에 의하면, 모든 물품은 노화되어 사라지기 마련이지만, 화폐만큼은 유일하게 노화되지도 소멸되지도 않는다는 것입니다. 특히 교환가치로서의 지폐는 마구잡이로 찍어 낼 수 있다는 점에서 자동적 자기 증식이라는 기괴한 특성을 드러내는데, 이러한 자기 증식을 사전에 차단시키는 것이야말로 "돈의 전쟁" 이후에, 인플레이션과 스태그플레이션이 사라진 공명정대한 사회가 추구해야 할 관건이라고 합니다. 독일의 작가 미하엘 엔데(Michael Ende)는 자본주의 국가에서 전개되는, 비가시적인 돈의 전쟁을 "제3차 세계대전"이라고 규정한 바 있습니다(엔데: 42). 셋째로, 상업을 통해 잉여가치를 창출하는 일은 결국 노동자의 경제적 삶을 끝내 궁핍하게 하리라는 것입니다. 왜냐하면 자본가는 이윤 추구를 위해서 잉여가치를 창출하는데, 이에 대한 희생양이 바로 노동자들이기 때문입니다. 특히 세 번째 사항을 고려한다면 란다우어의 입장은 마르크스주의와 내용상 동일합니다.

20. 크로포트킨과 란다우어의 사상적 공통점: 여기서 우리는 크로포트킨과 란다우어의 유토피아의 공통점을 언급하지 않을 수 없습니다. 두 사람은 어떤 이상화된 중세의 도시를 상정하고 있습니다. 크로포트킨에 의하면, 상호부조의 원칙은 중세의 도시에서 가장 명확한 형태로 드러났습니다. 길드는 친구와 이웃을 도우려는 인간 본성의 깊은 욕망과 일치하는 것입니다. 길드 조합은 삶의 우연한 상태 속에서 조합원들을 물심양면으로 서로 도와주는 역할을 담당합니다. 그런데 나중에 자본주의 생산양식의 도래로 인하여 이러한 길드 조합의 장점은 산산이 부서지고 말았습니다. 이로써 이전에 존재하던 상호부조의 협동 정신은 자본주의 국가의 폭력에 의해 희생되었다고 합니다. 란다우어 역시 길드 조합, 중세의 협동 원칙, 자발적인 행정 원칙 등을 몹시 찬탄한 바 있습니다. 중세의 마을과 시장에서는 협동과 조력의 원칙이 정착되어 있었는데, 란다우어는 이를 "인간에 대한 사랑"과 같은 강점으로 지적하고 있습니다. 이러한 협동과 조력의 원칙은 나중에 얼마든지 지방자치를 위한 초석으로 활용될 수 있다고 합니다.

둘째로, 상호부조는 인간의 근본적 속성이라고 합니다. 친구와 이웃을 도우려는 인간의 충동은 정치적, 사회적 맥락과 무관하게 형성되어 왔습니다. 적이든 동지든 간에 이웃을 도우려는 심성은 인간의 이성 속에 도사린 하나의 특성이라는 것입니다. 따라서 그것은 제도적 차원에서 이해되는 게 아니라, 인간의 근본적 속성의 차원에서 파악될 수 있습니다. 크로포트킨은 상호부조의 충동이 평화와 풍요로운 환경 속에서 실천되고 배가되지만, 전쟁과 폭정 등이 횡행하는 시기에도 시골의 마을과 가난한 계층 사람들 사이에서 생동하고 있다고 합니다. 란다우어 역시 상호부조의 원칙을 하나의 이상적 에너지로 활용할 수 있음을 강조하고, 이를 아나키즘의 바람직한 사상으로 도입합니다. 더 나은 사회를 실현하려는 자는 란다우어에 의하면 두 가지 사항을 무엇보다도 필요로 한다고 합니다. 그 하나는 상호부조의 협동 정신이며, 다른 하나는 비판적 지성의 과감하고도 적극적인 행위라고 합니다. 이와 관련하여 란다우어는 유토피아의 특징을 두 가지로 요약합니다. 그 하나는 주어진 현실에서 점점 커져 가는 "토피아(Topie)"에 대한 반작용이며, 다른 하나는 과거에 출현했던 "유토피아(Utopie)"에 대한 분명한 기억이라고 합니다(Landauer 1923: 15). 인간은 한편으로는 주어진 현실 속에서 정착되어 있는 사회적 모순을 예리하게 직시해야 하며, 다른 한편으로는 과거의 역사에 존재했던 찬란한 영화로움을 분명하게 기억하면서, 지금 여기에서 그것을 재현하려는 의지를 지녀야 한다는 것입니다.

크로포트킨의 상호부조는 그 의향을 고려할 때 란다우어의 유토피아와 동일합니다. 두 사람은 독일 농민 혁명에서 기존의 국가를 뒤집고, 인민의 자치, 자활 그리고 자생을 실천하려는 사람들의 의지를 고찰하려고 했습니다. 16세기의 종교개혁 시대에 출현한 농민 혁명은 이러한 의지를 정확히 반영하고 있다는 것입니다. 오래 전부터 대중들은 국가의 폭력에 굴복해 왔지만, 더 나은 사회를 상호부조의 원칙하에 건설할 계획을 세웠습니다. 약 만 명으로 이루어진 재세례파 사람들은 크로포트킨에 의하면 자치, 자활, 자생의 (신앙) 공동체의 꿈을 꾸었습니다. 란다우어 역시 16세기 초의 재세례파의 종교 운동 속에서 유토피아의 의향을 발견하려고 하였습니다. 이들 모두 거대한 폭력을 저지르는 국가로부터 등을 돌리고, 평등한 신앙 공동체를 형성하여 혁명적인 삶을 살아가는 사람들에 대해 커다란 관심을 기울였습니다. 이들은 결국 농민 혁명이라는 투쟁으로 발전하게 되는데, 혁명은 안타깝게도 실패로 돌아가게 됩니다. 농민 혁명 후에 국가는 근대의 시기에 즈음하여 세 가지 경향을 관철시키게 됩니다. 첫째는 제후들의 절대 권력이었고, 둘째는 실정법의 절대적 권위였으며, 인간과 인간을 국적으로 구분하는 이른바 민족주의의 경향이었습니다. 이러한 경향은 초기 자본주의 시대에 출현한 시민계급의 요구 사항과 결합되어 실제 현실에 출현했습니다.

21. 아나키즘의 분류: 이번에는 아나키즘 사상에 도사린 몇 가지 논의 사항을 언급하려고 합니다. 아나키즘의 한계 내지 취약점을 언급할 때 우리는 개별적 인물과 그들이 처했던 시대 등을 전제로 하여 신중하게 논의를 개진해야 할 것입니다. 그렇지 않을 경우, 추상적 원론의 함정에 빠질 수 있습니다. 그럼에도 우리는 아나키즘 속에 도사린 세 가지 논의 사항을 신중한 자세로 지적할까 합니다. 가령 우리는 아나키즘의 유형을 다섯 가지로 분류할 수 있습니다. 1. 개인주의, 2. 상호주의, 3. 집산주의, 4. 반정부적 코뮤니즘, 5. 반정부적 생디칼리슴 등이 그것들입니다(박홍규: 100-106). 뮐러는 다음과 같이 나누었습니다. 1. 개인주의: 고드윈, 슈티르너, 2. 상호주의: 프루동, 란다우어, 3. 집산주의: 바쿠닌, 4. 반정부적 공산주의: 크로포트킨, 카를로 카피에로(Carlo Cafiero), 5. 반정부적 생디칼리슴: 페르낭 펠루티어(Fernand Pelloutier), 조르주 소렐(Müller: 21). 여기서 집산주의란 아나키스트들이 하나의 당이라는 거대한 상설 기구를 세워, 이에 의존하지 않고, 기구의 설치와 해체를 반복하는 이념적 성향을 가리킵니다. 왜냐하면 당에 의존하는 것 자체가 또 다른 체제를 인정하는 처사이기 때문입니다. 반정부적 생디칼리슴은 주어진 노동조합 내지 의회 정치를 거부하고, 폭력을 불사하면서 혁명을 이룩하려는 급진적 테러의 행동주의를 가리킵니다.

22. 아나키즘 속에 도사린 세 가지 문제점 (1): 상기한 다섯 가지 분류와 관련하여 우리는 다음과 같은 세 가지 문제점을 언급하지 않을 수 없습니다. 첫째로, 19세기의 아나키스트들의 근본적 입장은 마르크스에 의하면 19세기 유럽의 현실적 정황을 전제로 할 경우에 시대착오적인 것으로 판명되었다고 합니다. 이는 아나키즘의 사상 자체에 하자가 있는 게

아니라, 19세기의 현실적 모순과 직결되는 당면한 문제가 아나키즘의 요구 사항을 통해서 해결되지 못했다는 뜻입니다. 노동자의 가난과 부자유의 핵심적 고리는 국가 자체가 아니라, 잉여가치의 창출이라는 자본가의 의도적인 의향 때문이라고 합니다. 그렇다고 자본가의 경영에만 힘을 실어 주는 국가에 책임이 없는 것은 아니지만, 노동의 소외를 가속화시키고, 사람들로 하여금 가난과 강제 노동의 수렁에서 벗어나지 못하게 하는 근본적 동인은 잉여가치의 창출이라는 자본의 속성, 바로 그것이라고 합니다. 물론 아나키스트들 또한 나름대로 당시 사회에 기여한 바 있었습니다. 그들은 봉건주의에 기반을 둔 절대왕정, 기득권과 결탁하는 관료주의적 권력 등이 가난한 사람들을 지속적으로 착취해 나간다고 지속적으로 비판해 나갔습니다.

23. 비참상의 근원은 국가에 있는가?: 몇몇 아나키스트들은 이러한 사회적 비참상의 근원이 자본주의의 경제 구도가 아니라 국가 체제에 있다고 단언하였습니다. 모든 죄악의 근원은 자본가의 잉여가치의 추구에 도사린 게 아니라, 무소불위의 권력을 행사하는 폭력적 국가 자체에 있다는 것이었습니다. 폭력 국가는 마치 과거 시대의 막강한 신의 권능과 다를 바 없다고 합니다. 바쿠닌의 유작인 『신과 국가(Dieu et l'état)』(1871/1882)를 읽으면, 우리는 그가 얼마나 권위로서의 신과 국가에 대한 노여움을 드러내고 있는가 하는 점을 감지할 수 있습니다. 문제는 바쿠닌이 사회 파탄의 근본 원인을 추적하지 않고, 결과를 원인으로 고찰했다는 데 있습니다. 바쿠닌은 국가가 과연 어떠한 과정을 거쳐서 무소불위의 힘을 휘두르게 되었는가를 이론적으로 추적하지 않고, 차르 왕정의 독재에 대한 울분으로 인하여 국가 체제를 처음부터 노골적으로 증오하였습니다. 요약하건대, 아나키즘 사상은 체제 파괴적인 저항이라는 올바른 저항 방식을 선택하고 있습니다. 문제가 있다면 다만 몇몇 아나

키스트들이, 특히 19세기 중엽 이후의 유럽의 상황을 전제로 할 때, 현실의 핵심적 문제를 좌시했다는 사실입니다. 19세기 중엽의 마르크스주의자와 아나키스트들은 무산계급에게 일차적으로 도움이 되는 일은 무엇인가 하는 문제를 놓고 서로 다른 촉각을 곤두세웠습니다. 마르크스가 가난한 노동자를 염두에 두었다면, 바쿠닌은 궁핍하게 살아가는 러시아의 농민들을 일차적으로 고려했던 것입니다. 두 사람의 의식 속에는 독일과 러시아라는 이질적인 현실적 조건 그리고 독일의 무산계급과 러시아의 농민이라는 서로 다른 계층의 사람들이 강렬하게 투영되고 있었습니다. 두 사람 사이의 공통되는 추상적 논의의 배경에는 이렇듯 서로 다른 현실적 조건들이 자리하고 있었습니다.

24. 아나키즘에 도사린 세 가지 문제점 (2): 둘째로, 아나키즘은 원칙과 지향성을 고려할 때 나무랄 데 없지만, 실천 과정에서 어떤 취약점을 노출시킬 수 있습니다. 그것은 개개인의 열정과 저항에 바탕을 두고 있는데(프레포지에: 61), 비록 바쿠닌과 크로포트킨은 그렇지 않지만, 조직화와 계획에 있어서 대체로 치명적인 취약점을 드러내고 있습니다. 아나키즘은 막강한 힘을 지닌 국가를 부정하고 탄핵하지만, 거대한 사회 변혁을 도모하는 세력을 결집시키는 데 커다란 어려움을 겪을 수밖에 없습니다. 마르크스와 엥겔스가 때로는 전략적으로 국가의 의회 민주주의 체제를 용인하면서, 자본주의의 메가 시스템을 무너뜨리기 위하여, 전 세계적인 노동자의 단결을 호소한 반면, 아나키스트들의 방안은 극렬한 테러리즘 외에는 그럴듯한 다른 방도를 찾지 못했습니다. 아나키스트들은 당면한 문제에 봉착할 때 항상 온건책과 강경책 사이의 하나만을 선택해야 했습니다. 그렇지만 오늘날에는 마르크스-레닌주의의 하자가 지적되고, 아나키즘 속에서 어떤 정의롭고 바람직한 사상적 단초 등이 드러나고 있습니다. 19세기 말의 현실적 조건을 감안한다면, 아나키즘은

무엇보다도 운동의 전략 내지 구체적 실천 방안을 찾고 실천하는 데 어려움을 겪었습니다. 그럼에도 불구하고 아나키즘 사상은, 오늘날의 현실을 고려한다면, 체제 비판적 저항을 위한 모티프로 활용될 수 있습니다. 왜냐하면 국가 이기주의가 개인의 인권을 옥죄는 경우가 지속적으로 발생하기 때문입니다.

셋째로, 아나키즘 운동가들은 폭력을 때로는 필요악으로 받아들일 수밖에 없습니다. 몇몇은 평화주의를 부르짖지만, 특히 러시아의 아나키스트들은 사안의 중요성을 감안하여 테러 행위를 용납하지 않을 수 없었습니다. 폭군 차르를 무너뜨리기 위해서 급진적 생디칼리슴의 폭력이 필요했습니다. 여기서 이상 사회 건설이라는 과업의 목표와 무력이라는 수단 사이에 핵심적 문제가 대두됩니다. 착취하고 억압하는 구체제의 무력을 무너뜨리기 위해서 수단 방법을 가리지 말아야 하는가, 폭력은 어느 정도의 범위에서 정당화될 수 있는가 하는 문제를 생각해 보십시오. 특히 제1세계는 19세기 말부터 식민주의와 제국주의의 혹독한 정책을 펴나갔습니다. 제3세계의 민초로서 이를 막을 수 있는 방법은 테러리즘밖에 없었습니다. 그렇다고 폭력이 고결한 목표를 달성하기 위해서 무작정 정당화될 수는 없을 것입니다.

25. 아나키즘의 국가 모델은 과연 존재할 수 있는가?: 아나키스트들은 주지하다시피 국가를 처음부터 부정합니다. 그들은 체제로서 가능한 국가 모델을 설계한 바 없었습니다. 그럴 필요성을 느끼지 않았기 때문입니다. 따라서 문학 유토피아로서 무정부주의의 국가 모델을 처음부터 기대한다는 것은 자가당착의 사고나 다를 바 없습니다. 그렇지만 수많은 아나키스트들은 전체주의 국가에 대한 반대급부로서 작은 소규모 공동체 내지 지역 공동체 운동을 강조했습니다. 이를 고려할 때, 몇몇 지방분권적 유토피아를 설계한 유토피아주의자들에게서 비-국가주의의 요소

를 부분적으로 발견할 수 있습니다. 가령 푸아니, 오언, 푸리에 그리고 모리스 등의 유토피아는 그 규모가 크든 작든 간에 "국가 없는 자치, 자활 그리고 자생 공동체"로 이해될 수 있습니다. 그것이 궁극적으로 사회주의를 지향하는가, 아니면 무정부주의를 지향하는가 하는 물음은 별개의 차원에서 다루어져야 할 것입니다. 왜냐하면 근본적 세계관 내지 삶의 목표를 위한 근본적 정치관이 무엇인가 하는 본질적 세계관에 관한 물음은 사회 유토피아를 어떠한 구도로 설정할 것인가 하는 유토피아 구도의 방법론을 따지는 물음과는 근본적으로 차원을 달리하는 질문이기 때문입니다.

26. 아나키즘과 사회주의의 경미한 차이점: 아나키즘과 사회주의는 하나의 기준으로 정확히 구별할 수 없는 사고입니다. 예컨대 마르크스-레닌주의는 아나키즘 사상과 마찬가지로 기존하는 사악한 현실 구조의 파괴를 일차적 과업으로 이해하였습니다. 그런데 혁명 내지 사회적 변혁의 과정에서 마르크스-레닌주의는 거대한 야권 세력으로서의 당 내지 기관에 커다란 비중을 두었습니다. 이에 반해 19세기 말 유럽의 아나키스트들은, 정도의 차이는 있으나, 어떠한 단체 내지 과도기적 권력 집단을 용인하지 않았습니다. 그렇기에 그들은 기존 사회주의 국가 체제를 처음부터 수용하려 하지 않았던 것입니다. 문제는 마르크스-레닌주의 역시 역사의 최종 단계에서 국가의 소멸을 목표로 삼고 있다는 점입니다. 이는 정도의 차이는 있으나 아나키스트들이 목표로 하는 국가의 파괴와 일맥상통하는 대목입니다. 상기한 사항을 고려하면, 아나키즘과 사회주의 사이의 차이는 어쩌면 방법론으로서 하나의 당 내지 기관을 인정하는가, 그렇지 않는가 하는 물음에 의해서 정해질 뿐, 그 밖의 다른 사항에 있어서는 많은 유사성을 지니고 있습니다.

27. 재론: 이미 언급했듯이, 아나키즘과 비-국가주의는 차원이 다른 개념입니다. 가령 윌리엄 모리스가 아나키스트인가, 아니면 사회주의자인가 하는 물음은(마치 누군가가 민주주의자이냐, 아니면 공산주의자이냐 하는 질문처럼) 두 개의 어긋난 기준에 의해서 제기되는 불필요한 질문에 해당합니다. 노스롭 프라이(Northrop Frye)는, 모리스의 유토피아는 공산주의 사회가 아니라 아나키즘에 입각한 이상 사회라고 주장했습니다(Frye: 44). 심광현은 이와 반대로 모리스의 유토피아는 혁명적 이행 과정을 중시했다는 점에서 아나키즘과 구별되며, 오히려 마르크스와 공명한다는 것입니다(심광현: 47). 이러한 견해들은 부분적으로 타당하지만, 모리스의 유토피아의 특성과 관련시킬 때 어떤 오해의 소지를 드러냅니다. 모두에서 말씀드렸듯이, 우리는 세계관의 문제와 유토피아 모델의 문제를 일차적으로 구분해야 합니다. 첫째로, 세계관의 문제에 있어서 윌리엄 모리스는 궁극적으로 자본주의의 거대한 메가 시스템의 산업 발전을 처음부터 끝까지 혐오하였으며, 이에 대한 대안으로서 중세의 단아한 시골을 배경으로 한 사회주의 유토피아를 설계했습니다. 둘째로, 유토피아 모델을 설정하는 데 있어서 모리스는 국가 중심적 모델이 아니라, "도시 분산화"라는 비-국가주의의 모델을 선택하였습니다(모리스: 435). 제4권에서 논하게 되겠지만, 모리스의 『유토피아 뉴스』에서는 모든 국가적 정책 수행이 철폐되어 있습니다. 특히 오늘날의 관점에서 고찰한다면, 모리스의 유토피아는 21세기 생태 공동체의 자생적 모임을 선취하는 사회 유토피아의 선구적 위치를 점하고 있습니다. 어쨌든 우리는 다음과 같이 잠정적 결론을 내릴 수 있을 것입니다. 윌리엄 모리스의 유토피아는 사상적 토대에서 반자본주의를 지향하는 "사회주의의 세계관"에 바탕을 두고 있지만, 유토피아의 구도 내지 방법론적인 측면에 있어서 "비-국가주의의 범례"를 전면에 내세우고 있다고 말입니다.

참고 문헌

노직, 로버트(1983): 아나키아에서 유토피아로, 자유주의 국가의 철학적 기초, 남경희 역, 문학과지성사.
모리스, 윌리엄(2004): 에코토피아 뉴스, 박홍규 역, 필맥.
박홍규(2004): 아나키즘 이야기, 자유, 자치, 자연, 이학사.
블로흐, 에른스트(2008): 서양 중세 르네상스 철학 강의, 열린책들.
심광현(2011): 19세기 유토피아에서 21세기의 유토피스틱스로, 실린 곳: 문화과학 2011년 겨울, 15–53.
엔데, 미하엘(2010): 돈을 근원적으로 묻는다, 실린 곳: 녹색 평론, 114집, 30–50.
프레포지에, 장(2003): 아나키즘의 역사, 이소희 외 역, 이룸.
한형식(2011): 맑스주의 역사 강의. 유토피아 사회주의에서 아시아 공산주의까지, 그린비.
Bakunin, Michael(2005): Dieu et l'état Gott und der Staat, Berlin.
Borries, Achim von u. a(2007)(hrsg.): Anarchismus. Theorie, Kritik, Utopie. Texte und Kommentare. Verlag Graswurzelrevolution, Nettersheim.
Frye, Northrop(1973): Varieties of Literary Types, in: Manuel E. Frank(ed.) Utopia and utopian Thought, London, 25–49.
Jens(2001): Jens, Walter(hrsg.), Kindlers neues Literatur Lexikon, 22 Bde., München.
Kropotkin, Peter(1903): Mutual Aid. A Factor of Evolution, New York.
Landauer, Gustav(2009): Ausgewählte Schriften, Bd. 2, Anarchismus, Edition AV: Bodenburg.
Landauer, Gustav(1923): Die Revolution, Frankfurt a. M..
Mckay, Lain(2011): Property is Theft!. A Pierre Joseph Proudhon Anthology. AK Press UK, Edinburgh.
Müller, Gotelind(2001): China, Kropotkin und der Anarchismus, Harrasowitz: Wiesbaden.
Nettlau, Max(1924): Michael Bakunin. Gesammelte Werke, 3 Bde., Kramer: Berlin.
Neumann, Franz(1971)(hrsg.): Handbuch politischer Theorien und Ideologien, Reinbek, 222-296.
Proudhon, P. J(2014): Was heisst Eigentum? Untersuchungen über den Ursprung und die Grundlagen des Rechts und der Herrschaft, Münster.
Stirner, Max(1986): Der Einzige und sein Eigentum, Stuttgart.
Voigt, Andreas(1906): Die sozialen Utopien, Leipzig.

찾아보기

서양 유토피아의 흐름

제1권: 플라톤에서 모어까지 (고대 - 르네상스 초기)

서문
1. 가상에서 비판으로, 비판에서 실천으로
2. 신화와 유토피아, 그 일치성과 불일치성
3. 국가주의와 비-국가주의의 유토피아 모델
4. 플라톤의 『국가』
5. 플루타르코스의 『리쿠르고스의 삶』
6. 아리스토파네스의 「새들」
7. 스토아 사상과 세계국가 유토피아
8. 이암불로스의 태양 국가와 헬레니즘 유토피아
9. 키케로의 『국가론』
10. 기독교 사상 속에 도사린 유토피아
11. 아우구스티누스의 『신국론』
12. 조아키노의 제3의 제국
13. 천년왕국의 사고와 유토피아
14. 뮌처가 실천한 천년왕국의 혁명
15. 토머스 모어의 자유 유토피아

2019년 11월 출간

제2권: 캄파넬라에서 디드로까지 (르네상스 시기-프랑스 혁명 전후)

2020년 2월 출간

제4권: 불워 리턴에서 헉슬리까지 (19세기 중엽 - 20세기 중엽)

제5권: 오웰에서 피어시까지 (20세기 중엽 - 현재)